हमेशा देर कर देता हूँ मैं

पंकज सुबीर

राजपाल

स्थापित 1912
100 वर्षों की
श्रेष्ठ प्रकाशन परम्परा
राजपाल

ISBN : 9788195297535
पहला संस्करण : 2021
HAMESHA DER KAR DETA HOON MAIN (Stories)
by Pankaj Subeer

राजपाल एण्ड सन्ज़
1590, मदरसा रोड, कश्मीरी गेट, दिल्ली–110006
फोन : 011-23869812, 23865483, 23867791
e-mail : sales@rajpalpublishing.com
www.rajpalpublishing.com
www.facebook.com/rajpalandsons

क्रम

हमेशा देर कर देता हूँ मैं

'मैं आज शाम तक फ़ाइनल प्रपोज़ल सबमिट कर दूँगा... ।' उसने रोमन में टाइप करके व्हाट्सऐप ग्रुप में पोस्ट कर दिया। यह ग्रुप उसके ऑफ़िस का ग्रुप है, जहाँ पर केवल काम से संबंधित बातें ही होती हैं। ग्रुप में उसके ऊपर के ऑफ़िसर्स भी शामिल हैं, इसलिए यहाँ बस और बस काम की ही बातें होती हैं। हर एक के लिए ज़रूरी है कि वह इस ग्रुप में बना रहे और सक्रिय भी रहे। जो टास्क या शेड्यूल यहाँ तय किए जाते हैं, उनके लिए अलग से कोई सूचना किसी को नहीं दी जाती। जो कुछ है, वो बस यही है। यदि आपने यहाँ आने वाले मैसेजेस नहीं देखे, तो आपको भी पता नहीं चलेगा कि कब आपका क्या नुकसान हो गया। अब वो समय आ चुका है कि यदि आप एम्प्लाई हैं, तो अब आप सुबह दस से शाम पाँच बजे तक के एम्प्लाई नहीं हैं, अब आपकी कम्पनी ने आपके दिन के पूरे चौबीस घंटे ख़रीद रखे हैं। आप बाथरूम में हैं, कमोड पर बैठे हैं, तब भी मोबाइल की हर एक 'टिंग' (सूचना की आवाज़) पर आपको अपना मोबाइल उठाकर देखना ही देखना है और तदनुसार उत्तर भी देना है। तकनीक और बाज़ार का कुछ और विकास होने के बाद शायद हर कम्पनी अपने एम्प्लाई के शरीर में ही वैश्विक स्थान-निर्धारण प्रणाली (जी.पी.एस.) की माइक्रो चिप लगा देगी। कभी-कभी उसे ऐसा लगता है कि तकनीक के विकास के साथ-साथ इन्सान धीरे-धीरे वापस पुराने युग में लौट रहा है। पहले भी ग़ुलाम ख़रीदे जाते थे और अब भी ये बड़ी कम्पनियाँ ग़ुलाम ही ख़रीदती हैं। मुँहमाँगा पैसा लो और अपना पूरा समय हमारे नाम कर दो। और पैसा, और पैसा, और पैसा...भागते रहो, भागते रहो, भागते रहो। और भागते-भागते एक दिन थककर गिर जाओ, मर जाओ। मर जाओ तो अपने बच्चों को छोड़ जाओ, हमारे ग़ुलामों के रूप में। बँधुआ मज़दूरी अब अपना रूप बदल कर सामने आ गई है। यह ग़ुलामी और बँधुआ मज़दूरी का मिला-जुला रूप है।

उसने घड़ी देखी, अभी तो शाम तक का समय है, डाटा तो सारा कलेक्ट किया हुआ रखा ही है उसने, बस कम्पाइल करना है और तैयार हो जाएगा प्रपोज़ल। कम्पाइल करने में आधे घंटे से ज़्यादा समय नहीं लगना है। आज उसका वीकली-ऑफ़ है लेकिन प्राइवेट सेक्टर में वीकली ऑफ़ कब वर्किंग-डे में बदल जाए, कुछ कहा नहीं जा सकता। यह जो मोबाइल है, यह अब इन्सान को कभी भी ऑफ़ नहीं होने देता। हमेशा ऑन मोड पर बनाए रखता है। एक संक्षिप्त-सा संदेश वीकली-ऑफ़ को वर्किंग-डे में बदल देता है, जैसे आज सुबह ही उसके पास बॉस का मैसेज आ गया था कि घर से ही लैपटॉप पर प्रपोज़ल तैयार करके भेज दो, हैड ऑफ़िस ने फ़ाइनल सबमिशन से पहले एक बार देखने के लिए माँगा है। असल में यह जो वीकली-ऑफ़ है, यह केवल एक छलावा है, वरना तो मोबाइल पर, लैपटॉप पर, इस ऑफ़ में भी कम्पनी का ही काम करता है वो। ईमेल का जवाब देना, व्हाट्सऐप संदेशों का उत्तर देना, यह सब भी तो काम का ही हिस्सा होता है। सुबह से ही सारा डाटा कलेक्ट करने में लगा रहा वो। कुछ उसके लैपटॉप में था, तो कुछ अपने कलीग्स से मँगवाया। जब सारा डाटा उसके पास आ गया, तो उसने ग्रुप में शाम तक प्रोजेक्ट सबमिट करने का वह मैसेज छोड़ दिया।

उसने मोबाइल को साइड टेबल पर रख दिया और वापस किताब उठा ली। पढ़ना, उसका पहला शौक़ है...मगर कम्पनी की हम्माली ने इस पहले प्यार से दूर कर दिया है। कितने-कितने दिनों तक कोई किताब नहीं पढ़ पाता वो। कितनी नई किताबें आती हैं और वो सोचता है कि इसे तो पढ़ना ही है। ख़रीदता है और फिर बुक शैल्फ़ में रखी किताब उसको और वो किताब को, दोनों एक-दूसरे को हसरत से देखते हैं। देखते रहते हैं। इसी किताब को कितने दिनों से पूरा नहीं कर पा रहा है वो। किताब को गोद में रखकर वो खिड़की की चौखट पर सिर टिका कर बैठ गया। मई का भूरा-सा दिन खिड़की के बाहर बिखरा हुआ है। तपता हुआ, जलता हुआ दिन। खिड़की के बाहर जहाँ तक नज़र जा रही है, वहाँ तक सन्नाटा पसरा हुआ है। उसने जान-बूझकर कमरे का एसी ऑन नहीं किया है। अच्छा लगता है उसे खिड़की पर बैठ कर गर्मी के तपते हुए झोंकों को अपने चेहरे पर महसूस करना। भोपाल के जीवन में अभी महानगरों वाली भाग-दौड़ नहीं आई है। अभी भी यहाँ अपने लिए समय निकाला जा सकता है। उसने खिड़की के पास ही अपना पलंग लगाया हुआ है। यह पलंग

ही उसका सब कुछ है। कमरे में और कुछ नहीं है, न कुर्सी, न टेबल, न कुछ और। बस एक बुक शैल्फ़ और एक पलंग। इन दो चीज़ों से उसका काम चल जाता है। दोस्त आते हैं, तो हैरत करते हैं कि कमरे में टीवी नहीं है। उसे पागल भी कहते हैं। बिना टीवी के समय कैसे काटता है ये कुँवारा बंदा?

भोपाल पहाड़ों और झीलों का शहर है। उसका फ़्लैट जिस बहुमंज़िला इमारत में है, वह इमारत भी एक पहाड़ पर ही है। पहाड़ के उस तरफ़ तालाब है। उसके फ़्लैट से तालाब तो नहीं दिखता, लेकिन कभी-कभी जब हवा उधर से होकर इस ओर चलती है, तो हवा में घुलकर आई हुई ठंडक खिड़की के रास्ते अंदर आकर पूरे कमरे को ठंडा कर देती है। स्पर्श से ही पता लग जाता है कि आज हवा तालाब के पानी के साथ छूने-छुआने का खेल खेलकर आई है। पूरा कमरा उस हवा के कोमल-कोमल परों पर बैठ कर आई हुई पानी की अदृश्य बूँदों को छू-छूकर दोपहर की तपन को बुझाने लगता है।

खिड़की से बाहर देखने पर चारों तरफ़ गुलमोहर के पेड़ दिखाई दे रहे हैं। आसमान से बरसती हुई आग में जलकर अंगारे हो रहे हैं गुलमोहर के फूल। खिड़की से बाहर देखते ही चटख़-लाल सिंदूरी फूलों से भर जाती है नज़र। बीच-बीच में कुछ ज़र्द पीले फूलों के भी पेड़ हैं। पता नहीं कौन-से पेड़ हैं। और कहीं-कहीं बीच-बीच में कचनार के फूल भी दिख जाते हैं। नीलवर्णी फूल। गुलाबी से नीले की ओर बढ़ता हुआ रंग। इन सारे फूलों के संयुक्त रूप से दिखने पर ऐसा लग रहा है, जैसे खिड़की के बाहर आग फैली हुई है। लाल, सिंदूरी, पीली और केन्द्र की ओर नीलवर्णी आग। खिड़की से देखने पर दृश्य के अंतिम सिरे पर एक पगडंडी जैसी सड़क दिखाई देती है। पेड़ों के झुरमुट में छिपती-दिखती सड़क। सड़क, जो तालाब के किनारे-किनारे होकर बढ़ती है नदी की तरह। कलियासोत डैम के किनारे-किनारे बढ़ती हुई सड़क। दृश्यों का भी अजीब होता है। जिस बिंदु पर खड़े होकर आप दूर के दूसरे बिंदु को देख रहे हैं, तो वह बिंदु आकर्षण पैदा करता है पास से देखे जाने का। लेकिन जब आप उस बिंदु के क़रीब होते हैं, तो दूसरा बिंदु आकर्षण पैदा करता है। असल में जो दूर होता है, वही आकर्षित करता है। जो पहुँच के बाहर होता है, वही अपनी तरफ़ खींचता है। शायद इसीलिए वह सब कुछ जो अतीत होता है, वह बार-बार हमें अपनी तरफ़ खींचता है। एक उत्कट चाह लिये हम लौटना चाहते हैं उस समय में, जो विगत है, जो माज़ी है।

'टिंग...' मोबाइल पर संदेश आने के संकेत के रूप में आवाज़ आई। यह आवाज़ अब उसे परेशान करने लगी है। ऐसा लगता है जैसे यह आवाज़ उसे खींचकर वापस कम्पनी में लाने का एक ज़रिया है। खिड़की के बाहर बिछी इस ख़ूबसूरत दोपहर के पहलू से उठा कर वापस कम्पनी के एयरकंडीशंड माहौल में ले जाने का तरीक़ा। उसने चेहरे के भाव बिगाड़ते हुए मोबाइल उठाया। नोटिफ़िकेशन एरिया बता रहा है कि व्हाट्सऐप पर दो मैसेज आए हैं। उसने अनिच्छापूर्वक अपनी तर्जनी उँगली से स्क्रीन पर दिखाई दे रहे व्हाट्सऐप के आइकॉन को थपकी दी। स्क्रीन पर व्हाट्सऐप खुल गया। पहला मैसेज सिम्मी दी का है, उसकी बड़ी बहन का। उसे पता है कि इसमें क्या होगा, किसी-न-किसी लड़की का फ़ोटो होगा और साथ में वही हमेशा वाली टिप्पणी—'तू अपने बारे में नहीं सोच रहा लेकिन हम क्या करें, बड़े हैं, हमको तो सोचना ही है।' और फिर उसी के नीचे नोट—'कोई हो तो बता दे, हमारा भी काम ख़त्म हो।' कैसा समय आ गया है ये। सत्ताईस-अट्ठाईस की उमर के बैचलर लड़के के जीवन में कोई लड़की न हो, तो लोगों को मामला एबनॉर्मल लगने लगता है। सिंगल होना अब असामान्य हो गया है। क्या इसके अलावा कुछ और बचा ही नहीं है? अकेलेपन का आनंद केवल वही जानता है, जो इसे उठा रहा होता है। एक ऐसी दुनिया जहाँ किसी की आहट भी नहीं हो, इतनी ख़ामोशी हो कि आप बैठ कर पेड़ों से गिरते हुए पत्तों की आवाज़, अपनी ही साँसों की आवाज़, वे सारी आवाज़ें सुन सकें, जो किसी और के होने पर आपके लिए पराध्वनियाँ हो जाती हैं। अकेलापन हमारे लिए अपने आप से प्रेम करने का एक अवसर होता है। एक मौक़ा होता है कि हम अपने प्रेम में डूब सकें। उसे भी शायद अब अपने आप से प्रेम करना पसंद आने लगा है।

उसने सरसरी निगाह सिम्मी दी द्वारा भेजे गए मैसेज और उस तस्वीर पर डाली। मैसेज तो वही था जो उसने पहले ही जान लिया था, बस कुछ शब्दों की हेरा-फेरी की गई थी। 'तुझे जो पसंद हो वो बता दे, कोई भी हो, मम्मी-पापा को राज़ी करने का ज़िम्मा मेरा...।' सच उगलने के लिए प्रोवोक करता हुआ एक वाक्य। वाक्य जिसमें लालच के हुक लगे हैं ताकि इनमें फँसकर अंदर का सच बाहर निकल आए। जैसे कुएँ में गिरे किसी बर्तन को निकालने के लिए, रस्सी में कई सारे हुक लगाकर पानी में फेंकते हैं और बार-बार इधर-से-उधर घुमाते हैं ताकि डूबा हुआ बर्तन किसी-न-किसी हुक में फँसकर बाहर आ जाए।

आज के समय में सच भी बिना हुक के बाहर नहीं आता है। मैसेज पढ़ने के बाद उसने तस्वीर को ध्यान से देखा। लड़कियों जैसी ही लड़की है, जिसकी तस्वीर है। कुछ भी अलग नहीं है। क्यों नहीं होता किसी चेहरे में पिछले वाले से अलग कुछ। सब घूम-फिर कर एक जैसे ही क्यों लगते हैं? क्या फ़र्क़ पड़ेगा यदि वो एक्स चेहरे की बजाय वाय चेहरे या ज़ेड चेहरे को अपने लिए चुन ले। एक चेहरा होगा, जिसके साथ होगा एक शरीर। शरीर जो असल में उस चेहरे के कारण ही थोड़ी-सी अलग पहचान है। चेहरा हटा दो, तो उसके बाद तो सब एक-सा ही है। वह कुछ देर तक उस लड़की को देखता रहा। लड़की भी तस्वीर में उसकी आँखों में आँखें डाल कर देख रही है। आशा के साथ। शायद तुम मुझे पसंद कर लो। उसे ऐसा लगा कि उसकी रीढ़ की हड्डी पर कोई ठंडी चमड़ी वाली छिपकली रेंग रही है। अपने पीछे लिजलिजापन छोड़ते हुए। उसने तुरंत बैक बटन को थपक दिया। लड़की की तस्वीर हट गई।

दूसरा मैसेज ज़फ़र का है। ज़फ़र, उसके बचपन का दोस्त। जो उसे सबसे ज़्यादा समझता है, जानता है। कुछ लोग अपने साथ इतने कॉम्प्लिकेशंस लेकर पैदा होते हैं कि उनको हर कोई समझ भी नहीं सकता। घर-परिवार के लिए तो बिलकुल असंभव होता है ऐसे लोगों को समझना। वो भी इसी कैटेगिरी में आता है। और उसे अगर किसी ने समझा, तो ज़फ़र ने ही समझा। ज़फ़र और उसके बीच काम-काज के कारण अब बहुत दूरी है, सैंकड़ों मीलों की दूरी; मगर बचपन की यारी के तार अब भी तकनीक के ज़रिये एक-दूसरे को जोड़े हुए हैं। ज़फ़र ने एक वीडियो भेजा है। ज़फ़र को पता है कि उसको क्या सुनना, पढ़ना, देखना पसंद है। ज़फ़र उसे वही भेजता है। कितना अच्छा लगता है जब कोई आपकी निजता में प्रवेश तो करे लेकिन आपके लिए वह सब कुछ लेकर आए, जो आपको बहुत-बहुत पसंद है। वरना तो व्हाट्सऐप की, फ़ेसबुक की इस दुनिया में लोग आपकी निजता में प्रवेश भी करते हैं और वह भेजते जाते हैं, जो उनको पसंद है। आपकी पसंद-नापसंद से उनको कोई लेना-देना नहीं है। राजनैतिक टिप्पणियाँ, धार्मिक अंधापन, बकवास टाइप का ज्ञान। सोशल मीडिया अब आपके नितांत निजी क्षेत्र में रखा एक सार्वजनिक वोमेट बैग हो गया है, जिसमें हर कोई आकर उल्टी करके चला जाता है। ऐसे में ज़फ़र जैसे बस कुछ ही लोग हैं, जिनका मैसेज आता है, तो तुरंत उसे देखने-सुनने की इच्छा होती है।

ज़फ़र का मैसेज एक यूट्यूब का वीडियो लिंक है। एक महिला के फ़ोटो के थम्बनेल के साथ लिंक है, रोमन में लिखा है—'हमेशा देर कर देता हूँ मैं', बाय मुनीर नियाज़ी। थम्बनेल में एक अधेड़ उम्र की महिला उदास आँखों से किसी की तरफ़ देख रही है। आँखें डबडबाई हुई हैं। ज़फ़र की पसंद पता है उसे। ज़फ़र जिन वीडियो या ऑडियो या तस्वीर को पसंद करता है, वह सचमुच क्लासिक ही होते हैं। ज़फ़र के भेजे हुए लिंक्स उसने आज तक बिना देखे वैसे डिलीट नहीं किए, जैसे अधिकांश व्हाट्सऐप मैसेज के साथ वह करता है। अधिकांश वोमेट बैग्स को चुपचाप उठाकर डस्टबिन में ख़ाली कर आता है। मैसेज ही नहीं पढ़ता, तो वीडियो या ऑडियो की तो बात ही दूर है, उनमें तो डाउनलोड करना पड़ता है। भला किसी के द्वारा की गई वैचारिक उल्टी को क्या देखना? चुपचाप उठाकर बाहर फेंक आओ। लेकिन ज़फ़र के भेजे हुए सारे वीडियो और ऑडियो उसके मोबाइल में सेव रहते हैं। कुछ लोग बाय-बर्थ जीनियस होते हैं। ज़फ़र के जैसे। सारी दुनिया एक तरफ़ होती है और ये चंद मुट्ठीभर लोग दूसरी तरफ़ होते हैं। आज उसे हैरानी होती है कि यही जीनियस ज़फ़र बचपन में कई-कई बार स्कूल में फ़ेल हुआ, और डफ़र माना जाता रहा। मगर शरारतों और खुराफ़ातों में एकदम अव्वल। और आज वही ज़फ़र क्या है? उसे लगता है कि बचपन में शरारतों, खुराफ़ातों में लगे रहने वाले शैतानी दिमाग़ वाले बच्चे ही आगे चलकर जीनियस बनते हैं। रीयल जीनियस। दुनिया इन्हीं के बस में आती है। ज़फ़र की दोस्ती उसे एक प्रिवलिज-सी लगती है। उस जीनियस च्वाइस का हिस्सा बनने का मौक़ा उसे इस दोस्ती के कारण ही मिल जाता है। और यह वीडियो तो बहुत ख़ास दिख रहा है। 'हमेशा देर कर देता हूँ मैं...' एक तो यह शीर्षक ही इतना आकर्षण पैदा करने वाला है और उस पर महिला की डबडबाई आँखें और उदास चेहरा, इस वीडियो को देखे जाने का आकर्षण पैदा कर रहा है। जीनियस ने इस बार कुछ कमाल भेजा है।

उसने यूट्यूब के लिंक पर अपनी तर्जनी से थपकी दी, लिंक ओपन होना शुरू हो गया। मोबाइल के यूट्यूब ऐप ने उस वीडियो के लिंक को खोल दिया। शुरुआत में कुछ उर्दू में लिखा हुआ आया और उसके बाद अचानक एक फ़रिश्ते-सा चेहरा स्क्रीन पर जगमगा उठा। कोई बुज़ुर्ग, बहुत बुज़ुर्ग सज्जन, सफ़ेद रुई से बाल, नूर से रोशन चेहरा और उस पर बोलती हुई-सी आँखें, माइक के सामने खड़े किसी देवदूत से नज़र आ रहे हैं। कत्थई रंग की जैकेट

और बहुत हल्के बैंगनी-से रंग का कुरता पहने, झुके से माइक पर खड़े हैं। उसने थपककर वीडियो को पॉज़ कर दिया और उस चेहरे को देखता रहा। किसी चेहरे में इतनी शांति भी हो सकती है, कोई चेहरा यूँ भी नूर की शुआओं से भरा हुआ हो सकता है? नाम लिखा था—मुनीर नियाज़ी, पहले कभी इनका कुछ नहीं पढ़ा, न कभी नाम सुना। यूट्यूब में नीचे डिटेल्स में देखा तो लिखा हुआ था—मुनीर नियाज़ी फ़ेमस पोएट इन पाकिस्तान। तो ये पाकिस्तान से हैं, लेकिन यह चेहरा...कितना शफ़्फ़ाफ़ चेहरा...कभी-कभी लगता है कि उस तरफ़, सीमा के उस तरफ़ जो चेहरे हैं, उस दुश्मन देश के जो चेहरे हैं, वो दुश्मनों की तरह लगते क्यों नहीं हैं? जब उन चेहरों को देखते हैं, तो ऐसा क्यों लगता है कि ये भी अपने ही चेहरे हैं, अपनों के ही चेहरे हैं। दुश्मनों के चेहरे ऐसे तो नहीं होते हैं। मुनीर नियाज़ी उसी तरह, उसी पॉज़ अवस्था में वीडियो के चालू होने की प्रतीक्षा कर रहे हैं और वह देख रहा है उनकी तरफ़ एकटक।

उसने पॉज़ को थपक कर प्ले किया। मुनीर नियाज़ी साहब ने बोलना शुरू किया। कोहसारों से आती हुई बादलों की-सी आवाज़ में उन्होंने पहली पंक्ति पढ़ी—'हमेशा देर कर देता हूँ' इस तरह मानो पढ़ नहीं रहे हों, कोई कन्फ़ेशन कर रहे हों। सिर हिलाकर आत्म स्वीकृति। सधी हुई आवाज़ में नियाज़ी साहब ने नज़्म को आगे पढ़ना शुरू किया। कैमरा घूमकर श्रोताओं में बैठी दो महिलाओं पर केन्द्रित हो गया। एक तो वही हैं, जिनका चेहरा थम्बनेल में था। कत्थई रंग की सुनहरे फूलों वाली साड़ी पहने हुए, मुस्कुरा भी रही हैं और आँखें भी भरी हुई हैं। गहरे काजल और आँसुओं से भरी आँखें। दूसरी महिला हल्के आसमानी रंग की रुपहले बेल-बूटों वाली साड़ी पहने पहली महिला के पास ही बैठी हैं। आँखें पहली महिला से भी ज़्यादा भरी हैं, काजल से भी और आँसुओं से भी और मुस्कुराहट भी पहली महिला से ज़्यादा फैली हुई है। नियाज़ी साहब को दाद देने के लिए मुस्कुरा रही हैं और नज़्म की पंक्तियाँ जो अंदर चोट कर रही हैं, उसके कारण आँखें भर रही हैं। नियाज़ी साहब पुरसुकून अंदाज़ में पढ़ रहे हैं—'ज़रूरी बात कहनी हो कोई वादा निभाना हो/उसे आवाज़ देनी हो, उसे वापस बुलाना हो/हमेशा देर कर देता हूँ मैं'। जब वापस 'हमेशा देर कर देता हूँ' पंक्ति पढ़ी तो कैमरा आसमानी साड़ी वाली महिला पर फ़ोकस हो गया। गालों पर आँसू ढुलक कर बह रहे हैं, मुस्कुराहट और गहरी हो गई है, एक हाथ दाद में उठकर चेहरे तक आया और अपने ही होंठों को छूकर लौट गया। ऐसे भी

सुनी जाती है कविता? ऐसे कि सुनाने वाले को बस सुनने वालों के चेहरों से पता चले कि उसकी कविता कहाँ तक पहुँची है।

'मदद करनी हो उसकी यार की, ढाढस बँधाना हो / बहुत देरीना रस्तों पर किसी से मिलने जाना हो / हमेशा देर कर देता हूँ मैं'। कैमरा एक बार फिर बुज़ुर्ग नियाज़ी साहब पर क्लोज़ फ़ोकस में है। आँखें यहाँ भी पनियाई हुई नज़र आ रही हैं। 'बहुत देरीना (पुराने) रस्तों पर किसी से मिलने जाना हो' में कुछ देर को कैमरा कत्थई साड़ी वाली महिला पर आया, उल्टे हाथ की तर्जनी और मध्यमा से बहुत सफ़ाई के साथ गालों पर आई नमी को पोंछते हुए। 'हमेशा देर कर देता हूँ' पंक्ति पर महिला ने अपना सिर हिलाया और आँखें छलछला उठीं। 'बदलते मौसमों की सैर में दिल को लगाना हो / किसी को याद रखना हो, किसी को भूल जाना हो / हमेशा देर कर देता हूँ मैं'। इस बार 'हमेशा देर कर देता हूँ' पंक्ति पर नियाज़ी साहब ने अटक-अटक कर शब्द पूरे किये। जैसे कुछ अंदर से रोक रहा हो शब्दों को। आँखों ने दर्द को, आँसुओं को रोकने की असफल कोशिश की और नियाज़ी साहब की आँखें ज़्यादा नम हो गईं। और तुरंत कैमरा कत्थई साड़ी वाली महिला पर गया, रूमाल में आँसुओं को समेट रही हैं वो। और फिर एक आह-सी निकली मुँह से, फिर उस महिला ने होंठों को गोल कर उस आह को फूँक दिया बाहर। कितने अलग हैं ये आँसू। इन आँसुओं में प्रत्यक्ष कोई कारण नहीं दिख रहा है, मगर अप्रत्यक्ष बहुत कुछ है। जिन आँसुओं का कारण प्रत्यक्ष होता है, वो उतने खारे नहीं होते, जितना अप्रत्यक्ष कारणों से आए हुए आँसू होते हैं।

ठहरी हुई आवाज़ में नियाज़ी साहब ने पढ़ा, 'किसी को मौत से पहले किसी ग़म से बचाना हो / हक़ीक़त और थी कुछ उस को जा के ये बताना हो / हमेशा देर कर देता हूँ'। इस बार 'हमेशा देर कर देता हूँ' पर मुस्कुराए और सिर हिला कर नज़्म की समाप्ति के साथ विदा की भी इजाज़त ली। कैमरा आसमानी साड़ी वाली महिला के चेहरे पर है, वह भरी हुईं आँखों से दर्द की शिद्दत को कम करने के लिए सिर को हिला रही हैं और मुस्कुरा भी रही हैं। और एकदम यूट्यूब पर नियाज़ी साहब और पूरा दृश्य समाप्त हो गया है। वह उसी प्रकार स्तब्ध बैठा है, अंतिम पंक्तियों के गहरे दुख में डूबा हुआ। 'किसी को मौत से पहले किसी ग़म से बचाना हो'। उफ़्फ़...क्या है यह सब? ये कविताएँ क्यों इस प्रकार परेशान करती हैं, अच्छे-ख़ासे इन्सान को, जो अभी कुछ देर पहले

तक ठीक-ठाक बैठा मौसम का आनंद ले रहा था। क्यों डिस्टर्ब कर देती हैं कविताएँ। लगभग दो मिनट के वीडियो ने सब कुछ बदल दिया। एक कविता जो होकर गुज़री, तो अपने साथ एक डिस्टर्बिंग वाइब्रेशन को लेकर गुज़री। वाइब्रेशन, जिसके गुज़र जाने के बाद सब कुछ अस्थिर हो गया है। कंपित हो रहा है। उसने खिड़की के बाहर नज़र दौड़ाई तो बाहर गुलमोहर, कचनार...सब मानो अब होकर भी नहीं हैं। गर्मी का भूरा और उदास दिन पहले जैसा सुंदर नहीं है। अब सब कुछ बुझ गया है। एक उदास कविता ने चारों तरफ़ गहरी उदासी फैला दी है। गहरी और ख़ामोश उदासी।

उसने अपनी उँगली को रोका लेकिन उँगली ने ख़ुद ही री-प्ले हिट कर दिया यूट्यूब पर। वह फिर से नहीं सुनना चाह रहा है इस नज़्म को। उदासी को अवसाद में नहीं बदलना चाह रहा है। लेकिन जब मन ख़ुद ही उदासी को और गहरा, और गहरा होता देखना चाहे, तो किया भी क्या जा सकता है। री-प्ले का आइकॉन हिट होते ही ठहरी हुई उदासी का शोक गीत फिर से शुरू हो गया—'हमेशा देर कर देता हूँ' उसने आँखें बंद कर लीं। अब देखने की इच्छा नहीं है, बस सुनने की ही इच्छा है। इस बार मुनीर नियाज़ी साहब नहीं हैं, बस उनकी आवाज़ है। वो दोनों महिलाएँ भी नहीं हैं, वे तो दृश्य थीं। इस बार कोई दृश्य नहीं है, बस शब्द हैं। नियाज़ी साहब की काँपती-लरजती और ख़रज भरी आवाज़ किसी प्रतिध्वनि की तरह कुछ शब्दों को लिए चली आ रही है। इस बार शब्द पहचाने हैं। क्योंकि एक बार सुन चुका है वो इन शब्दों को। उसने मोबाइल को टेबल पर रखा और पलंग पर लेट गया। शब्द आ रहे हैं और अंदर धँसते जा रहे हैं। आँखों की कोरों पर गर्म रिसाव महसूस हो रहा है। गर्म पानी कोरों से रिस रहा है और लेटे होने के कारण गालों पर न लुढ़क कर कानों में जा रहा है, वहीं जहाँ ठंडे और उदास शब्द भी जा रहे हैं। उसका जी कर रहा है फूट-फूट कर रोने को। उसकी आँखें बंद हो रही हैं, अवचेतन में मुनीर नियाज़ी साहब के शब्द हैं और कुछ दृश्य उभर रहे हैं। दृश्य, जो धुँधले से धीरे-धीरे स्पष्ट होते जा रहे हैं। कुहासे में डूबा हुआ माज़ी आहिस्ता-आहिस्ता यूँ उभर रहा है, जैसे कि वह माज़ी न होकर वर्तमान ही हो। उभर रहा है एक सत्रह-अठारह साल का लड़का...एक गाँव...और कुछ चेहरे...गाँव उसी का है, लड़का भी वो ख़ुद ही है और नज़र आ रहे चेहरे भी उसके अपनों के ही चेहरे हैं।

"मन्नी...चल न यार, रात को पढ़ लेना...।" उसके दोस्त उसे घेर कर

खड़े हैं। मन्नी..., उसके पूरे नाम मनीष का छोटा रूप। गाँव में उसे सब इसी नाम से जानते हैं। मनीष नाम तो बस स्कूल में लिखने के लिए है। स्कूल की मार्कशीट्स पर छपता है बस यह नाम।

एक बड़े क़स्बे के समान गाँव है ये। इतना बड़ा कि गाँव में हायर सेकेंडरी स्कूल है। उसी स्कूल में पढ़ते हैं वो और उसके दोस्त। बारहवीं में आ गए हैं, मतलब गाँव में पढ़ाई का आख़िरी साल है यह। अगले साल कॉलेज में पढ़ना है, तो शहर जाना ही पड़ेगा, या तो अप-डाउन करो, या वहीं शहर में कमरा लेकर रहो। ज़्यादातर बच्चे हायर सेकेंडरी पास करने के बाद शहर ही चले जाते हैं, और उसके बाद फिर कभी लौट कर गाँव नहीं आते। हर बार हायर सेकेंडरी की परीक्षा का परिणाम आने के बाद गाँव रो-रोकर विदा देता है कितने ही मासूम चेहरों को। वो चेहरे जो शहर की मशीन में जाकर अपनी मासूमियत को हमेशा के लिए खोने वाले हैं। गाँव उनको पालता-पोसता है और जवान करके शहर के हवाले कर देता है, उपयोग करने के लिए। शहर किसी को पालता-पोसता नहीं है, शहर तो बस उपयोग करता है।

उसके दोस्त उसे गाँव की नदी पर नहाने के लिए अपने साथ ले जाने के लिए आए हैं और उसकी अनिच्छा देखकर उसे घेर कर खड़े हुए हैं। गाँव की नदी असल में बरसाती नदी है। बरसात जब बीत जाती है, ठंड का मौसम आ जाता है, तो उस पर मिट्टी और लकड़ी से एक बंधान बना कर उसे रोक दिया जाता है, जिससे कम-से-कम आने वाले गर्मी के मौसम तक गाँव को पानी मिल सके। जहाँ बंधान बँधता है वहाँ किनारे पर एक नीम का पेड़ है, उसकी शाख़ें नदी के ऊपर फैली हैं। उन्हीं शाख़ों से नदी में कूद-कूद कर नहाते हैं ये लड़के। हालाँकि गाँव के बड़े-बुज़ुर्गों ने मना किया हुआ है पेड़ से बंधान के पानी में कूदने को। पाँच-छह साल पहले बबलू नाम का लड़का नीम के पेड़ की शाख़ से नदी में कूदता था। एक दिन जब कूदा तो बंधान में पानी कम हो चुका था, बबलू सीधा तले की कीचड़ में जाकर फँस गया था, निकल ही नहीं पाया था। अब वही बबलू कहानियों में, क़िस्सों में आता रहता है। कुछ लोग यह भी कहते हैं कि देर रात जब कोई अकेला आदमी नदी के पास से गुज़रता है, तो अचानक नीम के पेड़ की शाख़ हिलती है और कोई छपाक से नदी में कूद पड़ता है। सब कहते हैं कि वो कूदने वाला बबलू ही है।

बबलू...नाम याद आते ही उसके बदन में फुरफुरी आ जाती है। तब वो

ग्यारह-बारह साल का था। उससे उम्र में पाँच-छह साल बड़ा था बबलू। गाँव के लोग कहते थे कि बबलू पागल है। कुछ साल तक स्कूल जाने के बाद वह स्कूल छोड़ कर खेती-बाड़ी के काम पर लग गया था। उसका कोई दोस्त नहीं था। किसी से बोलता-चालता तक नहीं था। अपने आप में मस्त रहता था बस। खींच कर घुटनों से ऊपर धोती बाँधता और ऊपर बंडी। गर्मी और बरसात में तो बंडी भी ग़ायब हो जाती थी। बस धोती पहने रहता। खेती-किसानी का गठा हुआ, तराशा शरीर था, जो धूप में तप कर ताँबिया हो चुका था। गले में एक मोटा, ढोलक की तरह का बड़ा-सा ताबीज़ पहने रहता था। किसी होली के जतरा (त्यौहारों पर लगने वाले ग्रामीण मेले) से ख़रीद कर एक बाँसुरी ले आया था। वह बाँसुरी हमेशा धोती में खुँसी रहती थी। बजानी तो आती नहीं थी, बस नीम के पेड़ पर बैठा उसमें हवा फूँक-फूँक कर आवाज़ें निकालता रहता था। फिर मौज में आता तो बाँसुरी को वहीं नीम की शाख़ पर रखकर छपाक से नदी में कूद पड़ता। देर तक नदी में ही तैरता रहता। घंटों तैरता। घर में कोई सुनने-समझने वाला था नहीं। बस वो था और उसकी माँ थी। माँ दिन भर खेतों में खटती रहती। बबलू भी सुबह से लेकर दोपहर तक खेत के कामों में माँ का हाथ बँटाता। हाथ क्या बँटाता, बस बैल बन भिड़ जाता काम में। भिड़ा रहता, और फिर दोपहर बाद मौज आ जाती, तो बस यहाँ नदी किनारे आ जाता। खेत, घर, नदी और नीम का पेड़, बस यही थी उसकी दुनिया। गूँगा नहीं था, मगर उसे बोलते किसी ने सुना ही नहीं था। किसी की आँखों में आँखें डाल कर देखता भी नहीं था। ऐसा लगता था जैसे यह सारी दुनिया उसके लिए है ही नहीं। सारे बच्चे डरते थे बबलू से, गाँववालों ने कह जो रखा था कि बबलू पागल है। जब तक बबलू नदी पर रहता वो लोग नदी पर जाते ही नहीं थे। या तो उसके आने के पहले ही नदी से नहाकर आ जाते, या उसके जाने के बाद। बाद में जाने में यह मुश्किल थी कि बबलू दोपहर का आया कई बार सूरज ढलने तक नदी पर ही बना रहता था।

उस दिन घर में कोई पूजा थी इसलिए वो अकेला ही नदी पर नहाने आ गया था। दोपहर होने में कुछ समय था इसलिए वो यह सोच कर जल्दी आ गया था कि बबलू के आने के पहले ही नहाकर लौट आएगा। नहाकर जब वो झाड़ियों के झुरमुट में खड़ा अपने भीगे अंडरवियर को उतार कर हवा में लहरा-लहरा कर सुखा रहा था। यह झाड़ियों का झुरमुट ज़फ़र की खोज थी, सारे

कपड़े उतार कर अंडरवियर सुखाने के लिए। घर से कपड़े लेकर तो आते नहीं थे, नहाते थे और उसी को सुखा कर फिर से पहन लेते थे। तब अचानक उसने देखा था कि बबलू आ गया है नदी पर। उसकी घिग्घी बँध गई थी, सोचा 'भाग जाए,' पर कैसे, कपड़े तो वहाँ नीम के नीचे पेड़ की जड़ पर रखे थे उसके। बबलू आया और सीधा नीम पर चढ़ गया। बाँसुरी फूँकने लगा था। थोड़ी ही देर में लम्बी चाची नदी की दूसरी तरफ़ आ गई थीं और किनारे के पत्थर पर बैठ गई थीं।

लम्बी चाची...ये नाम गाँव में नामकरण की विचित्र परंपरा के चलते मिला है। ऐसी बहुत लम्बी भी नहीं हैं वो, लेकिन सामान्य से थोड़ी लम्बी तो हैं। जब ब्याह कर आईं तो इसी लम्बाई के कारण पहले देवरों ने नाम दिया 'लम्बी भौजी' और फिर देवरों के बच्चों ने नाम दिया 'लम्बी चाची'। फिर पूरा गाँव ही लम्बी चाची कहने लगा। अपने बच्चे नहीं हुए लम्बी चाची के, ख़ूब इलाज, हकीम, डॉक्टर, वैद्य, टोना-टोटका, झाड़-फूँक सब करवाया गया, लेकिन कुछ नहीं हुआ। मायका और ससुराल दोनों ही ख़ूब धनाढ्य परिवार हैं, इसलिए हाथ हमेशा भरा रहा लम्बी चाची का। गाँव भर में ठसक है लम्बी चाची की। वक़्त-ज़रूरत जिसको पैसे-कौड़ी की आवश्यकता पड़ती है, तो लम्बी चाची ही याद आती हैं। भले पिछला बकाया हो, लेकिन अगर ज़रूरत पड़ी है, तो लम्बी चाची मदद कर ही देंगी। इसी वास्ते आदर होता है लम्बी चाची की गाँव में। गाँव के बच्चे किसी और का कुछ काम करें न करें, लेकिन लम्बी चाची का किसी काम के लिए बुलावा आया, तो दौड़ते हुए पहुँचते हैं। पता है कि काम करने के बाद लम्बी चाची रुपया, दो रुपया तो देंगी ही। चालीस-पैंतालीस की उम्र है अब उनकी, लेकिन अभी भी दिप-दिप करती हैं। सोने में लदी रहती हैं और शरीर भी अभी तक सोने-सा ही है। बच्चे नहीं हुए तो सोना अभी भी कुंदन का कुंदन ही रखा है। सास-ससुर पोते की आस में विदा हो गए, देवर शहर चले गए और अब यहाँ बड़ी हवेली में लम्बी चाची और परसोत्तम चाचा (पुरुषोत्तम चाचा) अकेले रहते हैं। लम्बी चाची को हमेशा सज-धज कर रहना पसंद है। आँखों में हमेशा तीखा काजल आँज कर रखती हैं। घने और लम्बे बालों को हमेशा ढीली चोटी में गूँथकर रखती हैं। वैसे तो नहाने-धोने की व्यवस्था हवेली पर ही कुआँ होने के कारण हो रखी है, लेकिन खेत से आते-जाते अक्सर लम्बी चाची पत्थरों पर एड़ियाँ रगड़ने बैठ जाती हैं। घंटों तक रगड़ती रहती हैं अपनी

एड़ियाँ। कभी दोपहर में लम्बी चाची की ढूँढ़ मचती है और चाची कहीं नहीं मिलती हैं तो बच्चों को नदी की तरफ़ ही दौड़ाया जाता है। छालिया (सुपारी) कतरती बुढ़ियाएँ गाँव के बच्चों को दौड़ाती हैं, कुछ मुँह को उचकाकर, भवें तरेरते हुए कहती हैं, "वहीं एड़ियाँ घिस रही होगी, जाओ बुला लाओ। वो आए और सँभाल ले सारा काम, उसी के बस का है ये।"

लम्बी चाची की पुकार अक्सर ही लगती है। असल में गाँव में कोई शादी हो, किसी की गोद भराई हो, कुछ भी शुभ काम हो, लम्बी चाची के बिना कुछ नहीं बनता है। बधाए गाने हों, बन्ना-बन्नी गानी हों कि भजन गाने हों, बड़ी-बूढ़ियों के मुँह पर बस एक ही नाम आता है, "लम्बी को तो बुलाओ कोई, उसके बिना कौन गाएगा यहाँ?" मीठी टेक लगाकर ढोलक पर थाप देकर जब लम्बी चाची तान छेड़ती हैं, तो सुनने वाले अश-अश कर उठते हैं। बस जोगन-सी ही हो जाती हैं लम्बी चाची। बड़ी-बूढ़ियाँ ऐसे ही तो नहीं कहती हैं, "मीरा बाई बैठी हैं लम्बी के गले में।" मीरा की वही अतृप्त चाह का दर्द लिए काँपती आवाज़ में लम्बी चाची गाती जाती हैं और हर बार एक गीत के ख़त्म होते ही फ़रमाइश आ जाती है, "लम्बी आज तो वो वाला बन्ना उठा ज़रा—'मेरा लहर-लहर जिया होय रे'।" लम्बी चाची सबका मान रखती हैं, कभी मना नहीं करती हैं। ढोलक सँभालती हैं और गाने लगती हैं, "मेरा लहर-लहर जिया होय रे, ऐ लाडले दरवज्जे की बैठक छोड़ दो...ऐ लाडले..." गाते समय 'ऐ लाडले' पर जब तान लगाती हैं, तो कलेजा फट जाता है सुनने वालियों का। "हाय कित्ता दर्द? कित्ती चाह है लाडले की...? ऊपर वाले...रे ऊपर वाले...क्यों किया तूने ऐसा...?" और फिर गाते-गाते मीरा की तरह सुध-बुध खोकर नाचने भी लगती हैं। सलोना-सा नाच होता है लम्बी चाची का। बस हाथों को ज़रा-सा मटकाते हुए, हवा में उठाए, आँखें बंद करके, घूमती रहती हैं, दीपक की लौ की तरह। कभी अगर लम्बी चाची नाचने के लिए नहीं उठती हैं, तो कोई-न-कोई बड़ी-बूढ़ी अधिकार से आकर हाथ पकड़ कर उठा देती हैं, नाचने के लिए। वैसे तो यह नाच-गाना महिलाओं के लिए ही होता है, लेकिन लम्बी चाची गा रही हों तो पुरुषों के कान भी इधर ही लग जाते हैं। और कोशिश यह भी रहती है कि आते-जाते कैसे भी एक निगाह पड़ जाए, मीरा की तरह मगन होकर नाचती हुई लम्बी चाची पर। बस एक बार देख लें सुध-बुध खोकर नाचती हुई लम्बी चाची को।

उस दिन भी लम्बी चाची उसी तरह नदी के पत्थर पर बैठकर अपनी

एड़ियाँ रगड़ने लगी थीं। वह झुरमुट में बेहद डरा, छिपा हुआ पत्तों में से झाँक कर देख रहा था। बबलू पेड़ पर बैठा कुछ भी उल्टी-सीधी बाँसुरी फूँक रहा था, लम्बी चाची दूसरे किनारे पर एड़ियाँ रगड़ रही थीं। अचानक बाँसुरी बंद हो गई थी और छपाक से कूद पड़ा था बबलू नदी में। और जैसी उसकी आदत थी नदी के पानी को मथता हुआ इधर-से-उधर तैर रहा था। उसका धारदार जिस्म नदी के पानी को ऐसे काट रहा था, जैसे कोई बलुआ पत्थर की कटीली चट्टान हो। उसने देखा था कि लम्बी चाची के हाथ रुक गए थे और आँखें बबलू पर थिर हो गई थीं। एकटक थिर। अब वे एड़ियाँ नहीं रगड़ रही थीं बल्कि कुछ गहरे पानी में अपने पैर घुटनों तक डाल कर बैठी थीं। थोड़ी देर में बबलू ने एकदम डुबकी लगा दी थी। लम्बी डुबकी। नदी का पानी भी थिर हो गया था। जहाँ चाची के पैर पानी में डूबे थे, बस वहीं पानी के अंदर कुछ हलचल हो रही थी। लम्बी चाची आँखें बंद किए चेहरा आसमान की तरफ़ किए कमान की तरह हो गई थीं, उनके घने बाल खुलकर नदी के पानी में तैरने लगे थे। उसे समझ नहीं आ रहा था कि क्या हो गया है लम्बी चाची को, मिरगी का दौरा तो नहीं पड़ रहा है? दादी बताती थीं कि नदी-तालाब के पास बैठने से मिरगी का दौरा आता है। भले ही डराने के लिए कहती थीं, नदी से दूर रखने के लिए कहती थीं, लेकिन उसके लिए तो वही सच था। लम्बी चाची मिरगी के रोगी की तरह काँप रही थीं, बबलू पानी में डूबा हुआ था, लम्बी साँस खींचकर।

थोड़ी देर बाद बबलू नदी के बीच से बाहर निकल आया था। लम्बी चाची एक बार फिर सामान्य हो गई थीं और एड़ियाँ रगड़ने लगी थीं। बबलू अब नदी में ऐसे तैर रहा था जैसे सिर पर प्रेत सवार हो गया हो। जैसे नदी को मथ कर रख देना चाहता हो। उसने देखा था बबलू का चेहरा बदला हुआ था। उसे लगा कि लम्बी डुबकी लगाने के कारण साँस फूलने के कारण ऐसा हो गया है बबलू का चेहरा। थोड़ी देर में बबलू नदी से निकलकर एक बार फिर पेड़ पर चढ़ गया था और बाँसुरी फूँकने लगा था। वह घबराया हुआ झाड़ियों में छिपा था, साँस रोक कर। और कुछ देर हुई, और लम्बी चाची को बुलाने दो लड़कियाँ आ गई थीं, लम्बी चाची उनके साथ उठकर चली गई थीं। लम्बी चाची के कारण ही वह भाग नहीं पा रहा था, उनके जाते ही उसने भी हाथ में पकड़े गीले अंडर वियर को पहन कर भागने की तैयारी कर ली थी। कपड़े बाद में उठा लेगा आकर।

वह भागने की तैयारी में ही था कि बबलू नीम से उतर आया था और अपनी गीली धोती को खोलकर नीम की जड़ों पर सुखाने के लिए बिछाने लगा था। अब वो भाग भी नहीं सकता था, क्योंकि भागने का मतलब है बबलू के एकदम पास से जाना। इतने पास से कि बबलू हाथ फैलाकर रोक ले। तभी बबलू की नज़र उसके कपड़ों पर पड़ी थी। बबलू कुछ देर तक कपड़ों को और फिर आस-पास देखता रहा था। फिर एकदम पलटा था झाड़ियों की तरफ़। उसकी जान हलक़ में आ गई थी। धोती को नीम की जड़ पर छोड़कर बबलू तेज़ क़दमों से झुरमुट की तरफ़ बढ़ा था। जब तक वह कुछ समझता तब तक बबलू झुरमुट के अंदर था। उसने चीखना चाहा पर आवाज़ ने साथ नहीं दिया, गले में फँसकर रह गई थी आवाज़। बबलू एकदम उसके पास था। बबलू को पहली बार उसने इतने पास से देखा था। बबलू ने हाथ बढ़ाकर उसके कंधे को छुआ, तो उसकी जान निकल गई थी। उसकी आँखें बंद थीं, दाँत भिंच गए थे, अंदर-ही-अंदर रो रहा था वो। बबलू का हाथ उसके शरीर पर फिर रहा था, खुरदुरी उँगलियाँ पत्थर की तरह महसूस हो रही थीं उसे। फिर अचानक जैसे किसी अजगर ने अपनी कुंडली में उसे जकड़ लिया था। अजगर अपनी कुंडली को और कसता, और कसता जा रहा था। उसकी हड्डियाँ चरमराने लगी थीं। उसे लगा कि बस उसकी जान निकलने ही वाली है। और फिर उसने अपने अंदर की पूरी ताक़त समेट कर आँखों के ठीक सामने दिख रहे बबलू के कंधे पर जितनी ज़ोर से हो सके, उतनी ज़ोर से काट लिया था। अजगर की कुंडली ढीली हो गई थी। उसने एक बार फिर अपनी पूरी ताक़त लगाकर बबलू को धकेला, बबलू लड़खड़ाकर झाड़ियों पर गिर गया था। वह छूटते ही झुरमुट से बाहर की तरफ़ दौड़ा था। नीम की जड़ पर रखे अपने कपड़े उठाने के लिए भी नहीं रुका था। दौड़ता गया था, दौड़ता गया था, जब तक घर नहीं पहुँच गया था।

उसके दो-तीन दिन बाद ही बबलू नदी में डूबकर मर गया था। सब तरह-तरह की बातें कर रहे थे, पर उसे पता था कि बबलू जो लम्बी साँस खींच कर लम्बी डुबकी लगाता था, उसी कारण मर गया है वो। इतनी लम्बी साँस रोकेगा, तो कभी-न-कभी तो यह होना ही था। बबलू के मरने की ख़बर सुनकर उसने राहत की साँस ली थी। मगर बबलू थोड़े दिन के लिए गया और फिर लौटकर आ गया था क़िस्सों, कहानियों में। किसी को वह नदी में कूदता दिखाई देता था, तो किसी को रात को खेत से लौटते समय नीम के पेड़ पर से बबलू की

बाँसुरी सुनाई देती थी। बबलू जाकर लौट आया था।

''चल न यार, तू नहीं चलेगा तो मज़ा नहीं आएगा। नदी पर बरसात बाद बँधने वाला बंधान बँध गया है और ख़ूब पानी भर गया है उसमें। एकदम हरा-कच्च पानी भरा है। चल न यार मन्नी, बंधान में दस-पन्द्रह दिनों में पानी कम हो जाएगा, तो नीम के पेड़ से सीधे बंधान के पानी में कूदने का मज़ा नहीं आएगा।'' ज़फ़र ने उसकी चिरौरी करते हुए कहा। ज़फ़र दोस्तों में सबसे ज़्यादा एबला (चुलबुला) है।

''नहीं यार, नीम से नहीं, मना किया है ना अब्बा जी ने तेरे, पिछले साल अब्बा जी ने छड़ी से पीठ लाल की थी, तेरी भी और मेरी भी, भूल गया।'' उसने अनिच्छा ज़ाहिर करते हुए कहा।

''हाँ तो उससे क्या हुआ, पिट लेंगे इस बार भी। मगर नीम के पेड़ से सीधे नदी में कूदने का मज़ा थोड़े ही छोड़ सकते हैं।'' ज़फ़र ने हँसते हुए कहा। गोरा-चिट्टा ज़फ़र बहुत शरारती है। ज़रा-ज़रा हरी-कत्थई-सी आँखें हमेशा शरारत से भरी रहती हैं। ऐसा लगता है, जैसे हमेशा कुछ ख़ुराफ़ात करने का कारण तलाशती रहती हैं आँखें। पढ़ने में बस एवरेज है। घिसट-घिसट कर जैसे-तैसे पासिंग मार्क्स की लाइन को छूता है। शुरुआत में तो दो-तीन साल फ़ेल भी हुआ स्कूल में और इसी कारण अब उन तीनों से दो-तीन साल बड़ा होने के बाद भी उनकी क्लास में है। आठवीं क्लास से उनके साथ है, वो तीनों ही उसे घसीट-घसीट कर, पढ़ा-पढ़ा कर पास करवा देते हैं। वो तीनों अभी अठारह की उम्र में चल रहे हैं, तो ज़फ़र इक्कीस पारकर चुका है। लेकिन उम्र का यह अंतर दोस्ती में दिखाई नहीं देता।

''चल न यार मन्नी...अब तो आख़िरी साल है गाँव में। अगले साल तो सब इधर-उधर हो जाएँगे। और बाक़ियों का तो कुछ पता नहीं पर तू तो पक्का ही गाँव छोड़ेगा स्कूल के बाद...।'' इस बार आशीष बोला और बोलने के साथ ही उसका हाथ पकड़कर उसे उठा लिया।

आशीष, ज़फ़र, मनीष, अनिल इन चारों की टीम को गाँव में, स्कूल में चंडाल-चौकड़ी नाम मिला हुआ है। दिन भर हवा के पंखों पर सवार होकर यहाँ से वहाँ, वहाँ से यहाँ उड़ते ही रहते हैं। वो बाक़ी तीनों से थोड़ा अलग है। थोड़ा-सा अंतर्मुखी, थोड़ा कम बोलने वाला। कुछ शर्मीला-सा, लेकिन इन तीनों के साथ जब होता है, तो इनके हिसाब से रूपांतरित हो जाता है। जितना

खुलता है, वो बस इन तीनों के साथ ही खुलता है। लेकिन उतना भी बड़ी मुश्किल से खुलता है। बाक़ी तीनों उमर के असर में आकर अकेले में बस एक ही टॉपिक पर बातें करते हैं, उसके अलावा कोई दूसरा टॉपिक नहीं होता है। तीनों मज़े ले-लेकर उस टॉपिक पर बातें करते हैं, मगर वो बस शर्माता हुआ-सा हँसता रहता है, अपनी तरफ़ से उस अश्लील चर्चा में कोई क़िस्सा नहीं जोड़ता। उसके पास इस प्रकार के क़िस्से होते भी नहीं हैं। कुछ जोड़ने की कोशिश कभी करता भी है, तो ज़बान तालू से चिपककर रह जाती है, बोल ही नहीं पाता। वो ऐसा ही है बचपन से। सबसे ज़्यादा वैरायटी के क़िस्से ज़फ़र के पास ही होते हैं। पता नहीं कहाँ-कहाँ से लाता है वो घनघोर अश्लील क़िस्से। सुनाते समय इतना रस ले-लेकर सुनाता है कि उसका ख़ुद का चेहरा मारे उत्तेजना के लाल-भभूका हो जाता है, बाक़ियों का तो कहना ही क्या।

''रुक तो सही मुझे मेरे कपड़े तो ले लेने दे। टॉवल वगैरह तो रख लूँ। नहाने के बाद क्या पहनकरघर आऊँगा।'' उसने अपना हाथ छुड़ाने की कोशिश करते हुए कहा।

''वाह साले, तू तो अभी से शहरी हो रहा है। अभी तक कब हम लोग कपड़े लेकर नदी पर नहाने गए हैं, जो आज जाएँगे। ये नई बात मत शुरू कर बेट्टा। चल...अब चल तो पड़ हमारे साथ सीधे-सीधे।'' इस बार अनिल ने उसका दूसरा हाथ भी पकड़कर खींचा।

''रुक तो...पहले की बात और थी, अब हम बड़े हो गए हैं, बच्चे नहीं रहे हैं पहले के समान।'' उसने एक बार फिर से प्रतिरोध किया।

''बड़े हो गए तो क्या हुआ, हैं तो हम चारों वही ना। सुन बेटा...शहर में सब कुछ मिलेगा लेकिन नहाने के बाद झाड़ियों के पीछे जाकर अंडरवियर को उतार कर, निचोड़ कर वैसे ही बिना कपड़ों के खड़े होकर अंडरवियर को हवा में सुखाने का मज़ा नहीं मिलने का।'' इस बार ज़फ़र ने एक आँख दबाते हुए कहा।

''तुम लोग पागल हो क्या? अब हम बारहवीं में पढ़ते हैं, अगले साल कॉलेज चले जाएँगे। तुम अभी तक बच्चे के बच्चे ही बने हुए हो।'' उसने कुछ ग़ुस्से में कहा।

''वाह बेटा...अभी पिछले साल तक तो हमारे साथ झाड़ियों के पीछे नागा बाबा बनकर 'पानी उड़ जा, हवा संग उड़ जा, मेरी चड्डी सूख जा, सूख जा, सूख

जा' गा–गाकर अपनी चड्डी सुखाता था, एक साल में तुझे शरम भी आने लगी? एक साल में ऐसा नया क्या हो गया है तुझमें, जो दोस्तों से छिपाने लगा है। अब कुछ ना है तेरे पास छिपाने का, बचपन से लेकर आज तक हम सब देख चुके हैं, अब किसी और से छिपाइयो अपनी इज़्ज़त वहाँ शहर जाकर, समझा...यहाँ कुछ नहीं है अब छिपा–ढँका। चल भाई अब ज़्यादा मनहूसियत मत फैला, वैसे भी अब्बा जी का डर है, और तू अलग इधर रायता फैला रहा है।'' ज़फ़र ने कुछ झुँझलाते हुए कहा। वह कुछ ऊहापोह में फँसा खड़ा रहा।

''चल ना यार फिर रात को मुकेश के घर भी जाना है, उसके चाचा की शादी का मंडप है रात को। सुना है कि शहर से बैंड आ रहा है, रात को ख़ूब डांस होगा। चल ना यार शाम तक नहाएँगे फिर घर आकर माँग–पाटी काढ़ कर मुकेश के घर चलेंगे। कित्ते दिनों से डांस ही नहीं निकला है हम सबका, रात को बैंड पार्टी पर कब्ज़ा करके ख़ूब नाचेंगे।'' आशीष ने चिरौरी करते हुए कहा। और उसके बाद तीनों उसे लगभग खींचते हुए घर से बाहर ले गए।

नदी पर जब वो चारों पहुँचे तो दोपहर बाद का समय था। इस समय अमूमन सन्नाटा रहता है नदी पर। इक्का–दुक्का कोई आया तो आया। नहाने वाले सुबह ही आकर नहाकर चले जाते हैं। जब ये चारों पहुँचे, तो लगभग शांति ही थी नदी पर। बंधान जिस जगह पर बाँधा जाता है, वहाँ दोनों तरफ़ पत्थर की चट्टानें हैं। कपड़े धोने, नहाने के लिए। बंधान इतना चौड़ा बाँधा जाता है कि उस पर से होकर आराम से इधर–से–उधर जाया जा सकता है। एक तरफ़ का पाट पुरुषों के लिए है और दूसरा किनारा महिलाओं के लिए। पुरुष इस तरफ़ और महिलाएँ बंधान पारकर उस तरफ़ जाती हैं। वैसे तो समय भी दोनों का अलग–अलग है। पुरुष सुबह छह बजे से लेकर आठ बजे तक नदी पर आते हैं। उसके बाद वे अपने खेतों पर निकल जाते हैं। नौ बजे के बाद महिलाओं का कपड़े के गट्ठर लेकर नदी पर आना शुरू होता है, तो बारह बजे तक चलता है। उसके बाद नदी पर सन्नाटा ही रहता है। जब ये चारों पहुँचे तो बंधान के उस तरफ़ बस लम्बी चाची बैठी खपरैल से अपनी एड़ियाँ घिस रही थीं।

''राम–राम लम्बी चाची...।'' ज़फ़र ने कपड़े उतारते हुए इधर से ही चिल्लाकर नदी के उस तरफ़ बैठी लम्बी चाची से कुछ अदब के साथ कहा।

''राम–राम ज़फ़्र्या...आज तुम लोग दिन चढ़े इधर नदी पर आए हो, सदिए (एकदम सुबह) नहीं उठे क्या आज?'' लम्बी चाची ने उसी प्रकार

एड़ियाँ घिसते हुए कहा। गाँव में प्यार से बुलाने का बड़ों का यही तरीक़ा है, नाम को ज़रा-सा बिगाड़ने से अपनापन आ जाता है। ज़फ़र का ज़फ़्यां, मनीष का मनीष्या।

''चाची सुबह से हम पढ़ने में लगे थे, इसलिए सपड़ (नहा) नहीं पाए, अब बख़त मिला तो आ गए सपड़ने।'' ज़फ़र ने उत्तर दिया।

लम्बी चाची ने इस बार नज़र उठाकर चारों की तरफ़ देखा। नदी के उस तरफ़ खड़े चारों लड़कों को। पाट ज़्यादा चौड़ा नहीं है, इसलिए नज़र उधर तक आसानी से पहुँच जाती है। लम्बी चाची की गहरे काजल से भरी आँखें नदी पारकर उधर पहुँच गईं। लड़के अपने कपड़े उतारकर नीम के पेड़ के नीचे, उसकी उभरी हुई जड़ों पर रख चुके थे और अब बस अंडरवियर में खड़े थे। लम्बी चाची से कैसी शरम? इन्होंने तो बचपन में बिना अंडरवियर के भी नदी में नहाते देखा है।

'छपाक-छपाक-छपाक-छपाक'। बात की बात में चारों एक-एक करके बंधान में कूद गए। लम्बी चाची ने देखा तो मुस्कुराकर वापस अपनी एड़ियाँ रगड़ने लगीं।

चारों नदी के पानी में इधर-से-उधर, उधर-से-इधर तैरने लगे। एक-दूसरे के कंधे पर चढ़कर वहाँ से पानी में कूदना, साँस रोककर डुबकी लगाना और जाने क्या-क्या। लम्बी चाची के कारण ज़फ़र अपने को कंट्रोल किए हुए था, नहीं तो पानी में कूदते ही उसके अंदर का शैतान अपनी शैतानियाँ दिखाने को जाग जाता है। मगर फिर भी वो नज़र बचाकर कुछ-न-कुछ शरारत तो कर ही रहा था बाक़ी तीनों के साथ।

आधे घंटे तक जब उन चारों का नदी में तैरना चलता रहा, तो लम्बी चाची ने ऊँचे स्वर में उस तरफ़ से कहा, ''टोर्या होन (लड़के लोग) कित्ती देर तक नहाओगे? बस करो, बीमार पड़ जाओगे।''

''बस चाची निकल ही रहे हैं, एक बार ऊपर नीम पर चढ़कर वहाँ से कूदी मार लें, फिर जाते हैं घर।'' आशीष ने सहमते हुए उत्तर दिया।

''पेड़ पे से? मना किया है ना? बबलू की बात पता है ना तुम सबको?'' इस बार लम्बी चाची ने अपनी एड़ियाँ रगड़ने का काम रोकते हुए ज़रा डाँटते हुए कहा।

''बस चाची एक बार...और अभी तो बहुत पानी है बंधान में, छेव (तल)

तक जा ही नहीं सकते। बस एक-एक बार कूदी मार लें फिर निकलते हैं।'' इस बार अनिल ने चिरौरी की।

''अच्छा-अच्छा...जल्दी कर लो, शाम का बख़त हो रहा है, गाँव में शादी है, आज मंडप होना है, तुम टोर्या होन काम नहीं करोगे तो कौन करेगा वहाँ? जल्दी से नहा-धो लो और घर से तैयार होकर पहुँचो वहाँ, पंगत बैठने ही वाली होगी।'' कहते हुए लम्बी चाची वापस एड़ियाँ रगड़ने लगीं।

''हाँ चाची पता है, इसीलिए तो नहाने आए हैं हम, बस नहा-धोकर वहीं जाएँगे सीधे।'' उसने इस बार सबकी तरफ़ से उत्तर दिया, उसके उत्तर पर लम्बी चाची ने सिर उठाकर उसकी तरफ़ देखा और मुस्कुराकर अपनी एड़ियों पर पानी डालकर उनको साफ़ करने लगीं।

लम्बी चाची की स्वीकृति प्राप्त होते ही चारों पानी से निकले और नीम पर दौड़ते हुए चढ़ गए। उस शाख़ के सिरे तक आए जो नदी पर फैली हुई थी, और फिर एक-एक करके वहाँ से 'छपाक-छपाक' कर सीधे पानी में। एकदम पूरे बंधान का पानी जैसे मथ गया हो। इस सिरे से उस सिरे तक लहरें उठ गईं।

चारों थोड़ी देर तक और तैरते रहे फिर बाहर निकल आए। चाची की ओर देखा, वो उसी प्रकार सिर झुकाए पाँव साफ़ कर रही थीं। चारों चुपचाप से फिर से नीम पर चढ़ गए और एक बार फिर से धमाधम कूद गए। लम्बी चाची ने लड़कों का दूसरी बार नीम पर से कूदना देखकर भी अनदेखा कर दिया।

पानी से निकलकर चारों बदन को सुखाने के लिए नीम की जड़ों पर बैठ गए। फूटती हुई जवानी के शरीर पर से पानी की बूँदें फिसल कर नीम की जड़ों में समाने लगीं।

''चलो, झाड़ियों के पीछे चलते हैं।'' ज़फ़र ने उसकी ओर देख कर मुस्कुराते हुए कहा।

''नहीं तुम तीनों हो आओ, मैं बाद में जाऊँगा।'' उसने मुस्कुराते हुए कहा।

''तुझपे बड़ी जवानी फूट रही है साले, अब तक तो शरम की नहीं, अब बड़ी सतवंती नार बन रहा है।'' अनिल ने कुछ ग़ुस्से में कहा।

''कहा ना तुम तीनों जाओ, मैं बाद में जाऊँगा।'' उसने उसी प्रकार उत्तर दिया। तीनों उसके कहते ही उठ कर झाड़ियों के पीछे चले गए। झाड़ियों के पीछे से कपड़े झटक कर सुखाने की आवाज़ें आने लगीं। और हँसने की भी।

ज़फ़र के रहते कोई चुप रह भी कैसे सकता है। कुछ-न-कुछ बदमाशी कर ही रहा होगा वो एबला। जितना चुलबुला दिमाग़ है उसका, वैसे में झाड़ियों के पीछे भला शांत कैसे रह सकता है वो।

थोड़ी देर बाद तीनों कपड़े पहने हुए झाड़ियों के पीछे से बाहर निकले। "चल बेट्टा अब सुखा ले अकेला अंदर जाकर, और सुन, हम तो जा रहे हैं, तू घर से तैयार होकर मुकेश के घर आ जाइयो।" ज़फ़र ने बाहर आकर झाड़ियों की तरफ़ इशारा करते हुए उससे कहा।

"अरे तो रुको तो सही मैं भी तो चल ही रहा हूँ साथ। बस पाँच मिनट रुको।" उसने उन लोगों को जाते हुए देखा तो रुकने के लिए कहा।

"नहीं बेट्टा...अब तू अकेले ही रुक यहाँ, साले बहुत बड़ा हो गया है ना? चल अब आ जइयो मुकेश के घर टाइम से। जा अकेले जाने का शौक़ हो रहा था ना तुझे झाड़ियों के पीछे, जा-जा कर ले ऐश साले।" आशीष ने एक आँख दबाते हुए कहा और तीनों वहाँ से चल दिए।

उसने भी नीम की जड़ पर रखे अपने कपड़े उठाए और झाड़ियों के पीछे चला गया। वहाँ जाकर उसने शरीर पर का आख़िरी कपड़ा अपना अंडरवियर भी उतारा और उसे निचोड़कर उसमें से सारा पानी निकाल दिया। निचोड़कर वो उसे हवा में हिला-हिला कर सुखाने लगा। फिर कुछ सोचकर मुस्कुराया और गाने लगा, 'पानी-पानी उड़ जा, हवा संग उड़ जा, मेरी चड्डी सूख जा, सूख जा, सूख जा'। बचपन से अब तक यही तो खेल रहे हैं उसके जीवन के, पता नहीं अगले साल क्या होगा? अब ज़िन्दगी कहाँ लेकर जाएगी उसे। उसे लगा कि उसने फ़िज़ूल ही तीनों को नाराज़ कर दिया। अभी तक तो वो चारों ही यहाँ इसी तरह खड़े होकर अपने कच्छे सुखाते थे। आज उसे क्या हुआ कि वो उन के साथ इधर नहीं आया। क्यों हो रहा है वो ऐसा इन दिनों। अलग-अलग सा। चलो दोस्त ही तो हैं, मना लूँगा।

चारों तरफ़ दोपहर का सन्नाटा है। बस नीम पर फ़ाख़्ता बोल रही है, 'घू घ् घू घू-घू घ् घू घू'। हर तरफ़ बस हवा की सरसराहट है। अचानक किसी के आने की आहट हुई और किनारे से झाड़ियाँ हिलीं, जब तक वो कुछ समझ पाता, झाड़ियों के पीछे से निकलकर लम्बी चाची एकदम उसके सामने खड़ी थीं। लम्बी चाची को देखते ही उसकी जान हलक़ में आ गई। घबराहट में उसके हाथ से कच्छा भी छूटकर नीचे गिर गया।

“क्यों रे मन्नी, तू अकेला क्या कर रहा है यहाँ? वो तीनों तो कब के चले गए। तू अकेला खड़ा यहाँ पर क्या कर रहा है?” लम्बी चाची ने कुछ पास आते हुए पूछा। लम्बी चाची की आवाज़ एकदम सहज थी, लेकिन नज़रें...? वह मानो एकदम पत्थर का हो गया, ऐसे कि ज़मीन पर पड़े कपड़ों को उठा कर पहनने की भी ताक़त नहीं रही। और अब पहनकर भी क्या होगा? जो होना था, वो तो हो ही चुका है।

“बस जा रहा हूँ चाची, कपड़े सुखा रहा था। उन लोगों के सूख गए थे, तो वो लोग जल्दी चले गए, बस मैं भी जा ही रहा हूँ।” उसने अटकते हुए उत्तर दिया। भूल गया कि वो किस अवस्था में खड़ा है। बचपन में लम्बी चाची ने उसे कई बार ऐसा देखा है, लेकिन अब तो...।

“चल सूख गए होंगे अब तो, कपड़े पहन और भाग घर...। वही मैं सोचूँ कि आए तो चार थे, और वापस तीन ही गए, ये चौथा कहाँ गया। इधर से झाड़ियों में से गाने की आवाज़ आई, तो देखने चली आई। यहाँ भैया जी नागा बाबा बने गाना गा रहे हैं।” कहते हुए लम्बी चाची ज़ोर से हँसीं। मारे शरम के उसका शरीर बर्फ़ का हो गया, मुँह में ज़बान मानो पत्थर की हो गई थी। कुछ बोलते ही नहीं बन रहा था।

“चल-चल अब शरमाए मत, कपड़े पहन और घर जा, शाम हो रही है।” कहकर उसी प्रकार हँसते हुए लम्बी चाची वापस चली गईं।

चाची के जाते ही जैसे उसकी साँस में साँस आई, उसने अपने आपको देखा, जवान-जहान लड़का कैसे एकदम बिना कपड़ों के खड़ा है बच्चों की तरह। उसने तुरंत ज़मीन पर पड़ा अंडरवियर उठाया और पहन लिया, ऊपर से कपड़े पहने और तीर की तरह छूटकर झाड़ियों के पीछे से भागा तो घर जाकर ही रुका।

उस रात मुकेश के चाचा के मंडप में बहुत धूम मची। सचमुच शहर का बैंड मँगवाया था मुकेश के पिताजी ने। छोटे भाई की शादी में दिल खोलकर पैसा ख़र्च किया था उन्होंने। पूरा गाँव मंडप में पइ-पावणे-चूल से न्यौता गया था। मतलब पूरे घर के सदस्यों के साथ-साथ पावणे अर्थात् यदि घर में मेहमान आए हों, तो उनका भी न्यौता था। मंडप की पंगत जब बिछी, तो बिछती ही चली गई। लोग आते गए और खाते गए। गाँव भर के सब लड़के खाना परसने में जुट गए। ऐसे, जैसे उनके घर की ही शादी हो। चंडाल-चौकड़ी भी जी-जान

से जुट गई थी। वो जब खाना परसते हुए लम्बी चाची तक पहुँचा, तो चाची से नज़र मिलते ही उसे झाड़ियों वाली घटना याद आ गई। वह झेंपकर तुरंत आगे बढ़ गया। फिर उस लाइन में ही नहीं आया कुछ भी परसने।

मंडप की पंगत होने के बाद बैंड पर जो नाच-कुदाई शुरू हुई, तो गाँव के लौंडे-लफ़ाड़ियों ने आसमान सिर पर उठा लिया। औरतें आँगन के अंदर अपनी ढोलक मंडली लेकर गाने-बजाने-नाचने लगीं, तो लड़के बाहर चौपाल पर बैंड वालों की धुनों पर। चंडाल-चौकड़ी भी जमकर नाची। पसीने से तर-बतर हो गए। कपड़े ऐसे भीग गए, जैसे अभी नदी से निकलकर आ रहे हों, पर नाचते रहे। बाहर का शोर-शराबा बढ़ा, तो अंदर नाचती औरतें भी आँगन के बाहर निकलकर आ गईं लड़कों का नाच देखने। लड़कों का नाच जब कभी-कभी मादक और उत्तेजक हो जाता, तो औरतें मुँह में पल्लू ठूँस-ठूँस कर एक-दूसरे को टहोका मार-मार कर हँसतीं। हँस-हँस कर दोहरी हो जातीं। वह भी उस दिन ख़ूब ही नाचा था, पसीने से लथपथ हो गया था। बालों को झटकता, तो पसीना पानी की तरह सरसरा के बरस जाता। कपड़े पसीने की गंध से महकने लगे। ज़फ़र एक उत्तेजक-सा डांस करता हुआ उसके पास आया, तो वह भी उसी स्टाइल में ज़फ़र को उत्तर देने लगा। ज़फ़र अपनी कमर को बहुत अश्लील तरीक़े से हिलाकर नाच रहा था और वह भी बहुत हिम्मत करके ज़फ़र का नाच में साथ देने की कोशिश कर रहा था, उसी तरीक़े से। शादी-ब्याह के समय छोटे-बड़े का लिहाज़ ज़रा माफ़ रहता है, तो बड़ों के सामने भी वो दोनों तरह-तरह की मुद्राओं में नाचने लगे। सभी उस तरह से नाच रहे थे। नाचने का मतलब तो नाचना ही होता है, उसका कोई दूसरा मतलब नहीं निकाला जा सकता है। अचानक उसकी नज़र लम्बी चाची पर पड़ी, जो महिलाओं की भीड़ में खड़ीं एकटक उसकी ही तरफ़ देख रही थीं। वह एकदम झेंप गया और नाचना बंद कर वहाँ से बाहर दूसरी तरफ़ चला गया।

एक तरफ़ खड़ा होकर वो ज़रा साँस लेने लगा। कितना अश्लील तरीक़े से नाच रहा था वो ज़फ़र के साथ? लम्बी चाची क्या सोच रही होंगी उसके बारे में। उसने अपनी शर्ट को देखा, जो पसीने में भीगकर बदन से चिपक गई थी। शादी के लिए ही उसने आज कड़क प्रेस की थी इस शर्ट पर और अब ये हाल हो गया है इसका। वो अपनी शर्ट को खोलकर सुखाना ही चाहता था कि इतने में आशीष और अनिल आए और उसका हाथ खींचकर उसे एक बार फिर

से नाच में घसीट ले गए। फिर उसके बाद तो वो कब तक नाचा, उसे भी होश नहीं। बैंड पर गाने बदल-बदल कर बजते रहे और वो भी बदले-बदले तरीक़े से नाचता रहा। वो और उसकी चंडाल-चौकड़ी।

घंटे भर बाद जब जिस्म ने जवाब दे दिया, तो वो एक बार फिर से बाहर निकल आया। इस बार थोड़ा और दूर जाकर खड़ा हो गया। ऐसा हाल हो रहा है जैसे बाल्टियों से पानी डाला हो किसी ने उसके ऊपर। कपड़े तो कपड़ों जैसे लग ही नहीं रहे हैं। कुछ बटन टूट गए हैं शर्ट के। रात बहुत गहरा गई है। मगर आज तो घर जाने की कोई जल्दी नहीं। उसके घर के सब लोग तो यहीं हैं। वो ही क्या पूरे गाँव के सब लोग यहीं जमा हैं। बड़े लोगों ने एक तरफ़ ताश के पत्तों की बाज़ी लगा ली है। महिलाएँ और बच्चे नाच-गाने में लगे हैं और जो कुछ ज़िम्मेदार टाइप के लोग हैं, वो शादी में फैले दस तरह के कामों को समेटने में लगे हैं। मंडप की रात गाँव में रतजगे की रात होती है। कल शाम को बारात जाएगी पास के ही गाँव में। आज तो बस और बस यही सब कुछ होना है। जिसे जो अच्छा लगे, वो अपने लोग छाँटे और उनके साथ बैठ जाए। गाँव में किसी के घर शादी का मतलब सब के घर शादी ही तो होता है। और यह तो लड़केवालों के घर की शादी है, यहाँ तो कुछ ज़्यादा ही धमाल होता है। उसने अपनी शर्ट के पूरे बटन खोले और शर्ट के दोनों पल्लों को बाहर-अंदर करके हवा में सुखाने लगा।

''मन्नी...'' पीछे से आवाज़ आई। मुड़कर देखा तो लम्बी चाची खड़ी हैं। उसने घबराहट में शर्ट के बटन उल्टे-सीधे जैसे लग सकते थे लगाने की कोशिश की।

''मुझे ज़रा घर तक तो छोड़ आ। तेरे चाचा तो लगता है आज पूरी रात जमेंगे यहाँ। ताश के पत्तों में ही जाएगी आज पूरी रात।'' लम्बी चाची ने कहा।

''जी चाची चलो।'' उसने उत्तर दिया।

''तुझे और तो नाचना नहीं है ना? मुझे घर छोड़ के वापस आ जाना। सूना घर है, मुझे चिंता हो रही है।'' लम्बी चाची ने चलने से पहले पूछा।

''नहीं चाची अब नहीं, थक गया हूँ। इसीलिए तो इधर आकर खड़ा हो गया था।'' कहते हुए वो जहाँ खड़ा था वहाँ से चलकर रास्ते पर आ गया।

चाची और वो रास्ते से होकर चाची के घर की ओर चलने लगे।

''क्यों रे मन्नी, तू तो पसीने में ऐसे भीग रहा है, जैसे नहा लिया हो। इतना

कितना नाच लिया आज तू?'' चाची ने उसकी ओर देखते हुए कहा।

''हाँ चाची मुझे पसीना बहुत आता है, और आज तो उन तीनों ने मुझे इतना नचाया है कि बस।'' उसने कुछ सहज होने का प्रयास करते हुए कहा।

''पसीना आना तो अच्छी बात है। पर तेरे कपड़े तो देख ज़रा, कैसे हो रहे हैं। बटन भी तोड़ लिए नाच-नाच कर।'' चाची ने थोड़ा हँसते हुए कहा।

''रोज़-रोज़ कौन नाचने को मिलता है। आज इत्ते दिन बाद बैंड पार्टी मिली थी, इसलिए ही बस।'' उसने कुछ झिझकते हुए उत्तर दिया।

घर पहुँचकर लम्बी चाची ने कमर में खुँसे चाबी के गुच्छे को निकाला और दरवाज़ा खोलकर अंदर चली गईं। वह बाहर ही खड़ा रहा।

''अरे आ ना, बाहर क्यों खड़ा है? पानी-वानी पी ले। कपड़े ठीक कर ले फिर चले जाना, कैसा भूत-सा हो रहा है।'' चाची ने आदेश के स्वर में कहा। वह चुपचाप अंदर चला गया। चाची उसे वहीं छोड़कर घर के अंदर चली गईं। कुछ देर बाद लौटीं तो हाथ में पानी का लोटा था।

''ले पानी पी ले। आराम-आराम से पीना, एकदम से मत पीना।'' चाची के कहते ही वो चाची के हाथ से पानी का लोटा लेकर पानी पीने लगा।

''तेरी शर्ट तो एकदम ख़राब हो गई है। उतार दे इसको, मैं तेरे चाचा की शर्ट निकाल के लाती हूँ कोई। आ तो जाएगी तुझको।'' चाची ने कहा।

''नहीं-नहीं चाची, रहने दीजिए...ठीक है ये शर्ट। रात की ही तो बात है, कौन देखेगा रात में।'' उसने तुरंत कुछ घबराहट में कहा।

''क्या ठीक है? आधे तो बटन ही टूट गए हैं तेरी शर्ट के, अभी वापस वहाँ शादीवाले घर में जाएगा, ऐसे जाएगा? चल उतार इसे, मैं लाती हूँ शर्ट।'' चाची ने डपटा। उसने पानी का लोटा नीचे रखा और शर्ट के बटन खोलने लगा। खोलना क्या था, छह बटनों में से तीन तो टूट ही चुके थे, बस तीन ही तो बचे थे। शर्ट उतारकर उसने हाथ में ले ली।

''ला ये मुझे दे दे, मैं सूखने डाल देती हूँ।'' कहते हुए चाची ने उसके हाथ से शर्ट ले ली। शर्ट लेकर चाची अंदर चली गईं। वह उसी प्रकार बिना शर्ट के वहाँ खड़ा रहा।

थोड़ी देर बाद चाची अपने हाथ में एक शर्ट और एक टॉवल लिए लौटीं।

''ये शर्ट आ जाएगी तुझे। तेरे चाचा को छोटी हो गई है ये।'' चाची ने अंदर से आते हुए कहा। उसने शर्ट लेने के लिए हाथ चाची की तरफ़ बढ़ाया।

''रुक तो ज़रा, पहले पसीना तो पोंछ देने दे। कैसा तर-बतर हो रहा है। ये शर्ट पहनेगा, तो ये भी फिर वैसी ही हो जाएगी।'' कहते हुए चाची ने उसे बिना कोई मौक़ा दिए अपने हाथ में पकड़ी हुई शर्ट को पास के तख़्त पर रखा और दूसरे हाथ में पकड़े टॉवल से उसका शरीर, उसकी पीठ को पोंछना शुरू कर दिया। चाची जितना पोंछ रही थीं, घबराहट के कारण पसीना उतना ही और निकल रहा था।

कुछ देर बाद अचानक उसे लगा कि जो टॉवल उसका पसीना पोंछ रहा था, वो टॉवल अब नहीं है। अब बस दो हाथ हैं और कुछ उँगलियाँ हैं, जो पसीने को सोख रही हैं। झुकी नज़रों से उसने देखा कि ऐसा सचमुच ही है, क्योंकि टॉवल उसके पैरों के पास पड़ा था। उसने पलटना चाहा लेकिन उसकी इस कोशिश को भाँपते ही दो हाथ साँपों की तरह पीछे से आकर उस पर कस गए। दो हथेलियाँ साँपों के फनों की तरह उसके सीने पर कस गईं। उन फनों की दस उँगलियों का बहुत गहरा कसाव उसने अपने सीने पर महसूस किया।

''सूख गया पसीना, अब मुझे जाने दीजिए।'' वह कसमसाया। मगर साँपों की पकड़ बहुत मज़बूत थी। साँप छाती पर चिपके थे, मगर फुँफकार उसे पीठ पर महसूस हो रही थी। गर्म और तेज़ फुँफकार।

''छोड़िए मुझे...जाने दीजिए...'' उसने कुछ ताक़त लगाकर अपने आप को छुड़ाने की कोशिश की। आधी-अधूरी सी ताक़त लगाकर।

''चले जाना...थोड़ा रुक जाओ... ।'' यह आवाज़ लम्बी चाची की नहीं थी, यह किसी और की थी। अजीब-सी आवाज़ थी, उसने आज तक ऐसी आवाज़ सुनी नहीं थी। चाची तो ऐसे कभी नहीं बोलती हैं, यह कौन है? वह भागना चाह रहा था लेकिन पैर मानो पत्थर के हो रहे थे।

''वहाँ सब रास्ता देख रहे होंगे मेरा, जाने दीजिए।'' उसने सीने को कसे दोनों साँपों का फन पकड़कर उनको हटाने की असफल कोशिश की।

''कोई रास्ता नहीं देख रहा है, सब काम में लगे होंगे। थोड़ी देर रुक जाओ।'' 'थोड़ी देर रुक जाओ' का अनुरोध इन चार शब्दों में कुछ और अर्थ समेटे हुए था। क्यों रुकना है थोड़ी देर?

''जाने दीजिए मुझे... ।'' वह रुआँसा हो रहा था। मन्नी अपने अंदर किसी भरे-पूरे पुरुष मनीष को उगता हुआ महसूस कर रहा था। मनीष, जो मन्नी के प्रतिरोध को कमज़ोर कर रहा था। वह पुरुष मनीष, जिसे ज्ञात था कि यह सब

क्या हो रहा है। मनीष, जो चाह रहा था कि यह सब कुछ जो घटित हो रहा है, यह इसी प्रकार होता रहे। लेकिन उसके अंदर जो मन्नी था, वो कह रहा था कि यह सब ग़लत है। मन्नी ही रुआँसा हो रहा था। एक तरफ़ मन, जो अभी तक बच्चा था, वह कह रहा था कि यह पाप जैसा कुछ है; मगर तन, जो पुरुष हो रहा था वो कह रहा था—नहीं, ऐसा कुछ नहीं है।

उसके रुआँसेपन को भाँपकर साँपों की पकड़ ज़रा कमज़ोर हुई। उँगलियाँ हल्की-सी कुछ ढीली हुईं। उसे लगा कि अब वो छूट सकता है लेकिन बिजली की फुर्ती से दोनों साँप उसकी पीठ पर चले गए और पीछे का चेहरा उसके एकदम सामने आ गया। उसके एकदम ठीक सामने।

चेहरे को उसने देखा तो एक बार फिर से हैरत में पड़ गया। जो शक़ आवाज़ को सुनकर उपजा था, वो एकदम पक्के यक़ीन में बदल गया। नहीं ये चाची नहीं हैं। ये चेहरा तो चाची का हो ही नहीं सकता। यह तो उसी बबलू का चेहरा है, जो नदी में डूबकर मर गया था। चाची का चेहरा ऐसा कभी नहीं देखा। यह पक्का बबलू ही है। बबलू का चेहरा उसके चेहरे के इतने क़रीब आया कि धुँधला ही हो गया।

''बस थोड़ी देर रुक जाओ।'' बबलू उसके कानों में फुसफुसाया। यह बबलू ही है। कैसी आग जैसी साँसें हो रही हैं इसकी। भला इन्सानों की साँसें इतनी अगनझाल होती हैं? इतनी आग तो भूत-प्रेत, आत्माओं में ही होती है। उसे लग रहा था कि उसके कान की लवें झुलस ही गई हैं बबलू की साँसों से।

''नहीं...'' बच्चे ने प्रतिरोध किया।

''...'' बबलू की बस साँसें थीं, जो नकारात्मक उत्तर दे रही थीं। मन्नी को लगा कि यह सब कुछ जो हो रहा है, यह ग़लत हो रहा है। मनीष और बबलू दोनों मिलकर उससे और लम्बी चाची से कुछ ग़लत करवा लेने पर आमादा हैं। इनसे बचना ही होगा। जो भी हो, इन दोनों का खेल बिगाड़ना ही होगा। बबलू और मनीष अब एक-दूसरे का साथ दे रहे थे। मनीष के हाथ भी अब साँप बन चुके थे। मन्नी का नियंत्रण उन पर से हट गया था।

''मैंने बरसों से नदी के किनारे उस पत्थर पर बैठकर एड़ियाँ रगड़ी हैं, बरसों-बरस से। कि कोई आएगा और...मैं...कितने बरस बीत गए...कोई नहीं आया...कोई भी नहीं आया...'' बबलू की आवाज़ जैसे नीम के पेड़ की सबसे ऊपर की शाख़ पर से आ रही है। हवा के साथ सरसराती हुई। जैसे कोई प्रेत

कानों में आकर फुसफुसाता हो। जिसमें आवाज़ कम होती है और खरज ज़्यादा होती है।

मन्नी की इच्छा हो रही थी कि वो मनीष से लम्बी चाची को बचा ले। वह चाह रहा था कि वो चिल्लाकर रो पड़े ज़ोर से। इतनी ज़ोर से कि उसकी आवाज़ वहाँ शादी में पत्ते खेल रहे परसोत्तम काका तक पहुँच जाए। मगर बबलू तो प्रेत था, उसने मन्नी की ज़ुबान पर टोना मार दिया था। एक शरीर में से मन्नी पसीना बनकर रिस रहा था और मनीष उस शरीर में परकाया प्रवेश करता जा रहा था। मन्नी चाह रहा था कि वो बना रहे उस शरीर में।

''नहीं, आज नहीं, आज नहीं...।'' मन्नी ने बबलू का टोना तोड़ा और बड़ी मुश्किल से कहा। एक-एक शब्द बहुत मुश्किल से बाहर आया।

''क्यों नहीं? आज क्यों नहीं? आज ही...मैंने इतने बरसों से अपने को इन सबसे दूर रखा...मेरे हिस्से आया नाम का उत्तम पुरुख, उत्तम तो क्या पुरुख भी नहीं निकला...मैंने कोई शिकायत नहीं की...किसी से शिकायत नहीं की...बस एड़ियाँ घिस-घिस कर नदी में बहा-बहा कर अपने को उफनने नहीं दिया...और आज तू उस तरह मेरे सामने आ गया...क्यों... ?'' बबलू की आवाज़ और गहरी हो गई। बबलू क्या कह रहा है, उसे कुछ समझ नहीं आ रहा। भाषा तो अपनी ही है लेकिन जो कुछ कह रहा है उसका क्या मतलब है? क्या यह प्रेत-भाषा है?

''आज सोमवार है, आज मेरा व्रत है, आज नहीं...आज नहीं...कल-परसों कभी भी, जब चाहो तब, लेकिन आज नहीं...।'' मन्नी अब मनीष को अपने नियंत्रण में लेने की कोशिश कर रहा है। उसे लग रहा है कि बबलू और मनीष को अगर अभी नहीं रोका तो ये रुक नहीं पाएँगे।

''व्रत तो खाने-पीने का होता है, इसका थोड़े ही होता है।'' बबलू ने मनीष पर एक बार फिर से नियंत्रण करने की कोशिश की। ''इसकी मनाही नहीं होती व्रत में। शिवजी मना थोड़े ही करेंगे। और मेरा बरसों का व्रत तो तूने आज तोड़ दिया है, मैंने बरसों से किसी पुरुख को वैसे नहीं देखा था, जैसे आज नदी पर तुझे देख लिया। नहीं देखा किसी को...कि वो मेरी क़िस्मत में ही नहीं है। नहीं देखा था कि मेरा व्रत न टूट जाए। पर तूने आज मेरा बरसों का व्रत तोड़ दिया। मेरा व्रत तोड़ कर तू अपने को बचाना चाह रहा है। अगर आज तू चला गया, तो फिर बरसों तक मुझे नदी किनारे एड़ियाँ रगड़नी पड़ेंगी। बरसों तक...

जाने कितने बरसों तक...।'' बबलू की आवाज़ ज़रा उदास हो गई।

''नहीं...मगर मैं तो व्रत को मानता हूँ...आज नहीं...बस आज नहीं...आज के बाद कभी भी, जब तुम चाहो...बस आज नहीं...।'' मन्नी को लगा कि वह अपने ही शरीर से पूरी तरह बेदख़ल हो चुका है और वहाँ पूरी तरह से मनीष का कब्ज़ा हो गया है। एक बार कोशिश नहीं की, तो उसका यह शरीर आज के बाद मनीष का ही हो जाएगा। फिर वो कभी भी अपने ही शरीर में लौट नहीं पाएगा।

''आज के बाद कुछ नहीं होता...हर काम बस आज होता है...इसी आज के बाद के चक्कर में बरसों बीत गए। इसी धर्म, सत्य और शील को निभाने में बरसों नदी के पत्थर पर एड़ियाँ रगड़ने के अलावा कुछ नहीं मिला...झूठा है यह सब कुछ...इस उमर में मत पड़ इसके चक्कर में...निकल आ इससे बाहर...। जो है, बस वो यही है, इसके अलावा और सब झूठ है, बिलकुल झूठ...।'' बबलू ने मनीष की पीठ के दोनों उभारों को अपनी हथेलियों के फन में कसते हुए बहुत ही उदास स्वर में कहा। मन्नी ने एक बार फिर से प्रेत भाषा को समझने की असफल कोशिश की। क्या बोल रहा है यह बबलू... ? मनीष आँखें बंद किए हुए बबलू के स्पर्श में खोया हुआ है।

''तू जब पसीने में तर-बतर नाच रहा था, तो ऐसा लग रहा था, जैसे तू बीतते आषाढ़ का बादल है...काला-ऊदा बादल। वो पसीना नहीं था, बरसात की बूँदें थीं...जाने कब से मैंने बादल-बरसात कुछ नहीं देखा, भोगा..., मेरा आषाढ़ बरसों से आषाढ़ में ही रुका है...सावन नहीं बना...तुझे नाचते देखा तो लगा कि उन महकती हुईं बूँदों में भिगो लूँ अपने आप को...तू आसमान पर बादल बनकर नाचता रहे और मैं ज़मीन पर भीगूँ...तेरी बूँदों में...। भीगूँ... भीगूँ...बस भीगूँ...।'' बबलू अब फुसफुसाकर प्रेत भाषा में बात कर रहा है।

मन्नी का पूरा शरीर बबलू ने मनीष में बदल दिया है। मन्नी अब बस पैर की छोटी उँगली के नाख़ून में ही बचा है। जहाँ से बबलू एक छोटा-सा मंत्र पढ़कर उसे बाहर निकाल देगा। पूरा-का-पूरा बेदख़ल। मन्नी को अब अपने से ज़्यादा लम्बी चाची की चिंता हो रही थी। वो पूरी तरह अगर बाहर निकल गया तो कुछ नहीं कर पाएगा। कुछ भी नहीं। और फिर मनीष लम्बी चाची के साथ...नहीं-नहीं...ऐसा नहीं हो सकता है।

''छोड़िए मुझे...जाने दीजिए...।'' बस नाख़ून बराबर बचे मन्नी ने पूरी ताक़त लगाकर दोनों हाथों से बबलू को धकेला। बबलू की पकड़ कुछ कमज़ोर

होती देखकर उसने और ताक़त लगाई। पूरी ताक़त...और ताक़त...बबलू की पकड़ छूट गई, वो पास के तख्त पर गिर गया। मन्नी पलटा और दरवाज़े की तरफ़ भागा। पूरी ताक़त से भागा। पलट कर भी नहीं देखा। शर्ट भी नहीं उठाई। उसने सुना था कि प्रेत को अगर पलटकर देख लो तो प्रेत एक बार फिर से सवार हो जाता है और उसके बाद प्रेत से छुटकारा नहीं मिलता है।

घर से निकलकर वह भागा, उसी हालत में भागा। सरपट। मुकेश के घर की ओर। बिना शर्ट के। ऐसे दौड़ रहा था जैसे उसके पीछे सचमुच ही कोई भूत लगा हो। बदहवास-सा दौड़ता हुआ जब वो शादीवाले घर के पास पहुँचा, तो सबसे पहले परसोत्तम चाचा की नज़र उस पर पड़ी, जो चौपाल से लगकर पत्ते खेल रहे थे। उसे बिना शर्ट के घबराया हुआ दौड़कर आते देखा तो पत्ते छोड़ कर उठ खड़े हुए।

"अरे...मन्नी क्या हुआ तुझे? ऐसे क्यों सरपट भाग कर आ रहा है...? और तेरी शर्ट कहाँ गई...?" परसोत्तम चाचा ने उसे रोकते हुए पूछा।

वह रुका, साँसें धोंकनी की तरह चल रही थीं उसकी। परसोत्तम चाचा उसके एकदम सामने खड़े थे। उसे समझ नहीं आ रहा था कि क्या उत्तर दे उनको, उसने अटकते हुए बस इतना ही कहा, "वो बबलू...।" और वो झूल गया परसोत्तम चाचा की बाँहों में बेसुध होकर...वैसे बेसुध हुआ तो नहीं था, पर हो गया। और किसी सवाल का जवाब देना नहीं चाहता था वो। उसके पास किसी सवाल का जवाब नहीं था, इसलिए बेसुध हो गया। उसे पता चलता रहा कि लोग उसे उठाकर लिटा रहे हैं, फिर उसके बाद उसे उठाकर उसके घर ले जा रहे हैं।

अगले दिन वह सारा दिन सोता रहा। बिस्तर से उठा भी नहीं। घरवालों ने भी उसे उठाने की कोशिश नहीं की। पिछला एक पूरा दिन उसके लिए घटनाओं से भरा रहा था, उसके बाद नींद तो गहरी आनी ही थी। उसके मुँह से रात को निकले 'बबलू' शब्द को लेकर गाँव में चर्चा थी। बबलू वैसे भी गाँववालों के लिए हमेशा चर्चा का विषय रहा था। अब उन चर्चाओं में, उन क़िस्सों में एक और नया क़िस्सा जुड़ गया था।

शाम को जब उठा तो पूरा शरीर दुख रहा था। दिन भर नदी में नहाने, रात को जमकर डांस करने और उसके बाद के घटनाक्रम का असर शरीर पर था। शाम को भी वह ख़ुद ही सोकर नहीं उठा, ज़फ़र ने ही आकर उसे उठाया। उसने

ज़फ़र को सब कुछ बताया। सब कुछ। ज़फ़र से वो कुछ नहीं छिपाता था। नदी पर झाड़ियों से लेकर परसोत्तम चाचा के सामने बेहोश हो जाने तक का सब कुछ उसने ज़फ़र को बताया। ज़फ़र सब कुछ सुनता रहा चुपचाप।

''तूने बहुत ग़लत किया मन्नी। पता है एक बार अम्मी किसी से कह रही थीं कि परसोत्तम के पास कुछ भी नहीं है, उसके बाद भी लम्बी ने अपने आप को कहीं फिसलने नहीं दिया। नदी पर एड़ियाँ घिस-घिस कर अपने को क़ाबू में रखा। तुझे कल वहाँ से भागना नहीं था मन्नी। उस बिचारी औरत ने ज़िन्दगी में पहली बार तो हाथ बढ़ाया था और तू उसे छोड़कर भाग आया। बहुत ग़लत किया है तूने मन्नी, बहुत ग़लत।'' ज़फ़र की आवाज़ भारी हो गई थी।

''पर मुझे तो लगा कि वो जो कुछ हो रहा है, वो ग़लत है, पाप है। मुझे वैसा बिलकुल नहीं करना चाहिए।'' उसने कुछ हैरान होते हुए कहा।

''ये पाप-पुण्य कुछ नहीं होता, भरम होता है सब। और पाप तो ये हुआ ना कि तू उन बिचारी को छोड़कर भाग आया। दुनिया के हर धरम में कहा गया है कि प्यासे को पानी पिलाने से बड़ा पुण्य कोई नहीं होता। और तू...।'' ज़फ़र ने थोड़ा तल्ख़ अंदाज़ में कहा उससे। उसने कोई उत्तर नहीं दिया।

''कितने सालों से अपने आप को क़ाबू रखा था उन्होंने, आज तू नदी पर उनके सामने वैसे आ गया तो टूट गया सबर...इन्सान ही तो हैं कोई फ़रिश्ता तो नहीं हैं। कब तक... ?'' ज़फ़र ने उसको लगभग डाँटते हुए कहा।

''मैंने ऐसे तो सोचा ही नहीं था, बस लगा कि ये ग़लत है...पाप है...और मैं भाग आया...।'' उसने अटकते हुए ज़फ़र की बात का उत्तर दिया।

''अच्छा... ? चल मेरी एक बात का जवाब दे, उस समय जब वो सब कुछ हो रहा था, तो तेरे अंदर ज़रा-सी भी इच्छा नहीं हुई ? तुझे नहीं लगा कि जो कुछ ये हो रहा है वो अच्छा लग रहा है, और आगे जो होने वाला है, वो भी हो जाना चाहिए।'' ज़फ़र ने कुछ तंज़ के अंदाज़ में पूछा।

''हुई थी ना, बहुत ज़्यादा हो रही थी, अपने को सँभालना मुश्किल हो रहा था। ऐसी इच्छा हो रही थी कि बस...उसी कारण तो भागा कि कहीं मैं भी बहक कर कुछ ग़लत कर न बैठूँ। एक-दो मिनट और नहीं भागता तो शायद कुछ कर ही बैठता।'' उसने उत्तर दिया।

''बहुत ग़लत किया है तूने मन्नी, बहुत ग़लत किया। वहाँ से भागकर तूने ज़िन्दगी की सबसे बड़ी ग़लती की है।'' ज़फ़र ने सिर हिलाते हुए कहा।

"तू ऐसा क्यों कह रहा है? मुझे तो लग रहा है कि मैंने वहाँ से भाग कर ठीक किया, उनको भी बचा लिया और अपने को भी।" उसने कुछ अटकते हुए कहा।

"बचा लिया? किससे? तू अब जवान हो गया है मन्नी, भूल जा कि हम सब अब बच्चे हैं। अब ये सब तो होना ही है। जब हम बच्चे थे, तब तक वो सब कुछ हमारे लिए ग़लत था, पर अब हम जवान हो गए हैं, अब वो ग़लत नहीं रहा। पता है मेरी उम्र में मेरे अब्बा बाप भी बन गए थे। तो हवा में से तो बने नहीं होंगे ना? कुछ किया होगा तभी तो बाप बने होंगे ना? मन्नी अब हम जवान हो गए हैं, जो कुछ पहले ग़लत था, अब वो सही हो गया है हमारे लिए। तू अपने को अभी भी बच्चा समझ रहा है। अब ये सब हमारी ज़िन्दगी में होगा ही, इससे भाग थोड़े ही सकते हैं।" ज़फ़र ने उसके कंधे पर हाथ रखकर समझाते हुए कहा। उसके पास कोई जवाब नहीं था, वो बस चुपचाप बैठा रहा।

"पता है मन्नी सबसे ज़्यादा ग़लत क्या हुआ है? तू कल अगर भागता नहीं, कुछ कर आता, तो बात इतनी ख़राब नहीं होती जितनी अब हो गई है। अब वो ग़ैरत की आग में जल रही होंगी। अगर कुछ हो जाता, तो ऐसा नहीं होता, पर अब तो उनके लिए तेरा सामना करना ही मुश्किल होगा। कुछ हो जाता, तो थोड़े दिनों में तू भी भूल जाता और वो भी, पर अब तो ज़िन्दगी भर की फाँस लग गई है। ये जो तेरे साथ हुआ ना...इसके लिए उनको तेरी ज़रूरत थी, ये काम अकेले नहीं होता...जब कोई इन्सान ऐसा कोई काम करने को निकलता है, जो उसे ग़लत लग रहा है, तो काम हो जाए तब तो ठीक, लेकिन नहीं हो पाए तो जीना मुश्किल हो जाता है उसका। एक तो अपने आप से शर्मिंदा और दूसरा उससे शर्मिंदा जिसको साथ लेने की नाकामयाब कोशिश की। अब वो भी अपने आप से शर्मिंदा हो रही होंगी और तुझसे भी। हो जाता तो बस अपने आप से ही शर्मिंदा होतीं, तुझसे नहीं। यह दूसरी शर्मिंदगी बहुत ख़तरनाक होती है।" ज़फ़र की आवाज़ में चिंता घुल गई।

"तू तो मुझे डरा रहा है भाई...मैंने तो बस अपनी ही सोची...।" उसकी छोटी बुद्धि में अभी भी बहुत कुछ समझ नहीं आ रहा था।

"डरा नहीं रहा हूँ...पर सुन, तूने मुझसे तो यह बात कह दी है, और किसी से मत कहना...भूल के भी नहीं...ऐसी बातें पंख लगाकर उड़ती हैं...।" ज़फ़र ने समझाते हुए कहा।

‘‘नहीं कहूँगा...बिलकुल नहीं कहूँगा...और...’’ कहते हुए वो कुछ देर को चुप हो गया। ‘‘और अगर फिर से ऐसा कुछ होता है, तो अब की बार भागूँगा नहीं...पक्का नहीं भागूँगा...इस बार बच्चे से बड़ा बनकर ही वापस आऊँगा...तुझे शिकायत नहीं होगी फिर मुझसे।’’

‘‘नहीं मन्नी...अब उस तरफ़ से कुछ भी नहीं होगा, अब तो सब कुछ तुझे ही करना होगा। सुन, आज सब मुकेश के चाचा की बारात में गए हैं, तू रात को चला जा उनके घर...और अपनी ग़लती को सुधार आ...आज ही मौक़ा है...।’’ ज़फ़र ने कुछ समझाते हुए कहा।

‘‘नहीं यार आज नहीं...मैं बाद में कभी भी मौक़ा देखकर चला जाऊँगा...आज नहीं...आज हिम्मत नहीं हो रही है।’’ उसने उत्तर दिया।

‘‘बाद में कहीं बहुत देर नहीं हो जाए मन्नी...मैं जानता हूँ कि उन पर क्या बीत रही होगी... ? तू आज ही चला जा मेरे भाई, मेरे अब्बा जी कहते हैं कि ज़िन्दगी दूसरी बार बहुत मुश्किल से मौक़ा देती है। और अक्सर तो दूसरा मौक़ा देती ही नहीं है ज़िन्दगी।’’ ज़फ़र की आवाज़ ठंडी हो गई।

उसने कोई उत्तर नहीं दिया। ज़फ़र थोड़ी देर तक और उसके पास बैठा रहा और फिर उठकर चला गया। वह एक बार फिर से लेट गया।

शाम से जब रात गहरी हुई, तो बहुत बार उसकी इच्छा हुई कि ज़फ़र की सलाह मानकर चला जाए। घर से बाहर निकला, लेकिन सुनसान पड़े गाँव में बस यूँ ही टहलकर वापस आ गया। घर वापस आया, तो काजल भरी वही दो आँखें सामने तैरती रहीं, जिनमें कल रात मिन्नत भरी हुई थी। उन हाथों का स्पर्श महसूस हुआ, जो अकुलाकर उससे लिपटे हुए थे और जिनको वह बेदर्दी से झटककर चला आया था।

और जैसा ज़फ़र ने कहा था सच में उसे दूसरा मौक़ा नहीं मिला। अगले दिन नदी के बंधान में लम्बी चाची की लाश तैरती हुई मिली। कुछ का कहना था कि लम्बी चाची नदी के उस पार से एड़ियाँ रगड़कर वापस लौट रही थीं, तो बंधान पर से गुज़रते समय उनका पैर फिसल गया और वो सीधे बंधान के गहरे पानी में गिर पड़ीं। दोपहर का सुनसान समय था, कोई बचाने वाला भी नहीं था, तो डूब कर मर गईं। कुछ का कहना था कि बबलू ने एक दिन पहले रात को मनीष पर घात लगाई थी, मनीष तो बच गया लेकिन उस दिन बंधान पर लम्बी चाची को अकेली पाकर बबलू ने उनकी जान ले ली। नीम की सबसे ऊँची

शाख़ पर ले जाकर वहाँ से लम्बी चाची को सीधे बंधान में फेंक दिया। जितने मुँह थे उतनी बातें थीं। लेकिन सच क्या था यह बस दो लोग जानते थे, वो और ज़फ़र। और अब यह सच इसी तरह दोनों के दिलों में दफ़न रहना था। हमेशा-हमेशा के लिए। दुनिया के पास बबलू का एक क़िस्सा और बढ़ जाएगा। बंधान का ख़ौफ़ और बढ़ जाएगा। कोई नहीं जान पाएगा कि किस घात ने जान ली है लम्बी चाची की। "बाद में कहीं बहुत देर नहीं हो जाए मन्नी।" बार-बार उसके दिमाग़ में ज़फ़र का यह वाक्य गूँजने लगा। और ऊँची, और ऊँची आवाज़ होती गई...। हर तरफ़, हर जगह बस यही एक वाक्य गूँज रहा है।

घबराकर वह उठा...शाम होने को है। गर्मी की दोपहर बुझ गई है। बाहर दूर तक जो गुलमोहर और कचनार के पेड़ धूप में कुछ देर पहले चमक रहे थे, वो अब शाम के सँवलाए रंग में खो गए हैं। उसने मोबाइल उठाया, स्क्रीन को ऑन किया, यूट्यूब पर वही वीडियो कम्प्लीट होकर रुका हुआ है। उसने उँगली से थपककर उस वीडियो को फिर से शुरू कर दिया। मुनीर नियाज़ी साहब फिर से उस नज़्म को पढ़ने लगे। 'हमेशा देर कर देता हूँ...'। उसने एक हाथ को खिड़की पर टिकाया और सिर को उस पर रखकर एक बार फिर उसी नज़्म को सुनने लगा। नज़्म उसके अंदर उतरती जा रही है। शब्द-दर-शब्द। मुनीर नियाज़ी साहब अब नज़्म का अंतिम बंद पढ़ रहे हैं—

किसी को मौत से पहले किसी ग़म से बचाना हो
हक़ीक़त और थी कुछ उस को जा के ये बताना हो
हमेशा देर कर देता हूँ मैं...

वह फूट-फूट कर रो रहा है। खिड़की की चौखट से लिपटकर रो रहा है। कभी नहीं रोया वो जिस बात के लिए, उस बात के लिए आज बरसों बाद इस प्रकार रो रहा है। ये आँसू बरसों पहले की किसी रात के ठिठके हुए आँसू हैं। ठहरे हुए आँसू...जो बरसते जा रहे हैं...बरसते जा रहे हैं...मुनीर नियाज़ी साहब की प्रायश्चित भरी आवाज़ आ रही है—'हमेशा देर कर देता हूँ...हमेशा देर कर देता हूँ मैं...'

वेताल का जीवन कितना एकाकी

वह बूढ़ा आज भी लगभग उसी जगह पर बैठा है। गर्मी की उतरती हुई उदास शाम में किसी भूरे पत्थर से बनाए हुए स्टैचू की तरह स्थिर बैठा है। तालाब का वह किनारा जहाँ पानी हवा के थपेड़ों से समुद्र की लहरों की तरह आ-आकर किनारे को छूता है। ठीक वहीं। तालाब के किनारे एक पगडंडी जैसी कच्ची-पक्की सड़क है। जो तालाब के किनारे सुबह-शाम घूमने के लिए बनाई गई है। यह पगडंडी तालाब के किनारे-किनारे साँप की तरह लहराकर गई है और दूर पहाड़ की तलहटी में जाकर आँखों से ओझल हो जाती है। पगडंडियों का दूसरा सिरा अक्सर कहीं नहीं होता। वे किसी धुएँ की तरह हवा में घुल जाती हैं। पगडंडी के एक तरफ़ तालाब है और दूसरी तरफ़ पेड़ों की कतार है। इन पेड़ों के नीचे कहीं-कहीं कुछ सीमेंट की बैंचें बनी हुई हैं। यह कतार भी पगडंडी का सिरा पकड़कर पहाड़ तक चली गई है। इस कतार में तरह-तरह के पेड़ हैं। आम, अमलतास, गुलमोहर, शिरीष, अशोक और कुछ अलग-अलग रंगों के फूलों के भी पेड़ हैं। कुछ हाल-फ़िलहाल लगाए गए हैं और कुछ बरसों पुराने हैं। एक पेड़ में लगे हुए फूल सूखकर लकड़ी बन जाते हैं और गिर पड़ते हैं। ऐसा लगता है जैसे किसी ने नक़्क़ाशी करके लकड़ी के फूल बनाए हों। ज़मीन पर इस प्रकार के बहुत से फूल बिखरे हुए हैं, पाँच पंखुड़ियों वाले लकड़ी के फूल। बच्चे इन्हें बीनकर ले जाते हैं और अलग-अलग रंगों से रंगकर घर में सजा देते हैं। कभी न मुरझाने वाले फूल बना देते हैं इनको। बचपन में संदीप ने भी ख़ूब इकट्ठे किए हैं ये फूल। शाम होते ही तालाब के किनारे दौड़ पड़ता था इन्हें बीनने।

उसी लकड़ी वाले फूलों के पेड़ के नीचे उस बूढ़े की स्थायी बैठक है। वह बैंच पर नहीं बैठता, ज़मीन से उभरी हुई पेड़ की जड़ों के बीच उसने अपनी बैठने की जगह बना रखी है। जड़ों पर अधलेटा होकर बैठा रहता है वह। जहाँ

वह बैठता है वहाँ से तालाब, उसके पीछे का पहाड़ और किनारे-किनारे जाती पगडंडी, पेड़ों की कतारें, सब किसी लैंडस्केप की तरह दिखाई देता है। गर्मी की उतरती हुई शाम में सड़क से खड़े होकर देखने पर यह पूरा लैंडस्केप बहुत उदास रंगों से रंगा हुआ कैनवास दिखाई देता है। हल्के और भूरे रंगों से रंगा हुआ। वह बूढ़ा भी उन रंगों में समाया हुआ ही लगता है। उसके कपड़े भी अक्सर मिट्टी के रंग के, पत्थर के रंग के, पेड़ों के तने या जड़ों के रंग के ही होते हैं। उसका चेहरा भी मिट्टी के रंग का ही है, मिट्टी में गड़ी हुईं, उभरी हुईं पेड़ की जड़ों जैसा। इसीलिए वो बूढ़ा इस पूरे दृश्य में मर्ज हो जाता है, बिना किसी अतिरिक्त प्रभाव के। दूर से देखने पर ऐसा लगता है जैसे वहाँ बूढ़ा न होकर पेड़ की कुछ ज़्यादा उभरी हुई जड़ है कोई। या फिर भूरी मिट्टी का बना हुआ कोई डूह है। रंग और स्थिरता के कारण ऐसा लगता है। गिरगिट की तरह वह बूढ़ा अपने आस-पास की चीज़ों के जैसा अपने आप को कर लेता है। मानो वह भी गिरगिट की तरह छिपना चाहता हो कि कोई उसे देख ना ले। और सचमुच अब हो भी ऐसा ही गया है, वहाँ आने-जाने वालों, वहाँ से गुज़रने वालों, किसी को कोई फ़र्क़ नहीं पड़ता कि वह बूढ़ा वहाँ पर बैठा है। वह निस्पृह-सा बैठा रहता है और पेड़ से लकड़ी के फूल टूट-टूटकर उसके आस-पास बिखरते रहते हैं। उन सूखे हुए फूलों के बीच बैठा वह सूखा हुआ बूढ़ा ऐसा लगता है जैसे अज़ल से इसी प्रकार बैठा हुआ है और न जाने कब तक ऐसे ही बैठा रहेगा।

संदीप चूँकि जानता है कि वह बूढ़ा वहाँ पर है, इसलिए उसे वहाँ बूढ़े की आकृति दिखाई दे रही है। संदीप पगडंडी के इस तरफ़ तालाब के किनारे एक पत्थर पर बैठा है तालाब के पानी में पैर डालकर। बूढ़े के बारे में जो कुछ उसे पता है वह ये है कि यह बूढ़ा कुछ पागल है। अजीब-अजीब सी बातें करता है। संदीप ने तो नहीं की बातें; लेकिन जिन लोगों ने की हैं, उनका कहना है कि बूढ़े की बातें बेसिर-पैर की होती हैं। बातें करते समय जाने कहाँ-कहाँ के संदर्भों पर बातें करने लग जाता है। इन संदर्भों के बारे में बातें करते-करते वो आक्रामक भी हो जाता है। ग़ुस्सा हो जाता है एकदम। ऐसा लगता है जैसे अभी हाथापाई पर ही उतर आएगा। अक्सर मूल बात को छोड़कर उन संदर्भों पर ही इस प्रकार बातें करने लगता है, मानो मूल चर्चा यही चल रही थी। जाने कौन-कौन से नाम लेता है, जगहों के, व्यक्तियों के, वस्तुओं के। कुछ नाम तो समझ में आते हैं, लेकिन कुछ तो बिलकुल किसी अन्य भाषा के ही लगते हैं। ऐसी जगह जिसके

बारे में पहले कभी सुना ही नहीं गया हो।

संदीप का दोस्त रवि एक बार आधे घंटे तक बूढ़े के पास बैठकर आया था। आया, तो हैरान-परेशान आया था। जो भी एक बार उससे बात कर लेता है, वो दूसरी बार बूढ़े से बात करने की कोशिश भी नहीं करता। बूढ़ा भी अपनी तरफ़ से ऐसी कोई कोशिश नहीं करता है। उसे तो वैसे भी दुनिया से कोई मतलब है ही नहीं शायद। कोई आए, कोई जाए, उस बूढ़े को कोई फ़र्क़ नहीं पड़ता है। बस वह उसी प्रकार बैठा अपने आप में खोया रहता है। किसी से उसकी आँखें तक नहीं मिलती हैं, मुस्कुराना या दूसरा भाव व्यक्त करना तो फिर भी बहुत दूर की बात है। संदीप ख़ुद भी यहाँ शाम को नियमित टहलने आता है, लेकिन उसे याद नहीं कि बूढ़े से उसकी कभी नज़रें मिली हों। बूढ़ा वहाँ पर रहकर भी अनुपस्थित ही रहता है। एक-दो बार संदीप ने आते-जाते नज़र मिलाने की कोशिश की, लेकिन बूढ़े की आँखें कहाँ देख रही हैं, ये संदीप को समझ ही नहीं आया। किसी भी एंगल में खड़े हो जाओ, बूढ़े की आँखों से आँखें मिलती ही नहीं हैं। बूढ़ा गिरगिट की तरह भौतिक रूप से अदृश्य रहने के साथ-साथ हर तरह से अदृश्य रहने की कोशिश करता है। संदीप का मन कई बार होता है कि वह जाकर उस बूढ़े के पास बैठे, उससे बातें करे, लेकिन रवि के अनुभव सुनने के बाद डर रहता है। वैसे भी संदीप ख़ुद ही बहुत इण्ट्रोवर्ट है, बस अपने आप में ही खोया रहने वाला। ऐसे में दोनों एकसमान ही हो जाएँगे, तो बातें क्या करेंगे। मगर फिर भी वहाँ लकड़ी के फूलों वाले पेड़ के नीचे बैठा हुआ वह बूढ़ा, संदीप के लिए वह दरवाज़ा है, जिस पर साफ़ लिखा है कि इस दरवाज़े को खोलना मना है और चूँकि यह लिखा है इसलिए ही संदीप का मन सबसे ज़्यादा उत्सुक होता है, इस दरवाज़े को खोलने के लिए।

बूढ़ा शाम का झुटपुटा होते ही यहाँ आ जाता है। पैदल आता है। धीरे-धीरे टहलता हुआ आता है। कंधे पर झोला लटकाए। ठंड के दिनों में एक लम्बा ओवरकोट, सर पर ऊनी टोप और गले में मफ़लर डाले हुए आता है। बरसात में रेनकोट पहने, छतरी लगाए आता है। कोई भी मौसम हो आता ज़रूर है। आता है और चुपचाप जड़ों पर बैठ जाता है। वहाँ बैठकर दूर तालाब के पीछे डूबते हुए सूरज को देखता है। देखता रहता है। सूरज का डूबना ही वो घटना है, जिसके बारे में कह सकते हैं कि बूढ़ा इसको देखता है। बाकायदा देखता है। वरना तो तालाब के किनारे क्या हो रहा है? कौन आ रहा है, कौन जा रहा है, वह आँख

उठाकर भी नहीं देखता। लगभग एक घंटे का समय उसी प्रकार वहाँ बैठकर व्यतीत करता है और फिर उठकर उसी प्रकार मंथर गति से चलता हुआ पगडंडी से सड़क पर आता है, सड़क पर धीमे-धीमे चलता हुआ विलीन हो जाता है दिशा के धुँधलके में। रहस्य के कुहासे में खो जाता है अगले दिन तक के लिए।

संदीप ने एक नज़र लकड़ी के फूल के पेड़ की तरफ़ देखा, बूढ़ा अपने साथ लाए हुए झोले में से कुछ निकाल रहा है। कपड़े का यह झोला भी जब जड़ों पर रखा होता है, तो जड़ ही हो जाता है। बूढ़ा झोले में से कोई किताब निकाल रहा है। नहीं किताब नहीं है, शायद कोई पत्रिका है। पेड़ के नीचे जो हल्के-भूरे रंग का स्थायी साम्राज्य है उसमें झोले से अचानक निकाली गई यह रंग-बिरंगी पत्रिका किसी कौतुक की तरह आई है। बूढ़ा अब उस पत्रिका को पलट रहा है। यहाँ से देखने पर ऐसा लग रहा है कि वो पढ़ नहीं रहा है पत्रिका को, बस देख रहा है। किसी-किसी पन्ने पर हाथ भी फेर रहा है।

संदीप ने चारों तरफ़ देखा, आज अपेक्षाकृत कम लोग हैं तालाब के किनारे। बस वह बूढ़ा है, संदीप है और कुछ बच्चे हैं जो पेड़ों के पीछे छोटे से मैदान में फ़ुटबाल खेल रहे हैं। इक्का-दुक्का लोग हैं जो आ-जा रहे हैं, लेकिन रुक नहीं रहे हैं। आज सीमेंट की बेंचें भी सारी ख़ाली पड़ी हैं। तालाब का यह किनारा अब कुछ महीनों तक ऐसे ही रहेगा, गर्मी के बीतते ही बरसात आ जाएगी। यहाँ आने वालों की संख्या और कम हो जाएगी। फिर ठंड का मौसम आते ही तालाब का किनारा एक बार फिर गुलज़ार हो उठेगा। गर्मी आते ही लोग शाम की बजाय सुबह टहलना शुरू कर देते हैं। गर्मी की उमस भरी शाम को अपने-अपने वातानुकूलित घरों से निकलना किसे अच्छा लगता है? आज तो आने वालों की संख्या और भी कम है। छुट्टियाँ होने के कारण शायद लोग यात्राओं पर भी निकल गए हैं। संदीप ने आस-पास देखा और कुछ देर तक सोचता रहा। फिर कुछ सोचता हुआ वहाँ से एकदम उठ गया और लकड़ी के फूलवाले पेड़ की तरफ़ बढ़ गया।

जब संदीप वहाँ पहुँचा तो बूढ़ा पत्रिका को देखकर वापस झोले में रख रहा था। इतनी सावधानी के साथ रख रहा था कि जैसे वह पत्रिका कोई ज़िन्दा वस्तु है जिसे चोट लग सकती है। पत्रिका को सँभालकर झोले में रखने के बाद बूढ़े ने झोले पर लगे बड़े-बड़े दोनों बटन लगाकर उसे बंद कर दिया। संदीप एकदम पास खड़ा था, लेकिन बूढ़े ने मानो उसे देखा ही नहीं था। पेड़ की जड़ों

पर ही बैठी हुई दो गिलहरियाँ संदीप की उपस्थिति को भाँप कर सजग हो गई थीं। ये गिलहरियाँ बूढ़े की उपस्थिति में बिलकुल आराम से जड़ों पर फुदक रही थीं, मगर संदीप के आते ही दोनों हाथ हवा में उठा कर, कानों को सीधा खड़ा किए, नथुनों को फड़फड़ाते हुए आसन्न ख़तरे को भाँप रही थीं। कुछ देर तक संदीप को देखते रहने के बाद दोनों ने एक-दूसरे को देखा फिर फुदकती हुई भागीं। संदीप ने देखा कि वो दोनों गिलहरियाँ बूढ़े के ऊपर चढ़कर फुदकती हुई दौड़ीं और बूढ़े के सिर पर से छलाँग लगा कर पेड़ पर कूदकर सरपट ऊपर चढ़ गईं। बूढ़े पर इस बात का कोई असर नहीं पड़ा। जैसे बूढ़े और गिलहरियों दोनों के लिए यह रोज़मर्रा की आम बात हो।

संदीप को पास आकर लगा कि बूढ़ा उतना भी बूढ़ा नहीं है जितना दूर से दिखाई देता है। अधिक-से-अधिक साठ साल का है वो। वो कपड़े जो दूर से देखने पर मटमैले, गंदे दिखाई देते हैं, वो असल में वैसे हैं नहीं, बस उनके रंग ही वैसे हैं। बूढ़े का चेहरा धूप खाया हुआ चेहरा है।

''नमस्ते अंकल...।'' संदीप ने जब बूढ़े की ओर से उसके आने पर कोई भी प्रतिक्रिया आते नहीं देखी तो वह ख़ुद ही बोल पड़ा।

उत्तर में बूढ़े ने कुछ नहीं कहा, बस एक बार नज़र उठाकर संदीप की तरफ़ देखा। देखा भी आँखों में नहीं, बस यह देखा कि कौन है। बूढ़े की नज़रें संदीप के पैरों से चलती हुई बस आँखों के ठीक पहले आकर रुक गईं और लौट भी गईं। संदीप ने देखा कि बूढ़े की गर्दन बस एक बार हिली, मानो यही संदीप के अभिवादन का उत्तर हो।

''मैं यहाँ आपके पास बैठ जाऊँ अंकल?'' संदीप ने कोई उत्तर नहीं आते देख अपनी तरफ़ से आवाज़ में भरसक नरमी रखते हुए पूछा। उत्तर में बूढ़े ने उस दिशा में एक उचटती-सी दृष्टि डाली जिस दिशा में संदीप खड़ा था। उस दिशा में, संदीप पर नहीं। फिर उसने अपना झोला जो पास ही एक जड़ पर रखा था, उठाकर अपनी गोद में रख लिया। संदीप को लगा कि यही संकेत है इस बात का कि बैठ जाओ। संदीप झोले को हटाने से ख़ाली हुए स्थान पर जाकर बैठ गया।

बैठने के बाद एक बार फिर मौन छा गया। संदीप ने बूढ़े को एकदम पास से देखा। वह चुप बैठा बस बूढ़े को देखता रहा। देखता रहा या शायद ऑब्ज़र्व करता रहा। दो मिनट, पाँच मिनट, दस मिनट, समय बीतता रहा और संदीप वहाँ बैठा बूढ़े को समझने की कोशिश करता रहा। इससे पहले कि कोई बात शुरू

करे, कम-से-कम समझ में तो आए कि बात किससे करनी है। उस पर बूढ़े को लेकर जो बातें उसके दिमाग़ में पहले से हैं, उनके चलते वह बात शुरू करने की हिम्मत ही नहीं कर पा रहा है। उसने देखा कि बूढ़ा न कुछ देखता है, न सुनता है, उसकी आँखें किसी भी दृश्य को देखती नहीं हैं। बूढ़ा शायद किसी भी दृश्य को देखना ही नहीं चाहता है। उसके कान किसी भी ध्वनि को सुनते नहीं हैं। संदीप ने देखा कि बूढ़े की आँखें इतनी अभ्यस्त हैं कि वे वह सब कुछ देख ही नहीं रही हैं, जो बूढ़ा देखना नहीं चाहता। एक-दो बार बच्चों की फ़ुटबाल वहाँ आई, बच्चे उसे उठाने आए, संदीप ने वह सब देखा लेकिन बूढ़े की आँखों के लिए उस दृश्य को देखने का आदेश शायद बूढ़े की तरफ़ से नहीं आया था, इसलिए आँखों ने वह सब कुछ नहीं देखा। फ़ुटबाल जब एकदम पास आकर धप्प से गिरी थी तो संदीप के कानों ने एकदम उस ध्वनि को सुनकर उसे सचेत किया, लेकिन बूढ़े के कानों ने ऐसा कुछ नहीं किया। कितनी अच्छी अवस्था है ना ये, कि आपकी इंद्रियाँ केवल वही ग्राह्य करें, जो आप करना चाहते हैं। बाक़ी सब कुछ जो हो रहा है, चल रहा है, उससे आपकी इंद्रियाँ निस्पृह बनी रहें। कितने अभ्यास से किया होगा बूढ़े ने यह सब कुछ।

"मेरा नाम संदीप है अंकल...।" संदीप को लगा कि बहुत देर हो गई है, कहीं से बातचीत का कोई सिरा तो पकड़ना ही होगा इसलिए उसने बूढ़े की ओर देखते हुए कहा। संदीप का यह वाक्य मानो किसी ख़ला में जाकर बिला गया। बूढ़े के कानों ने उस पूरे वाक्य को इग्नोर कर दिया। वे पाँच शब्द जो उस वाक्य में थे, ब्लैकहोल में समा कर नष्ट हो गए। कोई दृश्य बने और उसे देखा ही न जाए, कोई शब्द उत्पन्न हो और उसे सुना ही न जाए, तो कितना व्यर्थ होता है इनका उत्पन्न होना। बूढ़ा पहले की ही तरह बस हवा को देख रहा था। संदीप को चिढ़-सी हुई उस बूढ़े पर, ऐसा भी क्या वीतरागीपन कि कोई आपके ठीक पास आकर बैठा है, आपसे बातें कर रहा है और आप उस पर ध्यान ही नहीं दे रहे हैं।

"वॉकर...क्रिस्टोफ़र किट वॉकर...।" बूढ़े की ही आवाज़ थी यह। मगर इतनी अस्पष्ट थी कि संदीप को सुनने के लिए पूरा ध्यान लगाना पड़ा। क्रिस्टोफ़र वॉकर... ? बूढ़ा कहीं से भी विदेशी तो नहीं दिख रहा। यदि क्रिश्चियन भी है तो भी यहाँ भारत में क्रिश्चियंस के नाम इस प्रकार के नहीं होते हैं। यह नाम तो स्पेनिश या स्वीडिश अधिक लग रहा है। नाम और बूढ़े में कोई तालमेल ही नहीं दिखाई दे रहा है। मगर यह नाम कुछ सुना हुआ-सा लग रहा है संदीप

को। संदीप ने अपने दिमाग़ पर ज़ोर डाला कि कहाँ सुना है इस नाम को, मगर एकदम से कुछ याद नहीं आया कि यह नाम उसने कहाँ सुना या पढ़ा है। नाम की ध्वनि उसे बहुत सुनी हुई और परिचित-सी लग रही है।

''क्रिस्टोफ़र किट वॉकर...बहुत अच्छा नाम है, आप क्रिश्चियन हैं?'' संदीप ने अपनी जिज्ञासा को प्रश्न में बदलते हुए कहा। इस प्रश्न पर संदीप को पहली बार बूढ़े की तरफ़ से कुछ प्रतिक्रिया दिखाई दी और वह प्रतिक्रिया थी बहुत हल्के से चौंकने की प्रतिक्रिया।

''कौन क्रिस्टोफ़र किट वॉकर... ? मेरा नाम तो धनंजय है, धनंजय कुमार शर्मा।'' बूढ़े ने इस बार थोड़ी-सी स्पष्ट आवाज़ में कहा। इस बार चौंकने की बारी संदीप की थी। इस बार बूढ़ा किसी दिशा में नहीं देख रहा था, उसकी आँखें संदीप के चेहरे पर थीं। आँखों में नहीं थीं लेकिन चेहरे पर तो थीं आँखें। बूढ़ा कुछ बदला हुआ-सा था। उसकी आवाज़ भी पहले जैसी नहीं थी। ऐसा लगा कि यह वो बूढ़ा नहीं है।

''फिर क्रिस्टोफ़र किट वॉकर कौन है अंकल? अभी-अभी आपने उसका नाम लिया था।'' संदीप ने आवाज़ को संतुलित रखते हुए प्रश्न किया।

''मैंने कब लिया ये नाम? तुमने लिया है यह नाम तो, मैंने तो यह कहा कि मेरा नाम धनंजय कुमार शर्मा है।'' बूढ़े की आवाज़ में एकदम नाराज़गी आ गई। संदीप को रवि की बात याद आ गई कि बूढ़ा बात-बात में तुनक जाता है। संदीप ने आगे इस नाम पर बहस नहीं करने का निर्णय लिया।

''आप यहीं-कहीं आस-पास रहते हैं या कहीं दूर से आते हैं टहलने यहाँ?'' संदीप ने नाम की बहस को बदलकर स्थान की चर्चा कर दी। संदीप के शब्द एक बार फिर से जैसे उत्पन्न हुए थे, वैसे ही समाप्त हो गए। कहीं कोई प्रभाव उन शब्दों का दिखाई नहीं दिया। बूढ़ा जो कुछ देर पहले कुछ सचेत-सा दिख रहा था अब एक बार फिर से किसी प्रस्थान बिंदु पर जाकर खड़ा हो गया था। संदीप के लिए स्थिति फिर से असहज हो गई थी।

''डेंकाली से...।'' बूढ़े की आवाज़ एक बार फिर से बहुत अस्पष्ट हो गई। डेंकाली... ? यह कौन-सी जगह है? इतने विचित्र नाम का कोई मोहल्ला या कॉलोनी तो उसके शहर में नहीं है। आस-पास इस नाम का कोई गाँव या शहर भी नहीं है, बूढ़ा किस जगह की बात कर रहा है ये?

''डेंकाली के जंगल से...।'' बूढ़े की आवाज़ उसी प्रकार मद्धिम है।

डेंकाली का जंगल? यह कौन-सा जंगल है? शायद उधर पहाड़ों के पार कोई आदिवासी बस्ती हो, ऐसे नाम तो आदिवासी गाँवों के ही हो सकते हैं। लेकिन यह बूढ़ा तो सड़क की तरफ़ से आता है, इसे कभी पहाड़ों की तरफ़ से आते हुए नहीं देखा। डेंकाली के जंगल... ? यह नाम भी संदीप को कुछ सुना हुआ-सा लग रहा है, कहाँ सुना है यह नाम?

"वहाँ आपका घर है?" संदीप ने हिम्मत बाँधते हुए पूछा। हिम्मत इसलिए कि बूढ़े का कुछ भरोसा नहीं कि अभी अपनी कही हुई बात से पलट जाए।

"वहाँ भी है...।" बूढ़ा अभी भी ट्रांस में ही है। इस प्रकार बोल रहा है कि वाक्य का अंतिम शब्द बस अनुमान से ही समझना पड़ रहा है संदीप को कि हाँ यही शब्द होगा। संदीप को उलझन हुई कि इसके बाद अगला प्रश्न क्या पूछा जाए? बूढ़ा कब क्या उत्तर दे दे।

"कभी-कभी योरोप के एक पुराने क़िले में रहता हूँ, कभी रेगिस्तान में अपने वॉकर समतल पर रहता हूँ*, कभी मित्र द्वीप पर तो कभी हवा महल में।" बूढ़े की बात पूरी होते ही संदीप को रवि की बात याद आ गई कि बूढ़ा न जाने किन-किन जगहों के, लोगों के नाम लेता है। हाँ बूढ़े की बात में 'वॉकर' शब्द आने से संदीप को यह पता चल गया कि बूढ़ा अब क्रिस्टोफ़र वॉकर होकर बात कर रहा है। संदीप ने बूढ़े को गौर से देखा, वह किसी और दुनिया में था, यहाँ इस पेड़ के नीचे नहीं था। संदीप को लगा कि बूढ़ा लगातार धनंजय शर्मा और क्रिस्टोफ़र वॉकर के बीच आवाजाही कर रहा है। यह कोई ड्यूल पर्सनालिटी वाली भी बात नहीं है, बूढ़ा या तो यहाँ पेड़ की जड़ पर बैठा होता है, या किसी यात्रा पर होता है।

"पढ़ते हो या जॉब कर रहे हो?" इस बार बूढ़े ने संदीप के चेहरे की तरफ़ देखते हुए कहा। यह प्रश्न धनंजय शर्मा की तरफ़ से था, ऐसा संदीप को पूछने के अंदाज़ से लगा।

"जी मैंने एमबीए किया है यहीं से। कैंपस सेलेक्शन भी हो गया है। बस अब पाँच-छह दिन में बेंगलूरु जाकर ज्वाइन करना है।" संदीप ने कुछ अदब के साथ उत्तर दिया। इस बार संदीप की कही हुई बात का एक-एक शब्द रिसीव किया गया और उन शब्दों पर प्रतिक्रिया जैसा भाव भी बूढ़े के चेहरे पर दिखाई दिया। संदीप को अपनी बात पर बूढ़े की यह प्रतिक्रिया कुछ

---

*असल में यह बेताल की कथा में एक स्थान है बीच रेगिस्तान में। एक ऊँचा पहाड़ है, जिसकी चोटी पर समतल मैदान है, जिसे वॉकर समतल कहा जाता है। जहाँ बेताल कभी-कभी रहने जाता है।

अच्छी नहीं लगी, वह दूसरी तरफ़ देखने लगा।

''मतलब पाँच-छह दिन बाद तुम भी यहाँ नहीं दिखोगे? वहाँ आकर तालाब में पैर लटकाकर नहीं बैठोगे? वहाँ उस किनारे पर लगे हुए पेड़ में तालाब से लाकर पानी नहीं डालोगे। यहाँ-वहाँ उग आई गाजर घास को उखाड़ कर नहीं फेंकोगे।'' बूढ़े के चेहरे पर और आवाज़ में पहली बार संदीप को उदासी का गहरा प्रभाव महसूस हुआ। इस बात ने संदीप को एक बार फिर से चौंका दिया। चौंका दिया इस बात पर कि वह तो यह समझता था कि बूढ़ा यहाँ आने-जाने वाले, यहाँ बैठने वाले किसी व्यक्ति पर कोई ध्यान ही नहीं देता है, मगर यह तो सब देखता है, जानता है। वह यहाँ आकर क्या-क्या करता है, वो एक-एक बात बूढ़े को पता है। जैसे वह यही देखता हो बैठकर।

''जी अंकल...अब पढ़ाई पूरी हो गई है, तो अब तो जाना ही पड़ेगा। अब ज़िन्दगी जहाँ ले जा रही है, वहाँ जाना ही होगा। और जाने में कुछ-न-कुछ तो पीछे छूट ही जाएगा। करियर, प्रोग्रेस यह सब भी तो ज़िन्दगी में देखना ही होता है,'' इस बार संदीप ने कुछ सॉफ़्ट आवाज़ में कहा।

''ज़िन्दगी कहीं नहीं ले जाती, हम ही जाते हैं, और इल्ज़ाम ज़िन्दगी को दे देते हैं। और पीछे कुछ-न-कुछ छूटता तभी है जब हम छोड़ना चाहते हैं। वरना कोई ज़रूरी नहीं कि छोड़ा जाए,'' बूढ़े ने काँपती आवाज़ में कहा। संदीप को लगा कि बूढ़े की आवाज़ कुछ भर्रा भी गई है। मगर बूढ़े के चेहरे को देखकर नहीं लग रहा था कि वह भावुक हो रहा है। फिर संदीप को ऐसा क्यों लगा कि बूढ़े की आवाज़ भर्रा गई है।

''आप क्या करते हैं अंकल... ? मेरा मतलब आप कहीं गवर्नमेंट जॉब करते हैं या... ?'' संदीप को पूछते हुए लगा कि उसका प्रश्न अपने आप में ही उलझ रहा है, वह जो कुछ बूढ़े से पूछना चाह रहा है, उसे पूछने में उसके शब्द साथ नहीं दे रहे हैं। संदीप ने अपनी बात को बीच में ही छोड़ दिया। बूढ़े ने पूरी बात पर कोई ध्यान नहीं दिया। संदीप अपनी बात समाप्त कर चुप हो गया। कुछ देर की चुप्पी रही।

''मैं...वैसे यह बताना नहीं चाहिए लेकिन तुमको बता देता हूँ...मैं डेंकाली के जंगलों के जंगल गश्ती दल का कमांडर हूँ। अज्ञात कमांडर...। वही, जिसके बारे में किसी को भी नहीं पता है,'' बूढ़े की आवाज़ इस बार और भी ज़्यादा अस्पष्ट हो गई। अंतिम वाक्य हवा की सरसराहट की तरह था। संदीप को

आवाज़ की लरज़िश से ही पता चल गया कि यह क्रिस्टोफ़र वॉकर है। मगर यह है कौन?

"अब मैंने वी.आर.एस. ले लिया है, वालेंटरी रिटायरमेंट...पहले मैं जॉब में था, गवर्नमेंट जॉब में...। फिर ऐसा लगा कि अब कोई मतलब नहीं है जॉब करने से। किसके लिए किया जाए। तो बस रिटायरमेंट ले लिया। अपने आप को मुक्ति देना भी ज़रूरी होता है। समय पर अपने आप को मुक्त कर देना चाहिए। कम-से-कम कुछ साँस तो आ सके," इस बार सधी हुई आवाज़ में कहा बूढ़े ने, यह आवाज़ धनंजय शर्मा की है।

संदीप ने इस बीच चुपचाप से अपने मोबाइल में गूगल सर्च पर क्रिस्टोफ़र वॉकर अंग्रेज़ी में लिखकर सर्च किया। बहुत से रिज़ल्ट सामने आ गए। उसने दूसरे नंबर पर दिख रही विकीपीडिया की लिंक पर क्लिक किया, तो विकीपीडिया का पेज सामने आ गया। छोटा-सा पेज जिसमें बस तीन सूचनाएँ थीं। क्रिस्टोफ़र जे. वॉकर—ब्रिटिश हिस्टोरियन, क्रिस्टोफ़र वॉकर—जिब्राल्टेरियन ट्राय एथेलीट एंड सायक्लिस्ट, क्रिस्टोफ़र किट वॉकर—द रियल नेम ऑफ़ कॉमिक बुक कैरेक्टर द फ़ैंटम। शुरू के दो नाम तो नहीं हो सकते, यह तीसरा...कॉमिक बुक कैरेक्टर द फ़ैंटम...यहीं से कुछ संकेत मिल सकता है। संदीप ने 'द फ़ैंटम' लिखकर गूगल को इमेज सर्च पर डाल दिया। बहुत सारी तस्वीरें उसके सामने खुल गईं। फ़ैंटम की...। ओ तो ये है क्रिस्टोफ़र वॉकर उर्फ़ फ़ैंटम...। यह तो कॉमिक बुक का कैरेक्टर है, सुपर हीरो वेताल। हिन्दी में भी यह कॉमिक्स आ चुकी है, लेकिन हिन्दी में इसका नाम फ़ैंटम नहीं था वेताल था। संदीप के पापा की लाइब्रेरी में रखी हैं ये कॉमिक्स सीरीज़, और कई बार अपने पापा को उन्हें पढ़ते हुए भी देखा है। उसे बड़ा अजीब लगता है पापा को कॉमिक्स पढ़ते हुए देखकर। बचपन में उसने भी पढ़ा है इन कॉमिक्स को, पापा से माँग कर। देते समय हर बार पापा का वही इन्स्ट्रक्शन, "सँभाल कर पढ़ना...और पढ़कर वापस वहीं रख देना जहाँ से उठाई थी।" बड़ा होने के बाद उसने तो पढ़ना छोड़ दिया मगर पापा को वह अब भी पढ़ते देखता है कभी-कभी। जब भी पापा इनको पढ़ते हैं तो उनके चेहरे पर एक अजीब-सा सुकून दिखाई देता है।

वैसे तो उसका बचपन कॉमिक्स पढ़ने वाला बचपन नहीं रहा। उसका बचपन तो टीवी पर कार्टून शो देखने वाला बचपन रहा है। कॉमिक्स तो तब तक

बीते समय की बात हो चुकी थी। उसके बचपन में डोरीमॉन, पॉकीमॉन, ऑगी एंड कॉकरोचेज़ जैसे टून कैरेक्टर शामिल हैं। लेकिन उसने पापा की लाइब्रेरी से निकाल-निकाल कर 'वेताल' के लगभग सारे कॉमिक्स पढ़े। वेताल...जो जंगल में रहता है, अजीब-सी बैंगनी रंग की पोशाक पहनता है, आँखों पर काले चश्मे जैसा नकाब। पोशाक के ऊपर काली-नीली धारियों वाला अंडरवियर, उस पर खोपड़ी का निशान, कमर पर बँधी हुई मेखला और उस पर दोनों तरफ़ टँगे हुए रिवॉल्वर, पैरों में काले लम्बे गम शूज़, लगभग घुटनों तक के। उँगली में एक अँगूठी, जिस पर खोपड़ी बनी है, जब भी किसी गुंडे को घूँसा मारता है तो उसके चेहरे पर खोपड़ी का निशान बन जाता है, जो कभी नहीं मिटता। अच्छे लोगों के लिए वह एक स्वास्तिक की तरह का चिह्न छोड़ता है, सुरक्षा का। बचपन में वो पापा की लाइब्रेरी से उठा लाता था इन कॉमिक्स को। पुराने और पीले पड़ चुके पन्नों को बहुत आहिस्ता-आहिस्ता पलटकर पढ़ता था। पापा ने बहुत सँभाल कर रखा हुआ है उन्हें आज भी। डेंकाली के जंगल...हाँ ये नाम वहीं तो सुना था। डेंकाली के जंगल में ही तो खोपड़ीनुमा गुफ़ा में रहता है वेताल, जिसकी पहरेदारी ख़तरनाक बौने करते हैं। ख़तरनाक बौने बांडार। वेताल की पोशाक उसे पूरी तरह ढक लेती है, उसका चेहरा क्या शरीर का कोई भी हिस्सा ज़रा-सा भी नहीं दिखता, जंगल में कहते हैं कि वेताल का चेहरा जिसने देख लिया वो ज़िन्दा नहीं बचता।

"आख़िरकार हर बात की कोई तो सीमा होगी। कब तक बस यूँ ही एक ढर्रे में बँधी ज़िन्दगी को जीते जाइए। अपने लिए जहाँ कोई समय नहीं हो, बिलकुल भी समय नहीं हो। बस यही सोचकर मैंने रिटायरमेंट ले ली। कोल्हू के बैल की तरह गोल-गोल घूमते हुए अपना ही तेल निकल गया पूरा। वास्तव में कोल्हू में तेल तिल्ली का नहीं निकलता है, तेल तो बैल का ही निकलता है।" बूढ़े ने कुछ कठोर आवाज़ में कहा। संदीप ने बूढ़े के चेहरे की ओर देखा। इस बार फिर वहाँ पर कुछ भाव नज़र आ रहे थे। तल्ख़ी के भाव। नाराज़गी के भाव। संदीप ने बूढ़े के चेहरे पर ग़ुस्सा देखा तो उसे रवि की बात एक बार फिर से याद आ गई। मगर कुछ ही देर में बूढ़े के चेहरे के भाव सामान्य हो गए।

"आपके घर में कोई नहीं है क्या। मतलब आँटीजी, बच्चे...आपका परिवार?" संदीप ने बूढ़े के चेहरे के भाव सामान्य होते हुए देखे तो तुरंत प्रश्न किया। बूढ़े ने कोई उत्तर नहीं दिया। पेड़ पर से एक गिलहरी बूढ़े के कंधे पर

कूदी और वहाँ से सर्राते हुए पीठ से होती हुई ज़मीन पर कूद कर दूसरी ओर भाग गई। संदीप का पूरा-का-पूरा प्रश्न मानो एक बार फिर किसी अँधेरी गुफ़ा में समा गया। संदीप को याद आया कि वेताल जिस गुफ़ा में रहता है वो भी तो अँधेरी गुफ़ा है, खोपड़ीनुमा अँधेरी गुफ़ा, जिसमें खोपड़ी के निशानों वाला उसका सिंहासन है।

"हैं ना, पूरा परिवार है मेरा। डायना है, दो बच्चे हैं किट और हेलोइस, मेरा घोड़ा तूफ़ान है, भेड़िया शेरा, बाज़ फ्राका और रेक्स हैं। और बांडार बौनों का मुखिया गुर्रन भी हमेशा मेरे साथ रहता है। बूढ़े बाबा मोज्ज भी साथ ही बने रहते हैं। और हाँ मुझसे पहले वाले बीस वेताल भी तो मेरे साथ ही रहते हैं, वो भी तो उसी गुफ़ा में दफ़्न हैं, जिसमें मैं रहता हूँ...मेरे साथ, इक्कीसवें वेताल के साथ। दुनिया की नज़र में वेताल अमर है, लेकिन वास्तव में ऐसा नहीं है, वेताल का बेटा अपने पिता के मरने के बाद उसे गुफ़ा में ही दफ़्न कर देता है और उसकी पोशाक पहनकर दुनिया के सामने आ जाता है, वेताल बनकर। इसीलिए दुनिया की नज़रों में वेताल कभी नहीं मरता। वह हमेशा ज़िन्दा रहता है, वह अमर है कभी नहीं मरेगा वो।" बूढ़ा बुदबुदा रहा है। मतलब वह एक बार फिर से क्रिस्टोफ़र किट वॉकर बन चुका है।

बूढ़े की बातों में पहली बार 'वेताल' नाम भी आया है। संदीप का अनुमान बिलकुल सही है। संदीप को अब बूढ़े के बात करने का पैटर्न समझ में आ गया है। बूढ़ा धनंजय शर्मा और वेताल या क्रिस्टोफ़र किट वॉकर के बीच रह-रह कर ट्रांसफ़ार्म करता है। और यह ट्रांसफ़ार्मेशन इतनी तीव्र गति से होता है कि सुनने वाला कुछ समझ ही नहीं सकता कि अचानक ये क्या हो गया है। रवि जो कह रहा था कि बूढ़ा जाने किन लोगों, जगहों की बातें करता है, तो वे यही बातें हैं। अभी बूढ़े ने जो नाम लिए हैं, इन नामों को संदीप जानता है। यह वेताल का परिवार है। उसकी पत्नी डायना पामर, जुड़वाँ बच्चे किट और हेलोइस, गोद लिया बेटा रेक्स, और उसके जानवर। वेताल की कॉमिक्स में यह उसके साथ आने वाले पात्र हैं। वेताल की पत्नी डायना पामर वॉकर को बहुत ख़ूबसूरत दिखाया गया है कॉमिक्स में। जब पहली बार उसने कॉमिक्स में डायना को देखा था तो उसे क्रश हो गया था डायना पर। ठीक-ठाक रूप से डायना उसका पहला क्रश थी। बाद में उसने कॉमिक्स वेताल के लिए नहीं पढ़े बल्कि डायना के लिए ही पढ़े, बस डायना को देखने के ही लिए।

‘‘क्या होता है परिवार? कुछ लोग जो आपके साथ जुड़ते हैं, कुछ दूर तक साथ चलते हैं फिर उसके बाद अचानक एक दिन छोड़ जाते हैं हमें, एकदम अकेला...बहुत सारी यादों के साथ...,’’ बूढ़े ने इस बार कुछ स्पष्ट आवाज़ में कहा। उसकी आवाज़ में तल्ख़ी और उदासी दोनों का सम्मिश्रण था।

संदीप ने देखा कि सामने तालाब के उस सिरे पर सूरज का लाल-सिंदूरी गोला बस तालाब के पानी को छूने ही वाला है। तालाब के पानी में अभी से सूरज का लाल-सिंदूरी रंग घुल रहा है। जब सूरज एकदम डूबने पर आ जाता है, उस समय एक विचित्र प्रकार की शांति छा जाती है चारों तरफ़, जैसे सूरज के जाने का मातम छा गया हो। पशु-पक्षी, प्रकृति सब एकदम मौन साध लेते हैं सूरज के डूबते समय। विज्ञान कहता है कि सूरज कहीं नहीं जाता, लेकिन प्रकृति को देखें तो उसके व्यवहार से तो यही लगता है कि सूरज जा रहा है, विदा हो रहा है।

‘‘मेरे दो बच्चे हैं...किसलय और हेतल...हेतल नाम मेरे एक गुजराती दोस्त ने रखा था, मुझे बेटी का नाम ‘हे’ से ही रखना था और बेटे का ‘कि’ से...होता है ना कोई नॉस्टेल्जिया...। बहुत खोजने पर मिले थे ये नाम। किसलय और हेतल। अब दोनों यूएस में जॉब कर रहे हैं। शादी भी हो गई है दोनों की। फ़ैमिली के साथ वहीं सैटल होने का लगभग फ़ाइनल कर लिया है उन लोगों ने। बढ़िया पैकेज मिलता है। बेटा-बहू और बेटी-दामाद चारों ही इस प्रकार के पैकेज पा रहे हैं। अपना पूरा समय अपनी कंपनियों को बेच दिया है। उसके बदले में डॉलर्स मिल रहे हैं। हरे-हरे डॉलर।’’ बूढ़े की आवाज़ में थकान आ रही है। उदासी जब गहरी होती है तो वह भी थकान का भ्रम पैदा करती है।

संदीप ने बूढ़े की बात समाप्त होने के बाद कुछ नहीं कहा। उसके पास कुछ कहने को नहीं था इसके बाद। उसकी भी तो यही स्थिति है। वह भी तो जा रहा है इसी प्रकार के पैकेज पर। एक यूएस बेस्ड एमएनसी में। कुछ साल यहीं इंडिया में काम करना है, उसके बाद अगर सब कुछ ठीक-ठाक रहा, उसका परफ़ॉर्मेंस अच्छा रहा, तो उसके भी यूएस जाने के चांसेस हैं। संदीप को याद आया, उसके एमएनसी में बेगलूरु जाने की बात पर पापा ने बहुत धीमे से कहा था, ‘‘इतनी दूर जाने की क्या ज़रूरत है? अब तो अपने आस-पास भी अच्छी कंपनियाँ आ गई हैं। यहाँ भी जॉब तो मिल ही सकती है।’’ संदीप मम्मी-पापा की इकलौती संतान है। संदीप ने कुछ रूखे स्वर में कहा था, ‘‘यहाँ जॉब तो है,

पर न उन जॉब्स में कोई फ़्यूचर है और न कोई बढ़िया पैकेज है। अभी बाहर नहीं निकलूँगा तो यहीं पर सड़ के रह जाऊँगा।'' संदीप को अब भी याद है कि उसके 'सड़ के रह जाऊँगा' कहने पर पापा ने चश्मे में से उसकी आँखों में आँखें डालकर देखा था। जैसे संदीप की कही हुई बात से उन्हें चोट पहुँची हो।

''आपने लव मैरिज की थी अंकल या आपकी अरेंज मैरिज हुई थी?'' संदीप को पापा की आँखें याद आते ही अपने अंदर एक झुरझुरी-सी महसूस हुई। उसने अपने आप को असहज होने से बचाने के लिए एक हल्का प्रश्न बूढ़े से पूछ लिया। बूढ़ा अपनी गोद में रखे झोले पर हाथ फेर रहा है।

''लव मैरिज...मेरी डायना के साथ लव मैरिज हुई थी, डायना पामर के साथ। पता है कहाँ हुई थी? कीलावी में समुद्र के सुनहरे तट पर, जहाँ आधी रेत है और आधा सोना है। कीलावी का अर्थ जानते हो? कीलावी का अर्थ होता है, प्यार, इसलिए कीलावी के तट पर जाने के लिए ज़रूरी है कि आपके दिल में प्यार हो। जंगल में कहा जाता है कि 'जो बिना प्यार के कीलावी के तट पर आए, उसे यहीं मरने दो...'। वाम्बेसी पुरोहितों ने पहले हमारी शादी करवाई, फिर उसके बाद हम दोनों कीलावी के समुद्र में जाकर नहाए...खूब नहाए...उसके बाद समुद्र से निकलकर हम परंपरा के अनुसार सुनहरे तट की रेत में लोटे, एक-दूसरे पर हमने सुनहरी रेत डाली। वह सुनहरी रेत हमारे शरीर से चिपक गई। और उसके बाद हमने मणि महल में प्रवेश किया। मणि महल, जो किसी अश्वेत राजा ने कीलावी के सुनहरे तट पर अपनी पत्नी के साथ सुहागरात मनाने के लिए बनाया था। मगर बाद में उसकी पत्नी की प्रसव के दौरान मौत हो गई। उसके बाद वो राजा कभी वहाँ नहीं लौटा, लौटता तो पत्नी की यादें उसे वहाँ घेरतीं। हमने परंपरा के अनुसार उसी मणि महल में प्रवेश किया। और जैसी परंपरा है मणि महल के बाद जंगल में जाना पड़ता है। हम भी मणि महल से जंगल की ओर निकल गए। मणि महल के बाद जंगल में जाना हमारे समय की नियति है। पहले विवाह, फिर समुद्र के पानी में जाना, फिर सुनहरी रेत में लोट लगाना, फिर मणि महल और अंत में जंगल...यही तो है हम सबका जीवन...कहीं कोई बदलाव नहीं है। थोड़ा या ज़्यादा हम सबका जीवन ऐसे ही बीतता है। बस ऐसे ही...।'' बूढ़े का पूरा व्यक्तित्व जैसे वह कहते समय वहाँ से अनुपस्थित हो चुका है। संदीप वहाँ है नहीं, और वह ये बातें संदीप से नहीं कर रहा है। मानो किसी अज्ञात से बातें कर रहा है वो बूढ़ा।

जब भी बूढ़ा क्रिस्टोफ़र किट वॉकर उर्फ़ वेताल में ट्रांसफ़ार्म कर जाता है, तो संदीप के पास पूछने को कोई प्रश्न या करने के लिए कोई बात नहीं होती है। इस प्रकार की बातों पर वो क्या कहे आगे। बिना सिर-पैर की बातें। बूढ़े की आँखें अब डूबते हुए सूरज की ओर स्थिर हैं। संदीप भी उस दिशा में ही देखने लगा, जिस दिशा में बूढ़ा देख रहा है। बूढ़ा जिन जगहों और चीज़ों की बातें कर रहा है वो सारी वेताल की कॉमिक्स की हैं। कीलावी का सुनहरा तट, मणि महल और वाम्बेसी पुरोहित।

''हर बार यही सोचकर मन को तसल्ली होती है कि बच्चे अपनी ज़िन्दगी में सैटल हो गए हैं। उनकी ज़िन्दगी अब व्यवस्थित हो गई है। मगर बीच में यह भी ख़याल आता है कि उनकी ज़िन्दगी तो व्यवस्थित हो गई, मगर हमारा क्या? हमें क्यों उजाड़ा गया? हमने बच्चों को पैदा किया, पाला, पढ़ाया, बड़ा किया... तुम कह सकते हो कि यह तो हर माँ-बाप का काम ही है, उसमें हमने नया क्या किया। मगर इन सबमें हमने बहुत बार अपनी इच्छाओं को मारा। बहुत कुछ ऐसा किया जो हम नहीं करना चाहते थे। मैं गवर्नमेंट जॉब में था, जब बच्चों की इच्छाओं का ख़र्च सैलेरी से पूरा नहीं कर पाया, तो मैंने भ्रष्टाचार शुरू किया। रिश्वत लेना, ग़लत काम करना, सब शुरू किया। मैं मोह में फँस गया था अपने बच्चों के। मैं उन्हें सब सुख देना चाहता था। और उसी के लिए मैंने, जो उस समय तक ग़लत को ग़लत ही मानता था, वही करना शुरू कर दिया। जिस दिन मैंने पहली बार रिश्वत ली थी, उस दिन रात भर मुझे अपने मुँह में ख़ून का स्वाद आता रहा था। कई बार कुल्ला किया, पानी पिया, मगर वह स्वाद रात भर रहा। फिर उसकी आदत हो गई मुझे।'' कहते हुए बूढ़ा सूरज की ओर देखते हुए कुछ क्षण को चुप हो गया। ''पैदा किया, पाला, पढ़ाया किसके लिए? मल्टी नेशनल कंपनियों के यहाँ ले जाकर बेचने के लिए। हमने बच्चों को थोड़े ही पाला था, हमने तो एमएनसी के ग़ुलामों को पाला था। पाला था कि हमारे ग़ुलाम अच्छे दामों में वहाँ बिक सकें। बिक गए...सचमुच अच्छे ही दामों में बिक गए... डॉलर्स में बिके...मगर हमें बेचने के बाद भी कुछ नहीं मिला। एमएनसी को ग़ुलामों की ज़िन्दगी का कंट्रोल मिला और ग़ुलामों को डॉलर्स मिले...हमें...हमें कुछ नहीं मिला...हम तो उजड़ ही गए... ।'' बूढ़ा जब धनंजय शर्मा हो जाता है तो उसकी आवाज़ में उदासी कभी अकेले नहीं आती है। उदासी के साथ हमेशा गहरा तंज़ रहता है। अपने आप पर तंज़। और इसी तंज़ के कारण उसके होंठ

एक तरफ़ से कुछ तिरछे हो जाते हैं। चेहरा विकृत जैसा होने लगता है उसका।

संदीप को याद आया कि दो-तीन दिन पहले जब हर महीने की तरह वह मम्मी को महीने भर का राशन ख़रीदवाने के लिए मॉल लेकर गया था, तो इस बार मम्मी ने बहुत सारी रेगुलर ख़रीदी जाने वाली चीज़ें नहीं ख़रीदी थीं। कस्टर्ड, चोकोस, केक मिक्स, बादाम, अखरोट, मैगी, चॉकलेट्स, टॉफ़ियाँ, बिस्किट्स, ऐसे बहुत से आइटम थे जो हर महीने की लिस्ट में सबसे पहले ख़रीदे जाते थे, उनको मम्मी ने नहीं ख़रीदा था। इनमें से कुछ सामान तो आदत के कारण उठाकर ट्रॉली में रख भी लिया था मम्मी ने फिर बाद में हटा दिया था। उसने मम्मी से पूछा भी था कि यह सब क्यों नहीं ख़रीद रही हो इस बार। मम्मी का उदास-सा उत्तर आया था, "अब कौन खाएगा इन्हें? बेकार पड़े रहेंगे...।" उत्तर देने के साथ ही मम्मी की आँखें पनीली हो गई थीं। किनारों से नमी छलक आई थी, जिसे उन्होंने बहुत सफ़ाई से रूमाल में सोख लिया था। संदीप को अपने अंदर भी उस दिन कुछ पिघलता हुआ महसूस हुआ था। बहुत ज़्यादा नहीं, बहुत हल्का-सा कुछ महसूस हुआ था। उस दिन ट्रॉली आधी भी नहीं भरी थी, जबकि हर बार यह होता था कि बहुत-सा सामान मम्मी ढूँढ़-ढूँढ़ कर ट्रॉली में डालती थीं और एक ही बात कहती थीं, "यह तुझे पसंद है ना, इस बार कुछ अलग तरीक़े से बनाऊँगी इसे...।" उनके चेहरे पर एक अजीब-सा उल्लास, एक अजीब-सा प्रकाश होता था यह कहते समय। किसी गहरे आंतरिक सुख का प्रकाश, किसी अंदरूनी शांति का उल्लास। लेकिन उस दिन उनके चेहरे पर वह सब कुछ नहीं था, उसकी जगह एक गहरी उदासी थी, एक सन्नाटा था। उस दिन कैश काउंटर पर पेमेंट करते समय मम्मी ने होम डिलीवरी के बारे में भी जानकारी ली थी, जबकि पहले जब भी संदीप ने कहा था होम डिलीवरी से मँगवाने को, तो उन्होंने झिड़कते हुए हर बार मना किया था, "अपने हाथ से जाकर सामान लाना चाहिए। होम डिलीवरी में तो वो सब सड़ा-गला सामान भेज देते हैं।" उस दिन चलते समय मम्मी ने होम डिलीवरी का नंबर वगैरह भी लेकर अपने मोबाइल में फ़ीड कर लिया था।

"डेंकाली के जंगलों में जो फुसफुसाते कुंज हैं, वो असल में यादों के कुंज हैं, हम सब उन यादों में फँस जाते हैं। जब हवा उस कुंज में खड़े हुए पेड़ों को छूकर गुज़रती है, तो पेड़ फुसफुसाने लगते हैं। 'व्हिस्परिंग फ़ॉरेस्ट ऑफ़ स्वीट मेमोरीज़।' मैं जब भी तूफ़ान पर सवार होकर शेरा के साथ

वहाँ से गुज़रता हूँ, तो वो पेड़ 'किट-हेलोइस-डायना, किट-हेलोइस-डायना', फुसफुसाने लगते हैं। पहले ये पेड़ वेताल-वेताल फुसफुसाते थे मेरे वहाँ से गुज़रने पर, मगर अब...।'' बूढ़े की आवाज़ बहुत थकी हुई लग रही है। जैसे बहुत लम्बी यात्रा करके आया हो वो।

पिछले कुछ दिनों से संदीप को घर में एक अजीब-सा सन्नाटा महसूस हो रहा है। वही सन्नाटा जो अभी डूबते सूरज के कारण तालाब के किनारे पर हो रहा है। कुछ दिनों से घर बहुत चुप-चुप है। वह घर जो खिलखिलाता था, जगमगाता था, आजकल बुझा हुआ है, चुप है। पापा इतनी ख़ामोशी के साथ घर में आते हैं कि उनके आने की आहट न हो जाए कहीं। मम्मी, बहुत मद्धिम हवा की तरह घर में चल रही हैं। किसी सरसराहट की तरह उनके आने-जाने को महसूस कर रहा है संदीप। ऐसा लग रहा है जैसे घर किसी अँधेरी और बंद गुफ़ा में कन्वर्ट हो गया है, जहाँ प्रकाश, हवा, ऊष्मा यह सब अचानक आने बंद हो गए हैं और एक घुटन, सीलन और अँधेरा ही हर तरफ़ फैल गया है। हर वक्त ऐसा लगता है जैसे घर के अंदर एक ठंडा कोहरा फैला हुआ है, सीला-सीला सा कोहरा, जिसके आर-पार होकर घर में रहने वाले तीनों लोग एक-दूसरे को देख ही नहीं पा रहे हैं। देखने की कोशिश कर रहे हैं लेकिन कोहरा और घना और घना होता ही जा रहा है। संदीप ने देखा कि बूढ़ा अपने झोले को और ज़्यादा कसकर पकड़े हुए डूबते सूरज की ओर टकटकी बाँधे हुए है। संदीप को पहली बार बूढ़े पर दया आई।

''और आँटी...वो कहाँ हैं आजकल? यहीं हैं या बच्चों के पास यूएस में हैं?'' संदीप ने बूढ़े को सहज करने के लिए प्रश्न किया। उसे पता है कि जिन माँ-बाप के बच्चे यूएस में सैटल हो गए हैं, उनकी माँएँ अक्सर अपने पति को भारत में छोड़कर अमेरिका के चक्कर काटती रहती हैं। नाती-पोतों को पालने के लिए, बड़ा करने के लिए। मोह में बँधी हुई चौदह-पंद्रह घंटों की कष्टप्रद यात्रा करते हुए आवाजाही करती रहती हैं। जीवन भर कभी हवाई जहाज़ में नहीं बैठने वाली ये हाउस वाइव्स लम्बी-लम्बी यात्राएँ बच्चों के लिए करती हैं, करती रहती हैं। संदीप का प्रश्न बूढ़े को सामान्य करने के लिए था, लेकिन उस प्रश्न से बूढ़े पर कोई भी फ़र्क़ नहीं पड़ा, वह पहले की ही तरह उसी मुद्रा में बैठा रहा।

''कौन...? डायना...? डायना पामर वॉकर...? वह पहले यहीं थी... फिर किट और हेलोइस जब सात समंदर पार चले गए तो उसका जीवन वेताल

और बच्चों के बीच बँट गया। कभी जंगल में रहती वेताल के पास, तो कभी सात समंदर पार उड़कर जाती। वेताल शिखर के पास हवाई जहाज़ उसको लेने आ जाता और वो उड़ जाती। भूलकर अपने घुटने का दर्द, लो बीपी, शुगर, कोलेस्ट्रॉल...सब कुछ भूलकर अकेले ही हवाई यात्रा पर निकल जाती। मैं उसे वेताल शिखर के पास तक छोड़ देता। उसके बाद वो अकेली ही जाती। बिलकुल अकेली...। डायना, जो कभी रेल में भी अकेली नहीं गई, वो जाने किस आकर्षण में बँधी निकल पड़ती अकेली ही। लौटती तो बहुत थकी हुई होती। यहाँ आते ही उसके घुटने दर्द से कराहने लगते। बीपी लो होने लगता। जंगल में अब उसका मन नहीं लगता था। उसके पखेरू सात समंदर पार थे। वह अपना मन वहीं छोड़कर आती, जंगल में तो बस उसका बीमारियों से टूटा हुआ शरीर ही लौटता था। फिर एक दिन...जंगल से सात समंदर पार और सात समंदर पार से जंगल की यात्रा करते-करते तन टूट गया। वह सारी यात्राएँ स्थगित करके और लम्बी यात्रा पर निकल गई। बहुत लम्बी यात्रा पर। किट, हेलोइस, वेताल, सबको पीछे छोड़कर निकल गई वो...।'' बूढ़े की आवाज़ बहुत हल्के से काँप रही है। संदीप ने गौर से देखा कि कहीं बूढ़ा रो तो नहीं रहा है, लेकिन बूढ़े का चेहरा बिलकुल पत्थर बना हुआ है। रोना तो बहुत दूर की बात है, उसके चेहरे पर किसी भी प्रकार के कोई भाव नहीं हैं, एकदम पत्थर की मूर्ति की तरह दिखाई दे रहा है बूढ़ा। संदीप को अब बूढ़े पर बहुत दया आ रही है, लेकिन समझ नहीं आ रहा कि वह अपने आप को कैसे अभिव्यक्त करे।

''तुमने आँटी के बारे में पूछा था ना कि वो अब कहाँ है, यहाँ है या यूएस है? वो अब कहीं नहीं है, न यहाँ है, न यूएस में है। वह अब कहीं नहीं है, घुल गई है हवा में...। यहाँ आती थी तो बच्चों की चिंता उसे सताती थी और वहाँ जाती तो मेरी। मैं जॉब के कारण जा नहीं पाता था उसके साथ। वहाँ रहती तो मेरी चिंता में घुलती और यहाँ रहती तो बच्चों की, नाती-पोतियों की चिंता में। वह कहीं भी सुखी नहीं थी। उसका परिवार बँट गया था। वह बँटे हुए हर हिस्से के साथ रहना चाहती थी, जो संभव नहीं था।'' बूढ़े ने इतना कहकर कुछ देर के लिए बोलना बंद किया और सिर झुकाए बैठा रहा, ''उसके जाने के बाद मैंने वीआरएस ले लिया। काश, पहले ही ले लिया होता...तो कम-से-कम उसे खोता तो नहीं। मगर हम हमेशा यही सोचते हैं कि अभी तो बहुत समय है। अभी तो किया जा सकता है। और एक दिन अचानक पता चलता है कि बिलकुल

समय नहीं था। बिलकुल भी...समय तो रेत की तरह फिसल गया था हमारी मुट्ठी से।'' बूढ़ा सिर झुकाए हुए है, संदीप को लगा कि कहीं वो रो तो नहीं रहा। संदीप ने बहुत डरते-झिझकते बूढ़े के कंधे पर हाथ रखा। हाथ रखते ही संदीप को अपनी हथेली में झुरझुरी महसूस हुई। शायद बूढ़े को बहुत दिनों से किसी ने छुआ नहीं है। उसका शरीर स्पर्श की संवेदना को भूल चुका है, तभी तो संदीप के स्पर्श पर उसके शरीर ने असामान्य प्रतिक्रिया दी। बूढ़े का शरीर संदीप के स्पर्श पर सिहर रहा है।

''आप चले क्यों नहीं जाते किसलय और हेतल के पास? अब यहाँ अकेले क्यों रह रहे हैं। आपकी देखभाल करने वाला भी कोई नहीं है यहाँ। बच्चे तो बुलाते ही होंगे ना अपने पास?'' संदीप ने यह प्रश्न बहुत हिम्मत कर के पूछा। यह प्रश्न चुभने वाला भी हो सकता है अगर परिस्थितियाँ विपरीत हों तो। लेकिन बूढ़े ने इस प्रश्न पर कोई प्रतिक्रिया नहीं दी, वह पहले की ही तरह सिर को झुकाए बैठा रहा। बूढ़े ने सिर को इस प्रकार झुका रखा है कि उसका चेहरा भी दिखाई नहीं दे रहा है संदीप को। उस पर सूरज के लगभग ढल जाने के कारण चारों तरफ़ हल्का साँवला अँधेरा बिखर गया है।

''क्यों जाऊँ मैं...? मैं ही क्यों जाऊँ...? एमएनसी मेरी डायना को खा गई, अब मैं भी वहाँ चला जाऊँ...?'' बूढ़ा उसी प्रकार सिर झुकाए हुए बुदबुदाया। ''हम लोग जो साठ से नब्बे के दशक के बीच पैदा हुए, हम बहुत मूर्ख हैं। इन तीस सालों में मूर्ख ही पैदा हुए हैं...इमोशनल फ़ूल्स...हम जड़ों से उखड़ना नहीं चाहते। हमारी जड़ें जाने किस-किस प्रकार की मूर्खताओं में गड़ी रहती हैं, जिनको हम छोड़ना नहीं चाहते। नब्बे के बाद पैदा हुए तुम लोग हमारी तुलना में बहुत सुखी हो। तुम लोग इमोशनल नहीं हो, तुम लोग मूर्ख नहीं हो। तुम नॉस्टेल्जिक नहीं होते। तुम लोग अंदर से सूखे हुए हो। तुम लोग इन्सान, पशु, पक्षी, वस्तुएँ, जगहें...किसी के साथ कभी अटैच नहीं होते हो, हर समय डिटैच मोड में रहते हो। हमें हमारे माँ-बाप ने पैदा किया था, तुम्हें एमएनसी और बाज़ार ने अपने लिए पैदा किया है। तुम्हें अंदर से सुखा दिया गया है। अच्छा किया है। इक्का-दुक्का तुम्हारे जैसे होंगे जो पूरी तरह से सूखने से बच गए हैं, इसलिए तुम उस किनारे के पेड़ में पानी डालते हो, तालाब में पैर डालकर बैठते हो और...और किसी बूढ़े को यहाँ अकेला बैठा देखकर उससे बातें करने चले आते हो। यह जो थोड़ी-बहुत नमी तुम्हारे अंदर बची है, यह भी तुम्हारी

कंपनी सुखाकर ख़त्म कर देगी महीने दो महीने में। कंपनियों को मॉइश्चर्ड वस्तुएँ नहीं पसंद हैं। नम चीज़ें भारी होती हैं, इस्तेमाल करने में कठिनाई होती है और उनमें फ़ंगस लगने का भी ख़तरा रहता है। जैसे मुझमें लगा हुआ है। और नमी ही हमें अटैच करती है, सूखापन हमें हमेशा डिटैच करता रहता है। वो हमें कभी अटैच होने ही नहीं देता।'' बूढ़े ने बहुत लम्बी बात को धीमे-धीमे, एक-एक शब्द को चबा-चबा कर बोलते हुए समाप्त किया।

चारों तरफ़ शाम का धुँधलका गहरा रहा है। फ़ुटबाल खेलने वाले लड़के भी अब फ़ुटबाल बंद करके एक पेड़ के पास इकट्ठा हो गए हैं, सभा विसर्जित करने के लिए। सिर से सिर मिलाए बातें कर रहे हैं और हँस रहे हैं। संदीप को पता है कि उनकी बातों का विषय क्या होगा। इस उम्र में बस एक ही तो फ़ैंटेसी होती है जो सिर पर चढ़ी रहती है हर समय। उसे ऐसा लग रहा है जैसे कोने में लाल टी-शर्ट पहने हुए लड़का वह खुद ही है और काले लोवर में रवि खड़ा है। संदीप और रवि दोनों किनारे पर खड़े होकर अपनी-अपनी फ़ैंटेसियों की बातें कर रहे हैं। रवि कुछ बोल्ड है, उसकी बातें कभी-कभी उस बिंदु तक भी पहुँच जाती हैं कि संदीप के गाल सुर्ख हो जाते हैं। रवि वह हर बात खुलकर कहता है, जिसे संदीप इशारों में कहने की कोशिश करता है। रवि...जो पिछले महीने ही उड़ गया है कैनेडा। अब साल-दो साल में कभी एकाध बार भारत लौटेगा भी तो इस शहर में शायद एक-दो दिन को ही आएगा। यह शहर जहाँ उसके माँ-बाप बूढ़े होते हुए उसकी प्रतीक्षा में समय काटते रहेंगे। और किसी दिन मर-खप जाएँगे। उसके बाद रवि और इस शहर के बीच जो कुछ भी सम्पर्क था, वह भी समाप्त हो जाएगा। फिर रवि अगर भारत लौटेगा भी तो शायद यहाँ नहीं आए। क्यों आएगा ? फिर बचेगा ही क्या यहाँ पर। सोचते-ही-सोचते संदीप को लगा कि वह रवि के बारे में नहीं सोच रहा है, वह तो अपने ही बारे में सोच रहा है। कहानी तो वही है बस पात्र ही तो बदल रहे हैं। वह भी तो अब जब जा रहा है तो कैसे कह सकता है कि अब वह कब लौटेगा, और बेंगलूरु तक तो ठीक, उसके बाद अगर वह भी बाहर चला गया तो उसका भी तो वही होना है, जो रवि या किसलय या हेतल का हुआ है। जिसकी तरफ़ यह बूढ़ा इशारा कर रहा है। संदीप का हाथ अभी तक बूढ़े के कंधे पर ही रखा हुआ है, उसने धीरे से अपना हाथ वहाँ से हटा लिया।

''अंकल समय के साथ सब कुछ बदलता है। परिवर्तन तो प्रकृति का

नियम है। हम सबको भी उसके साथ बदलना ही पड़ता है। बदले बिना हमारा काम नहीं चल सकता। मेरी पीढ़ी आपकी पीढ़ी से अलग है, आपकी पीढ़ी अपने से पहले वाली से अलग रही होगी। यह जो अलग होना है यही तो परिवर्तन है अंकल। अगर यह नहीं किया जाएगा, तो हम समय के साथ चल ही कैसे पाएँगे?'' संदीप ने कुछ देर तक पसर गए मौन को तोड़ते हुए कुछ समझाइश वाले अंदाज़ में कहा। बूढ़े का सिर अभी भी झुका ही हुआ है, वह अभी भी नीचे ही देख रहा है।

''यह तो वैसा ही है कि आप ट्रेडमिल पर जॉगिंग के लिए खड़े हों और उसकी स्पीड ख़ुद ही बढ़ाते जा रहे हों, और तेज़ और तेज़, और तेज़...फिर कह रहे हों कि समय की गति बढ़ती जा रही है, इसलिए उसके साथ दौड़ने के लिए हमें भी अपनी गति बढ़ानी पड़ेगी। नहीं...परिवर्तन कुछ नहीं होता... जिस प्रकृति का नाम ले-लेकर हम परिवर्तन की दुहाई देते हैं, वह कब और कितना बदलती है? बताओ तो? नहीं...हम ही अपने समय को बदलते जा रहे हैं। पहले फ़ैंटेसी को सच की तरह प्रस्तुत किया जाता था, उससे इमोशनल नुकसान होता था, लेकिन अब तो झूठ को फ़ैंटेसी की तरह प्रस्तुत किया जाता है, उसका क्या नुकसान हो रहा है, यह तुम लोग कभी नहीं समझ पाओगे। यह हुआ है परिवर्तन।'' बूढ़े ने बिना सिर को उठाए लगभग सपाट से स्वर में संदीप की बात का उत्तर दिया।

संदीप ने देखा कि शाम अब लगभग रात हो गई। तालाब का वह किनारा बिलकुल सुनसान हो गया है। लैम्प पोस्ट पर लगी स्ट्रीट लाइट के हैलोज़न बल्ब जल उठे हैं। उनकी ज़र्द पीली रौशनी कुछ देर पहले ढल चुके सूरज की धूप का स्थानापन्न बनने का असफल प्रयास कर रही है। आस-पास अब कोई नहीं है, बस संदीप और वह बूढ़ा ही वहाँ बैठे हैं। संदीप को लगा कि अब यहाँ से चलना चाहिए उसे भी और बूढ़े को भी।

''चलिए अब छोड़िए इन बातों को। मेरी तो आपको सलाह है कि आप अपने बच्चों के पास चले जाएँ। वहाँ नाते-पोतियों के साथ आपका मन लग जाएगा। धीरे-धीरे आदत हो जाएगी। यहाँ रहेंगे तो आपको पिछली यादों में ही रहना होगा और यादें आपको बार-बार परेशान करेंगी। आप बहुत इमोशनल व्यक्ति हैं, आपका अकेले रहना ठीक नहीं है।'' संदीप ने एक बार फिर से बूढ़े के कंधे पर हाथ रख दिया। इस बार बूढ़े के शरीर ने संदीप के स्पर्श पर कोई

असामान्य प्रतिक्रिया नहीं दी। पहले जैसा कंपन संदीप को अपनी हथेली पर महसूस नहीं हुआ। कुछ देर तक बूढ़े ने कोई उत्तर नहीं दिया संदीप की बातों का। वह पहले की ही तरह सिर झुकाए जस-का-तस बैठा रहा।

"क्यों जाऊँ? क्या करूँगा वहाँ जाकर? सुनंदा तो खाना बना लेती थी, छोटे बच्चों की केयर कर लेती थी, साफ़-सफ़ाई कर लेती थी। वह तो वहाँ जाकर बच्चों का जीवन थोड़ा आसान कर देती थी। मैं जाऊँगा तो मैं तो उनका जीवन और कठिन कर दूँगा। सुनंदा तो बच्चों के भी काम कर देती थी वहाँ। उसको तो आदत थी। मैं जाऊँगा तो उनके काम तो छोड़ो, मेरे काम भी उन लोगों को करने होंगे। मैं तो उनकी मुश्किलें बढ़ा दूँगा। इसलिए क्यों जाऊँ वहाँ उनको परेशान करने। उनकी ज़िन्दगी को अव्यवस्थित करने।" बूढ़े ने सिर झुकाए हुए ही संदीप की बात का उत्तर दिया। बहुत देर से बूढ़े ने सिर नहीं उठाया है ऊपर, शायद वह अपने चेहरे के भाव छिपाना चाह रहा है संदीप से।

"नहीं-नहीं अंकल, ऐसा नहीं है, यह तो आप सोच रहे हैं, आपके बच्चे ऐसा थोड़े ही सोचेंगे। आख़िर को प्यार करते हैं वो आपसे। आप उन पर बोझ कैसे हो सकते हैं। आप जाइए तो सही, मुझे विश्वास है कि वो आपको ज़रा-सी भी परेशानी नहीं होने देंगे। मेरी बात मानिए चले जाइए उनके पास। प्लीज़...। प्लीज़ अंकल...।" इस बार संदीप ने अपनी जगह से उठकर बूढ़े के एकदम सामने अपने घुटनों पर बैठते हुए दोनों हाथ बूढ़े के कंधे पर रखते हुए और अपनी आवाज़ में अधिकार का पुट घोलते हुए कहा संदीप ने।

"नहीं रेक्स मैं नहीं जा सकता। वेताल होने का मतलब ही अभिशप्त होना है। हमें अपनी ही गुफ़ाओं में मरना होगा। मरकर गुफ़ाओं में ही दफ़्न होना होगा, जहाँ हमसे पहले के वेताल भी दफ़्न हैं। यह सिलसिला इसी प्रकार चलना है। अनंतकाल तक। तुम बस एक काम करना, जब मैं चला जाऊँ तो बौने बांडारों से कहना कि वे बोलते नगाड़ों से संदेश पहुँचा दें किट और हेलोइस तक। उनको आना होगा तो आ जाएँगे...नहीं तो मुझे तो गुफ़ा में दफ़्न होना ही है। तुमने सुना नहीं, जब मैं तूफ़ान पर बैठकर जंगल से निकलता हूँ तो पीछे से क्या आवाज़ें आती हैं—'वेताल का जीवन कितना एकाकी, वेताल का जीवन कितना एकाकी...' तो यह तो श्राप है एकाकीपन का, जिसे हम वेतालों को अकेले ही भोगना है। बिलकुल अकेले...।" कहकर बूढ़ा कुछ देर को चुप हुआ

फिर गुनगुनाने लगा, ''वेताल का जीवन कितना एकाकी, वेताल का जीवन कितना एकाकी... ।''

संदीप ने बूढ़े के चेहरे को ऊपर उठाया अपने हाथों से। चौंक गया, बूढ़ा वहाँ था ही नहीं। बूढ़े की जगह उसके पापा बैठे थे। एकदम उसकी आँखों में आँखें डाले हुए। संदीप घबराया और चौंककर पीछे हटा। पीछे पेड़ की एक जड़ में उसका पैर उलझा और वो पीठ के बल पीछे की तरफ़ गिर गया। सँभल कर उठने की कोशिश कर रहे संदीप ने देखा कि हैलोज़न की पीली रौशनी में पापा का चेहरा बिलकुल स्पष्ट दिखाई दे रहा है। बिलकुल पत्थर का बना हुआ चेहरा जैसे किसी मूर्ति का होता है, भावहीन चेहरा। पापा शून्य में देखते हुए गाना गा रहे हैं, ''वेताल का जीवन कितना एकाकी, वेताल का जीवन कितना एकाकी... ।'' संदीप उठा तो एक बार फिर से लड़खड़ाया, गिरते-गिरते बचा। मगर सँभलकर खड़ा हुआ और मुड़कर तेज़ क़दमों से चल दिया। पीछे से गाने की और उसके साथ रोने की भी आवाज़ आ रही थी जो संदीप के तेज़ी के साथ चलने के कारण मद्धिम होती जा रही थी। संदीप अब दौड़ रहा था...दौड़ता जा रहा था... । वह शहर से होकर दौड़ रहा था, वह जहाँ से भी गुज़र रहा था, वहाँ के मकानों की खिड़कियाँ खुलती जा रही थीं। उन खिड़कियों में खोपड़ीनुमा चेहरे नज़र आ रहे थे। ये चेहरे फुसफुसाते कुंज की तरह फुसफुसा रहे हैं, ''वेताल का जीवन कितना एकाकी, वेताल का जीवन कितना एकाकी...''

मर...नासपीटी...!

"अरी जा-जा, बेहया, डोमनी! सुबह-सुबह मेरे मुँह लग रही है। ख़ुदा इसको मौत भी नहीं दे रहा है। जाने कौन-सा अमरौती का पानी पी कर आई है, क़यामत तक मेरी छाती पर मूंग दलेगी करमजली।" ज़रीफ़ा ने गिन-गिन कर पाँच गालियाँ और कोसने डालकर आवाज़ को कर्कश होने तक तीखा करते हुए चिल्लाकर कहा। ज़रीफ़ा की आवाज़ पूरे मोहल्ले की शांति को भंग करते हुए गूँज उठी।

मोहल्लेवालों को इस आवाज़ की अब लगभग आदत-सी पड़ गई है। यह आवाज़ अगर आज शुरुआत में ज़रीफ़ा की नहीं होती, तो फिर यह आवाज़ हलीमा की होती। इस बात से कोई फ़र्क़ नहीं पड़ता कि आज सुबह पहली आवाज़ किसकी आई? शुरुआत किसी की तरफ़ से भी हुई हो मगर मोहल्ले की सुबह हो चुकी थी। यह आवाज़ मुर्गे की बाँग की जगह ले चुकी है इस मोहल्ले में। मोहल्ला इस आवाज़ को सुनकर ही अँगड़ाई लेकर उठता है और मुस्कुराता हुआ खिड़की पर आ जाता है, आवाज़ के साथ-साथ दृश्य भी देखने के लिए।

यह मिला-जुला मोहल्ला है। इन दिनों के आम मोहल्लों की तरह नहीं है कि अगर हिन्दू का मोहल्ला है तो बस हिन्दू ही हैं और मुसलमानों का मोहल्ला है तो बस मुसलमान ही हैं। थोड़े ज़्यादा हिन्दू घर हैं, बीच-बीच में कुछ मुस्लिम घर हैं और एक-दो घर सरदारों के, सिंधियों के भी हैं। यह मोहल्ला किसी बड़े महानगर या शहर का मोहल्ला नहीं है। यह एक थोड़े बड़े गाँव या थोड़े छोटे शहर की तरह के क़स्बे का मोहल्ला है। अधिकतर घर पुराने हैं और उनमें बसने वाले लोग यहाँ पीढ़ियों से बसे हुए हैं। यहाँ से संतुष्ट हैं, इसलिए इस मोहल्ले को छोड़कर कहीं नहीं जाते।

कुछ सँकरी गलियाँ इस मोहल्ले को जोड़े हुए हैं। गलियों के किनारे बजबजाती नालियाँ हैं, जिनका पानी नालियों में कम और कच्ची-पक्की गलियों

में ज़्यादा बहता है। इसी काले और बदबूदार पानी के बीच पैर रखने की जगह तलाश कर-कर के लोग आते-जाते हैं। कुछ घर अब पक्के बन चुके हैं, तो कुछ घर अभी भी कच्चे या अधकच्चे हैं। लेकिन इन कच्चे-पक्के घरों में रहने वाले लोग अभी भी एक-दूसरे के साथ मोहल्लेदारी के रिश्तों से जुड़े हैं। एक-दूसरे के सुख-दुख में साथ देते हैं, हँसते-रोते हैं। यह एक निम्न और निम्न मध्यमवर्गीय बस्ती है, जो हिन्दू और मुसलमान होने का शौक़ अभी नहीं पाल पाई है।

"अरी जा-जा, कमबख़त मारी, मैं मुँह लग रही हूँ कि तू लग रही है काली भमर। तेरी जैसी आबनूसी शक़ल के मुँह मैं लगूँगी? मैं.. ? अल्लाह तौबा-तौबा।" इस बार हलीमा ने उतना ही कड़वा उत्तर दिया और अंत में बहुत नाटकीयता के साथ अपने दोनों गालों को उँगलियों से थपथपाया, आँखें चौड़ी करते हुए।

हलीमा की आवाज़ सुनकर मोहल्ले की खिड़कियाँ खुलने लगीं। ड्रामा शुरू हो गया है। दर्शक जुटने लगे हैं। कुछ छत पर झुक आए हैं, तो कुछ खिड़कियों पर कुहनी टिकाकर खड़े हैं।

"मैं काली भमर? काले होंगे तेरे बाप-भाई, तेरे होते-सोते। भोत गुरूर चढ़ रहा है गोरे रंग का? अरी गोरा रंग तो आजकल बस कूँजड़े-कसाइयों का होता है। अब की बार मायके जाइयो तो अपनी अम्मा से पूछियो कि कहाँ से लाई तेरे लिए गोरा रंग? तुम पतली दाल पीने वाले जुलाहों के ख़ानदान में।" अपने रंग पर बात आती देखकर इस बार ज़रीफ़ा ने युद्ध की सारी मर्यादाएँ तोड़ते हुए हलीमा पर कमर से नीचे वार किया।

बात सचमुच ही ऐसी थी जिस पर इतनी मिर्ची तो टूटनी ही थी ज़रीफ़ा के कलेजे में। ज़रीफ़ा का रंग ज़रा दबा हुआ है। दबा हुआ कहें तो मतलब यह, कि इतना काला भी नहीं है, मगर गोरा उजला भी नहीं है। मुस्लिम समाज में, विशेषकर सैयदों में, महिलाओं का रंग अमूमन गोरा ही होता है, ऐसे में अगर ज़रा भी रंग दब जाए, तो उसे एकदम 'काली भमर' का ख़िताब मिल जाता है। काली भमर का मतलब एकदम स्याह काली। ज़रीफ़ा का दबा हुआ रंग और हलीमा का खिला हुआ रंग। इसको लेकर दोनों के पास एक-दूसरे के लिए अपने-अपने तरकश में पैने और गहरी मार करने वाले तीर रखे हैं। ऐसे तीर, जो एकदम कलेजे में जाकर धँस जाते हैं और तीर खाने वाला छटपटा कर, तिलमिला कर रह जाता है।

"नाली में भिगोकर इत्ती जूतियाँ मारूँगी तेरे थोबड़े पर नासपीटी कि यहीं खड़े-खड़े तेरा दम निकल जाएगा। चुड़ैलन! तू अपनी अम्मा से पूछ कि सैयदों के ख़ानदान में तेरा ये भमर काला रंग कहाँ से लाई है। ख़ानदान तक मत जा मेरे, यहीं खड़े-खड़े इज़्ज़त उतार दूँगी तेरे ख़ानदान की, समझी... ?" इतना कहने के बाद हलीमा को याद आया कि उसने बात के समापन में कोई गाली तो दी ही नहीं है, तो चिल्लाकर बोली, "कमीनी, सूअरनी...!"

धीरे-धीरे दोनों के बीच का झगड़ा अपने चरम पर पहुँच रहा है। यह जो एक-दूसरे के रंग-रूप को लेकर झगड़ा चल रहा है, दोनों के बीच अज़ल से चली आ रही दुश्मनी की असली वजह यही रंग-रूप है। और वजह भी ऐसी है कि आज बीस-बाईस साल बीत जाने के बाद भी दोनों के बीच इस तरह की गलाकाट दुश्मनी बनी हुई है। बावजूद इसके कि दोनों के परिवारों में अच्छे सम्बन्ध हैं, रिश्तेदारियाँ हैं, बच्चों में, आदमियों में अच्छी दोस्ती है। मगर इन दोनों के बीच दुश्मनी का यह जो रिश्ता है, उसे यह बीस-बाईस साल से पूरी ईमानदारी के साथ निभा रही हैं।

"अरी कंजरनी ! तू मेरे को जूतियाँ मारेगी? मेरे को... ? अरी हरामन, तू ख़ुद तो रोज़ रात को अपने मियाँ की जूतियाँ खाती है। जिस-बिस कर के दहाड़ती है रात को, जैसे करमजली का जनाज़ा ही उठने वाला है आधी रात को। तू मेरे को जूतियाँ मारने की बात कर रही है? जूती उठा के तो देख, दोनों हाथ काट के क़ीमा बना के कव्वों की दावत नहीं करी, तो सैयदों की बच्ची मत कहना...! हीजड़ी...!" ज़रीफ़ा का ग़ुस्सा एकदम सातवें आसमान तक पहुँच गया है। उसकी आवाज़ फटे बाँस की तरह एकदम फरफरा गई आख़िरी गाली देते समय। गाली देते समय उसने प्रतीक के रूप में अपनी दोनों हथेलियों को एक-दूसरे पर पूरी ताक़त से मारकर ताली भी बजाई।

ज़रीफ़ा और हलीमा, दोनों के बीच दोनों तरफ़ से कुछ-न-कुछ रिश्ते का तार जुड़ा है। ज़रीफ़ा, हलीमा की फूफ़ाज़ात बहन है। मतलब हलीमा की बुआ की लड़की है ज़रीफ़ा। हलीमा की माँ, ज़रीफ़ा की मुमानी ठहरती हैं। ज़रीफ़ा और हलीमा, दोनों का मायका भी एक ही क़स्बे का है। ज़रा दूर के मोहल्लों में दोनों के घर हैं। इत्ती दूर, कि पान खाकर चलो, तो पीक थूकने से पहले ही दूसरे का घर आ जाए। रिश्तेदारी होने के कारण दोनों परिवारों में ख़ूब घरोपा भी रहा है और अब भी है। बावजूद इसके कि यहाँ ससुराल में दोनों कटखनी

बिल्लियों की तरह एक-दूसरे को नोंचने-लबूरने का कोई मौक़ा हाथ से जाने नहीं देती हैं। दोनों की ससुराल गली के इस तरफ़ और उस तरफ़ है। मतलब यह कि चाहे तो घर के सामने बने चबूतरे पर खड़े होकर लड़ो, छत पर मुँडेर से आधा लटक-लटक कर लड़ो। खिड़की पर आकर लड़ो, कहीं भी लड़ो, लड़ने की बहुत गुंजाइश है। ऊपरवाले ने दोनों को लड़ने के लिए एकदम आमने-सामने ही लाकर बसा दिया है।

"मेरे हाथ काटेगी तू...? अरी तेरी खाट कटे, तेरी लाश को कुत्ते नोचें...मुरदार...दोज़ख़ की फिटकार पड़े तेरे चेहरे पर। हाथ लगाकर तो देख, वो हशर करूँगी कि मलकुल मौत भी तुझे ले जाने को तैयार न होंगे। मेरे हाथ काटकर क़ीमा बनाएगी? दोज़ख़ियों के ख़ानदान की, तेरे घर में पकता भी है क़ीमा कभी...? देखो तो दुनियावालों, दाल में लिम्बू निचोड़ कर सूबू-शाम खाने वाले आज क़ीमा-पाया की बात कर रहे हैं। घर में नहीं हैं दाने, क़ीमा चली पकाने।" हलीमा ने इस बार बात को तंज़ के लहज़े में कहा; और आख़िरी बात कहते हुए ज़हर भरी हँसी के साथ बात को और ज़्यादा तीखा करते हुए ज़रीफ़ा के कलेजे में किसी नश्तर की तरह उतार दिया।

ज़रीफ़ा और हलीमा के बीच यह जो झगड़ा है, इसका एक बहुत बड़ा कारण है। ज़रीफ़ा का शौहर है रिज़वान और हलीमा का शौहर है मंसूर। ये दोनों भी आपस में भाई-भाई हैं। मगर यह रिश्ता सगे भाइयों का न होकर मौसेरे भाइयों का है। दोनों की माँएँ सगी बहनें हैं। पहले एक ब्याह कर इस मोहल्ले में आई और यहाँ आकर उसने अपनी छोटी बहन को भी घर के सामने रहने वाले परिवार में बुला लिया। अब तो ख़ैर वो दोनों अल्लाह को प्यारी हो चुकी हैं। मगर मंसूर और रिज़वान के बीच मौसेरे भाइयों वाली मुहब्बत, ख़ुलूस आज भी क़ायम है। भले ही उनकी बीवियों के बीच इस तरह की कोई बात नहीं है।

आइये पहले उस कारण की बात करते हैं, जिसके कारण दो मौसेरे भाइयों से ब्याही गईं इन दोनों ममेरी-फुफ़ेरी बहनों के बीच आज बीस-बाईस साल बाद भी इतनी गहरी दुश्मनी क़ायम है। अगर बीस-बाईस साल पहले की बात करें, तो उस वक़्त इन दोनों के बीच दाँत काटी दोस्ती थी। जी-जान से जुड़ी हुई सहेलियाँ थीं दोनों। बहनें तो ख़ैर रिश्ते में थीं ही। थोड़े उजले रंग की हलीमा और थोड़े दबे रंग की ज़रीफ़ा। ज़रा-सी दूरी पर दोनों के घर थे। एक ने दौड़ लगाई, तो दूसरी का घर आ गया। बचपन से लेकर ब्याह होने तक दोनों

एक–दूसरे के घर की तरफ़ दौड़ें लगाती रहीं। इतना जी जुड़ा था दोनों का कि जब तक एक–दूसरे की शक़्लें नहीं देख लेती थीं, तब तक साँस नहीं आती थी दोनों को।

"अल्लाह बड़ा मालिक है, वो सब जानता है कि किसके घर में दाल पक रही है और किसके घर में क़ीमा। अपन तो ऐसे नामुरादों के घर नहीं ब्याहे गए कि दाने–दाने को तरसें। जिनके मुक़द्दर में ख़ुदा ने ग़िलाज़त–ही–ग़िलाज़त भरी हो, ऐसे कमनसीब तो कम–अज़–कम अपनी ज़ुबान बंद ही रखें। पूरा मोहल्ला जानता है, जब हमारे घर से घी के तड़के की ख़ुशबू उठती है, तो किन करमजलों के सीनों पर साँप–सँपोले लोटते हैं। अल्लाह हमारे कमाने वाले को सलामत रखे, अगर हमारे दरवाज़े पर आ जाएँ तो हम तो कुत्तों को भी बोटियाँ डालते हैं।" आख़िरी बात को आवाज़ में हिकारत भरते हुए और तंज़ का जवाब तंज़ से ही देते हुए कहा ज़रीफ़ा ने। इस तंज़ पर खिड़कियों, छतों पर झुका हुआ मोहल्ला होंठों–ही–होंठों में मुस्कुराकर रह गया।

बीस–बाईस साल पहले इस क़स्बे से एक पैग़ाम चलकर पहुँचा था ज़रीफ़ा के घर। मंसूर का पैग़ाम। जो अंतर ज़रीफ़ा और हलीमा के बीच है, वही अंतर मंसूर और रिज़वान के बीच भी है। मंसूर खिले हुए रंग–रूप का है, तो रिज़वान का रंग भी दबा है और शक़्लो–सूरत भी मंसूर से उन्नीस ही है। जब मंसूर का पैग़ाम ज़रीफ़ा के घर पहुँचा, तो घर में ख़ुशियों का माहौल बन गया था। ज़ाहिर–सी बात है, अच्छे खाते–कमाते घर का मंसूर जैसा ख़ूबसूरत लड़का बैठे–बिठाए घर के दरवाज़े पर आकर खड़ा हो गया था। कहीं कोई दूर का रिश्ता मंसूर और ज़रीफ़ा के परिवारों के बीच भी था। किसी दोनों तरफ़ के परिचित के यहाँ की शादी में जब दोनों परिवारों की औरतें मिलीं, तो वलीमे का खाना खाते–खाते ही अगले वलीमे की योजना बना ली। बात औरतों से चली तो आदमियों तक पहुँची। आदमियों तक पहुँची, तो बात अपने अंजाम तक पहुँचने के लिए परवान चढ़ने लगी। ज़रीफ़ा के मन में मंसूर का खिला–खिला रंग–रूप चौदहवीं रात के चाँद की तरह ज़र्द–ज़र्द चाँदनी बरसाता हुआ बस गया था।

"आय–हाय...बात तो सुनो नवाबज़ादी की? कड़वे तेल में दाल बघारने वाले घी की बात कर रहे हैं। ख़ुशबू भी मालूम है घी की? अरे...झूठ बोलो तो ख़ुदा के कहर से तो डरो। सात आसमानों के मालिक का तो ख़ौफ़ खाओ, उसकी मार से तो डरो। इसके–उसके टुकड़ों पर पलने वालों के घर में सुल्तानी

दावतें हो रही हैं? अल्लाह...तौबा...अरे लोगों! जुबान में ढाई गज़ के कीड़े पड़ के लटकेंगे ये लम्बे-लम्बे...।'' हलीमा ने अपने हाथों से कीड़े का नाप बनाते हुए तंज़ के साथ कहा। ''अपन तो अल्लाह वाले हैं, या ख़ुदा तूने कहाँ शैतानों के घर के सामने लाकर बसा दिया अपने बंदों को? ऐ मालिक हम दिन-रात झूठ-ही-झूठ सुनेंगे, तो हमारे कानों में भी कीड़े पड़ेंगे। ऐ ख़ुदा ऐसे दिन-रात झूठ सुनने से तो अच्छा हमें बहरा ही कर दे।'' हलीमा ने दुआ में हाथ उठाते हुए पूरी नाटकीयता के साथ कहा।

इन दोनों का अब भरा-पूरा परिवार है। जवान-जहान बेटे-बेटियाँ हैं। मगर वो बाईस साल पहले का घाव अब भी इन दोनों को एक-दूसरे के सामने इस प्रकार खड़ा कर देता है। हलीमा को सबसे बड़ी बेटी है और उसके बाद दो लड़के। ज़रीफ़ा को दो बड़े लड़के हुए और उनके बाद सबसे छोटी बेटी। अब तो माशाअल्लाह ये सारे बच्चे स्कूलों-कॉलेजों में पढ़ रहे हैं। बच्चे भी अपने बापों की तरह एक-दूसरे के बहुत अच्छे दोस्त हैं। ख़ूब गहरे। मगर माँओं का क्या किया जाए, जो एक-दूसरे को फूटी आँख नहीं सुहाती हैं। अच्छी बात बस यही है कि इन दोनों की दुश्मनी का असर बाक़ी परिवार पर बिलकुल भी नहीं हुआ है। बल्कि असल में तो दोनों के शौहर और बच्चे इस लड़ाई का पूरा मज़ा लेते हैं। कुछेक तो इस आग में बाक़ायदा घी भी डालते रहते हैं। तब तक, जब तक बात हद से आगे बढ़ने की नौबत में नहीं आ जाए। दोनों अगर नीचे चबूतरे पर खड़ी होकर लड़ती हैं, तो बच्चे छतों पर खिखिया-खिखियाकर अपनी-अपनी माँओं की नकल कर-कर के एक-दूसरे को बताते हैं और मज़े लेते हैं। ऐसा भी नहीं है कि हलीमा और ज़रीफ़ा का एक-दूसरे के घर आना-जाना ही नहीं है, आमने-सामने का घर है, रिश्तेदारी है, आना-जाना तो होता ही रहता है। एक-दूसरे के शौहरों को दूल्हा-भाई कह-कह कर ख़ूब इज़्ज़त देती हैं। एक-दूसरे के बच्चों से भी इन दोनों की अच्छी पटती है। एक-दूसरे के बच्चों को ख़ूब लाड़-प्यार भी देती हैं दोनों, बच्चे भी ख़ूब हिले-मिले हैं दोनों से, मगर बस एक-दूसरे के लिए ये प्यार नहीं है दोनों के पास। इसीलिए बच्चे और शौहर भी इनके झगड़े में कभी नहीं पड़ते।

''जैसे इनका शजरा तो सीधे मुग़लों से जाकर ही जुड़ता है? झूठ बोलने वालों की ज़ुबान दोज़ख़ की आग में जले। किसके घर में चूहे भी बिना रमज़ान के रोज़े रखते हैं, दुनिया को सब पता है। ख़ुदा को सब पता है कि कौन सच्चा

है और कौन कुफ़्र बक रहा है। जो झूठ बोल रहा हो उसकी क़बर को आधी रात को बिज्जू खोद-खोद के खाएँ। अय दो जहान के मालिक अब तो तू ही इन्साफ़ कर और ऐसा कर कि झूठ बोलने वालों को कोढ़ फूटे, सड़-सड़ के मौत हो झूठ बोलने वालों की।'' हलीमा के सिर पर ज़रीफ़ा की बात सुनकर हौल-सा चढ़ गया। वह छाती पर हाथ मार-मार कर ज़ोर-ज़ोर से चीख़ने लगी।

दोनों की दुश्मनी का कारण यह है कि मंसूर का जो रिश्ता पैग़ाम के रूप में ज़रीफ़ा के दरवाज़े पर आया था, वह कहीं और मुड़ गया। जिसको लेकर ज़रीफ़ा ने जाने कितने ख़्वाबों के मेज़पोश और रूमाल, क्रोशिए के धागों से बनी हुईं सफ़ेद जालियों से बना लिए थे। उजले और नक़्क़ाशीदार ख़्वाब। मगर उसके बाद जो कुछ हुआ, वह एकदम नाटकीय घटनाक्रम की तरह घटता चला गया। बाद में जो कुछ हुआ उसकी अलग-अलग ज़ुबानों से अलग-अलग कहानी सामने आती है। मगर लब्बो-लुआब यह है कि मंसूर, जिसका रिश्ता ज़रीफ़ा के लिए आया था, उसने जब हलीमा को देखा तो बस वहीं सारी गड़बड़ हो गई। बाद का घटनाक्रम यह हुआ कि ज़रीफ़ा मंसूर के मौसियाज़ात भाई रिज़वान के पाले में धीरे से सरका दी गई। और मंसूर की शादी हलीमा से हो गई। चूँकि बात पैग़ाम से आगे बढ़ी ही नहीं थी, सगाई-वग़ैरह कुछ भी नहीं हुआ था, इसलिए इस प्रकार का रद्दो-बदल आसानी से हो गया। कहानियाँ गढ़ने वाले यह भी कहते हैं कि दोनों परिवार इस रद्दो-बदल के लिए राज़ी नहीं हो रहे थे, तो मंसूर ही हलीमा को ले उड़ा और ले जाकर निकाह पढ़वा लिया। हालाँकि इस कहानी का कोई सबूत नहीं है, ऊपर से तो यही दिखाई दिया कि बाक़ायदा दो बारातें मंसूर और रिज़वान की आईं। एक ही शादीघर में दोनों शादियों की शादमानी हुई। एक ही क़ाज़ी ने दोनों निकाह पढ़वाए। एक ही साथ, एक ही बस से दोनों की रुख़सती भी हुई। रिश्तेदार भी आपसी थे, शहर भी एक ही था, तो बारात भी एक ही आई थी। दोनों ब्याह कर यहाँ आमने-सामने के घरों में आ तो गईं पर दोनों की दोस्ती के दूध में इस ब्याह से नींबू के रस की एक बूँद पड़ गई। और दोनों के दिल दूध की तरह फट गए। बहुत ज़ाहिर-सी बात है कि ज़्यादा कड़वाहट ज़रीफ़ा की तरफ़ से इस रिश्ते में आई, क्योंकि उसके सपनों का राजकुमार, जो सफ़ेद घोड़े पर बैठकर उसके दरवाज़े तक आ गया था, उसे हलीमा ने उससे छीन लिया था। शादी के इतने सालों बाद भी उसकी कड़वाहट दोनों के बीच है। शुरू में तो इनकी लड़ाइयाँ बड़े-बुज़ुर्गों के लिहाज़ के कारण

दबी ज़ुबान में होती रहीं, मगर फिर बड़े-बूढ़े ख़ुदा के घर को रुख़सत हो गए और दोनों को खुलकर लड़ने के लिए पूरा मैदान ख़ाली कर गए।

''किसको कोढ़ फूटेगा, यह तो दुनिया देखेगी, सबर तो करो। किसकी लाश को कौअे-चील नोचेंगे, यह तो सबके सामने आना है। हमने किसी का ख़सम उड़ा कर अपना घर नहीं बसाया है। क़ाज़ी साहब से निकाह पढ़कर अपना घर बसाया है। हमने ऐसा गुनाह नहीं किया कि किसी दूसरे का ख़सम ले उड़े। जाने कौन-कौन-सी जगह जाकर, किस-किस तरियाँ से गुलछर्रे उड़ाए, रंगरेलियाँ मनाईं और जब नौ सौ चूहे खा लिए तो छनकी बिल्ली हज पे चल दिए। निकाह पढ़ लिया। ख़ुदा सारे गुनाह देख रहा है, ऐसी मार मारेगा कि कफ़न भी नसीब नहीं होने वाला। ऐ दो जहान वाले ! तू देख रहा है ना गुनाहगारों को ? देख रहा है ना, कैसे छाती फुलाकर घूम रहे हैं। अरे...अपने गुनाहों के लिए तौबा करो, इल्तिजा करो कि वो बख़्श दे। अरी सँपोलन, तू तो अपनी बहन को डंस गई...तेरा क्या ईमान... ? या ख़ुदा, जो ग़लत हो, उसको हैज़ा समेट ले, तू इन्साफ़ कर मेरे मौला।'' इस बार ज़रीफ़ा ने अपने तरकश से ब्रह्मास्त्र निकाल कर चला दिया।

ब्रह्मास्त्र, जिसके बाद परिवारवाले और मोहल्लेवाले समझ जाते हैं कि अब यह लड़ाई बहुत ग़लत मोड़ पर आ गई है। अब बीच-बचाव की सख़्त आवश्यकता है। लड़ाई अब अपने असली मुद्दे पर आ गई है। वह विषय जो पिछले बीस-बाईस सालों से इन दोनों के बीच अनसुलझा है। जिसको कभी सुलझना भी नहीं है। जब तक ज़िन्दगी है, तब तक ये फाँस ज़रीफ़ा के कलेजे में इसी प्रकार चुभी रहनी है। यहाँ पर आकर हलीमा के पास कोई उत्तर भी नहीं रहता है। क्या उत्तर दे वह इस बात का ? उसे पता है कि ज़रीफ़ा को भी पता है कि हलीमा का कोई दोष नहीं है इस सबमें। है तो बस इतना कि वो इनकार नहीं कर पाई थी उस समय। कर ही नहीं सकती थी, कर भी देती तो उसके इनकार को सुनता कौन ? मंसूर और रिज़वान को भी पता है कि झगड़े की मूल जड़ कहाँ है और चूँकि वे दोनों भी कहीं-न-कहीं इसके लिए ज़िम्मेदार हैं, इसलिए वो दोनों भी बीच-बचाव में सामने नहीं आ पाते हैं। आ जाएँ तो सुननी तो उनको ही हैं बातें।

''हो गई तुम दोनों की सुबह ? चलो हटो यहाँ से और अंदर जाओ दोनों। कोई दिन तो चैन से रह लिया करो, उठ चंदा मेरा यही धंधा, न बड़े-बूढ़ों का

लिहाज़ रखती हो न कोई शर्म है। उजबक-सी लड़ने लगती हो मुँह उठाकर। चलो अंदर जाओ दोनों।'' बात को गंभीर मोड़ पर आता देख, दो घर छोड़कर रहने वाले *भागवत* कथावाचक पंडित जी की सत्तर साल की अम्माजी घर से निकल कर सड़क पर आ गईं और तेज़ आवाज़ में दोनों को डाँटते हुए बोलीं।

डाँट पड़ते ही दोनों सहम गईं। मोहल्लेदारी के रिश्ते में अम्माजी दोनों की सास के समान ही हैं। इसलिए अम्माजी को कोई जवाब देना दोनों के लिए संभव ही नहीं है। अम्माजी और इन दोनों की सासों के बीच ख़ूब बहनापा था। सासों के जाने के बाद अम्माजी ही ज़रूरत पड़ने पर सास की भूमिका में आ जाती हैं। अम्माजी के आते ही दोनों को साँप सूँघ जाता है। कई बार अम्माजी को आने में देर हो जाती है, तो घर के पीछे के दरवाज़े से दोनों घरों में से कोई भी बच्चा दौड़कर अम्माजी के घर पहुँच जाता है—''चलो चलकर अपनी बहुओं को सँभालो।'' मोहल्लेवालों को सबसे बड़ी चिंता आज यह सताती है कि किसी दिन जब अम्मा जी नहीं होंगी, तो इस महायुद्ध का शो स्टॉपर कौन होगा। अभी तो राहत की बात बस यही है कि अभी अम्माजी के घर से निकलने का मतलब ही होता है कि चलो हो गया तमाशा ख़त्म। छज्जों-मुँडेरों से भी दर्शक दुम दबा कर भाग जाते हैं। क्योंकि इन दोनों के बाद अम्माजी दर्शकों की भी भरपूर ख़बर लेती हैं। जो कोई भी इस लड़ाई का दर्शक बना अम्माजी को दिख जाता है, उसकी शामत आ जाती है।

अम्माजी के आते ही युद्ध का भरा-पूरा मैदान एकदम वीरान हो गया। दोनों तरफ़ के योद्धा एकदम दुम दबाकर घर में घुस गए। दर्शक तो पहले ही भाग चुके थे। एकदम शांति हो गई। अम्माजी ने पल्लू को सँभालकर सिर पर सहेजा और धीमे-धीमे घर में वापस चली गईं।

इसके बाद दिन भर शांति रही, दोनों का नियम दिन में एक बार ही लड़ने का है। सुबह लड़ लें तो फिर दिन भर शांत रहती हैं। लेकिन उस दिन जब रात आई, तो मोहल्ले के सामने एक दूसरी बड़ी समस्या लेकर आई। रात जब दस के लगभग बज रहे थे और लोग टीवी देखते हुए, ऊँघते हुए सोने की तैयारी में थे, तब अचानक छोटे-छोटे पत्थर आकर घरों पर गिरने लगे। विशेषकर उन घरों पर जिन पर टीन की छत थी। उन पर ये पत्थर दहशत पैदा करने वाली आवाज़ के साथ गिरने लगे। पत्थर इतने बड़े नहीं थे कि किसी को अगर सीधे लग जाएँ तो बहुत ज़्यादा चोट लगे। मगर उनका बरसना ही दहशत पैदा कर

रहा था। शुरू में तो सबने इसे गंभीरता से नहीं लिया, मगर जब आधे घंटे तक रह-रह कर पत्थर आते रहे, तो पूरा मोहल्ला बाहर आ गया। सबके चेहरों पर दहशत थी। क़रीब एक घंटे तक पत्थर बरसते रहे, फिर अचानक बंद हो गए।

अगले दिन सुबह पूरा मोहल्ला बस उन पत्थरों की ही चर्चा कर रहा था। ज़्यादातर लोगों का मानना था कि यह किसी इन्सान का काम नहीं है, यह ज़रूर किसी बुरी ताक़त का काम है। बच्चों और महिलाओं में बुरी ताक़त का सुनकर ही ख़ौफ़ तारी हो गया। चेहरों पर डर दिखाई देने लगा। इस प्रकार की घटना मोहल्ले में पहली बार हुई थी। बच्चों के लिए, नौजवानों के लिए यह बिलकुल नया विषय था। अधेड़ टाइप के लोग ज़रूर अपने मनगढ़ंत झूठे अनुभवों के क़िस्से सुना-सुनाकर यह बात स्थापित करने का प्रयास कर रहे थे कि यह जो घटना रात को हुई, ऐसी ही किसी घटना के वे कब प्रत्यक्षदर्शी रहे हैं। और उस घटना के पीछे भी किसी भूत-प्रेत टाइप की ताक़त का ही हाथ था। ये लोग उस घटना में इस प्रकार तड़का लगाकर इस बात को स्थापित करने की कोशिश में लगे थे कि रात की घटना भूत-प्रेत की घटना थी, और कुछ नहीं था। आवाज़ के उतार-चढ़ाव, चेहरे की मुखमुद्रा से ये लोग सहमे हुए लोगों को और ज़्यादा भयभीत कर रहे थे। लोगों के चेहरे देखकर लग रहा था कि इनका उद्देश्य पूरा भी हो रहा है। इस प्रकार के दर्दपसंद लोग हर मोहल्ले में होते हैं, जो बीमार आदमी को उसकी बीमारी के और ज़्यादा डराने वाले क़िस्से सुना-सुनाकर, तथा ऐसी ही किसी घटना में लोगों को इस प्रकार के क़िस्सों से डराते रहते हैं। इनका काम बस यही होता है कि और डराओ, और डराओ।

उस दिन जब रात हुई तो पत्थरों का ख़ौफ़ तो था ही, उसके साथ भूत-प्रेत की दहशत भी शामिल हो गई। रात नौ बजते ही मोहल्ले में कर्फ़्यू-सा लग गया। सब अपने-अपने घरों में क़ैद हो गए। रात दस बजे 'टन्न...' की आवाज़ के साथ पहला पत्थर किसी टिन पर गिरा। पत्थर की आवाज़ ने लोगों के कलेजे मुँह को ला दिए। फिर उसके बाद घंटे भर तक पत्थर बरसते रहे और हर आवाज़ के साथ दहशत और गहरी होती रही। महिलाएँ पूजा-इबादत में झुक गईं। बच्चे रज़ाइयों में घुसकर अपने आप को महफ़ूज़ करने की कोशिश में लग गए।

अगले दिन सुबह फिर मोहल्ला इकट्ठा हुआ। तय यह किया गया कि पुलिस को ख़बर करना बहुत आवश्यक हो गया है। इस प्रकार दहशत में कब

तक जिएँगे। छोटे बच्चों के दिमाग़ पर ख़ौफ़ बहुत ख़राब असर डाल रहा है। बीमार पड़ सकते हैं ये बच्चे। एक सज्जन ने अपने मोबाइल से पुलिस कंट्रोल रूम में कॉल करके पूरी घटना की जानकारी दी। कंट्रोल रूम से कहा गया कि जब रात को पत्थर आएँ तब सूचित कीजिएगा, पुलिस तब आकर जाँच करेगी, अभी वहाँ आने से भी कुछ नहीं होगा। पुलिस को सूचना देकर मोहल्लेवालों की दहशत कुछ कम हुई। लगा कि बस अब आज रात की ही बात है, रात को पुलिस आएगी और पूरा मामला सुलझ जाएगा, दहशत से मुक्ति मिलेगी।

उस रात को पहला पत्थर पड़ते ही तुरंत पुलिस कंट्रोल-रूम को कॉल करके सूचित किया गया। दस-पन्द्रह मिनट में लाल-पीली-नीली बत्तियाँ जलाता हुआ पुलिस का एक गश्ती वाहन वहाँ आकर खड़ा हो गया। पुलिस का वाहन आया जानकर एक-दो लोग भी हिम्मत बाँधकर बाहर आए और वाहन के पास आकर खड़े हो गए। पुलिस के लोग भी उनसे पूछताछ में जुट गए। अभी पूछताछ चल ही रही थी कि एक पत्थर पुलिस के गश्ती वाहन पर आकर गिरा। उस पत्थर के गिरते ही घरों से बाहर आए लोग घबराकर वापस अपने-अपने घरों में भाग गए। पुलिसवाले इधर-उधर गलियों में घूमने लगे। वे घूमते रहे और पत्थर बरसते रहे। पत्थर बंद हुए और पुलिसवाले अपने वाहन में बैठकर जहाँ से आए थे, वहाँ वापस हो लिए। उनके जाते ही पूरा मोहल्ला क़ब्रिस्तान या मरघट वाली शांति से भर गया। ऐसा लग रहा था जैसे कहीं कोई इन्सान है ही नहीं इन घरों में। मोहल्ले की बड़ी उम्मीद पुलिस से थी और यहाँ तो पुलिस ख़ुद ही पत्थर खाकर लौट चुकी थी। जब पुलिस की गाड़ी पर ही पत्थर पड़े हों, तो आम आदमी की क्या बिसात? अब भूत-प्रेत के होने की बात लगभग तय हो चुकी थी।

दहशत से भरा एक और दिन आया, सुबह हुई। अब मोहल्ला इस दहशत से मुक्ति पाने के लिए दूसरे प्रयासों पर विचार कर रहा था। भूत-प्रेत को भगाने के लिए उस प्रकार के प्रयास। जिन लोगों ने दो दिन पहले भूत-प्रेत की कहानियाँ सुनाई थीं, अब वो ही नाम गिनाने में लगे थे उन लोगों के, जो इन भूत-प्रेतों से मुक्ति दिलवा सकते हैं तथा उनके समर्थन में बाक़ायदा अभिनयपूर्वक प्रमाण दे रहे थे कि कहाँ-कहाँ, किस-किस भूत-प्रेत को इन लोगों ने भगाया है।

हाँ मगर उस दिन यह भी हुआ कि हलीमा ने देखा कि ज़रीफ़ा अपनी बकरी के लिए पत्तियाँ तोड़ने के बहाने चुपचाप अपने दुपट्टे में पत्थर बाँध रही

है। और दुपट्टे को पत्तियों से छिपाती भी जा रही है। ज़रीफ़ा इस काम को इतनी सफ़ाई से कर रही है कि कोई समझ ही नहीं सके कि वह वास्तव में पत्तियाँ नहीं तोड़ रही है, बल्कि पत्थर चुन रही है। छोटे-छोटे पत्थर, कंकड़ों से बस ज़रा बड़े पत्थर। हलीमा को यह सब इसलिए दिखाई दे गया, क्योंकि जब भी कहीं कोई अपराध होता है, तो हर व्यक्ति उस अपराध के पीछे अपने दुश्मन का ही हाथ तलाशता है और अपने दुश्मन पर नज़र रखता है। हलीमा भी बस वही कर रही थी, और ज़रीफ़ा को पता ही नहीं चला कि कहीं दूर छिपी हुई दो आँखें उसके इस पूरे कृत्य को देख रही हैं। वह चुपचाप पत्थर चुनती रही और जब दुपट्टे का सिरा पत्थरों से भर गया, तो उसे पीपल के पत्तों से ढाँप कर चुपचाप अपने घर में चली गई। इधर हलीमा के चेहरे पर एक कुटिल मुस्कान आ गई। युद्ध जीतने वाली मुस्कान। हलीमा के पास अपनी सबसे बड़ी दुश्मन को सबके सामने बेइज़्ज़त करने का सबसे बड़ा हथियार आ चुका था। बस एक बात उसे और जाननी थी कि आख़िरकार ज़रीफ़ा यह सब कर क्यों रही है? क्या कारण है इसके पीछे? पागल तो है नहीं वो कि इस प्रकार रात को सबके घरों पर पत्थर फेंकेगी। इस सवाल का जवाब जानना अब उसे सबसे ज़रूरी लग रहा था। जिससे पूरे सबूतों के साथ दुश्मन को अच्छी तरह बेइज़्ज़त किया जा सके।

रात हुई। हलीमा को मालूम था कि ज़रीफ़ा के घर के पीछे के दरवाज़े में कुंडी नहीं है, वो बस यूँ ही भिड़े रहते हैं। रात को जब पहला पत्थर गिरा, तब एक साया धीरे-धीरे ज़रीफ़ा के घर के पिछवाड़े की तरफ़ बढ़ा। दरवाज़े को बिना आवाज़ किए खोलकर साया अंदर आया। अंदर ख़ामोशी थी। कहीं कोई भी नहीं था। ऐसा लग रहा था कि अंदर घर में कोई भी नहीं है। साया छत की सीढ़ियों की तरफ़ बढ़ा और बिना पैरों की आवाज़ किए चढ़ने लगा।

सीढ़ियाँ जहाँ ख़त्म हुईं वहाँ एक तरफ़ दीवारों से घिरी हुई एक ओट जैसी थी। चारों तरफ़ से ओट थी दीवारों की, बस एक तरफ़ इतनी जगह थी कि कोई अंदर आ सके। दरवाज़ा लगाने की जगह थी वह, जहाँ दरवाज़ा नहीं लगाया गया था, छत भी नहीं डली थी। असल में यहाँ पर कबाड़ और फ़ालतू सामान रखने के लिए रिज़वान एक कमरा बनवा रहा है। चारों तरफ़ की दीवारें तो उठ गई हैं, मगर छत पर टिन डलना और दरवाज़ा लगना अभी बाक़ी है। कमरे के आस-पास एकदम गहरा अँधेरा था। हलीमा को उस कमरे में कुछ हलचल महसूस हुई। वह दबे पैरों उस तरफ़ बढ़ी। जैसे ही वह दरवाज़े की ख़ाली जगह

के सामने आई, तो उसे अंदर का दृश्य दिखाई दिया। उसने देखा कि ज़रीफ़ा ने एक पत्थर किसी दिशा में उछाला, जो टन्न की आवाज़ करते हुए कहीं जाकर टिन पर गिरा। ज़रीफ़ा के हाथ में बहुत सारे पत्थर थे। ज़रीफ़ा किसी क़िले की तरह के सुरक्षित स्थान पर खड़ी थी, जहाँ खड़े होकर चारों तरफ़ पत्थर उछाले जा सकते थे, बिना किसी की नज़र में आए, क्योंकि चारों तरफ़ दीवारों की ओट थी। एकदम गहरा अँधेरा था, इसलिए उछलते हुए पत्थर किसी को दिखने भी नहीं थे।

"तू... ? तू फेंक रही है ये पत्थर ?" जैसे ही ज़रीफ़ा ने एक और पत्थर फेंकने के लिए अपने सीधे हाथ में लिया, वैसे ही हलीमा ने धीमी आवाज़ में लगभग गुर्राते हुए कहा।

हलीमा की आवाज़ पर ज़रीफ़ा ने चौंककर उस तरफ़ देखा। जैसे ही उसकी नज़र हलीमा पर पड़ी, उसे ऐसा लगा कि किसी ने उसके पैरों के नीचे से ज़मीन खींच ली है और आसमान फटकर उसके सिर पर गिर गया है। मारे ख़ौफ़ के उसका चेहरा एकदम पीला पड़ गया, वह दहशत के कारण थर-थर काँपने लगी। उसके सामने हलीमा खड़ी थी, उसके सबसे बड़े गुनाह की राज़दार होकर खड़ी थी, उसकी सबसे बड़ी दुश्मन।

"क्यों कर रही है तू ? पूरा मोहल्ला परेशान है, पागल हो गई क्या ?" हलीमा ने ग़ुस्से में पूछा और तेज़ क़दमों से चलती हुई बाहर से अंदर उस गुफ़ा समान अधबने कमरे में आ गई।

उसके अंदर आते ही ज़रीफ़ा के हाथ में रखा वह पत्थर, जिसे वो बस फेंकने ही वाली थी, छूटकर नीचे गिर गया। ज़रीफ़ा अब बिना आवाज़ किए रो रही थी। ज़ारो-कतार रो रही थी। तेज़ आवाज़ में रोने का ये मौक़ा नहीं था, बिना आवाज़ किए जितना रो सकती थी, उतनी शिद्दत से रो रही थी अब वो।

"कुछ बोलेगी भी, क्यों कर रही है तू ये सब ?" हलीमा ने ज़रीफ़ा के एकदम पास आकर उसे कंधे से झिंझोड़ते हुए एक बार फिर पूछा।

"रुख़साना कहीं चली गई है, तीन दिन से कुछ पता नहीं है उसका, पता नहीं कहाँ... ? किसके साथ... ?" अटक-अटक कर अधूरी-अधूरी सी बात कही ज़रीफ़ा ने भरे हुए गले से। और जब गला बहुत भर्रा गया, तो बात को बीच में ही छोड़कर फिर रोने लगी। रुख़साना ज़रीफ़ा की बेटी है।

"तो... ? ये पत्थर क्यों फेंक रही है सबके घरों पर ? इससे क्या वापस आ

जाएगी रुख़साना?'' हलीमा ने ग़ुस्से को ज़रा ठंडा करते हुए कहा।

''शोएब, सलीम और इनके अब्बा, तीनों तीन दिन से उसे ही ढूँढ़ रहे हैं, घर भी नहीं आए। तीन दिन से घर में अकेली ही हूँ। मंसूर दूल्हा भाई को भी सब पता है, शोएब के अब्बा से उनकी बात भी हुई है मोबाइल पर।'' ज़रीफ़ा ने कातर होते हुए कहा। शोएब और सलीम ज़रीफ़ा के बेटे हैं।

''तो... ? तेरे यूँ सबके घर पर पत्थर फेंकने से क्या होगा? ये तो बता पहले।'' हलीमा ने झुँझलाते हुए एक बार फिर से पूछा। झुँझलाहट इस बात की कि उसके अपने शौहर मंसूर को यह सब पता है, मगर उसने भी हलीमा को इस बात की भनक तक नहीं चलने दी है।

''मेरे को लगा कि एक दिन बाद तो सब पूछेंगे ही कि रुख़साना कहाँ गई है, बच्चे कहाँ हैं, उनके अब्बा कहाँ हैं? क्या जवाब दूँगी, बदनामी होगी। तुझे पता चल गया, तो तू ख़ुदा जाने क्या तमाशा खड़ा करेगी मोहल्ले में। मेरे को कुछ समझ नहीं आया, तो पत्थर फेंकने लगी कि सबका दिमाग़ इसमें उलझ जाएगा, किसी को ख़याल भी नहीं आएगा कि रुख़साना कहाँ है, बच्चे कहाँ हैं? तब तक शायद रुख़साना मिल जाए और ये लोग उसको लेकर वापस भी आ जाएँ। किसी को पता ही नहीं चलेगा कि कुछ हुआ था। लोगों को भटकाने के लिए मैंने पत्थर फेंकने शुरू कर दिए थे।'' ज़रीफ़ा ने अपने अंदर की पूरी ताक़त को बार-बार समेट-समेट कर लम्बी बात कही। कहते-कहते उसका पूरा दम निचुड़ गया। बात कहने के बाद ज़रीफ़ा सूखे पत्ते की तरह थर-थर काँप रही थी। ठंड की रात में पूरी तरह पसीने से भीग गई थी वो।

शिकारी एकदम सामने खड़ा है कमान पर तीर को चढ़ाए और शिकार जो एकदम निशाने पर है वह अंतिम प्रार्थनाओं में जुट गया था। ज़रीफ़ा कल्पना कर रही थी कि कुछ ही देर में जब हलीमा यहीं छत से चिल्ला-चिल्ला कर पूरे मोहल्ले को जमा कर लेगी, तो उसकी और उसके परिवार की इज़्ज़त का कैसा पंचनामा बनना है। बेटी का भाग जाना, और फिर छतों पर पत्थर फेंकने वाले गुनाहगार के रूप में उसका नाम सामने आ जाना। ज़रीफ़ा मन-ही-मन सोच रही थी कि अगर ऐसा कुछ भी होता है, तो वह यहीं छत से कूदकर अपनी जान दे देगी। मगर कूद जाएगी तो उसके बाद क्या होगा शोएब और सलीम का, रिज़वान का? और रुख़साना? उसकी तो जान बसती है ज़रीफ़ा में।

''कुछ पता चला रुख़साना का? कब तक पत्थर फेंकती रहेगी लोगों के

घरों पर? आज नहीं तो कल तो सबके सामने ये हक़ीक़त आनी ही है। कब तक छिपाती रहेगी इसे? मालूम है ना, कल पुलिस भी आ गई थी मोहल्ले में।'' हलीमा की आवाज़ में अभी भी झुँझलाहट थी। मगर ज़रीफ़ा के लिए राहत की बात बस यही थी कि हलीमा अपनी आवाज़ को ऊँचा नहीं कर रही थी, बहुत दबी जुबान में बात कर रही थी।

''हाँ शायद पता चल गया है, शोएब के अब्बा का फ़ोन आया था मंसूर दूल्हा भाई के मोबाइल पर। शायद कल तक आ जाएँगे रुख़साना को लेकर। मंसूर दूल्हा भाई ही बता कर गए हैं अभी शाम को मुझे। शायद मंसूर दूल्हा भाई भी वहीं गए हैं शाम को।'' ज़रीफ़ा अब घुटनों पर बैठ गई थी। हाथों में पत्थर भरे हुए। ज़िबह से पहले के बकरे की हालत थी उसकी। उसे अब कुछ भी सूझ नहीं रहा था कि वह क्या करे?

हलीमा कुछ देर तक उसे देखती रही, देखती रही अपनी सबसे बड़ी दुश्मन को, जो उसके सामने सारे हथियार डाले बैठी हुई थी। कुछ देर तक देखने के बाद उसने ज़रीफ़ा के दाएँ हाथ में रखे हुए सारे पत्थर अपने हाथ में ले लिए। कुछ देर तक ग़ुस्से में ज़रीफ़ा की तरफ़ देखती रही, फिर बुदबुदाते हुए बोली, ''मर...नासपीटी...!'' और एक पत्थर अंदाज़ से उस दिशा में फेंक दिया जहाँ टिन की छत थी। पत्थर टिन की छत पर दहशत की आवाज़ पैदा करते हुए गिरा। हलीमा अब पागलों की तरह 'मर नासपीटी', 'मर नासपीटी' बोलते हुए हर दिशा में पत्थर फेंक रही थी। सामने उसकी सबसे बड़ी दुश्मन घुटनों के बल बैठी बिना आवाज़ किए रो रही थी। अँधेरी गुफ़ा की तरह की उस खोह में बस वे दोनों औरतें थीं। पत्थर दहशत की आवाज़ के साथ बरसते जा रहे थे, बरसते जा रहे थे, बरसते जा रहे थे।

खोद-खोद मरे ऊँदरा, बैठे आन भुजंग[1] उर्फ़ भावांतर[2]

यह सितम्बर के महीने का दूसरा पखवाड़ा है, जिसमें बरसात अब कुछ कम हो गई है और खेत में खड़ी सोयाबीन की फ़सल पककर तैयार होने को है। एक किसान अपने खेत पर बने टप्पर के बाहर बैठा खाना खा रहा है। शरीर पर मिट्टी के रंग के हो चुके मटमैले कपड़े हैं, जो जगह-जगह से फटे हुए हैं। किसान का नाम रमेश है, यह एक छोटी जोत का किसान है। जोत छोटी है, इसलिए इसे गाँव में रमुआ ही कहकर बुलाया जाता है। इसके पास जो ज़मीन है, उससे जैसे-तैसे इसके परिवार का गुज़ारा ही चल पाता है। रमेश खाना खा रहा है। खाना, मतलब ज्वार की मोटी-मोटी रोटियाँ, एक कटोरी में घुला हुआ नमक और टप्पर के पास लगे मिर्ची के पौधे से तोड़ी गईं कुछ हरी मिर्चें। रमेश ने एक कौर रोटी का खाया और फिर मिर्ची उठाकर उसे नमक के पानी में डुबोकर कुतर लिया। खेत की मेड़ के पास की पगडंडी से मोटरसाइकिल पर गुज़रता हुआ एक व्यक्ति, रमेश को देखकर रुक गया। उसे रुकता देखकर रमेश हाथ का कौर रोटी पर ही रख उठकर खड़ा हो गया।

---

1. यह मालवा अंचल में बोली जाने वाली एक कहावत है, जिसमें 'ऊँदरा' का अर्थ चूहा है और भुजंग का अर्थ है साँप। कहते हैं कि साँप कभी बिल नहीं बनाता, साँप बिल बना ही नहीं सकता। परिश्रम करके ज़मीन को खोद-खोद कर अपने रहने के लिए बिल चूहा बनाता है। जब यह बिल पूरा बन जाता है, तो साँप आता है तथा चूहे को मारकर खा जाता है और फिर उसी बिल में रहने लगता है।
2. 'भावांतर' मध्य प्रदेश सरकार की एक योजना। किसान की फ़सल मंडी में जिस भाव भी बिकती है उसमें और न्यूनतम समर्थन मूल्य के बीच में जो भी कमी होती है, वह राशि सरकार सीधे किसान के बैंक खाते में जमा करवा देती है। यदि किसान की फ़सल पच्चीस सौ रुपये क्विंटल बिकी और न्यूनतम मूल्य इकतीस सौ रुपये है, तो छह सौ रुपये किसान को सरकार द्वारा दिए जाएँगे।

"राम-राम पटवारी साब, आ जाओ खाना खइ लो गरीब किरसान (किसान) को।" रमेश ने अपनी आवाज़ में बहुत ज़्यादा, लगभग चापलूसी की हद तक वाली विनम्रता लाते हुए, शरीर को अभिवादन में लगभग कमान बना कर आने वाले व्यक्ति के सामने झुकाते हुए कहा।

"जय श्रीराम-जय श्रीराम...का रे रमुआ? तेरी फ़सल तो अच्छी दिख रही है अब की बारी?" उस आए हुए व्यक्ति ने, जो एक पचास-पचपन की उम्र का अधेड़ है, रमेश के द्वारा दिए गए भोजन के निमंत्रण को बिलकुल अनदेखा करते हुए अपना प्रश्न दाग़ दिया।

यह आया हुआ व्यक्ति पटवारी हलके नंबर बाईस का पटवारी है, जिस हलके में रमेश की ज़मीन भी आती है। पटवारी का नाम तो है मोहनलाल शर्मा, लेकिन पूरे हलके में वह 'मोहन पटवारी' के नाम से ही जाना जाता है। पटवारी अब उसका पद नहीं बल्कि उसका सरनेम हो गया है। रमेश के द्वारा किए गए 'राम-राम' अभिवादन का उत्तर मोहनलाल ने 'जय श्रीराम-जय श्रीराम' से दिया। दूसरे वाले 'जय श्रीराम' पर आवाज़ का विशेष ज़ोर देते हुए कि आजकल अभिवादन यही हो गया है, अतः अब आगे से 'राम-राम' की जगह यही अभिवादन किया जाए।

"हओ साब, अच्छी तो है, पर अच्छी करने में भोत पैसा लग गओ है। जो सोयाबीन बीज-खाद-दवा में ही इत्तो पैसो खा जाए है कि मिस्कुल (मुश्किल) हो जाए है घर को लगो पैसो भी निकलनो। अगली बार से तो कछु और बोवे की सोचूँ हूँ।" रमेश ने उसी प्रकार कमान की मुद्रा में ही उत्तर दिया।

"अरे तुमन लोगों को का है, तुम्हारी चिंता तो सरकार खुदई कर रही है। हर बात के लाने कटोरा लेकर खड़े तो हो जाओ हो सरकार के सामने।" मोहनलाल ने कुछ हिकारत के अंदाज़ से कहा। जो कुछ मोहनलाल ने कहा उसका मतलब रमेश को कुछ समझ में नहीं आया।

"अरे पटवारी साब, सरकार की तो तुमने भली कही, कौन की चिंता कौन करे है जा दुनिया में? सब खुदई को करनो पड़े है। सरकार ने का दओ है अब तक? अपने ही मरे सुरग मिले है...।" रमेश ने मोहनलाल की बात का अपने तरीक़े से विरोध करते हुए उत्तर दिया।

"इत्तो दे रही है सरकार, फिर भी तुम ससुरे भूखे के भूखे ही रहोगे। हगावे-मुतावे को छोड़ के सबे कुछ तो कर रही है सरकार, और सरकार भी

कौन कर रही है, सरकार तो आडर दे के अपने काम में लग जाए है, करनो तो हमें ही पड़े है। बोलो तो अब हगावे-मुतावे को काम भी करने लगें तुम लोगन को?'' मोहनलाल के स्वर में गहरा व्यंग्य का भाव उतर आया और साथ में रमेश के प्रति एक प्रकार का क्रोध भी।

''अरे नहीं साब मैंने जे बात कब कही? मैं तो बस जे कह रओ हूँ कि काम तो खुदई को करनो पड़े है। आप तो रिसा गए इत्ती सी बात पे।'' रमेश ने मोहनलाल को नाराज़ होते देखा तो तुरंत बात को सँभालते हुए कहा। मोहनलाल ने कोई उत्तर नहीं दिया, बस चारों तरफ़ निगाहें दौड़ाकर खेत का जायज़ा लेता रहा। जब देख चुका, तो अपनी पीठ पर टँगे हुए बैग में से एक फ़ाइल निकाल कर उसमें काग़ज़ पलटने लगा।

''कित्तो रकबो है तेरो... ? दो एकड़...और चालीस डेसीमल... ? हैं.. ?'' मोहनलाल ने काग़ज़ों पर ही निगाहें जमाए हुए रमेश से पूछा।

''हओ साब, इत्तो ही है...। आपको तो सब पतो है, आपसे कौन छुपी है ज़मीन।'' रमेश ने कुछ उलझन में पड़े-पड़े ही उत्तर दिया।

''पूरे में सोयाबीन ही बो रखो है कि कुछ और भी बोओ है?'' मोहनलाल ने इस बार भी काग़ज़ से नज़र उठाए बिना ही प्रश्न किया और शर्ट की जेब से पैन निकालकर उन काग़ज़ों पर कुछ लिखने भी लगा।

''जा बार तो पूरे में सोयाबीन ही बोओ है साब, अब आगे देखें...'' रमेश ने कुछ दीनता के साथ उत्तर दिया।

''आगे कौन-सी रमधना की खेती करनी है तोय? जे ही सोयाबीन लिखो है किस्मत में, तो जे ही बोते रहिओ...और कछु की सोचियो भी मत... ।'' मोहनलाल ने अपने काग़ज़ों पर ही कुछ लिखते हुए, बिना रमेश की तरफ़ देखे उत्तर दिया। रमेश ने कोई उत्तर नहीं दिया, उसी प्रकार हाथ जोड़े खड़ा रहा।

''गए साल तूने भावांतर में रजिस्ट्रेशन करवाओ थो कि नहीं करवाओ थो?'' मोहनलाल ने सिर झुकाए हुए ही प्रश्न पूछा।

''करवाओ तो हतो साब, पर कछु आयो ही नहीं। बा साल पच्चीस सौ को बिको थो सोयाबीन, बिनने कही थी कि ऊपर के पाँच सौ पचास रुपये सरकार की तरफ़ से सीधे खाते में आ जाएँगे, पर खाते में तो पैसा तो छोड़ो रेत-पथरा भी नहीं आए।'' रमेश ने उसी प्रकार से झुके हुए मोहनलाल की बात का उत्तर दिया।

''हराम के पैसे में भी तुम लोगन को जल्दी मची रहती है। अरे जब सरकार के पास पैसा होगा तब आ जाएगा खाते में। कौन जाने आ ही गओ होयगो, बैंकवालों ने क़र्ज़ की किश्त में बराबर कर लियो होयगो। तू गओ थो का बैंक पता करबे?'' मोहनलाल ने इस बार नज़र उठाकर रमेश की तरफ़ देखते हुए कुछ हिकारत से कहा।

''जा बात भी सही कही आपने, पहले की बख़त पैसो हाथ में आतो थो, तो अपनी मर्ज़ी से खरच कर लेते थे, अब तो फ़सल को पैसो भी खाते में ही आए है। मंडी में बेचबे जाओ तो सेठ को मुनीम बस पर्ची पकड़ा दे है कि जाओ पैसा बैंक में अइ जायगो। बैंक में पैसो आए तो बैंक अपनो पैसों का जाने कौन से हिसाब से भँइ के भँइ काट के सब बराबर कर दे है। इत्ती मेहनत के बाद जो पता चले है कि सबरो पैसो बैंक के ब्याज में ही बराबर हुई गयो। कौन जाने जो पैसा भी आ गयो हो।'' रमेश ने कुछ दुख भरे स्वर में पटवारी की बात का उत्तर दिया।

''तो... ? बैंक को क़र्ज़ को पैसो कौन भरेगो? किनने लियो है क़र्ज़? जे तो अच्छी बात है कि बैंक में पैसा आ रओ है तो भँइ के भँइ बैंक को पैसा कट रओ है। तेरे हाथ में आए तो तू भरेगा क्या बैंक का पैसा? सिर पर क़र्ज़ चढ़ता जाए है और फिर कुर्की, नीलामी करने हमें ही दौड़नो पड़े है। अच्छो है न, तोय पतो भी नहीं चले है और बैंक को पैसो भी जमा हो जाए है। हाथ में आए पैसे को लालच हो जाए है। कित्ती बारी तो तेरी कुर्की को नोटिस दे चुको हूँ तोय...मैं बैठो हूँ तो बच रही है तेरी ज़मीन नहीं तो किसी भी दिन...।'' मोहनलाल ने कुछ डाँटते हुए कहा।

''पर साब कछु हाथ में भी तो आए, साल भर गोड़ तोड़ के खेत में मजूरी करें हम और पैसो चलो जाए है बैंक के पास। हमारे हाथ में भी तो कछु आए, टोरा-टोरी होन के कपड़े बन जाएँ, सबकी आस फ़सल से ही तो होती है साब। अब तो ऐसो लगे है कि साल भर खेत में बैंक के लिए मजूरी करे हैं। जित्तो कमाओ सब बैंक की नार में भरा जाए है, असी-कसी हो गई बैंक की नार कि कभी भराए ही नी।'' रमेश ने कुछ सधे हुए स्वर में उत्तर दिया।

''तो जे नियम कोई हमने बनाओ है का, जो तू हमें सुना रओ है? सरकार ने बनाओ है, तो सरकार से बात कर, हमसे क्यों कर रओ है। हम तो सरकार के नौकर हैं, जो सरकार कहेगी हमें तो करनो ही पड़े है। अब देख, जो भावांतर आ गओ, फिर से; अब जा बार हमें एक-एक खेत पे जाके लिखनो पड़ रओ है कि

कौन ने अपने खेत में कौन-कौन-सी फ़सल बोई है? अब बरसात में खेत-खेत जाके जे दंद पालनो पड़ रओ है। पैसा मिलेगो तुम-ओरों को, और फ़जीहत हो रही है हमाई।'' मोहनलाल ने कुछ झिड़कते हुए किसान की बात का उत्तर दिया।

''अब साब हमारी तो सरकार भी आप ही हो और भगवान भी आप ही। आपसे नहीं बोलेंगे तो कौन से बोलेंगे? जो नुस्कान (नुकसान) होयगो मिस्कुल पड़ेगी तो कौन से बोलें साब? आप ही हमाए धनी-धोरी हो, माई-बाप हो।'' रमेश ने मोहनलाल को नाराज़ देखा तो चापलूसी करते हुए कहा। मोहनलाल ने कुछ उत्तर नहीं दिया, बस सिर झुकाए काग़ज़ों पर कुछ लिखता रहा। लिखने के बाद उसने अपना मोबाइल निकाला और उससे रमेश के खेत के कुछ फ़ोटो निकाले।

''लिख दओ है मैंने काग़ज़ में कि तूने रमेश वल्द माँगीलाल ने अपने पूरे रकबे में जा बार बस सोयाबीन ही बोओ है। खसरे में तेरी जा चक है एक हेक्टेयर की, जा को मतलब तोए अठारह कुण्टल सोयाबीन पे भावांतर मिलेगो, समझो कि नहीं? एक हेक्टेयर में अठारह कुण्टल। उते सहकारी बैंक में जाके अपनो अँगूठो मशीन पे लगा आजे, जा बारी से तुम-ओरों को अँगूठो भी लग रओ है, नहीं लगाओ तो उते मंडी में बिना भावांतर के बिकेगो तेरो सोयाबीन। अपनो आधार कारड ले जाना साथ में। और सुन जे भावांतर इस बार चलेगो बस दिसंबर के महीना तक, एक जनवरी से बंद हो जायगो, बाके बाद नहीं मिलेगो तोय फायदो, समझो कि नहीं समझो?'' मोहनलाल ने कुछ समझाते हुए कहा।

''हओ साब, तुम कह रए हो तो चलो जाऊँगो सेकारी बैंक में। पर साब पैसो टैम पे मिल जाए तो काम को, नी तो बाद में मिले तो काय काम को? थोड़ो ऐसो तो करवा दो कि पैसा टैम से बैंक में आ जाए। नी तो नगद ही मिल जाए।'' रमेश ने उसी मुद्रा में हाथ जोड़ते हुए कहा।

''अरे कोई मेरे हाथ में है क्या? सब ऊपर से होय है। नगद चहिए हो, तो फिर मिल लेना मेरे से आकर, फ़सल बेचने से पहले, थोड़ी कटोतरी होगी, पर पैसा पूरा हाथ में आ जाएगा। समझा। चल अब चलूँ हूँ, तेरो अकेलो को खेत तो है नहीं, पूरे बाईस नंबर हलके के काग़ज़ पूरे करने हैं। सुन अक्टूबर से दिसम्बर, तीन महीने के बीच में बेच लीजो सोयाबीन, नहीं तो बात में मेरे हाथ मत जोड़ियो कि मोय तो भावांतर मिलो ही नी।'' मोहनलाल ने अपनी मोटरसाइकिल को स्टार्ट करते हुए कहा।

“पैसे की ज़रूरत तो अभी है साब, हम घर में रख के कराँगा भी क्या सोयाबीन को? लोग-दुनिया को पैसो सिर पर चढ़ी रियो है। तुम जो सोयाबीन को पैसो नगद दिलवा दोगे, तो भलो होगो तुम्हारो। मैं सोयाबीन बेचबे तुम्हारे से पूछी के ही जाऊँगो।” रमेश ने उत्तर दिया।

मोहनलाल ने रमेश की बात का कोई उत्तर नहीं दिया, बस मुस्कुराकर ज़रा सिर को हिलाया और मोटरसाइकिल को गेयर में डालकर पगडंडी पर आगे की तरफ़ बढ़ गया।

मोहनलाल ने गल्ला मंडी की एक दुकान में अंदर जाने के लिए दुकान के बाहर अपने जूते उतारकर एक तरफ़ रख दिए। यह एक अनाज के व्यापारी की दुकान है, जो सरकारी कृषि उपज मण्डी समिति के प्रांगण में बनी है। इस प्रांगण में सारी दुकानें, जो दुकानों से ज़्यादा असल में बड़े-बड़े गोदाम हैं, कृषि उपज मंडी समिति की ही हैं; व्यापारियों ने ये दुकानें लीज़ पर ली हुई हैं, व्यापार करने के लिए। ऐसे ही एक गल्ला व्यापारी शंकर साहू की यह दुकान है। फ़र्म का नाम है, ‘बटनलाल साहू एण्ड संस’, बटनलाल, शंकर साहू के पिताजी का नाम है। बाहर एक पेढ़ी की तरह दुकान है, जहाँ पर गद्दे बिछे हैं, जिन पर सफ़ेद चादरें बिछी हैं। बीच में एक हिसाब-किताब की चौकी है। जिसके उस तरफ़ एक मुनीम बैठा है। सामने कुछ किसान बैठे हैं। मुनीम के ठीक पीछे दुकान मालिक शंकर साहू का वातानुकूलित कक्ष है, सर्व सुविधायुक्त। काले काँच इस प्रकार लगे हैं कि अंदर से बाहर का सब कुछ दिखता है लेकिन बाहर से अंदर का कुछ नहीं दिखता। अंदर घूमने वाली कुर्सी पर शंकर साहू बैठा है, दीवार पर लगे उस मॉनीटर पर नज़रें टिकाए, जिस पर बाहर लगे सीसीटीवी कैमरों के द्वारा दिखाए जा रहे दृश्य दिख रहे हैं। शंकर साहू की उम्र पचास के लगभग है और वेशभूषा तथा गले की चेन, हाथों की उँगलियों की अँगूठियों से पता चल रहा है कि ख़ूब सम्पन्न है। बीच-बीच में वह अपने मोबाइल पर बात करता है। वह लगातार बाहर की मंडियों में आज के भावों को जानने में लगा है। जो भी पता चलता है उसे वह सामने रखी डायरी में नोट करता जा रहा है। बाहर पेढ़ी पर मोहनलाल प्रकट हुआ। जैसे ही शंकर साहू ने मॉनीटर पर मोहनलाल को देखा, वैसे ही उसने घंटी बजा दी। घंटी सुनकर मुनीम ने कुछ रहस्यमय मुस्कुराहट के साथ मोहनलाल को अंदर जाने का इशारा कर दिया। मोहनलाल अंदर केबिन में चला गया।

"अरे...! क्या बात है मोहनलाल जी, बहुत दिनों में आना हुआ? बैठिए।" शंकर साहू ने कुछ उत्साह से मोहनलाल का स्वागत करते हुए कहा और हाथ से सामने की कुर्सी पर बैठने का इशारा किया। शंकर साहू का इशारा पाकर मोहनलाल उसके सामने की कुर्सी पर बैठ गया। उसके बैठते ही शंकर साहू ने घंटी बजाई। घंटी सुनकर मुनीम उठकर अंदर आ गया।

"देखो ज़रा गरम कचौरियाँ या समोसे बन रहे हों नारायण के यहाँ; जो भी गरम उतर रहे हों मँगवा लो और हाँ कड़क मीठी चाय भी मँगवा लो।" शंकर साहू के कहते ही मुनीम वापस बाहर चला गया।

"और मोहनलाल जी क्या हाल चल रहे हैं? क्या नया है?" शंकर साहू ने मुनीम के जाने के बाद कुछ मुस्कुराकर मोहनलाल से मुख़ातिब होते हुए पूछा।

"बस सेठ जी, नया क्या है, वही है सब पुराना। हाँ, भावांतर एक तारीख़ से फिर चालू हो रहा है सोयाबीन के लिए। एक अक्टूबर से इकतीस दिसम्बर तक चलेगा।" मोहनलाल ने भूमिका बाँधते हुए कहा।

"हाँ पढ़ा है मैंने पेपर में, कुछ नया है इस बार कि पिछली बार की तरह ही है सब कुछ? पिछली बार तो इतना कम समय मिला था कि कुछ समझ ही नहीं पड़ा था कि क्या करना है। आपने भी कुछ नहीं बताया कि इसका हम व्यापारी कैसे फ़ायदा उठा सकते हैं," शंकर साहू ने मोबाइल से खेलते हुए प्रश्न पूछा।

"हमें ही कुछ ज़्यादा समझ नहीं पड़ा था, तो हम आपको क्या बताते? हमें लगा कि किसानों की योजना है, किसानों के लिए ही होगी। इस बार ज़्यादा तो नहीं बदला है कुछ, हाँ इस बार किसानों के अँगूठे लगाने की बात अलग से जुड़ गई है। पहले जैसा नहीं होगा कि किसान की खाता-बही, आधार कार्ड ले जाकर कोई भी वहाँ भावांतर केन्द्र पर पंजीयन करवा ले। इस बार किसान को ख़ुद जाना पड़ेगा पंजीयन करवाने, उसके अँगूठे को आधार से लिंक करके ही पंजीयन होगा," मोहनलाल ने कुछ समझाइश के अंदाज़ में मुस्कुराते हुए कहा।

"मतलब इस बार जब योजना समझ में आ गई है, तो खेलने की कोई गुंजाइश नहीं है...?" शंकर साहू ने सीधे और सपाट स्वर में कहा।

"क्यों नहीं है? बात तो वही की वही है। बस इस बार किसान को आपको भावांतर में से भी कुछ पैसा देना होगा। पिछली बार जिन व्यापारियों को ये खेल समझ में आ गया था, वो किसान को कुछ भी दिए बिना भावांतर पूरा-का-पूरा हड़प गए थे। इस बार किसान भी समझ गया है इस योजना को, उसे भी पता है

कि पैसा तो उसके बैंक खाते में ही आएगा। मगर उसकी मजबूरी है, इसलिए उसे भी आपकी शर्त तो माननी ही होगी।'' मोहनलाल ने कुछ गंभीर स्वर में कहा। शंकर साहू ने कोई उत्तर नहीं दिया, वह बस मोबाइल को टेबल पर घुमाने लगा।

''किसान को तो तुरंत फ़सल बेचने की पड़ी होती है, दस तरह का क़र्ज़ होता है उसके सिर पर। सरकारी पैसा तो कब आएगा, कब नहीं आएगा। जैसे अभी मंडी में सोयाबीन पच्चीस सौ रुपये मॉडल रेट पर बिक रहा है, सरकारी रेट बत्तीस सौ रुपये है, तो भावांतर हुआ सात सौ रुपये। सात सौ रुपये में से आपको कम-से-कम दो सौ से तीन सौ रुपये तो उसको देना होगा, जहाँ जैसा मामला पट जाए। बाक़ी के चार सौ से पाँच सौ आपके। भावांतर का पैसा तो किसान के बैंक खाते में आएगा, इसलिए किसान को पेमेंट करते समय ही उससे एडवांस चैक दस्तख़त करवा के या अँगूठा लगवाकर लेना होगा। जैसे ही उसके खाते में भावांतर का पैसा आ जाए, तो चैक से निकलवा लें। पैसा कब आएगा उसके खाते में, यह तो आपको पता ही लग जाएगा, आपसे क्या छिपा है। सारे बैंकवालों से बनाकर रखियेगा, वो आपको सारी जानकारी देते रहेंगे।'' मोहनलाल ने लम्बी बात को समझाते हुए कहा और अंतिम बात कहते हुए उसके चेहरे पर रहस्यमय मुस्कान आ गई।

इस बीच दुकान में काम करने वाला लड़का आकर टेबल पर कचौरियों के दोने और चाय के गिलास रख गया। शंकर साहू ने एक दोना मोहनलाल की ओर सरकाया और एक अपने सामने करते हुए मोहनलाल को हाथ के इशारे से खाने का आग्रह किया। मोहनलाल ने कचौरी तोड़कर खाना शुरू कर दिया।

''पर किसान क्यों मानेगा? उसके खाते में तो पूरे सात सौ रुपये पर क्विंटल आएँगे, वो क्यों तीन सौ रुपये पर राज़ी होगा?'' शंकर साहू ने कुछ उलझन भरे स्वर में कहा।

''उसको अभी पैसा चाहिए होता है, मैंने बताया तो आपको कि दस तरह का क़र्ज़ चढ़ा होता है उसके सिर पर। भावांतर का सरकारी पैसा कब आएगा, आएगा भी कि नहीं आएगा? उसे तो आज ही पैसे की ज़रूरत है। जो बड़े किसान हैं, उनकी बात नहीं कर रहा हूँ, पर छोटे किसान तो सब आपके ही पास आएँगे। सात सौ रुपये के आधे-आधे बँटवारे, मतलब साढ़े तीन सौ-साढ़े तीन सौ में भी राज़ी हों, तो भी उसमें आपका क्या नुकसान है? अभी आपको बस साढ़े तीन सौ रुपये देने हैं और पाँच से छह महीने में भावांतर के सात सौ

रुपये आपके। बैंक भी पैसे दुगने करने में सात से आठ साल लेता है और यहाँ तो पाँच-छह महीने में ही दुगने हो रहे हैं पैसे।'' मोहनलाल ने कचौरी का एक कौर खाकर उसके ऊपर चाय का घूँट भरते हुए उत्तर दिया। शंकर साहू ने कोई उत्तर नहीं दिया, वो बस कुछ सोचने लगा।

''सोयाबीन के सीज़न में दिन भर में आपकी पेढ़ी पर पाँच सौ से छह सौ क्विंटल की ख़रीद होती है सोयाबीन की। अगर उसमें सौ क्विंटल भी रोज़ आपने भावांतर वाला ख़रीदा और भावांतर के नब्बे दिन के हिसाब से चलें, तो होता है नौ हज़ार क्विंटल। हर क्विंटल पर आपको मिलेगा साढ़े तीन सौ, मतलब इकतीस लाख पचास हज़ार रुपये तीन महीने में चित। इसमें से सरकारी बाँटा-बूँटी, बैंकवालों को किसानों के खाते की मुखबिरी के, मतलब सबको सबका हिस्सा देने के बाद भी आपके पच्चीस लाख कहीं नहीं गए।'' मोहनलाल ने सरकारी बाँटा-बूँटी के बहाने अपने बारे में आश्वस्ति पहले ही ले लेने का प्रयास करते हुए कहा। शंकर साहू ने मोहनलाल की पूरी बात सुनकर बस धीमे से अपना सिर हिलाया, कचौरी को दोने में आधा खाया ही छोड़कर चाय का गिलास उठाकर होंठों से लगा लिया।

''यह तो हुई एक बात, फिर यह भी तो है कि जब तक भावांतर चलेगा तब तक सोयाबीन तेल के प्लांट भाव नहीं बढ़ने देंगे। जैसे ही भावांतर ख़त्म होगा इकतीस दिसम्बर को, वैसे ही जनवरी के पहले हफ़्ते में ही हज़ार से बारह सौ का उछाल आएगा भाव में। जो सोयाबीन थोड़े दिन पहले तक पच्चीस सौ बिक रहा था, वो पैंतीस सौ से अड़तीस सौ में बिकने लगेगा। आपने अगर ढाई हज़ार क्विंटल का भी स्टॉक कर लिया, तो जनवरी में आपको हज़ार रुपये के हिसाब से ही सीधा पच्चीस लाख का मुनाफ़ा होना है। पच्चीस लाख ये और पच्चीस लाख वो, ये तो आपको सूखे ही आधा करोड़ मिल रहे हैं, बाक़ी तो जो आप को रेगुलर आढ़त से मिलता है, वह तो मिलेगा ही।'' मोहनलाल ने इस बार बात को पूरी तरह खोलकर कह दिया और बात को समाप्त कर कचौरी के बचे हुए हिस्से को चटनी में डुबो कर मसलने लगा। शंकर साहू की नज़रें कचौरी को मसलती हुई मोहनलाल की उँगलियों पर टिक गईं, उसने चाय के गिलास में बची हुई चाय का लम्बा घूँट भरा और गिलास को टेबल पर रख दिया।

''आपके हिसाब से कितने किसान होंगे ऐसे, जिनको पैसे की तुरंत ज़रूरत होगी और जो अभी भावांतर के आधे-आधे बँटवारे पर राज़ी हो

जाएँगे?'' शंकर साहू ने मोहनलाल की तरफ़ सीधे देखते हुए कहा।

''मेरे बाईस नंबर हलके के जितने भी ऐसे किसान हैं, वो तो आपकी पेढ़ी पर आ गए समझो। सबकी लिस्ट बनाता फिर रहा हूँ पिछले पन्द्रह दिनों से। सरकार ने इस बार पटवारियों से पूरी जानकारी माँगी है कि किस किसान ने कितने रकबे में क्या बोया है। मेरे हल्के के सब ज़रूरतमंद किसान तो यहीं आएँगे, आपकी पेढ़ी पर, बाक़ी के पटवारियों में भी आपकी पेढ़ी पर तो सबका ही आना-जाना है, आपसे बाहर कौन है? और ऐसे भी तो किसान हैं, जिन्होंने फ़सल बोई ही नहीं है, खेत पड़त ही पड़े हैं, उनके नाम से भी सोयाबीन ख़रीद लीजिएगा, उन्हें भी दे देंगे कुछ थोड़ा। और जिन किसानों ने सोयाबीन की जगह कुछ और बोया है, उनको भी सोयाबीन में डाल दिया है मैंने, उन्हें भी समेट लीजिएगा। हम तो आपकी मदद के लिए तैयार ही बैठे हैं,'' मोहनलाल ने रहस्यमय तरीक़े से मुस्कुराते हुए अंतिम वाक्य कहा।

''अरे...! बस आप लोगों के सहयोग से ही तो रोज़ी-रोटी चल रही है हम लोगों की। नहीं तो धंधे-पानी की हालत तो ऐसी है कि पेढ़ी का ख़र्च भी नहीं निकले। और अब तो सोयाबीन तेल प्लांटों ने अपने-अपने आढ़तिए बिठा दिए हैं मंडी में, वो सीधे उनके लिए ही ख़रीदते हैं। हम तो अब छोटे-मोटे व्यापारी होकर रह गए हैं कम्पनियों के सामने, फिर भी आप सबके सहयोग से अपना काम चल ही रहा है,'' शंकर साहू ने बहुत विनम्रता दिखाते हुए कहा।

''और हाँ एक और बात, हर किसान को एक हेक्टेयर पर अठारह क्विंटल की पात्रता है। अब पूरे अठारह तो न फ़सल होनी है, और अगर हो भी गई तो किसान कुछ-न-कुछ तो बचाएगा बाद के लिए। अगर किसी ने अठारह के बदले दस क्विंटल ही भावांतर में बेचा, तो बिल में पूरा अठारह ही उसके नाम से ख़रीद लेना। उस आठ का पूरा भावांतर आपका। ऐसे भी आएँगे बहुत से। बल्कि हर कोई ऐसा ही आएगा,'' मोहनलाल ने शंकर साहू की विनम्रता से प्रभावित होते हुए अपने तरकश में से एक और तीर निकालकर मारा।

''मोहन जी आज तो आपने दिन बना दिया। मैं दो दिनों से सोच रहा था कि भावांतर तो आ गया है पर अब इसका किया क्या जाए? पिछली बार भी सोचने-ही-सोचने में समय निकल गया था। इस बार तो आपने आँखें ही खोल दी हैं। मुझे नहीं पता था कि इतना खेल हो सकता है इस भावांतर योजना में। आज से ही प्लानिंग करता हूँ इसको लेकर। लेकिन बीच-बीच में मदद करते

रहियेगा आप भी इसी तरह,'' शंकर साहू ने उपकृत होने के अंदाज़ में कहा।

''अरे...कैसी बातें कर रहे हैं... ? आपकी पेढ़ी से तो हमारे बाप-दादा जुड़े रहे, मैं कौन अलग हूँ आपसे? अच्छा चलता हूँ...अरे हाँ ! ज़मीन-वमीन ख़रीदने का मूड हो सेठ जी, तो बताना, एक-दो अच्छी ज़मीनें कुर्की में आई हैं,'' मोहनलाल ने उठने की मुद्रा बनाते हुए कहा।

''ख़रीद तो लें, पर कौन तो खेती करेगा और कौन बार-बार जाएगा वहाँ? यहाँ तो व्यापार से ही फ़ुर्सत नहीं है,'' शंकर साहू ने उत्तर दिया।

''आपको क्यों जाना पड़ेगा? अभी वह जिस किसान की ज़मीन है, उसी को अधबटिया से रख लेंगे। अभी भी तो वही कर रहा है खेती, आगे भी वही करेगा, बस ये है कि वह ज़मीन आपकी होगी और उसे आधा हिस्सा मिलेगा खेती में,'' मोहनलाल ने कुर्सी से उठते हुए कहा।

''चलिए...देखते हैं...ज़रा ये भावांतर के खेल से निपट लें फिर देखते हैं। ऊपर का पैसा आएगा तो ऊपर-के-ऊपर ही ज़मीन ख़रीद लेंगे। आप देख कर रखना कोई अच्छी ज़मीन...लेंगे तो एक फ़ार्म हाउस भी बना लेंगे वहाँ पर। बीच में कभी मैं नहीं मिलूँ तो मुनीम जी से मिल लीजिएगा,'' शंकर साहू ने भी उठते हुए कहा। उठते हुए शंकर साहू ने अपनी टेबल की दराज़ को खोला और उसमें रखी हुई नोटों की गड्डियों में से एक गड्डी निकालकर टेबल पर रख कर धीरे से मोहनलाल की ओर सरका दी। मोहनलाल ने गड्डी को तुरंत उठा कर अपने बैग में रख लिया और नमस्कार करके बाहर चला गया। शंकर साहू अपना मोबाइल उठा कर किसी को कॉल करने लगा।

''जी मैनेजर साहब, नमस्कार, एक कष्ट दे रहा हूँ आपको, इस साल लिमिट बढ़ानी पड़ेगी आपको। डबल करनी पड़ेगी। सीज़न माथे पर है और इस बार ज़रा अच्छा खेल दिख रहा है,'' शंकर साहू ने कहा। दूसरी तरफ़ से कुछ कहा गया, जिसे वह सुनता रहा।

''अरे मैनेजर साहब! हम चार पैसे कमाएँगे तो बैंक का और आपका दोनों का भला होगा। समझाइए ऊपरवालों को भी,'' शंकर साहू ने कुछ समझाइश भरे अंदाज़ में कहा। उधर से बैंक मैनेजर ने फिर कुछ कहा, जिसे वह सुनता रहा।

''उसके लिए कब मना कर रहा हूँ? एक्स्ट्रा सिक्यूरिटी, एक्स्ट्रा मॉडगेज़ के पेपर्स भिजवा दूँगा मैं मुनीम जी के हाथ। आप तो बस रीज़नल ऑफ़िस से सेंक्शन मँगवा लीजिए लिमिट डबल करने की। इस बार लम्बा स्टॉक करना है।

कोलेटरल सिक्यूरिटी में आप मेरा स्टॉक भी रख सकते हैं, उसके अगेंस्ट बढ़ा दीजिए लिमिट,'' शंकर साहू ने कुछ मुस्कुराते हुए कहा। उधर से बैंक मैनेजर ने फिर कोई उत्तर दिया।

''क्या करना है, कैसे करना है आपको पता है, मैंने तो अपना बता दिया। जहाँ, जो कुछ लेना-देना हो, बता दीजिएगा, मुनीम के हाथ भिजवा दूँगा। बस आप तो ये समझ लीजिए कि समय बिलकुल नहीं है, दस दिन में करवा दीजिए सब,'' शंकर साहू ने कुछ निर्णायक स्वर में कहा। उधर से बैंक मैनेजर ने लम्बी बात कही, जिसे शंकर साहू शांत होकर सुनता रहा।

''ठीक है, मैं लंच बाद आता हूँ बैंक, आमने-सामने और अच्छे से बात हो पाएगी। नमस्कार,'' कहकर शंकर साहू ने कॉल काट दिया।

मोहनलाल एक सुसज्जित ऑफ़िस में बैठा हुआ है। यह सोयाबीन का तेल बनाने वाले प्लांट का ऑफ़िस है। यह प्लांट देश के एक बड़े कॉरपोरेट हाउस का है और मोहनलाल के ही पटवारी हलके में स्थित है। यह कॉरपोरेट घराना इस समय देश के शीर्ष चार या पाँच घरानों में शामिल है। इस घराने के राजनैतिक सम्पर्क-सूत्र भी बहुत तगड़े हैं। इतने तगड़े कि सभी राजनैतिक दलों के शीर्ष नेता इसके चार्टर्ड विमानों या चॉपर्स में घूमते दिखाई देते हैं। इसी कॉरपोरेट घराने की ताक़त तथा राजनैतिक प्रभाव के चलते सोयाबीन का सरकारी ख़रीद रेट पिछले पाँच सालों से लगभग स्थिर है, बढ़ा भी है, तो इतना कम कि उसे बढ़ना नहीं कहा जा सकता। जबकि इन्हीं पाँच सालों में सोयाबीन के तेल का रेट लगभग दुगना हो चुका है। इस तेल की कमाई का कुछ हिस्सा यह कॉरपोरेट घराना ख़ैरात के रूप में उन विमानों तथा चॉपर्स में तेल भरने में लगा देता है, जिनमें सोयाबीन ख़रीद रेट तय करने वाले लोग देश-विदेश में घूमते-फिरते हैं। मोहनलाल जहाँ बैठा हुआ है, यह उसी सोयाबीन प्लांट के महाप्रबंधक कक्ष का बाहरी हिस्सा है, जहाँ अन्य कार्यालयीन कर्मचारी बैठते हैं। मोहनलाल यहाँ महाप्रबंधक कक्ष के बाहर प्रतीक्षा कक्ष में सोफ़े पर बैठा हुआ है। पास ही काउंटर पर महाप्रबंधक की निजी सहायक बैठी हुई है।

कुछ ही देर में महाप्रबंधक के कक्ष से एक-दो लोग बाहर निकलते हैं। उनके निकलते ही निजी सहायक के इंटरकॉम पर घंटी बजती है, वह रिसीवर को उठाकर सुनती है और बस 'जी' कहकर रख देती है। रिसीवर को रख कर वह मोहनलाल को अंदर जाने का इशारा कर देती है। मोहनलाल उठकर अंदर चला जाता है।

"और सुनाइए मोहन जी क्या हाल हैं? कैसी है इस बार सोयाबीन की फ़सल?" महाप्रबंधक देवेन्द्र सक्सेना जो कि एक साठ से पैंसठ साल का व्यक्ति है, ने अपने सामने की कुर्सी पर बैठे हुए मोहनलाल से पूछा। कक्ष लगभग उसी प्रकार से सुसज्जित है, जिस प्रकार से इस प्रकार के कॉरपोरेट हाउसेस के प्लांट प्रमुख का कक्ष होना चाहिए। अत्यंत भव्य कक्ष और मद्धिम-मद्धिम रोशनी उस भव्यता को रहस्यमय बना रही है।

"अच्छी है सर...इस बार तो बहुत बम्पर आवक होने की उम्मीद है। पानी भी ठीक वक़्त पर गिर गया और फिर समय पर रुक भी गया। सोयाबीन को इससे ज़्यादा और क्या चाहिए? ख़ूब जमी है फ़सल इस बार," मोहनलाल ने कुछ अदब के साथ उत्तर देते हुए कहा।

"हाँ वो तो है...अपने आढ़तिए भी कह रहे थे कि फ़सल अच्छी आ रही है इस बार। बाद का पानी नहीं गिरा इस कारण सोयाबीन का दाना भी दागी नहीं होगा। अच्छा है...अच्छी फ़सल आएगी तो सबका भला होगा," देवेन्द्र सक्सेना ने कुछ मुस्कुराते हुए बात को बढ़ाया।

"भावांतर फिर से आ गया है इस बार। अपने ऊपरवालों से कहिए कि आप सब सोयाबीन प्लांटवाले मिलकर अक्टूबर से दिसम्बर तक भाव नहीं बढ़ने दें सोयाबीन का। जितना नीचा रख सकते हों उतना रख लें। किसान को तो सरकार भावांतर दे ही रही है फिर आप प्लांटवाले अपनी जेब से ज़्यादा पैसे क्यों दें? पच्चीस सौ से नीचे जाने में तो ख़ैर हल्ला मच जाएगा, लेकिन उससे ऊपर भी ज़्यादा भाव नहीं होने दिए जाएँ मंडियों में। पच्चीस-छब्बीस-सत्ताईस... बस इसी के आस-पास चलने दीजिए इन तीन महीनों तक भाव। मंडी में आज क्या भाव रहेगा, वो तय तो आप लेवाल लोग, मतलब प्लांटवाले ही तय करते हो। सोयाबीन तो आपके अलावा और कोई ख़रीदने से रहा।" मोहनलाल ने कुछ मुस्कुराते हुए अपने आने का उद्देश्य पूरा किया। मोहनलाल के कहते ही देवेन्द्र सक्सेना के चेहरे पर थोड़ी-सी मुस्कुराहट आ गई। उसने इंटरकॉम उठा कर निजी सहायक का नंबर लगाया और कमरे में दो कॉफ़ी भेजने को कहा।

"हाँ, लेकिन उसमें भी बहुत सारी उलझनें हैं, डीओसी (तेल निकालने के बाद बची हुई सोयाबीन की खली) की क़ीमत क्या रहती है, उससे ही तय होता है सब कुछ। फिर भी आपने जो सलाह दी है वह बहुत अच्छी है। मैं आज ही ऊपर बात करता हूँ," देवेन्द्र सक्सेना ने उत्तर दिया।

इतने में एक नीले रंग की वर्दी पहना हुआ ऑफ़िस ब्वॉय कमरे में आया। हाथों में रखी ट्रे में सुनहरे किनारों वाले महँगे कप-प्लेट्स में कॉफ़ी लिये। आकर उसने अदब के साथ एक कप-प्लेट मोहनलाल के और एक देवेन्द्र सक्सेना के सामने रखा। रखकर उसने देवेन्द्र सक्सेना की ओर देखा, देवेन्द्र सक्सेना ने उसे जाने का इशारा कर दिया। वह बाहर चला गया। ऑफ़िस ब्वॉय के जाते ही देवेन्द्र सक्सेना ने मोहनलाल से कॉफ़ी लेने का इशारा किया।

"मगर इस बार सरकार का कोई दबाव नहीं होगा आप लोगों पर भाव बढ़ाने का, सरकार तो ख़ुद ही पैसे बाँट रही है भावांतर के। किसानों के कारण सरकार दबाव डालती है, इस बार दोनों में से कोई दबाव नहीं डालेगा," मोहनलाल ने कॉफ़ी का कप उठाते हुए कहा।

"हाँ ये बात तो सही है। किसानों के कारण ही सरकार बार-बार दबाव बनाती है," देवेन्द्र सक्सेना ने भी अपने कप से कॉफ़ी का एक घूँट भरते हुए कहा।

"और आप पर काहे का दबाव सर... ? आपकी कम्पनी तो ख़ुद ही देश की सरकार है। कौन है जो आपसे बाहर है?" मोहनलाल ने बात को आगे बढ़ाया। देवेन्द्र सक्सेना ने मोहनलाल की बात का कोई उत्तर नहीं दिया, बस मुस्कुराकर कॉफ़ी का एक बड़ा-सा घूँट भर लिया।

"और मंडी में सब तो आप लोगों के ही आढ़तिए हैं अब, गिनती के ही तो व्यापारी हैं, जो प्लांट के लिए काम नहीं कर रहे हैं। मंडी में कम दाम रहेंगे, तो फ़ायदा तो आप ही लोगों को होना है, अधिकतर ख़रीद तो आपके लिए ही होगी। तीन महीने में दबाकर ख़रीद करवा लीजिए अपने आढ़तियों से। हाथ खुलाकर दीजिए सबका। अपने गोदामों में भी स्टॉक करवा लीजिए। जैसे ही भावांतर ख़त्म हो, वैसे ही भाव बढ़ा दीजिए। उसके बाद तो किसान के पास सोयाबीन होगा नहीं, होगा या तो आपके पास या व्यापारी के पास। वो भी आपका ही है और ये भी आपका। जब सब भावांतर-भावांतर खेल रहे हैं तो आप क्यों पीछे रहें?" मोहनलाल ने चबा-चबा कर बात पूरी की।

"आपकेपास तो सबकी जानकारी है, सबकी जन्म-कुंडलियाँ लिए घूम रहे हैं आप तो," देवेन्द्र सक्सेना ने परिहास के स्वर में कहा।

"रखनी पड़ती है सर, पटवारी को अपने पूरे हलक़े की जन्म-कुंडली रखनी पड़ती है, कौन जाने कब सरकार कौन-सी जानकारी माँग ले हमसे," मोहनलाल ने परिहास का उत्तर परिहास में ही दिया। देवेन्द्र सक्सेना ने एक बार फिर बस

मुस्कुराकर ही बात को समाप्त किया। किसी भी कॉरपोरेट के महाप्रबंधक को पता होता है कि कम बोलने से बहुत-सी समस्याएँ दूर रहती हैं, इस पद की माँग ही यही है कि कम-से-कम बोला जाए, ज़्यादा-से-ज़्यादा काम किया जाए।

''आप तो बस रेट तोड़ कर रखिए तीन महीनों तक। आपके तो देश भर में बड़े-बड़े वेयर हाउस हैं, भर दीजिए सबमें सोयाबीन, जितना हो सके उतना भर दीजिए। जनवरी में रेट उछलें, तो सारे वेयर हाउस सोने की खदान ही बन गए समझिए,'' मोहनलाल ने बात का सिरा एक बार फिर से पकड़ लिया।

''ऐसा भी तो हो सकता है कि जो किसान भावांतर में सोयाबीन नहीं बेच रहे हैं, या जिनको पैसे की तुरंत ज़रूरत है, उनकी जगह हम कुछ कर लें... ? मेरा मतलब ख़रीदी या बिक्री... ?'' देवेन्द्र सक्सेना ने बात को सीधे कहने के बजाय कुछ घुमा-फिरा कर बात कहने की कोशिश की।

''नहीं...वो मत कीजिए आप...वो छोटे व्यापारियों को करने दीजिए...आप उसमें उलझेंगे तो कम्पनी के लिए ठीक नहीं होगा। व्यापारियों को करने दीजिए यह खेल...उनके छोटे स्तर पर सम्पर्क सूत्र होते हैं, आप कहाँ-कहाँ, किस-किस किसान को और उसके बैंक खाते को तलाशते फिरेंगे। पैसा तो बैंक खाते में ही आना है किसान के। वो आपके स्तर का काम नहीं है। उसमें अपने आढ़तियों को कमाने दीजिए। उसमें आप उलझेंगे तो आपके आढ़तियों को भी आपसे नाराज़गी होगी। आप तो स्टॉक का खेल खेलिए, भर दीजिए अपने वेयर हाउसों को इस पीले सोने से, जिसको सोयाबीन कहते हैं। तीन महीने के भावांतर में तो सारा खेल हो जाएगा,'' मोहनलाल ने उत्तर दिया।

''अरे हाँ...वेयर हाउस से याद आया, मैंने आपसे कहा था पिछली बार कि कम्पनी को वेयर हाउस के लिए ज़मीन चाहिए आस-पास, अभी जो वेयर हाउस हैं, वो छोटे पड़ने लगे हैं। आपने कहा था बताएँगे, मगर कुछ नहीं बताया आपने,'' देवेन्द्र सक्सेना ने बात को दूसरी तरफ़ मोड़ दिया। देवेन्द्र सक्सेना को इस विषय से जुड़ी जितनी जानकारी मोहनलाल से चाहिए, वो सब मिल चुकी है, इसलिए विषय परिवर्तन कर दिया है उसने। यह देखते हुए भी कि अचानक बातचीत में मोहनलाल उसे आदेश भी देने लगा है। आदेश तो वह सबको देने के लिए यहाँ बिठाया गया है। देवेन्द्र सक्सेना को जैसे ही लगा कि मोहनलाल की बातें सीमा का उल्लंघन कर रही हैं, वैसे ही उसने विषय बदल दिया।

''याद है सर, मुझे सब याद है। ज़रा फ़सल आने तक इंतज़ार करिए। हैं

कुछ किसान, जो बेचना चाह रहे हैं अपनी ज़मीन, नहीं बेचेंगे तो इतना क़र्ज़ है कि वैसे ही डूब जाएँगी ज़मीनें। कुछ मौक़े की ज़मीनें भी हैं उनमें, सोयाबीन के बाद शायद आ जाए बिकने की नौबत। खेती से नहीं जी सकता अब किसान। जो भाव उसे मिलते हैं, उतने में कुछ नहीं कर सकता वो, आख़िर में ज़मीन तो बिकनी ही है। मैं भी नौकरी में आ गया तो बच गईं हमारी ज़मीनें, नहीं तो खेती के भरोसे रहता तो अब तक तो...। ख़ैर छोड़िए उन बातों को, जल्द ही बताता हूँ आपको ज़मीनों के बारे में। हैं कुछ ज़मीनें मेरी नज़र में, जो आपके काम की हो सकती हैं,'' मोहनलाल ने उत्तर दिया।

''थोड़ा जल्दी कर दीजिए, ऊपर से बार-बार पूछ रहे हैं कि वेयर हाउस के लिए ज़मीन का क्या हुआ। मेरी भी इच्छा है कि अच्छा सौदा हो जाए तो चार पैसे आपको भी मिल जाएँ,'' देवेन्द्र सक्सेना ने मोहनलाल को पटरी छोड़ते देखा तो पटरी पर लाने के लिए अस्त्र चला दिया।

''आपने ऊपरवालों को क्या भाव बताया है ज़मीन का? मेरा जो बाईस नंबर हलका है, वो ज़रा शहर के आस-पास का है, इसलिए यहाँ पर ज़मीनों का दाम दूसरे हलकों से ज़रा ऊपर है। लगा हुआ शहर है ना, इसलिए,'' मोहनलाल ने बात को अपने क्षेत्र में आते देखा तो प्रश्न किया।

''अभी तो बस अंदाज़न ही बताया है मैंने, पन्द्रह से बीस लाख रुपये एकड़। और यह भी अभी कोई पक्का नहीं बताया है, ऊपर-नीचे जो भी होता है, वह तो कम्पनी कर देती है। कम्पनी को तो ज़मीन चाहिए, काम की हो तो फिर रेट से फ़र्क़ नहीं पड़ता,'' देवेन्द्र सक्सेना ने मुस्कुराते हुए कहा।

''बीस लाख...! तो फिर बीस लाख ही पकड़ कर चलिए...आपको चाहिए कम-से-कम दस एकड़ ज़मीन...हो जाएगी...पन्द्रह-सोलह में हो जाएगी, बचेंगे चार-पाँच लाख वो दस एकड़ के हिसाब से होंगे पचास लाख...उसमें कौन-कौन... ?'' मोहनलाल ने कुछ मुस्कुराते हुए पूछा और प्रश्न को हवा में ही छोड़ दिया।

''उसमें बस आप और मैं, तीसरा कोई नहीं, मेरे हिस्से में से मुझे जिसे देना होगा मैं दूँगा और आपके हिस्से में से आपको जिसे देना हो आप देंगे। नहीं देना हो, तो वो भी आपकी या मेरी मर्ज़ी। पर जल्दी कीजिए, मुझे शायद यहाँ से दूसरे प्लांट पर भेजने की बात चल रही है,'' देवेन्द्र सक्सेना का स्वर सपाट हो गया।

''बस ये भावांतर की शुरुआत के काम कर लें, उसके बाद सबसे पहले आपका ही काम होगा। अभी तो आप भी ज़रा भावांतर-भावांतर खेल लीजिए, कम्पनी का फ़ायदा होगा तो कम्पनी आपको ही प्रमोशन देगी, हमारा क्या है, हम तो कल भी पटवारी थे और कल भी रहेंगे। अच्छा चलता हूँ...बहुत काम हैं आज, भावांतर की मीटिंग है ज़रूरी,'' कहते हुए मोहनलाल कुर्सी से उठ कर खड़ा हो गया।

''ठीक है यह भावांतर वाला मामला तो मैं आज ही बोल देता हूँ ऊपर, मगर ज़मीन वाले मामले में ज़्यादा लेट मत होइएगा, बनती हुई बात बिगड़ जाएगी। आप ज़मीन अभी से देखना शुरू कर दीजिए। और हाँ आप एकाउंट्स सेक्शन से होते हुए जाइयेगा, मैं वहाँ बोल देता हूँ, उनको कुछ करने को,'' देवेन्द्र सक्सेना ने बैठे-बैठे ही कहा।

मोहनलाल ने देवेन्द्र सक्सेना को नमस्कार किया और बाहर निकल गया। मोहनलाल के जाते ही देवेन्द्र सक्सेना इंटरकॉम उठाकर उस पर किसी से बात करने लगा।

इसके बाद अब बस कुछ ग़ैर-ज़रूरी-सी सूचनाएँ हैं, जो आज 26 जनवरी को प्रकाशित हुए समाचार-पत्रों में प्रमुखता के साथ प्रकाशित हुई हैं। लोग इन सूचनाओं को भी समाचार मानकर ही इसलिए पढ़ रहे हैं, क्योंकि ये सूचनाएँ समाचार-पत्रों के पृष्ठों पर छपी हैं—

पहली सूचना—क्षेत्र में बम्पर पैदावार होने के कारण सूबे के मुख्यमंत्री को देश की सरकार ने कृषि कर्मण पुरस्कार देने की घोषणा की है। यह पुरस्कार कृषि उपज मंडियों में हुई अनाज की ख़रीद के आँकड़ों के आधार पर दिया जाता है। सूबे को यह पुरस्कार सूबे की अनाज मंडियों में हुई सोयाबीन की ख़रीद के आँकड़ों के आधार पर दिया गया है।

दूसरी सूचना—किसानों की मदद के लिए सूबे में चल रही अनूठी भावांतर योजना ने देश के दूसरे सूबों का भी ध्यान आकर्षित किया है। कई सूबे अब इस योजना को अपने यहाँ भी लागू करना चाह रहे हैं। अन्य सूबों ने अपने अधिकारियों को जानकारी लेने यहाँ भेजा है, जो इस योजना का अध्ययन कर रहे हैं।

तीसरी सूचना—देश के सबसे बड़े कॉरपोरेट हाउस के मालिक, सूबे के अपने सोयाबीन तेल प्लांट के नज़दीक बनने वाले विशाल अत्याधुनिक वेयर हाउस का भूमि पूजन करने 26 जनवरी को पहुँचेंगे। गणतंत्र दिवस के सरकारी

समारोह में भाग लेने के बाद वे मुख्यमंत्री के साथ ही भूमि पूजन हेतु जाएँगे।

चौथी सूचना—हलका क्रमांक 22 के पटवारी मोहनलाल शर्मा को कलेक्टर ने 26 जनवरी पर होने वाले गणतंत्र दिवस समारोह में पुरस्कृत किए जाने की घोषणा की। साथ ही प्रतिष्ठित गल्ला व्यवसायी शंकर साहू को भावांतर योजना के तहत सर्वाधिक सोयाबीन ख़रीद के लिए पुरस्कृत किया जाएगा। यह पुरस्कार भावांतर योजना में उत्कृष्ट कार्य करने के लिए समारोह में सूबे के मुख्यमंत्री के हाथों प्रदान किये जाएँगे।

इन सूचनाओं के अतिरिक्त और भी कुछ सूचनाएँ हैं, जो ज़रूरी तो हैं, पर उन्हें किसी समाचार-पत्र के पृष्ठ पर जगह नहीं मिली है। ये सूचनाएँ कुछ इस प्रकार हैं—रमेश वल्द माँगीलाल की ज़मीन अब शंकर साहू वल्द बटनलाल साहू की हो चुकी है। रमेश अब वहाँ अधबटिया से शंकर साहू के लिए खेती कर रहा है। रमेश जैसे कुछ और किसानों की ज़मीनें अब सोयाबीन प्लांट के मालिक के नाम हो चुकी हैं। ये सारी ज़मीनें जो पहले अनाज उत्पादन के काम आती थीं, अब वो अनाज भंडारण के काम आएँगी। जिन किसानों की ज़मीनें इस अनाज भंडारण के काम आ चुकी हैं, वे निकट भविष्य में यहाँ बनने वाले विशाल वेयर हाउस में हम्माली का कार्य करेंगे।

इसके अलावा कुछ आँकड़े भी हैं, जो क्रमशः मोहनलाल, शंकर साहू, देवेन्द्र सक्सेना और प्लांट मालिक से जुड़े हुए आँकड़े हैं। ये आँकड़े भारतीय मुद्रा में हैं; मगर इन आँकड़ों को यहाँ दिया जाना देशहित में कतई नहीं है। और ऐन 26 जनवरी के दिन तो इस प्रकार का देशद्रोह करने की बिलकुल भी इजाज़त नहीं है...जो लोग देश के विकास में दिन-रात लगे हैं, उनसे जुड़े आँकड़े हरगिज़ सामने नहीं आने चाहिए...बिलकुल नहीं...कतई नहीं...बोलिए भारत माता की...जय...

मूंडवेवालों का जलवा

छज्जू जी मूंडवेवाले...या अच्छी तरह से कहा जाए तो छज्जूमल मूंडवेवाले। मूंडवा से आकर यहाँ बसे थे इसलिए उनके नाम के साथ यह मूंडवेवाले हमेशा के लिए ही जुड़ गया है। हमारे यहाँ हर वह स्थान जिसके अंत में बड़े आ की मात्रा लगी हो, उसे देशज में ए की मात्रा में बदल दिया जाता है। जैसे भेलसा को भेलसे, आगरा को आगरे, आदि-आदि। उसी प्रकार मूंडवा का भी हो गया मूंडवे। तो छज्जू जी के परदादा या लक्कड़ दादा जब मूंडवा से आकर यहाँ बसे तो अपने साथ बस व्यापार की समझ ही लेकर आए थे। बसे थे यहाँ पर; क्योंकि उन्हें अंग्रेज़ों ने लाकर बसाया था यहाँ पर। अंग्रेज़ों ने या यूँ कहें कि ईस्ट इंडिया कम्पनी ने यहाँ पर इस छावनी की स्थापना पूरे मध्य भारत पर नियंत्रण करने के उद्देश्य से की थी। उद्देश्य बड़ा था, इसलिए ज़ाहिर-सी बात है कि छावनी बड़ी थी, रेज़िमेंट बड़ी थी। जब छावनी बसाई तो सैनिकों के, अधिकारियों के लिए रोज़मर्रा की ज़रूरतों को पूरा करने के लिए सामान की भी आवश्यकता होने लगी। जहाँ छावनी बसाई थी वहाँ बस बड़ा मैदान था, जिस पर छावनी छा दी गई थी। आस-पास दूर-दूर (उस समय पाँच-दस किलोमीटर को भी दूर-दूर माना जाता था।) कोई क़स्बा या शहर नहीं था, जहाँ से सामान की व्यवस्था हो सके। अंग्रेज़ों के बारे में मशहूर था कि वे हर समस्या का समाधान अपने साथ लेकर चलते थे। तो हुआ यह कि अंग्रेज़ों ने मारवाड़ से व्यापारियों को ला-लाकर यहाँ पर बसाया। जितने हिस्से में छावनी थी, उसके अलावा भी बहुत-सी ज़मीन ख़ाली पड़ी थी, आख़िर को पूरा-का-पूरा मैदान था वहाँ पर। अंग्रेज़ों ने मारवाड़ी व्यापारियों से कहा कि जितना हिस्सा घेर सकते हो उतना घेर लो और अपना मकान, दुकान बनाकर यहाँ व्यापार शुरू करो। मारवाड़ियों ने बात-की-बात में अच्छा-ख़ासा क़स्बा बना डाला वहाँ पर। इस क़स्बे को छावनी ही नाम मिला। इसके दोनों तरफ़ भिंड और मुरैना से कुछ परिवारों को

लाकर बसाया गया, इन परिवारों के युवाओं को सेना में भर्ती किया गया। इस प्रकार देखते-ही-देखते मिली-जुली सभ्यता का एक क़स्बा वहाँ पर बस गया। इस क़स्बे का नाम बरसों-बरस तक छावनी ही रहा, अब छावनी इस शहर के मध्य के इलाक़े को कहते हैं, शहर का नाम कुछ और हो चुका है।

छज्जूमल जी के लक्कड़ दादा भी अंग्रेज़ों द्वारा लाए गए थे। लाए गए थे मारवाड़ के मूंडवा क़स्बे से। मूंडवा से आए थे, सो हो गए मूंडवेवाले। मूंडवेवाले में अमिधा और व्यंजना दोनों हैं। असल में छावनी के बीचोंबीच बसाए गए ये मारवाड़ी परिवार, व्यापार के साथ-साथ सैनिकों के परिवारों को वक़्त-ज़रूरत पर सूद पर पैसा भी देते थे। उसमें भी छज्जू जी मूंडवेवाले के लक्कड़ दादा तो कोई व्यापार करते ही नहीं थे, वे विशुद्ध रूप से ब्याज का ही काम करते थे। अच्छी भाषा में महाजनी और ज़रा बुरी भाषा में सूदख़ोरी। उनकी पेढ़ी ब्याज की सबसे चलती हुई पेढ़ी थी। पेढ़ी तो आज भी है, मगर अब उसका स्वरूप बदल गया है, अब दुकानें हो गई हैं उनकी। कपड़े की दुकान, किराने की दुकान, खाद-बीज की दुकान; इन दुकानों से शहर के कमज़ोर तबक़े के लोग और आस-पास के गाँववाले उधार में सामान लेते हैं, और फिर उस उधारी पर सूद-दर-सूद चुकाते रहते हैं। इन दुकानों पर नक़द में ख़रीदने आए ग्राहक को हेय दृष्टि से देखा जाता है और उसे टरकाने का प्रयास किया जाता है, जबकि उधारी वाले को चाय-पानी पहले पिलाया जाता है, सामान की बाद में पूछी जाती है। सूदख़ोरी की पेढ़ी है, सूद ही नहीं मिलेगा तो काहे की पेढ़ी। अब तो ख़ैर उस प्रकार की निरक्षरता नहीं रही, मगर पहले तो बस यह था कि जो हिसाब पेढ़ी के मुनीम ने बनाकर दे दिया, वही अंतिम होता था। अँगूठा लगाओ और घर जाओ। चुकाते रहो, चुकाते रहो।

'मूंडवेवाले' यह नाम छज्जू जी के लक्कड़ दादा के साथ जो लगा, तो आज तक लगा चला आ रहा है। मूंडवा (क़स्बे) से थे इसलिए मूंडवेवाले; और दूसरे अर्थ में सूद के उस्तरे से क़र्ज़दार का सिर बेरहमी से मूँडते थे, इसलिए भी मूंडवेवाले। लक्कड़ दादा से लेकर आज तक इस मूंडवेवाले परिवार ने पैसा तो बहुत कमाया, इतना कि उसे अथाह भी कह सकते हैं; मगर मान-सम्मान, यश-प्रतिष्ठा इस परिवार को कभी नहीं मिल पाई। सब कुछ होने के बाद भी वे रहे मूंडवेवाले ही। अपने पिता की इकलौती संतान छज्जू जी मूंडवेवालों के यहाँ तीन बेटे हुए, बेटी एक भी नहीं हुई। मतलब यह कि पिता की सम्पत्ति का

कोई बँटवारा नहीं हुआ, क्योंकि कोई हिस्सेदार ही नहीं था। छज्जू जी ने अपने सक्रिय समय में ही व्यापार को तीन गुना कर लिया, और ऐसा करके ही बेटों के हाथ में अलग-अलग बागडोर सौंप दी। छज्जू जी के तीन बेटों में बड़े अशोक, मंझले अनिल के मन में तो परंपरा अनुसार ही मान-सम्मान, यश-प्रतिष्ठा की कोई चाह नहीं रही, वे भी बस पैसों को आने वाली पीढ़ी के लिए और बढ़ाकर छोड़ने के कार्य में ही जुट गए। तीनों बेटे अलग-अलग रहते थे और तीनों ने अलग-अलग दुकानों पर काबिज़ होकर अलग-अलग व्यापार शुरू कर दिया। छज्जू जी की पत्नी बहुत पहले ही स्वर्ग सिधार चुकी थीं और छज्जू जी छोटे बेटे सुनील के साथ रहते थे। रहते थे और देखते थे कि जो साम्राज्य अभी कल तक उनका था, उस पर अब बेटों का, बल्कि अब तो पोतों का कब्ज़ा हो चुका था। छज्जू जी को बस यह संतुष्टि थी कि उन्होंने अपने पिता से जितना पाया था, उतना ही अलग-अलग तीनों बेटों को दिया।

सबसे छोटे बेटे सुनील के मन में यह चाह जाने कब और कैसे घर बना गई कि पैसा अपनी जगह है लेकिन मान-प्रतिष्ठा भी होनी चाहिए। अभी तक तो यह होता था कि पीढ़ी-दर-पीढ़ी मूंडवेवालों के परिवार के उत्तराधिकारी बस पैसे कमाने के लिए ही पैदा होते थे। बाक़ी कुछ और उनको दीन-दुनिया से मतलब नहीं होता था। मूंडवेवाले, यह नाम यदि आपके साथ जुड़ गया है, तो बस आपको सुबह आकर दुकान पर बैठना है और दिन भर वहीं रहना है। दो के चार, चार के आठ करना है। इसके अलावा और कुछ नहीं करना है। दो के चार, चार के आठ करते-करते जब यूँ ही आप मर जाओ, तो दुकान को अपने बाद की पीढ़ी को सौंप जाना है, आठ के सोलह और सोलह के बत्तीस करने के लिए। मर जाओ, खप जाओ। मगर सुनील को यह ढर्रा पसंद नहीं आया। वह इससे हटकर कुछ करना चाहता था; लेकिन चार-पाँच पीढ़ियों का जो किया हुआ सर पर था, उसे धोने में सुनील मूंडवेवाले को बहुत मेहनत करनी पड़ रही थी। छज्जू जी सुनील के साथ ही रहते थे, इसलिए देख-देख कर कुढ़ते रहते थे कि बेटा किस प्रकार फ़ालतू के कामों में पैसा ख़र्च कर रहा है।

सुनील न केवल अपने वैश्य समाज के संचालक मंडल का सदस्य था, बल्कि लायंस क्लब का भी सदस्य था और क़स्बे के ऐसे ही एक-दो और संस्थानों का भी सदस्य था, जहाँ सदस्य बनने हेतु मोटा पैसेवाला होना आवश्यक था। मगर सुनील की दौड़ अभी भी संगठनों के सदस्य पद तक ही

हो पा रही थी, अध्यक्ष बनने का दाँव हाथ में नहीं आ रहा था। वह चाहता था कि वह भी किसी संस्था का अध्यक्ष बने, ज़िला कलेक्टर संस्थापन समारोह में आकर उसे अध्यक्ष पद की शपथ दिलवाएँ, और उस फ़ोटो को वह सुनहरी फ्रेम में मढ़ कर दुकान और घर की दीवार पर टाँगे। लेकिन यह हो नहीं पा रहा था। नहीं हो पा रहा था, तो उसके पीछे एक कारण सुनील को समझ आता था कि वह अपने अंदर का पूरा टेलेंट दुनिया को बता नहीं पा रहा है, लोगों को पता ही नहीं है कि वह इन पदों के लिए सबसे योग्य व्यक्ति है। सींग कटाकर बछड़ों में शामिल होने के शौक़ के चलते, अपनी बढ़ी हुई तोंद के बाद भी, सुनील नई उम्र के लड़कों वाले कपड़े पहनकर, बालों को स्याह काले रंग के खिजाब में रंग कर चकाचक बना रहता था। पीठ पीछे लोग उसे 'रंगीला रतन' भी कह कर बुलाते थे। पत्नी शीला भी क़स्बे के अधिकांश महिला संगठनों की या तो सदस्य बनी हुई थी, या संरक्षक जैसा कोई पद पास था। शीला उस छोटे क़स्बे की पहली महिला थी, जो अपनी स्कूटी दनदनाते हुए घूमती थी। उस समय जब लड़कियाँ ही बड़ी मुश्किल से स्कूटी पर दिखाई देती थीं, साड़ी पहन कर, सिर पर पल्लू लिए शीला सामाजिक, सांस्कृतिक कार्यक्रमों में घूमती रहती थी। सुनील के साथ कंधे-से-कंधा मिलाकर मूंडवेवाले के साथ जुड़ा अपयश मिटाने के लिए शीला भी प्रयासरत थी। हालाँकि ऐसा हो नहीं पा रहा था।

कहानी उस समय की है जब छज्जू जी के बेटों के बच्चों की भी शादी हो चुकी थी। उनके भी बच्चे, मतलब छज्जू जी मूंडवेवाले के घर पड़पोते भी आ चुके थे। पोते ख़ानदानी कमाई को प्रॉपर्टी, गल्ले की आढ़त, जैसे कामों में लगाकर ख़ानदान का नाम रौशन कर रहे थे। सुनील का एक ही बेटा था, उसकी शादी भी हो चुकी थी। यह कहानी ठीक उस समय शुरू होती है, जब सुनील के इकलौते बेटे मनोज के घर बेटा पैदा हुआ। मनोज की शादी के लगभग छह-सात साल बाद उसके यहाँ बच्चा हुआ था, इसलिए घर में आनंद का माहौल बन गया था। जुलाई के पहले सप्ताह में बालक आया था। मारवाड़ी परंपरा के अनुसार सवा महीने बाद जलवा पूजन होना था। मारवाड़ियों में जलवा पूजन बच्चे के जन्म के महीने-सवा महीने बाद होता है, इसमें नव प्रसूता सोलह सिंगार कर सर पर पानी की मटकी रख, उसमें नीम की पत्तियाँ डालकर अन्य महिलाओं के साथ, बैंड-बाजे, मंगल गीत के साथ किसी भी जल स्रोत, कुआँ, बावड़ी, तालाब पर जाती है, वहाँ जाकर जल की पूजा करने के बाद अपनी

मटकी को पानी से धोकर जल स्रोत के पानी से उसे भरकर लाती है। मटकी को लाकर रसोईघर में रखती है, इसके साथ ही उसका रसोईघर में प्रवेश प्रारंभ हो जाता है, जो प्रसव के कारण बंद हो गया था। बच्चे के जन्म का आनंद होने के कारण इस प्रसंग को ख़ूब धूमधाम से आयोजित किया जाता है। इसके बहाने बच्चे के जन्म का भी उत्सव मना लिया जाता है।

सुनील के यहाँ तो सात साल बाद; और वह भी बेटा पैदा हुआ था, ज़ाहिर-सी बात है अत्यंत भव्य आयोजन की रूपरेखा बना ली गई थी। 15 अगस्त की छुट्टी का उपयोग करने के लिए उसी दिन आयोजन रखा गया था। व्यापारी थे, इसलिए 15 अगस्त से तो कुछ लेना-देना था नहीं उनको। सारे रिश्तेदार भी व्यापारी वर्ग से ही थे, इसलिए सबसे मुफ़ीद दिन 15 अगस्त ही था सबके लिए। दिन भर का आयोजन था। क़स्बे से लगा हुआ एक पूर्ण वातानुकूलित बारात-घर तथा उसके सामने का बड़ा-सा मैदान 14 अगस्त से 16 अगस्त तक पूरा-का-पूरा बुक कर लिया गया था। मेहमान एक दिन पहले से आने थे और जाना तो सबको अगले दिन ही था। सारे कमरे, सारे सुइट्स, लॉन, सब कुछ मूंडवेवालों के नाम पर बुक था। सुबह पूजा-पाठ के बाद से कार्यक्रम प्रारंभ हो जाने थे। जलवा पूजन का कार्यक्रम सुबह से ही होना था। उसके लिए पूरी व्यवस्था की गई थी। बारात-घर से क़रीब आधा किलोमीटर की दूरी पर ही नदी थी, जहाँ जलवा पूजन के लिए जाना था। जितनी भी महिलाओं को नव प्रसूता के साथ जाना था, सबके लिए एक ही डिज़ाइन और एक ही केसरिया रंग की राजस्थानी लहरिया साड़ियों की व्यवस्था की गई थी। सुनील ने थोक में क़रीब दो सौ साड़ियों की व्यवस्था कर ली थी। समय रहते उन साड़ियों को परिवार और जान-पहचान के घरों में भिजवा दिया गया था, जिससे महिलाएँ ब्लाउज़ वग़ैरह सिलवा कर तैयार करवा लें। जलवा पूजन के प्रोसेशन के लिए नरसिंहगढ़ की सुप्रसिद्ध बैंड पार्टी को बुलवाया गया था, जो इतनी महँगी है कि उसे अपने यहाँ बुलवाने की हिम्मत लोग शादियों तक में नहीं कर पाते। एक स्थानीय महावत से दो हाथियों की भी व्यवस्था की गई थी, जिनको सज-धज कर आगे-आगे चलना था प्रोसेशन के।

भोजन के लिए राजस्थान से विशेष रूप से हलवाई बुलवाए जा रहे थे। पूरा पारंपरिक मारवाड़ी खाना बनाने के लिए। सुबह के नाश्ते में ही लगभग भोजन जितनी व्यवस्था की जानी थी। नाश्ते के बाद जलवा पूजन का कार्यक्रम

होना था, उसके बाद पूजा-पाठ। पूजा-पाठ के लिए वेद पाठी ब्राह्मण भी बाहर से बुलवाए जा रहे थे। पूजा के बाद दाल-बाटी, चूरमा का भोजन होना था। भोजन के बाद विश्राम और शाम को एक बार फिर से अच्छे-ख़ासे नाश्ते की व्यवस्था थी, वह क्या कहते हैं उसे...हाई टी। हाई टी के बाद कई सारी ब्यूटीशियन्स बुलाई गई थीं, आए हुए मेहमानों की महिलाओं को तैयार करने हेतु। उसके बाद रात का भव्य आयोजन होना था। अगस्त के महीने में चूँकि बरसात का मौसम था, इसलिए कार्यक्रम स्थल को पूरा वाटरप्रूफ़ टैंट से ढँका जाना था। यह विशाल टैंट विशेष रूप से गुजरात से मँगवाया जा रहा था। बड़ी राजनैतिक सभाओं में उपयोग होने वाला टैंट था यह, पहली बार किसी निजी कार्यक्रम में लगने वाला था। जहाँ गाड़ियाँ पार्क होनी थीं, वह हिस्सा भी वाटरप्रूफ़ टैंट से ढँका जाना था। कोई भी मेहमान कार से उतरकर भीगते हुए आए, तो फिर मतलब ही क्या रहा व्यवस्था का। रात के भोजन में क्या-क्या शामिल था, यह बताना ही मुश्किल था। यदि केवल मिठाई की ही बात की जाए तो आटे का मालपुआ, केसर पेड़ा, गोंद के लड्डू, चूरमा लड्डू, छेना मालपुआ, बूँदी-पायस, घेवर, लापसी, जोधपुरी लड्डू, बादाम का हलवा, मूँगदाल हलवा, मावा कचौड़ी, बेसन चक्की, कुल मिलाकर राजस्थानी-मारवाड़ी मिठाई की पूरी दुकान सजनी थी। मारवाड़ियों की सबसे ख़ास केर-साँगरी बनाने के लिए एक विशेष एक्सपर्ट बुलवाया जा रहा था। मेन कोर्स भी किसी होटल के मेन्यू की तरह ही था, क्या नहीं था उसमें। उसके अलावा संगीत और नृत्य की भी व्यवस्था थी। टीवी धारावाहिकों में नज़र आने वाली दो अभिनेत्रियों को बुलाया जा रहा था, इस संगीत कार्यक्रम में अपनी प्रस्तुति देने के लिए। कुछ नर्तकियाँ भी बाहर से बुलवाई गई थीं, मगर बीच-बीच में मूंडवेवाले परिवार के सदस्यों को भी मंच पर आकर नृत्य करना था।

सुनील और शीला को इस अवसर पर अपने उद्‌गार भी व्यक्त करने थे। दोनों ने अपने-अपने भाषणों की तैयारी पन्द्रह दिन पहले से करनी शुरू कर दी थी। एक स्थानीय कवि की मदद से यह भाषण लिखवाए गए थे। कवि ने ही उनको प्रशिक्षण भी दिया था कि आवाज़ में किस प्रकार उतार-चढ़ाव लाना है, कहाँ भावुक होना है, कहाँ आँखें पोंछने का अभिनय करना है, कहाँ कितना मुस्कुराना है, कहाँ हँसना है, कहाँ चुटकी लेना है। यह भाषण असल में दोनों को सामाजिक क्षेत्र में प्रतिष्ठित करने के उद्देश्य से विशेष रूप से रखवाया

गया था। छोटे क़स्बों में सबसे बड़ी समस्या होती है अच्छा भाषण देने वाले की। अगर किसी के बारे में पता चल जाए कि वह तो अच्छा बोल लेता है, तो सम्मान समारोह से लेकर मय्यत तक और स्कूल के वार्षिकोत्सव से लेकर 15 अगस्त तक, वह डिमांड में आ जाता है। चूँकि रात के कार्यक्रम में शहर के लगभग हर वर्ग के लोग आमंत्रित थे, इसलिए अच्छा भाषण देकर ये दोनों भविष्य में और भाषण देते रहने और उसके बहाने संस्थाओं के, कार्यक्रमों के अध्यक्ष अथवा मुख्यअतिथि की कुर्सी पर आँख लगाए हुए थे। जलवा पूजन का सबसे महत्त्वपूर्ण बिंदु यही था। यह भी कहा जा सकता है कि जलवा पूजन का समारोह शायद इस भाषण के बहाने स्थापित होने के लिए ही हो रहा था। छोटे क़स्बों में कार्यक्रम का मुख्य अतिथि बनना या कार्यक्रम की अध्यक्षता करना, मान-सम्मान का विषय होता है।

सुनील को पूरे दिन में चार बार कपड़े बदलने थे। मगर सबसे ख़ास रात के मुख्य समारोह के लिए कपड़े जोधपुर से मँगवाए गए थे। सफ़ेद पर कशीदाकारी की सेल्फ़ एम्बोज़्ड धारियों वाला घुटनों से नीचे तक का बंद गले वाला जोधपुरी कुरता, पैरों से कसकर चिपका चुन्नटों वाला चूड़ीदार सफ़ेद पायजामा, गले में काला-सफ़ेद कशीदाकारी वाला स्टॉल, पैरों में काली मोजड़ियाँ और सिर पर केसरिया-लाल बड़ी-बड़ी बुंदकी वाला जोधपुरी पाग या पगड़ी। पगड़ी सामान्य से एक मीटर लम्बी मँगवाई गई थी। जोधपुर के छुरंगेदार साफ़े की तरह उसे बाँधा जाना था। छुरंगा मतलब साफ़े से पीठ पर अतिरिक्त लटकने वाला कपड़ा। साफ़े का छुरंगा सुनील की पीठ से होता हुआ एड़ियों तक लटकना था, इसीलिए पगड़ी का कपड़ा सामान्य से लंबा मँगवाया गया था। और सामने कलफ़ लगा हुआ लाल तुर्रा जो केसरिया साफ़े में से मोर के फैले हुए पंखों की तरह दिखाई देना था। शीला को भी दिन में चार बार कपड़े बदलने थे, और सारे कपड़े, ज़ेवर जोधपुर से ही मँगवाए गए थे। रात के लिए लहरिया का सुनहरी-लाल-पीला घाघरा, ज़री के भारी काम वाली ओढ़नी। कुंदन के काम वाले ज़ेवर, बोर, नथनी, बाजूबंद, कंठी, कमरबंद,हथफूल। कलाइयों से कोहनी तक भरे लाख के चूड़ले, जिनमें बीच-बीच में कुंदन के कड़े थे।

कुल मिलाकर बात यह कि जश्न का पूरा इंतज़ाम पन्द्रह-बीस दिन पहले से ही प्रारंभ हो गया था। मूंडवेवाले परिवार में 'न भूतो न भविष्यति' टाइप का महोत्सव मनाए जाने की तैयारियाँ ज़ोरों-शोरों से चल रही थीं। निमंत्रण

पत्र, कपड़े, ज़ेवर, कोरियोग्राफ़ी, भाषण, भोजन सूची, इतने काम थे कि सुबह कब होती थी और शाम कब हो जाती थी, पता ही नहीं चल रहा था। इस बीच बस एक समस्या आ गई थी कि छज्जू जी मूंडवेवाले का स्वास्थ्य नरम-गरम होने लगा था। कुछ तो अस्सी पार की उमर के कारण बीमारियाँ और कुछ घर में होने वाले कार्यक्रम पर पैसा पानी की तरह बहाए जाने का संताप। छज्जू जी पर दो-तरफ़ा मार पड़ रही थी। कल्पना कीजिए कि वह पैसा, जो आपने कौड़ी-कौड़ी, दमड़ी-दमड़ी करके जमा किया था, अपने ऊपर ख़र्च करने तक से परहेज़ किया, उस पैसे को आपके बाद की पीढ़ी आपकी आँखों के सामने ही पानी की तरह बहाकर और आग की तरह जलाकर उड़ाए। सत्ता हाथ से जाने का सबसे बड़ा दुख यही होता है कि आप एक तरफ़ पड़े-पड़े उस सारी व्यवस्था को बदलता हुआ देखते हैं, जो आपने अपनी सर्वश्रेष्ठ समझ से बनाई थी। वह, जो कल आपके लिए ग़लत था, आपके बाद वाली पीढ़ी नियम बदल कर उस ग़लत को सही कर देती है। व्यवस्था बनाने और बदलने का राजदंड जब हाथ से चला जाता है, तो हथेलियों में उम्र भर उसको फिर से पकड़ने की कुलबुलाहट होती रहती है। यह कुलबुलाहट ही धीरे-धीरे आपको अशक्त और बीमार कर देती है।

15 अगस्त के सप्ताह भर पहले छज्जू जी थोड़े बीमार से, बहुत बीमार वाली अवस्था में प्रवेश कर गए। इधर कार्यक्रम के सारे कार्यों को अंतिम रूप देने का भार परिवार के ज़िम्मे आया और उधर छज्जू जी के लगभग बिस्तर पकड़ लेने के कारण वह अतिरिक्त कार्य, या कार्य से अधिक उनके बीमार हो जाने का तनाव परिवार के सिर पर आ गया। तनाव भी इस बात का नहीं था कि परिवार के सबसे बुज़ुर्ग सदस्य का स्वास्थ्य ख़राब है, बहुत ज़्यादा ख़राब है। तनाव इस बात को लेकर था कि कहीं छज्जू जी 14-15 अगस्त के आस-पास...। इधर तारीख़ पास आ रही थी और उधर छज्जू जी मूंडवेवाले की स्थिति और बिगड़ती जा रही थी। सुनील और परिवार एक और विचित्र स्थिति से जूझ रहे थे। परेशानी यह थी कि यदि छज्जू जी को अस्पताल में भर्ती भी किया जाता है, तो भी यह चर्चा तो होगी ही कि देखो उधर तो पिता अस्पताल में भर्ती हैं और इधर इनको उत्सव मनाने की पड़ी है। अस्पताल में भर्ती किया जाना, मतलब गंभीर स्थिति। इसलिए अस्पताल में भर्ती किए जाने को परिवार के लोग टाल रहे थे। लगभग सारे चिकित्सकीय उपकरण धीरे-धीरे, एक-एक करके

छज्जू जी के कमरे में आते जा रहे थे। क़स्बे के उन्हीं डॉक्टर की सेवाएँ ली जा रही थीं, जिनके घर के क्लिनिक में सभी जीवन रक्षक उपकरणों के पोर्टेबल, मिनी संस्करण उपलब्ध थे। वे कहने को सरकारी डॉक्टर थे, मगर अपने घर में ही छोटा-मोटा नर्सिंग होम खोल रखा था। दिन भर मरीज़ों को भर्ती रखते थे और रात में छुट्टी कर देते थे। उन्हीं की सेवाएँ लेकर बाहर वालों को अभी अंदाज़ा भी नहीं लगाने दिया जा रहा था कि उत्सव की तैयारियों के पीछे उधर सबसे सीनियर मूंडवेवाले के कमरे में क्या कुछ चल रहा है। घर असल में एक बाखल की तरह था। बाखल का मतलब अंग्रेज़ी के 'यू' अक्षर के आकार की एक हवेली, जिसके सामने उल्टे 'यू' आकार का बड़ा-सा आँगन, आँगन के चारों ओर दस-बारह फ़ीट की चौहद्दी और उसके आगे हाथी दरवाज़ा हो। दोनों यू मिलकर अंग्रेज़ी का 'ओ' अक्षर बना रहे हों। बाखल में अंदर की बात अंदर और बाहर की बात बाहर ही रहती है। आने वाली कारें तो क्या अगर छोटा ट्रक भी आ रहा है, तो वह भी दरवाज़े से अंदर जाकर समा जाए। डॉक्टरों, मशीनों को ला रही गाड़ियों की आवाजाही हो रही थी लेकिन ऊपर से सब कुछ सामान्य बनाए रखने, या दिखाने की पूरी चाक-चौबंद व्यवस्था थी। गाड़ियाँ हाथी दरवाज़े के अंदर जाती थीं और दरवाज़ा बंद हो जाता था। घर में इतना बड़ा कार्यक्रम होना था तो गाड़ियों की, लोगों की आवाजाही तो सामान्य बात थी। चूँकि तीन दिवसीय कार्यक्रम तो बारात-घर में होना था, इसलिए यह चिंता तो थी नहीं कि नातेदार-रिश्तेदार आएँगे, तो वह छज्जू जी को गंभीर रूप से बीमार देखकर चार बातें करेंगे। यह जो चार बातें किये जाने का डर था, वह भी इस मामले में नहीं था। यहाँ चार बातें होनी ही नहीं थीं।

आगे की कहानी अब डायरी की तरह ही प्रस्तुत की जाए तो अधिक सुविधाजनक होगा। चूँकि आगे की कहानी बस तीन ही दिनों की कहानी है, 14, 15 और 16 अगस्त की। इसलिए बस यह कि तीनों दिनों का लब्बो-लुआब डायरी के नोट्स की तरह जान लिया जाए। हमें क्या मतलब किसी के घर के परदे उघाड़ने से ? और हम तो कुछ कहना भी नहीं चाह रहे हैं, हम तो बस आपको यह बताना चाह रहे हैं कि कितनी धूमधाम से सारा कार्यक्रम हुआ। तो आइए तीनों दिन की डायरी पढ़ते हैं।

14 अगस्त—आज सुबह 11 बजे से ही छज्जू जी मूंडवेवालों का पूरा

परिवार, मतलब तीनों बेटों का परिवार बारात-घर में शिफ़्ट हो गया है। दोपहर बाद से मेहमानों के आने का सिलसिला भी प्रारंभ हो गया है। जो क़रीब के रिश्तेदार हैं, वे तो ज़ाहिर-सी बात है कि एक दिन पूर्व ही आएँगे। जो आ रहे हैं उनके स्वागत और उन्हें उनके सर्व-सुविधायुक्त वातानुकूलित कमरों में व्यवस्थित किया जा रहा है। सबको यह बताया जा रहा है कि छज्जूमल जी कमज़ोरी के कारण 15 की रात के कार्यक्रम में ही शामिल हो पाएँगे, और फिर घर पर भी तो कोई चाहिए, इतना बड़ा घर है। उन्होंने ख़ुद ही मना कर दिया है कि वो रात के कार्यक्रम में आ जाएँगे। हर बार शीला द्वारा यह वाक्य जोड़ दिया जाता है, "आपको तो पता ही है कि बुज़ुर्गों की ज़िद के आगे किसकी चलती है? कल बाबूजी यहीं आएँगे तो यहीं मिल लेना आप लोग।" पता है कि कल कार्यक्रम की धूमधाम में किसको याद रहेगी बाबूजी से मिलने की। दोपहर का भोजन होते-हवाते शाम हो गई, और शाम को मेहंदी लगाने वाली लड़कियाँ आ गईं। मेहमानों की सारी महिलाओं को, लड़कियों को मेहंदी लगाने के लिए बहुत-सी लड़कियाँ बुलाई गई थीं। शाम को जब आए हुए पुरुष मेहमान आराम करने जा रहे थे, तो सुनील ने हाथों को बोतल का आकार देते हुए कुछ शरारती अंदाज़ में व्यवस्था हेतु जाने की इजाज़त माँगी। सुनील घर गए और उधर सारे पुरुष आराम करने चले गए। रात को रात्रि जागरण का संकेत तो सुनील की व्यवस्था के संकेत से मिल ही चुका था। शीला इधर महिलाओं को मेहंदी लगवाने की व्यवस्था में जुटी थी।

रात लगभग बजे शीला का मोबाइल बजा, सुनील का नाम डिस्प्ले हो रहा था मोबाइल की स्क्रीन पर। शीला अपनी भाभियों से घिरी बैठी थी। सुनील का नंबर देखकर वहाँ से उठ खड़ी हुई। अपने कमरे में जाकर दरवाज़ा अंदर से बंद कर लिया। क़रीब दस-पन्द्रह मिनट बाद शीला बाहर निकली। जहाँ चौक में महिलाओं को मेहंदी लग रही थी, वहाँ जाकर उसने घोषणा की कि जब तक रात का खाना तैयार हो रहा है, तब तक एक चक्कर मैं घर का लगा आऊँ, बाबूजी के खाने वग़ैरह का देख आऊँ। इससे पहले कि कोई दूसरी महिला भी साथ चलने को कहे, शीला चौक से बाहर निकल अपनी कार में बैठ चुकी थी। यह जा, वह जा।

शीला की कार घर के हाथी दरवाज़े में समाई और दरवाज़ा तुरंत बंद भी हो गया। अंदर बिलकुल ख़ामोशी थी। चौहद्दी के अंदर रौशनी बिलकुल

मंद-मंद थी। अंदर जहाँ छज्जू जी का कमरा था उसके ठीक बाहर शीला, सुनील और डॉक्टर खड़े हुए थे। तीनों के चेहरे पर चिंता की लकीरें थीं। कुछ देर तक तीनों में बात होती रही फिर सुनील ने एक तरफ़ जाकर अपने मोबाइल से कुछ कॉल्स किए। एक के बाद दो या तीन कॉल्स। कॉल करने के थोड़ी ही देर में अशोक और अनिल अपनी-अपनी पत्नियों के साथ वहाँ पहुँच गए। जहाँ पर पहले तीन लोग खड़े थे, वहाँ अब सात लोग खड़े थे। खड़े रहे...खड़े रहे...काफ़ी देर तक खड़े रहे। फिर एक-एक कर सब वहाँ से चले गए, अशोक को छोड़कर बाक़ी सब।

बारात-घर में सुनील की व्यवस्था ने रंग जमा दिया था। एक दिन पहले केवल ख़ास मेहमान ही आए थे, इसलिए सुनील ने व्यवस्था भी बहुत अच्छी की थी। सबसे महँगी वाली। महिलाएँ हॉल में जमा होकर बधावे गाने लगीं और पुरुष सारे सुनील के कमरे में डेरा जमाकर बैठ गए। ठहाकों और क़हक़हों से उस कमरे की छत कई बार ऐसा लगा कि अब उड़ी कि तब उड़ी। महिलाओं का भोजन तो बूफ़े में बाहर लगा दिया गया, मगर पुरुषों का भोजन वहीं कमरे में ही सर्व किया गया। वह भी देर रात क़रीब 1:30 बजे। उसके पहले तो पनीर और ड्राय फ्रूट्स से बने हैवी स्टार्टर ही चलते रहे। जब रात 1:30 बजे पुरुष भोजन कर रहे थे, उसी समय वहाँ घर पर एक बड़ी-सी वैन हाथी दरवाज़े से अंदर गई। अंदर जाकर वैन बिलकुल छज्जू जी के कमरे से सटकर खड़ी हो गई। सफ़ेद-सफ़ेद से कुछ लोग उतरकर अंदर गए। कुछ देर बाद वैन हाथी दरवाज़े से बाहर आई और तेज़ गति से क़स्बे से साठ किलोमीटर दूर स्थित महानगर की दिशा में बढ़ गई। उसी समय सुनील के मोबाइल पर एक कॉल वहाँ बारात-घर में आई। सुनील ने एक तरफ़ जाकर बात की और चेहरे के भाव कुछ रिलैक्स होने के हो गए।

15 अगस्त—सुबह से ही मेहमानों का आना शुरू हो गया। बाहर के मेहमानों का भी और शहर की उन महिलाओं का भी जो जलवा पूजन के समारोह में शामिल होने आ रही थीं। लॉन में बूफ़े लगा दिया गया था सुबह के नाश्ते का। दक्षिण से लेकर उत्तर और पूर्व से लेकर पश्चिम तक के सारे व्यंजन उस नाश्ते में सम्मिलित थे। पोहे से लेकर पराँठे तक और इडली से लेकर खमण तक। जो आ रहा था, उसे सीधे नाश्ते की ओर चलने का इशारा किया जा रहा था।

सुनील के कमरे में अत्यंत निकटस्थ रिश्तेदारों की पुरुष मंडली वेटरों द्वारा वहीं सर्व किए गए नाश्ते का आनंद ले रही थी। सुनील और अनिल वहीं थे, जबकि अशोक बाहर मेहमानों की आवभगत में लगे हुए थे। जब लगभग सारे कोर ग्रुप के रिश्तेदार आ गए तो अनिल ने बहुत धीमे से सबको सूचना दी कि रात को पिताजी का ब्लड-प्रेशर अचानक बहुत कम हो गया था, उनको रात में ही भोपाल के अस्पताल में भर्ती करवाना पड़ा है। अभी सुबह ख़बर आई है कि अब उनकी स्थिति ठीक है, चिंता की कोई बात नहीं है। सुनील ने आँखों में आँसू भरकर कहा कि शाम का कार्यक्रम रद्द कर देते हैं, पिताजी अस्पताल में हैं, ऐसे में कार्यक्रम नहीं किया जा सकता। लेकिन मनोज के श्वसुर ने हस्तक्षेप करते हुए कहा कि जब अस्पताल से ख़बर आ गई कि स्थिति ठीक है, चिंता की कोई बात नहीं, तो कार्यक्रम रद्द करने का कोई मतलब नहीं। ब्लड-प्रेशर तो इस उम्र में ऊपर-नीचे होता रहता है, वह इतनी बड़ी बात नहीं है। अनिल के श्वसुर ने भी हाँ में हाँ मिलाते हुए कहा कि इतना बड़ा ताम-झाम है, इतना पैसा लगा है, सब लोग आ गए हैं, अब कार्यक्रम रद्द करना ठीक नहीं होगा। सुनील के साले ने कहा कि जब डॉक्टरों ने कह ही दिया है कि चिंता की कोई बात नहीं, तो अब यह बात इस कमरे से बाहर ही नहीं जाने दी जाए कि छज्जू जी अस्पताल में भर्ती हैं। अस्पताल में हैं तो वैसे भी डर की कोई बात नहीं है, कार्यक्रम किया जाए और वैसे ही किया जाए, जैसे किया जा रहा था। सुनील ने कुछ ना-नुकुर की तो उसके श्वसुर ने आदेशात्मक स्वर में कहा कि छज्जू जी की अनुपस्थिति में अब हम यहाँ के बड़े हैं, आपका निर्णय नहीं चलेगा, हमारा चलेगा और हमारा निर्णय यह है कि कार्यक्रम वैसे ही होगा जैसे होना था, इस मामले में अब और कोई बात नहीं होगी। कहते हुए वे उठकर खड़े हो गए। सुनील हाथ जोड़े खड़ा था बस।

जलवा पूजन का प्रोसेशन ऐसा था कि सचमुच रंग ही जम गया। बरसात ने भी साथ दिया। मौसम एकदम खुल गया। आगे-आगे चलते हुए सजे-धजे हाथी और एक ही रंग की साड़ियों में सजी हुईं महिलाएँ जब बैंड पार्टी के पीछे मंगल गीत गाती हुई चलीं, तो ऐसा लगा जैसे किसी फ़िल्म का दृश्य हो। सड़क केसरिया-लाल रंग में रंग गई पूरी। आगे-आगे मनोज की पत्नी सर से पैर तक ज़ेवरों में लदी हुई कलश लिए चल रही थी। पीछे एक केसरिया-लाल बादल उमड़ रहा था जैसे। सुनील पीछे अपनी कार में चल रहा था दोस्तों के साथ।

सुनील के चेहरे पर अब कल वाली चिंता के बादल नहीं थे। उसका चेहरा उल्लास से भरा हुआ था।

दिन के सारे कार्यक्रम वैसे ही हुए जैसे तय किए गए थे। जलवा पूजन से लौटी महिलाओं और सारे मेहमानों के लिए दोपहर भोज में दाल-बाटी चूरमा की व्यवस्था थी। नाम दाल-बाटी चूरमा था, मगर जाने कितने व्यंजन उसके साथ परोसे गए थे। दोपहर के इस भोजन के लिए विशेष रूप से चाँदी की पॉलिश वाले बरतन मँगवाए गए थे। चौकियों पर थालियाँ सजा कर भोजन करवाया गया। मूंडवेवाले परिवार ने मनुहार कर-कर के परोसा और खिलाया। पूरा परिवार, महिलाएँ, पुरुष, बच्चे सब परोसने में लगे थे। भोजन के बाद क़स्बे से जो महिलाएँ आई थीं, वो अपने-अपने घर चली गईं और मेहमानों की महिलाएँ ब्यूटीशियंस के हवाले हो गईं। इस पूरी आपाधापी में किसे याद रहना था कि छज्जू जी कार्यक्रम शुरू होने से अब तक दिखे ही नहीं हैं। जिनको पता होना था उनको पता था कि छज्जू जी कहाँ हैं।

रात को मानो सितारे ही ज़मीन पर उतर आए। ऐसा जलवा पूजन का समारोह कि सचमुच 'भूतो न भविष्यति' ही हो गया वो। राग-रंग और संगीत का समाँ, उस पर व्यंजन इतने कि गिनती ही न हो पाए। जिधर मिठाई का स्टॉल था उधर ऐसा लग रहा था कि पूरी दुकान ही उठाकर सजा दी गई है। नव प्रसूता ने अपने बच्चे और मनोज के साथ मंच पर थोड़ा नृत्य किया। बाक़ी परिवार के सदस्यों ने भी अपनी-अपनी बारी आने पर अपनी प्रतिभा दिखाई। बीच-बीच में नर्तकियों ने और टीवी की अभिनेत्रियों ने आकर मोर्चा सँभाला और ऐसा सँभाला कि सत्तर पार के बुज़ुर्ग पुरुष मेहमान भी भोजन वाला इलाक़ा छोड़कर इधर मंच के आस-पास ही जमा हो गए। कुछ नौजवान साथ में नृत्य करने के लिए मंच पर भी पहुँच गए और कमर को अत्यंत बेहूदे तरीक़े से मटका कर अपनी प्रतिभा का प्रदर्शन करने लगे। सुनील और शीला का भाषण कवि महोदय के सहयोग के कारण ज़बरदस्त रहा। सामने बैठी महिलाओं में बड़ी-बूढ़ियों की आँखें कई बार भाषण में गीली हो गईं। अत्यंत भावुकता से भरा हुआ भाषण था सुनील का और प्रस्तुतिकरण भी अच्छा रहा। इतना तो रहा ही कि जिस प्रयोजन से किया गया था, वह प्रयोजन पूरा हो जाने की पूरी संभावना थी। उस पर सुनील का जोधपुरी साफ़ा जिसका छुरंगा ऐड़ी तक लहरा रहा था, मानो सारी कसर पूरी कर रहा था। बड़ी-बूढ़ियाँ क़सम खा-खाकर कह रही थीं कि ऐसा

जलवा पूजन तो सात पीढ़ियों में न हुआ न आगे सात पीढ़ियों में होगा। ऐसी तो लोग शादी भी नहीं करते हैं, जैसा जलवा पूजन हुआ है ये। देर रात तक जलवा पूजन का जलवा चलता रहा।

16 अगस्त—देर रात के थके हुए मेहमान कुछ देर से ही जागे। वे जिनको सुबह ही निकलना था, वे नाश्ता करके निकलने लगे। उनकी गाड़ियों में मिठाइयों के बड़े बॉक्स रखवाए जा रहे थे। जो थोड़ा नज़दीक के रिश्तेदार थे, वे भोजन के बाद निकलने वाले थे।

दोपहर के भोजन के ठीक बाद जब नज़दीक के कुछ रिश्तेदार ही शेष रह गए थे और वो सब कार्यक्रम के ठीक प्रकार से हो जाने को लेकर चर्चारत थे, तब ही अचानक सुनील ने बाहर से आकर बताया कि अस्पताल से ख़बर आई है, पिताजी का ब्लड-प्रेशर एक बार फिर से बहुत लो हो गया है। परसों रात से बिलकुल ठीक थे, मगर अभी आधे घंटे पहले से तबीयत फिर ख़राब होने लगी है। आनन-फानन में सारी महिलाओं को घर रवाना किया गया और वहाँ उपस्थित सारे पुरुष गाड़ियों में बैठकर महानगर की तरफ़ रवाना हो गए।

आधे घंटे बाद ही सारी गाड़ियाँ महानगर के सबसे महँगे और अत्याधुनिक पाँच सितारा निजी अस्पताल के पार्किंग एरिया में पहुँच चुकी थीं। अस्पताल पहुँचकर सब तेज़ी के साथ लपकते हुए अंदर भागे। सुनील की गाड़ी का ड्राइवर चाय की दुकान पर जाकर खड़ा हो गया। रात को वह भी देर तक जागा था, ड्राइवर था इसलिए जागना तो था ही, मालिक के यहाँ कार्यक्रम था। अस्पताल का एक वार्ड ब्वॉय जो उन सारी महँगी-महँगी चमचमाती कारों के क़ाफ़िले को अस्पताल में आता हुआ देख चुका था, ड्राइवर के पास आकर खड़ा हो गया।

अंत में बस उन दोनों की बातचीत—

"कौन मरीज़ के लिए आया है ये जुलूस भाई?" वार्ड ब्वॉय।

"छज्जूमल जी हैं छावनी के, परसों रात में भर्ती करवाया है उनको," ड्राइवर।

'परसों...' वार्ड ब्वॉय सोचने लगा। "आई.सी.यू. में...रात में लाए थे ना दो-ढाई बजे?"

"अब कितने बजे यह तो पता नहीं, मगर लाए रात में ही थे," ड्राइवर।

"वही हैं, परसों रात को तो आई.सी.यू. में बाहर से बस एक ही केस आया था। बहुत बूढ़े थे ना, अस्सी पार के?" वार्ड ब्वॉय।

''हाँ वही,'' ड्राइवर।

''तो उनके लिए इतनी हबड़-दबड़ में दौड़कर अंदर क्यों गए हैं। उनका खेल तो परसों रात को ही खल्लास हो गया था। यहाँ पर आते-आते वो रास्ते में ही फ़िनिश हो गए थे, या कौन जाने घर से ही फ़िनिश हालत में लेकर चले थे। ख़ाली बॉडी ले जाने के लिए ऐसे दौड़ कर गए हैं जैसे कोई सीरियस मामला हो,'' वार्ड ब्वॉय।

अगले दिन छज्जू जी मूंडवेवाले की अंतिम यात्रा इतनी शान से निकली कि एक बार फिर बड़ी-बूढ़ियाँ क़सम खा-खाकर कह रही थीं कि ऐसी यात्रा तो आज तक किसी की नहीं निकली होगी, बेटों ने धन्य कर दिया पिता को। सारा शहर इस बात पर निहाल था कि अब, जबकि अधिकांश अंतिम यात्राओं में मृतक के परिवारवाले भी वाहनों से ही क़स्बे से तीन-चार किलोमीटर दूर स्थित विश्राम घाट जाते हैं, छज्जू जी के तीनों बेटे अंतिम यात्रा में पूरे तीन-चार किलोमीटर नंगे पैर पैदल चले। सारे शहर के फूल ख़रीदकर पूरे रास्ते छज्जू जी पर पुष्प वर्षा की गई। सारे रास्तों पर फूल-ही-फूल बिछते जा रहे थे। सारे शहर से एक ही आवाज़ आ रही थी, ''धन्य हैं, धन्य हैं, धन्य हैं...ऐसे बेटे धन्य हैं...।''

पत्थर की हौदें और अगन फूल

भारत में जितने भी सर्किट हाउस, रेस्ट हाउस, डाक बँगले, विश्राम-गृह आदि पाए जाते हैं, वो अधिकांश अंग्रेज़ों के बनाए हुए हैं। इनमें से भी अधिकतर शहर से दूर एकांत में बनाए गए हैं। कुछ-कुछ तो घने जंगल के अंदर भी हैं। बहुत से कारण होते थे इनके एकांत में होने के। अंग्रेज़ तो वैसे भी एकांतप्रिय होते थे। एकांत की तलाश में जाने कहाँ-कहाँ निकल जाया करते थे। ऐसा ही कोई अंग्रेज़ शायद डोडी में भी पहुँच गया होगा और नैसर्गिक सुंदरता पर रीझकर डाक बँगला बनवा दिया होगा। डोडी का डाक बँगला। जाने कौन-सी भवन सामग्री उपयोग करते थे अंग्रेज़ कि बरसों बीतने के बाद भी पूरे देश में डाक बँगले जस-के-तस खड़े हैं। दरार तक नहीं पड़ी है। डोडी का डाक बँगला भी अंग्रेज़ों का ही बनाया हुआ है। मटमैले-पीले और सफ़ेद रंग से पुता हुआ भवन और उस पर लाल-कत्थई कवेलुओं की ढलवाँ छत। पूरे भवन के चारों तरफ़ लोहे के खम्बों का बरामदा। बरामदे पर छाई हुई बोगेनवेलिया और रंगून क्रीपर की लतरें। घनी लतरें। बरामदे से अंदर झाँकती हुईं और कहीं-कहीं ज़मीन से बरामदे की छत तक जाकर वापस ज़मीन पर लौटी हुईं। बरामदे में भवन की चारों दिशाओं में सीढ़ियाँ, भवन में जाने के लिए। पत्थर की सीढ़ियाँ। भवन के चारों तरफ़ बग़ीचे में कुछ फूलदार पौधे और कुछ फलदार पेड़। चारों तरफ़ आड़ी-टेढ़ी लकड़ियों की डिज़ाइनर फ़ेंसिंग। फ़ेंसिंग के किनारे-किनारे लगे नीलगिरी, अमलतास, वनचम्पा, शीशम और गुलमोहर के दरख़्त। पीछे की फ़ेंसिंग से सटा हुआ डाक बँगले के चौकीदार का छोटा-सा मकान। डाक बँगलों के चौकीदार वास्तव में पीर, बावर्ची, भिश्ती, खर होते हैं। सब कुछ इनको ही करना होता है। बँगले की साफ़-सफ़ाई, आने वालों के लिए चाय-नाश्ता, खाना-पीना और बाकी का सारा काम भी।

सड़क से कुछ अंदर को है डोडी का डाक बँगला या रेस्ट हाउस, अगर

आपको वहाँ जाना है तो मुख्य मार्ग को छोड़कर नीचे उतरना होता है और क़रीब एक-डेढ़ किलोमीटर कच्चे-पक्के रास्ते पर चलने के बाद आता है डाक बँगला। आस-पास कहीं कोई आबादी नहीं है, फिर भी डोडी डाक बँगला कहते हैं। ज़ाहिर-सी बात है कि डोडी उस गाँव के नाम पर होगा, जहाँ रेस्ट हाउस स्थित है। सारे डाक बँगलों के नाम इसी प्रकार तो रखे गए हैं। लेकिन आश्चर्य की बात यह है कि आस-पास इस नाम का कोई गाँव नहीं फिर क्यों रखा गया होगा नाम, 'डोडी डाक बँगला'? चारों तरफ़ जंगल है, कम घना और छोटे पेड़ों, झाड़ियों का जंगल। जहाँ जंगल ख़त्म होता है, वहाँ से पहाड़ शुरू हो जाते हैं। काले, नीले, धूसर पहाड़, दिशाओं की धुँध में खोए हुए पहाड़। डोडी का डाक बँगला बरसों-बरस तक शिकार खेलने के काम आता रहा। अंग्रेज़ों और नवाबों के शिकार खेलने के। पहाड़ों के पार जंगल बहुत ज़्यादा घना हो जाता है। उसी जंगल में शिकार खेला जाता था। पहाड़ों के पार जंगल में आदिवासियों के गाँव हैं। उन्हें गाँव भी क्या कहें, बस इधर-उधर बिखरे हुए टप्पर हैं। जंगल के बीच-बीच में जहाँ जगह मिली वहीं टप्पर बनाकर ये आदिवासी बस गए हैं। आज़ादी के पहले तक जंगली जानवर बहुतायत में थे लेकिन अब बस नाम को ही हैं। शिकार पर रोक लगने के बाद भी हुआ यह कि उस जंगल को रिज़र्व फ़ॉरेस्ट नहीं घोषित किया गया, तो अंग्रेज़ों के जाने के बाद भारतीय काले अंग्रेज़ों ने शिकार कर-कर के जंगली जानवरों का सफ़ाया कर दिया।

अरे...! मैं यह तो आपको बताना ही भूल गया कि यह सब कुछ जो आपको बता रहा हूँ, यह एक फ़्लैश-बैक है। शायद आठ या दस वर्ष पूर्व का फ़्लैश-बैक। मेरी अपनी स्मृतियों का एक छोटा-सा अध्याय। मैं...? मैं कौन...? मैं जो आपको यह कहानी सुना रहा हूँ। मैं पीताम्बर गुदेनिया...साल भर पहले तक जब मैं सरकारी नौकरी में था, मुझे पीजी बाबू कहकर बुलाया जाता था। पीताम्बर गुदेनिया का शॉर्ट फ़ार्म। अब बाबूगिरी तो नहीं रही, बस पीजी ही बचा हूँ मैं। बहुत से लोगों के लिए पेइंग गेस्ट। पेइंग गेस्ट, क्योंकि सरकारी पेंशन तो मिल ही रही है ना मुझे। जब रिटायर हुआ, तब ज़िला कलेक्टर या डीएम के ऑफ़िस में उनका पीए कम बड़ा बाबू कम स्टेनो सब कुछ ही था मैं। सामान्यत: पीए का काम ऑफ़िस तक ही सीमित होता है, लेकिन यह भी कुर्सी पर बैठे अधिकारी पर निर्भर करता है कि वह किस प्रकार का है। कुछ अधिकारी ज़िले के दौरों में पीए को साथ ले जाना पसंद करते हैं, तो कुछ गोपनीयता के

चलते अकेले ही चलना पसंद करते हैं। तो होता यह था कि मैं कभी कार्यालय में रहता था, तो कभी साहब के साथ उनकी गाड़ी में बैठकर दौरे करता था। जब गाड़ी में बैठकर दौरे करता था, तो कहावत के अनुसार अपने आप को 'नाक का बाल' महसूस करता था। प्रशासनिक व्यवस्था की नाक का बाल।

अब ज़रा आपको कहानी के वर्तमान कालखण्ड से भी परिचित करवा दूँ। अगर कहानी फ़्लैश-बैक में जा रही है, तो आपको पता भी तो होना चाहिए कि पीताम्बर गुदेनिया आज अचानक डोडी के उस रेस्ट हाउस को याद करके कहानी क्यों सुना रहा है। (अब हम इसे डोडी का रेस्ट हाउस या विश्राम-गृह ही कहेंगे, डोडी डाक बँगले का अनुप्रास ज़रा टंग ट्विस्टर है।) याद बिना कारण तो आती नहीं। वह सब कुछ जो अब अतीत है, उसकी कोई घटना, या व्यक्ति, या स्थान, हमें तभी याद आता है, जब हम वर्तमान में कहीं उस विस्मृत का कोई संकेत पाते हैं। वरना तो हमें अब समय ही कहाँ है कि हम यूँ ही बस किसी दिन आँगन में लेटकर उस बीते हुए को याद करें। अरे...फिर भटका... ये पीताम्बर गुदेनिया इसी प्रकार विषय से भटक-भटक कर इधर-उधर घुसता रहेगा, आपको डोडी के रेस्ट हाउस की कहानी सुननी है, तो आपको इसे झेलना ही पड़ेगा। बात अचानक इस कहानी के याद आ जाने की चल रही है, तो लगे हाथों आपको यह भी बता दूँ कि मैं अभी एक कार में सवार हूँ। कार, जो मुझे लेकर भोपाल से इन्दौर लौट रही है। लौटना इसलिए क्योंकि मैं इन्दौर में रहता हूँ। यह कार एक टैक्सी है, जितनी पेंशन मुझे मिलती है, उतने में इतना तो अफ़ोर्ड कर ही सकता हूँ कि टैक्सी से घूमूँ। जीवन भर बाबूगिरी की, तो कार चलाना सीख नहीं पाया। अब रिटायरमेंट के बाद कहीं जाना होता है, तो ट्रेवल्स की कार लेता हूँ और निकल पड़ता हूँ। तो मैं भोपाल से इन्दौर लौट रहा हूँ। लौट रहा हूँ अपने घर। भोपाल में बहन रहती हैं, आज रक्षाबंधन पर उनसे राखी बँधवाने गया था। बहन ने रात का खाना खाए बिना नहीं निकलने दिया, तो देर हो गई है। रात हो चुकी है।

पीताम्बर गुदेनिया फिर भटक गया है। असल में आज श्रावण की पूर्णिमा होने के बाद भी मौसम पूरी तरह से खुला हुआ है। श्रावण तो मूसलाधार बरसात, नदी-नालों के उफनने, बादलों के गरजने-बरसने का महीना होता है। इस साल सावन कुछ सूखा बीत रहा है। दो-तीन दिन पहले तक तो हल्की-फुल्की बरसात हो भी रही थी मगर अब बिलकुल बंद है। आसमान एकदम खुला हुआ

है। कार से देखने पर हर तरफ़ तारे छिटके हुए दिखाई दे रहे हैं। और श्रावण पूर्णिमा का ज़र्द चाँद भी दूर आसमान पर टँगा हुआ है। चाँद... ? हाँ चाँद से ही तो याद आई थी मुझे डोडी के विश्राम-गृह की। डोडी का विश्राम-गृह इसी रास्ते पर तो पड़ता है। इसी रास्ते पर, मतलब डोडी के विश्राम-गृह को जाने वाला रास्ता इसी हाइवे से फूटा है। थोड़ी देर बाद ही उल्टे हाथ पर एक पतली-सी सड़क इस मुख्य मार्ग को छोड़कर, दूर पहाड़ों में, अँधेरों में बिला जाएगी। वही सड़क डोडी विश्राम गृह को जाएगी। लेकिन पीताम्बर गुदेनिया को याद तो चाँद को देखकर आई थी, रास्ते के कारण नहीं? हाँ...भई हाँ, चाँद को देखकर ही आई थी। तो चलिए एक बार फिर से हम फ़्लैश-बैक में चलते हैं। वहीं आपको पता चलेगा कि पीताम्बर गुदेनिया को चाँद देखकर डोडी की याद क्यों आई थी।

डोडी का विश्राम-गृह जैसा कि बताया गया कि एकदम वीराने में है। न आदमी, न आदमी की ज़ात। भूतहा फ़िल्मों के लिए एकदम मुफ़ीद। बात आठ-नौ साल पहले की है। राकेश सक्सेना उस समय कलेक्टर थे। हँसमुख और आत्मीय स्वभाव के धनी थे राकेश सक्सेना। पीताम्बर गुदेनिया, यानी मुझको हमेशा साथ लेकर दौरे करते थे। रास्ते भर बातें करते रहते, नई-नई जानकारियाँ प्राप्त करते रहते। ऐसा लगता था जैसे दुनिया छोड़ने के पहले दुनिया के बारे में सब कुछ जानना चाहते थे। मानो मरने के बाद भी दुनिया के बारे में आई. ए. एस. की परीक्षा देनी हो। कोई भी नई जानकारी मिलती, तो खोद-खोद कर देर तक उसके बारे में पूछते रहते। जब तक पूरी तरह से संतुष्ट नहीं हो जाते, पूछते रहते। दो ही शौक़ थे उनके, एक तो जानकारियाँ प्राप्त करना और दूसरा बाग़वानी। जब भी कलेक्टरी से फ़ुर्सत मिलती, तो खुरपी लेकर बँगले के बग़ीचे में काम करने जुट जाते। दो-तीन महीने पहले ही इस ज़िले में पदस्थ हुए थे। दो-तीन महीने में ही मुझसे अच्छी तरह से घुल-मिल गए थे। लगभग हमउम्र होना भी शायद इसका एक कारण था। मित्रवत् व्यवहार करते थे मेरे साथ। पहला एक महीना तो ज़िले भर की राजनैतिक, भौगोलिक, सांस्कृतिक, सामाजिक जानकारी प्राप्त करने में ही बीत गया था उनका। कौन क्या है? कैसा है? कहाँ है? सब कुछ बताना पड़ा था मुझको। उत्तर में फिर एक प्रश्न और प्रश्न के उत्तर में फिर एक प्रश्न। जब किसी जानकारी से बहुत प्रसन्न हो जाते तो बस एक ही बात कहते, "पीजी यू आर ग्रेट।"

राकेश सक्सेना का परिवार उनके साथ नहीं आया था यहाँ। पत्नी भोपाल

के निजी मकान में बच्चों के साथ रहती थीं। अमूमन सारे आई.ए.एस. अधिकारी यही करते हैं। पत्नी और बच्चों को राजधानी में मकान ख़रीदकर वहाँ रख देते हैं, और ख़ुद प्रदेश भर में स्थानांतरित होकर घूमते रहते हैं। राजधानी में इसलिए क्योंकि सात-आठ साल की कलेक्टरी के बाद तो राजधानी में ही सचिवालय, मंत्रालय में बैठना होता है। इसलिए ये पहले से ही अपने परिवार को राजधानी में रख देते हैं, बच्चों की पढ़ाई-लिखाई डिस्टर्ब नहीं होती है और राजधानी में उनकी हैसियत के पाँच-सात सितारा स्कूल भी मिल जाते हैं। बाक़ी कलेक्टर को अकेले रहना होता है, तो कलेक्टर अकेला होता कब है, वो जब चाहे उसका अकेलापन तो दूर हो ही जाता है। राकेश सक्सेना भी कलेक्टर निवास के उस बड़े-से बँगले में अकेले ही रहते थे। रात को दौरे से लौटते समय जहाँ रेस्ट हाउस मिल जाता, वहीं खाना खा-पीकर बँगले को लौटते। मेरा तो परिवार था लेकिन अगर अफ़सर छड़े-सा हो तो मातहत को भी छड़ा होना ही पड़ता है और कोई ऑप्शन होता भी नहीं है।

बात उन्हीं दिनों की है जब राकेश सक्सेना को आए हुए दो-तीन महीने हो चुके थे और अब ज़िले में दौरे चल रहे थे। उन्हीं दौरों के क्रम में कहीं से किसी गाँव से लौटते हुए हम दोनों डोडी के उस रेस्ट हाउस में पहुँचे थे। जैसे ही रेस्ट हाउस के चौकीदार ने कलेक्टर की लाल बत्ती लगी (उस समय कलेक्टर की गाड़ी पर लाल बत्ती लगी होती थी।) गाड़ी को रेस्ट हाउस में प्रवेश करते देखा, वह पीछे के अपने मकान से नंगे पैर दौड़ता हुआ आ गया था। अधेड़, या यूँ कहें कि लगभग बूढ़ा-सा आदिवासी चौकीदार था वह। नाम था मोन्या। माँ-बाप ने नाम तो मोहन रखा था, पर अब वह मोन्या होकर रह गया था। राकेश सक्सेना कार से उतरकर रेस्ट हाउस के अंदर चले गए थे। पीछे-पीछे मोन्या भी चला गया था। मैं वहीं बरामदे में पड़ी कुर्सियों में से एक पर बैठ गया था। कुछ ही देर में मोन्या भी अंदर से आया और बरामदे में नीचे बैठ गया। पूर्व के कलेक्टरों के साथ मैं वहाँ आता रहता था, इसलिए मोन्या से परिचित था। समय काटने के लिए मैं मोन्या से बातें करने लगा था।

अभी शाम का झुटपुटा होने में भी समय था। सूरज ढल रहा था लेकिन अभी उजाले की आँखों में इतना काजल नहीं लगा था कि उसे शाम कह सकें। बरसात का मौसम था, चारों तरफ़ रेस्ट हाउस में हरियाली की चादर बिछी हुई थी। मौसमी फूल भी खिल उठे थे बरसात का स्पर्श पाकर। राकेश सक्सेना

बाथरूम से फ्रेश होकर बाहर आए, तो मैं और मोन्या दोनों उठकर खड़े हो गए थे।

"बहुत सुंदर जगह है पीजी यह तो...! एकदम शांत जगह और आस-पास कितनी नेचुरल ब्यूटी बिखरी हुई है...। वाह...सुंदर...!" राकेश सक्सेना के चेहरे पर प्रशंसा के भाव थे। वो मुझे कुर्सी पर बैठने का इशारा करते हुए स्वयं भी एक कुर्सी पर बैठ गए थे। उनके इशारे पर मैं भी सकुचाता हुआ बैठ गया था।

"क्या नाम है तुम्हारा... ?" राकेश सक्सेना ने मोन्या की तरफ़ देखते हुए कुछ मीठे स्वर में पूछा था।

"जी मोन्या...जी मोहन...," कुछ हड़बड़ाते हुए उत्तर दिया था मोन्या ने। शायद पहली बार किसी अधिकारी ने उससे उसका नाम पूछा था।

"हमें क्या खिलाओगे मोहन जी ... ?" राकेश सक्सेना ने मोन्या की उमर को देखते हुए जी लगा दिया था नाम के आगे।

"जो साहब जी कहें!" कहता हुआ मोन्या झुककर लगभग दोहरा हो गया था।

"हम क्या बताएँ.. ? तुम बताओ, हम तो तुम्हारे मेहमान हैं, जो खिलाओगे खा लेंगे हम तो," राकेश सक्सेना ने कुछ मुस्कुराते हुए कहा था।

"तीतर पका लूँ साहब ?" मोन्या ने प्रश्न किया था।

"तीतर... ? वह तो प्रतिबंधित है, क़ानूनन जुर्म है तीतर का शिकार करना..।" राकेश सक्सेना का स्वर एकदम अधिकारियों वाला हो गया था।

"सारे साहब लोग तो यहाँ तीतर खाने ही आते हैं साहब जी," मोन्या ने घबराते हुए बहुत ही अदब के साथ उत्तर दिया था।

"नहीं...नहीं...वो ग़लत है, ग़ैरक़ानूनी है, तीतर संरक्षित पक्षी है। कुछ और बनवा लो, कुछ भी वेज बनवा लो, नॉनवेज नहीं," राकेश सक्सेना ने सामान्य होते हुए कहा था।

मोन्या हाथ जोड़े घबराया हुआ खड़ा था। हैरत में भी था कि आज तक तो जो भी अधिकारी यहाँ आता है, वह तीतर खाने ही आता है। यहाँ उसके अलावा और है ही क्या। यहाँ से तो तीतर राजधानी भोपाल तक भेजा जाता है। ये कौन आ गया जो यहाँ तीतर खाने नहीं आया है। मैंने मोन्या की उलझन समझ ली थी और उससे पूछताछ करके मैंने तिक्कड़ रोटी, आलू-भटे का कच्चा भुरता,

टमाटर–हरी मिर्च का झोल और धनिये की हरी चटनी बनाने को कह दिया था। मेरे कहते ही उसने एक बार राकेश सक्सेना की तरफ़ देखा था। मुतमईन होने के लिए कि पीताम्बर गुदेनिया ने जो घास–फूस पकाने को कहा है, उसे आप खाएँगे भी? राकेश सक्सेना की तरफ़ से सकारात्मक संकेत पाकर वह हाथ जोड़े जाने लगा था।

''सुनो...,'' राकेश सक्सेना की आवाज़ पर ठिठक गया था मोन्या। ''जा कहाँ रहे हो, ये पैसे तो लेकर जाओ, सब्ज़ी और दूसरा सामान भी तो लाना होगा।'' कहते हुए राकेश सक्सेना ने अपनी जेब से पर्स निकाला और उसमें से कुछ नोट निकालकर मोन्या की तरफ़ बढ़ा दिए थे। मोन्या ने झिझककर मेरी तरफ़ देखा था, मेरे इशारे पर उसने बढ़कर पैसे ले लिए थे।

''तुम ख़ुद बनाओगे या कोई और बनाएगा?''

''साहब जी बेरा मानस बनाएगी खाना...'' मोन्या के उत्तर पर राकेश सक्सेना ने अचरज से मेरी तरफ़ देखा था।

''बेरा मानस मतलब इसकी घरवाली...'' मैंने उत्तर दिया था।

''ठीक है...तो उनको खाना तैयार करने का कहकर आ जाओ। हमें ज़रा आस–पास का इलाक़ा दिखाओ।''

''जी साहब जी,'' इतना कहकर मोन्या मेरी तरफ़ मुड़ गया था। ''और भी कुछ लाना है क्या साहब? या कुछ और भी व्यवस्था करनी है क्या?'' यह प्रश्न उसने मुझसे किया था।

''नहीं कुछ और नहीं, बस तुम जल्दी जाओ और सामान की व्यवस्था करके जल्दी से आओ, साहब को घूमने जाना है,'' मेरे आदेश पर मोन्या हैरत में डूबा चला गया था।

उसके जाने के बाद राकेश सक्सेना के पूछने पर मैंने बताया था कि मोन्या के 'और कुछ' का मतलब आदिवासियों की बनाई हुई शराब और 'और कुछ व्यवस्था' का मतलब आदिवासियों की कन्याएँ। राकेश सक्सेना का चेहरा क्रोध से तमतमा उठा था मेरी बात सुनकर।

कुछ देर बाद हम तीनों रेस्ट हाउस के पीछे के झुरमुट में टहल रहे थे। शाम होने में अभी भी समय था। रेस्ट हाउस की सीमा के बाहर आते ही बरसाती जँगली फूल चारों तरफ़ खिले हुए मिल रहे थे। हर तरफ़ हरियाली की सब्ज़ चादर बिछी हुई थी। आज मैं राकेश सक्सेना के लिए अनुपस्थित–सा था, वे

आज मोन्या से जानकारी प्राप्त करते हुए चल रहे थे। आदिवासियों के बारे में, उनकी संस्कृति के बारे में, रीति-रिवाज, पर्व-त्योहार के बारे में, जंगल के बारे में, जंगली जानवरों के बारे में, शिकारियों के बारे में। मतलब सब कुछ जानने की जो जिज्ञासा उनके स्वभाव में थी, उसके अनुसार जानने की कोशिश कर रहे थे। मोन्या भी उत्साह के साथ उनको जानकारी दे रहा था। वह ख़ुद भी आदिवासी था, इसलिए उसके पास तो देने के लिए बहुत जानकारी थी। झाड़ियों के किनारे से होकर एक बरसाती नदी बह रही थी। बरसात होने के कारण उसमें भरपूर पानी था। ऊपर पहाड़ से उतरकर रेस्ट हाउस के पीछे से बहती हुई जा रही थी वह। नदी के किनारे-किनारे पत्थर की बड़ी-छोटी चट्टानें बिखरी हुई थीं। पहाड़ वहाँ से शुरू हो रहा था। राकेश सक्सेना ने नदी को देखा और वे उन चट्टानों की तरफ़ बढ़ गए थे। ज़ाहिर-सी बात है कि उनके पीछे-पीछे मैं और मोन्या भी बढ़ गए थे। अब हम नदी के किनारे-किनारे पत्थरों पर सँभलते हुए चल रहे थे। इस बीच यह बताने की ज़रूरत नहीं है कि राकेश सक्सेना ने मोन्या से नदी का नाम जान लिया था कि इस नदी का नाम, कमानी नदी है।

हम लोग नदी से अब पहाड़ की तरफ़ बढ़ रहे थे कि एक बड़ी चट्टान की ओट में कुछ मानव निर्मित आकृतियाँ देखकर राकेश सक्सेना रुक गए थे।

"ये क्या है... ?" उन्होंने मोन्या की तरफ़ प्रश्नवाचक नज़रों से देखते हुए पूछा था।

"ये हौदें हैं साहब जी..। पत्थर की हौदें...," मोन्या ने उत्तर दिया था।

चट्टान की ओट में समतल ज़मीन पर पत्थर की दो हौदें बनी हुई थीं। आजकल के बाथटब जैसी और लगभग उतनी ही बड़ी थीं वो हौदें।

"वो तो मुझे भी दिख रही हैं, पर ये यहाँ क्यों बनी हैं? यहाँ जंगल में इनका क्या काम, जो इनको यहाँ बनवाया गया। पास में ही तो नदी है, फिर ये हौदें किसलिए?" राकेश सक्सेना ने पूछा था।

"वो साहब जी..." कुछ कहते हुए मोन्या रुक गया था और सिटपिटा भी गया था।

"क्या हुआ? " मोन्या की सिटपिटाहट को देखकर राकेश सक्सेना की उत्सुकता और बढ़ गई थी।

"थोड़ी ख़राब बात है साहब जी," मोन्या ने झिझकते हुए और मेरी तरफ़ देखते हुए उत्तर दिया था।

“अच्छा... ? फिर तो सुनना और ज़रूरी है। चलो सुनाओ पूरी कहानी। आओ पीजी यहाँ पत्थर पर बैठकर सुनते हैं इनकी कहानी,” कहते हुए वो ख़ुद एक पत्थर पर बैठ गए थे और पास के दूसरे पत्थर पर मुझे बैठने का इशारा कर दिया था। मैं ख़ुद भी इन हौदों को पहली बार देख रहा था। आश्चर्यचकित था कि आज तक तो इन हौदों के बारे में कभी सुना नहीं। हौदें देखने में बहुत पुरानी लग रही थीं, युगों पुरानी। मैं आश्चर्यचकित-सा कुछ दूर के एक छोटे पत्थर पर बैठ गया था।

बरसात की उस खुली और धुली शाम में मैंने और राकेश सक्सेना ने मोन्या उर्फ़ मोहन से जो कहानी सुनी थी, उसका लब्बो-लुआब अब आप संक्षिप्त में मेरी ही ज़बानी सुनें। मोन्या की भाषा में कहानी यहाँ सुनाई नहीं जा सकती, क्योंकि वह बहुत अशोभनीय हो जाएगा। मोन्या ने अपने ठेठ आदिवासी लहज़े में कहानी राकेश सक्सेना को सुनाई थी, उसी में सारी क्रियाएँ और प्रक्रियाएँ कही गई थीं। ठेठ देशी अंदाज़ में। ख़ैर मोन्या ने जो कहानी सुनाई, उसका साहित्यिक भाषा में रूपांतरण यहाँ प्रस्तुत है (आप अनुमान लगा सकते हैं कि जहाँ मैंने किसी कठिन साहित्यिक शब्द का उपयोग किया है, वहाँ असल में मोन्या ने किस शब्द का उपयोग किया होगा)।

सैंकड़ों साल पहले वहाँ पहाड़ के पीछे आदिवासियों के टप्परों से कुछ दूर पर एक साधु का आश्रम था। साधु गृहस्थ साधु थे। कुछ शिष्यों की कुटियाएँ आस-पास थीं और बीच में साधु की कुटिया थी। साधु और उनकी पत्नी दोनों रहते थे वहाँ। कोई आस-औलाद नहीं थी दोनों को। साधु की नामर्दी के कारण औलाद नहीं हुई थी। कहा ये भी जाता था कि नामर्दी के कारण ही साधु जवानी में घर से भागकर साधु हो गए थे। बाद में जब आश्रम बनाया तो चूल्हे-चौके के लिए पत्नी की ज़रूरत पड़ी और गृहस्थी के कामों के लिए एक ग़रीब महिला को पत्नी बना लिया उन्होंने। पत्नी वही काम करती थी, जिसके लिए उसको लाया गया था। कहानी में मोड़ तब आया, जब एक दिन साधु दिशा-मैदान से लौट रहे थे। भोर के तारे का झुटपुटा अभी था ही। साधु जब लौटे तो उन्होंने अपनी पत्नी को किसी आदिवासी शिष्य के साथ आपत्तिजनक अवस्था में देख लिया। साधु के तन-बदन में आग लग गई, मगर फिर तुरंत अपनी कमी, अपनी कमज़ोरी का ध्यान आया। साधु उल्टे पैरों लौटे और यहाँ इस चट्टान पर आकर तप करने बैठ गए। नामर्दी दूर करने के लिए तप। बैठे रहे, बैठे रहे, बरसों तप

पर बैठे रहे। बरसों के तप के बाद एक श्रावण की पूर्णिमा को अचानक यहाँ ये पत्थर की दो हौदें प्रकट हुईं और साथ ही आस-पास चारों तरफ़ अगन फूल के पौधे अपने आप ही उग आए। उसके बाद आकाशवाणी हुई, "श्रावण पूर्णिमा की रात को जब आसमान पर पूरा चाँद खिला हो, तब नामर्द पुरुष अपने हाथों से पास से बहती कमानी नदी से पानी ला-लाकर इन हौदों को भरे। फिर चाँद के महीनों के दिनों में बराबर संख्या अर्थात् तीस अगन फूल के पौधों को जड़ सहित उखाड़ कर लाए और उनको धोकर अच्छी तरह से पीस ले। लेप बना ले उनका। इसके बाद लेप के चार हिस्से कर ले, बराबर-बराबर। दो हिस्सों को एक-एक करके दोनों हौदों में घोल दे। बचे हुए दो हिस्सों में से एक हिस्सा पूरी तरह से नग्न होकर अपने पूरे शरीर पर लगा ले। चौथे और अंतिम हिस्से को किसी अक्षत यौवना वन कन्या के शरीर पर अपने हाथों से लगाए। यह सारा काम उसे स्वयं ही करना है, किसी की मदद इसमें नहीं लेनी है। उसके बाद दोनों मिलकर पत्थर का चूल्हा बनाकर आग जलाएँ और उस आग पर तीतर का माँस पकाएँ। वन कन्या पकाए और पुरुष चूल्हे की आग का सेंक ले। पकने के बाद दोनों आधा-आधा बाँटकर वहीं आग के पास बैठकर खाएँ। खाने के बाद दोनों अलग-अलग हौदों में बैठ जाएँ। चंद्रमा की किरणों, तीतर के माँस और अगन फूल के रस से पुरुष के शरीर में धीरे-धीरे पुरुषत्व पैदा होना शुरू होगा। जब उसके शरीर में पूर्ण पुरुषत्व आ जाए, तो वह उठकर जाए और दूसरी हौद में बैठी वन कन्या के साथ रमण करे। उसकी नपुंसकता हमेशा के लिए समाप्त हो जाएगी। उसकी उम्र भले ही कुछ भी हो, वह रमण के लिए नौजवान हो जाएगा।" साधु ने उसी रात आकाशवाणी में बताए अनुसार सब कुछ किया और उसी रात पूर्ण पुरुष बनकर अपने आश्रम लौट गया। तब से ये दोनों पत्थर की हौदें यहीं हैं। और ये अगन फूल के पौधे भी आस-पास तभी से लगे हुए हैं।

कहानी सुनकर राकेश सक्सेना कुछ देर तक ख़ामोश रहे थे फिर बोले थे, "क्या मूर्खतापूर्ण कहानी है... ? ऐसा भी होता है कहीं... ?"

मोन्या चुप हो गया था सुनकर। मैं हैरत से पत्थर की उन हौदों को देख रहा था कि कहाँ छिपी थीं ये अब तक ?

"ये अगन का पौधा कौन-सा है, बताओ ज़रा," कुछ देर की ख़ामोशी के बाद कहा था राकेश सक्सेना ने।

उनके कहते ही मोन्या उठकर चला गया था। कुछ देर बाद लौटा, तो

उसके हाथ में एक टहनी थी, जिसमें कुछ फूल खिले हुए थे। आग की लपटों के समान फूल। लाल, पीले, नारंगी फूल। उनकी आकृति भी आग की लपट जैसी ही थी। पंखुड़ियाँ लपटों के समान मुड़ी हुई थीं जगह-जगह से। अंदर के पराग तंतु इस फूल में उल्टे थे, सारे फूलों में बाहर पंखुड़ियाँ और अंदर पराग तंतु होते हैं, इसमें बाहर तंतु और अंदर पंखुड़ियाँ थीं। दूर से देखने में ऐसा लग रहा था जैसे किसी ने लकड़ियाँ इकट्ठी करके उनमें आग लगा दी है। अगन फूल, शायद इसी कारण इसका नाम अगन फूल था।

"ये... ? ये तो ग्लोरियोसा लिली है। ग्लोरियोसा सुपर्बा। ये अफ्रीका के जंगलों का पौधा है, हमारे देश में भी कहीं-कहीं मिलता है...लेकिन ये यहाँ? स्ट्रेंज...आजकल नर्सरीवाले इसे बेचते हैं हमारे यहाँ, लेकिन यहाँ जंगल में लाकर किसने लगाया इसको," राकेश सक्सेना टहनी हाथ में लेकर अचरज में डूब गए थे।

"यहाँ तो बरसात शुरू होते ही इतने इलाक़े में अपने आप इसके पौधे उगने लगते हैं। सावन लगते तक तो इसमें फूल भी आ जाते हैं। बरसात ख़त्म होते ही पौधा भी ख़ुद ही ख़त्म हो जाता है। अगली बरसात में फिर उसी जगह से फूट आता है," मोन्या ने राकेश सक्सेना को हैरत में डूबा देखकर कहा था।

"ये लिली है, बल्ब (पौधे की गोल जड़) से निकलती है। बरसात ख़त्म होते ही पौधा सूख जाता है और बल्ब ज़मीन में ही रह जाता है। अगली बरसात में फिर फूट निकलता है। इसकी मेडिसनल वेल्यू तो है, बहुत-सी दवाएँ बनती हैं इसकी जड़ से। और हाँ यह पेड़ और इसके फूल तो ज़हरीले होते हैं, बहुत ज़हरीले। कुछ इलाक़ों में इसे झगरा फूल भी कहते हैं। कहा जाता है कि इसके फूलों को जिसके घर रख दो, उसके घर झगड़ा शुरू हो जाता है, इसीलिए इसे झगरा फूल कहते हैं। लेकिन ये कहानी... । यह तो बहुत अजीब कहानी है। यहाँ कितने इलाक़े में खिलता है ये?" राकेश सक्सेना ने उत्तर भी दिया और प्रश्न भी किया था।

"बस पहाड़ी के इस तरफ़, इन हौदों के चारों तरफ़ आधा-आधा कोस में ही मिलता है ये, उसके बाद इसका नामो-निशान भी नहीं है," मोन्या ने उत्तर दिया था।

"तुमने जो कहानी सुनाई उसमें जो करने को कहा गया है, वह तो कोई भी कर लेगा और ऐसे में दुनिया में कोई नामर्द ही नहीं रहेगा," राकेश सक्सेना

ने कुछ झुँझलाहट भरे स्वर में कहा था।

''नहीं कर सकता साहब जी। एक तो ये अगन फूल बस महीने-दो महीने ही खिलता है बरसात में। और दूसरा ये कि ऐसा होना भी बहुत मुश्किल होता है कि सावन की पूनम को आसमान पर चाँद पूरा खिला हो। बरसात में ऐसा होना नसीब की बात होती है,'' मोन्या ने अदब के साथ उत्तर दिया था।

राकेश सक्सेना हाथ में अगन फूल उर्फ़ ग्लोरियोसा सुपर्बा लिली की टहनी लिए अचरज में डूबे थे और मैं उर्फ़ पीताम्बर गुदेनिया उस अचरज के अचरज में डूबा था।

''बड़े-बुज़ुर्ग बताते हैं कि पहले नवाब और फिर अंग्रेज़ों में से बमुश्किल एक-दो की ही क़िस्मत से चाँद की पूरी पूनम मिल पाई थी यहाँ। ये रेस्ट हाउस इन हौदों के कारण यहाँ बनाया ही गया था। पहले नवाब के समय यहाँ एक झोंपड़ी-सी थी, किसी अंग्रेज़ को इन हौदों के बारे में पता चला, तो उसने यहाँ ये रेस्ट हाउस बनवा दिया था। नवाबों के समय नवाब और अंग्रेज़ों के समय अंग्रेज़ यहाँ हर साल सावन की पूनम पर अकेले आते थे। एक आदिवासी लड़की भी उस रात रेस्ट हाउस में बुलाई जाती थी। बुज़ुर्ग बताते हैं कि चार-पाँच साल में एकाध बार किसी को क़िस्मत से चाँद की रात मिल पाती थी। नहीं तो कभी-कभी तो यह भी होता था कि मूसलाधार बरसात होती रहती थी और चढ़ी हुई नदी में पत्थर की हौदें भी डूबी रहती थीं,'' मोन्या की आवाज़ गहरे रहस्य से भरी थी।

''तीतर के माँस के बारे में तो कहा जाता है कि उसमें पुरुषत्व बढ़ाने की तासीर होती है और ग्लोरियोसा लिली की जड़ें भी दवाई के काम आती हैं, इनफ़ैक्ट इट इज़ ए मेडिसनल प्लांट...मगर ये सब...!'' राकेश सक्सेना की आवाज़ में अभी भी अचरज घुला हुआ था।

शाम अब गहरा गई थी। राकेश सक्सेना उठकर एक बार उन पत्थरों की हौदों के पास गए थे। उन पर हाथ फेरते रहे। देर तक हाथ फेरते रहे थे। उनके जैसे व्यक्ति के पास बहुत से अनुत्तरित सवाल थे उस दिन।

फिर हम वापस रेस्ट हाउस आ गए थे। मोन्या की बेरा मानस ने बहुत अच्छा खाना बनाया था। हमने खाया और छककर खाया था। रेस्ट हाउस से चलते समय राकेश सक्सेना ने मोन्या और उसकी पत्नी दोनों को ईनाम में पैसे दिए थे। फिर हम लौट आए थे उस रहस्य को साथ लेकर।

उसके बाद समय की तेज़ हवा ने बीच के आठ-नौ बरसों को अपने साथ तिनके की तरह उड़ा दिया। सब कुछ विस्मृत हो गया पीताम्बर गुदेनिया को। मैं एक साल पहले रिटायर हो चुका हूँ।

मैं पीताम्बर गुदेनिया अब उस फ़्लैश-बैक से वापस आ चुका हूँ। कार अब रात के अँधेरे को चीरती हुई सड़क पर दौड़ी जा रही है। कुछ ही देर में डोडी रेस्ट हाउस का जोड़ आने वाला है। पीताम्बर गुदेनिया ने आसमान में खिले पूरे चाँद को देखा, तो उसे याद आया कि ढलती उम्र और डायबिटीज़ के कारण वह भी तो धीरे-धीरे...। एक-दो बार कोशिश भी की थी, तो असफलता हाथ लगी थी। शर्मिंदगी और लिहाफ़ को चेहरे पर ओढ़कर चुपचाप करवट बदल कर सोना पड़ा था। आज ये श्रावण पूर्णिमा का चाँद उसकी क़िस्मत से ही तो नहीं खिला है?

"सुनो दिनेश...थोड़ा आगे चलेंगे तो लेफ़्ट पर एक बोर्ड आएगा डोडी रेस्ट हाउस का, उस तरफ़ मोड़ लेना। रेस्ट हाउस होते हुए चलते हैं।" मैंने अपने ड्राइवर दिनेश से कहा। उसने सिर हिलाकर स्वीकृति प्रदान कर दी। ट्रेवल्स में दिनेश मेरा फ़ेवरेट ड्राइवर है, कहीं भी जाना होता है तो ट्रेवल्स के मालिक को पता होता है कि गुदेनिया साहब केवल दिनेश को ही लेकर जाएँगे।

कुछ ही देर में कार मुख्य मार्ग को छोड़कर डोडी रेस्ट हाउस की कच्ची-पक्की सड़क पर दौड़ रही थी। मेरे अंदर जाने क्या-क्या ठाठें मार रहा था। क्या सचमुच यह हो सकता है? साठ-बासठ की उमर में भी क्या यह होना संभव है? यदि हो जाए तो..!

अचानक रुक गई कार के कारण उत्सुकता की एक लहर किनारे से टकरा कर बिखर गई।

"क्या हुआ?" मैंने पूछा।

"टायर पंक्चर हो गया है साहब। बस ज़रा देर में बदल देता हूँ। आप बैठे रहिए कार में, उतरिए मत," कहता हुआ दिनेश कार का हैंड ब्रेक खींचकर नीचे उतर गया।

दिनेश के उतरने के बाद मैं आसमान में खिले चाँद को कार के काँच से देखने लगा। सड़क के किनारे अगन फूल के पौधे दिखाई दे रहे थे। हवा में धीरे-धीरे हिलते हुए।

काफ़ी देर बाद भी जब टायर खुलने की आवाज़ नहीं आई तो मैं नीचे

उतर गया। दिनेश असमंजस में खड़ा था डिक्की खोलकर।

"क्या हो गया अब ?" मैंने पूछा।

"साहब डिक्की में जैक नहीं है, शायद ट्रैवल्स की किसी दूसरी गाड़ी के ड्राइवर ने निकाल लिया और वापस नहीं रखा," दिनेश ने कुछ झिझकते हुए कहा।

"अब... ?" मैं असहज हो गया।

"करता हूँ कुछ व्यवस्था, माँगता हूँ किसी से," दिनेश ने उत्तर दिया।

"यहाँ... ? यहाँ किससे माँगोगे ?" मैंने कुछ झुँझलाते हुए पूछा। उत्तर दिया दूसरी तरफ़ मतलब रेस्ट हाउस की तरफ़ से आ रही किसी कार की हैड लाइट ने।

कार पास आई तो दिनेश ने लगभग सड़क पर खड़े होकर उसे रुकने का इशारा किया। कार रुक गई। उस कार में बस एक आदमी ही था, जो गाड़ी चला रहा था। दिनेश ने अपनी परेशानी बताई तो उसने कार साइड में लगाकर रोक दी। डिक्की से जैक निकालकर वह दिनेश की मदद करने लगा। वह भी ड्राइवर ही है शायद। गाड़ी भी किसी ट्रैवल्स की ही गाड़ी थी। गाड़ी की नंबर प्लेट से तीन जानकारियाँ मिल रही थीं, पहली ये कि गाड़ी प्राइवेट है सरकारी नहीं, दूसरी ये कि गाड़ी टैक्सी कोटे की है और तीसरी ये कि गाड़ी भोपाल की है। अब मेरे मन में कुलबुलाहट होने लगी थी, कौन है ये और कहाँ से आ रहा है ?

"इतनी रात को कहाँ से आ रहे हो भाई ?" मैंने उसकी टोह लेते हुए पूछा। उत्तर मिलने की संभावना कम ही थी। ट्रैवल्स के ड्राइवर इस प्रकार के प्रश्नों के उत्तर नहीं देते हैं। उनको सिखाया जाता है कि अपनी पार्टी के बारे में कोई भी जानकारी किसी को न दें। कहाँ से आ रहे हैं, कहाँ जा रहे हैं, यह भी किसी को नहीं बताया जाए।

"रेस्ट हाउस तक गया था साहब," उसने उत्तर दिया।

"तो इतनी रात को वापस क्यों जा रहे हो, वहीं रुक जाते ?" मैंने और टोह ली। सीधे बात पर आ गया, तो फिर यह कुछ भी जवाब नहीं देगा।

"किसी काम से जा रहा हूँ," उसने उत्तर दिया। पक्का झूठ बोल रहा है, किसी काम से नहीं जा रहा है, साहब को रेस्ट हाउस पर छोड़कर वापस जा रहा है, सुबह लेने आएगा। रात को वहाँ नवाब भी अकेले ही रुकते थे और अंग्रेज़ भी। जो करना है वह अकेले को ही तो करना है।

"भोपाल जा रहे हो वापस?" मैंने पूछा।

"जी साहब," उसने बहुत ही संक्षिप्त-सा उत्तर दिया और टायर बदलने में व्यस्त हो गया। मानो बातचीत को विराम देना चाहता हो। मेरी उत्सुकता अब नाम जानने में बढ़ गई थी। उत्सुकता या शायद अकुलाहट। मुझे लगा कि अब एक तुक्का लगाना ही पड़ेगा, नहीं लगाया तो दिक़्क़त हो जाएगी, या तो मुझे या किसी और को। अगला प्रश्न पूछने के लिए बहुत ज़्यादा आत्मविश्वास की आवश्यकता थी। इस प्रकार पूछना था कि वह पूछना नहीं लगे, बल्कि यूँ लगे कि मुझे तो पता ही है ये।

"राकेश सक्सेना जी को लाए हो भोपाल से?" मैंने बहुत आत्मविश्वास अपनी आवाज़ में भरते हुए अँधेरे में तीर छोड़ा। तीर निशाने पर लगा। उसने आश्चर्य से पलटकर मुझे देखा और फिर रहस्यमय तरीक़े से मुस्कुराते हुए सिर को स्वीकारोक्ति में हिलाया और मुड़कर टायर में लग गया। 'काटो तो ख़ून नहीं', शायद यही मुहावरा अब मेरे लिए प्रयोग किया जा सकता है या शायद 'हाथों के तोते उड़ना'।

कुछ देर बाद वो उठा और जैक अपनी डिक्की में रखकर, कार स्टार्ट करके चला गया।

"चलिए सर बैठिए," दिनेश ने मुझे असमंजस में खड़ा देखा तो बोला। मैं अकबकाया-सा डोडी रेस्ट हाउस की दिशा में देखे जा रहा था।

"हाँ...पहले गाड़ी मोड़ लो," मैंने कहा।

"मोड़ लूँ? पर आप तो रेस्ट हाउस जा रहे थे ना?" दिनेश ने उलझन भरे स्वर में पूछा।

"नहीं...अब नहीं चलना वहाँ। आज का यह चाँद किसी और के नसीब में लिखा है," दूसरा वाक्य मैंने बुदबुदाते हुए अपने आप से ही कहा। दिनेश कुछ नहीं समझा और कार में बैठ गया। मैंने सड़क के किनारे लगे एक अगन फूल के पौधे से कुछ फूल तोड़ लिए।

जहाँ मैं खड़ा हूँ, वहाँ से खिली हुई चाँदनी में दूर डोडी का रेस्ट हाउस एक धब्बे की तरह दिखाई दे रहा है और मुझे दिखाई दे रहा है एक अधेड़ बूढ़ा, जो हाँफते हुए, थके क़दमों से, पहाड़ी नदी से बाल्टियों में भर-भर कर पानी ला रहा है, लाता जा रहा है हौदों को भरने के लिए। हौदों के पास रखे हैं कुछ ताज़ा कटे हुए तीतर और अगन फूल के पौधे। जिस पत्थर पर राकेश सक्सेना बैठे थे

उस दिन, उस पत्थर पर एक आदिवासी कन्या बैठी है, बैठी है निर्वसन होकर। चाँदनी के कारण उसका काला शरीर साँप की तरह चमक रहा है। और चमक रही हैं उसकी आँखें, उदास-उदास आँखें। वह चुपचाप बैठी बूढ़े को पानी लाते और वापस नदी की ओर जाते देख रही है।

मेरी कार मुड़ गई है और अब पीताम्बर गुदेनिया कार में बैठा वापस जा रहा है हाइवे की तरफ़। पीताम्बर गुदेनिया के दिमाग़ में गूँज रहा है मोन्या का वाक्य, "चार-पाँच साल में एकाध बार किसी की क़िस्मत से चाँद की रात मिल पाती थी।"

कार हाइवे पर आ गई है और पीताम्बर गुदेनिया सोच रहा है कि नवाबों से अंग्रेज़ और अंग्रेज़ों से अफ़सर, ये चाँदनी रातें केवल इन्हीं लोगों के हिस्से में क्यों लिखी हुई हैं। क्या कभी कोई आम आदमी उन पत्थर की हौदों के समीप चाँदनी रात गुज़ार पाएगा? कार हाइवे पर पूरी रफ़्तार से दौड़ रही है। पीताम्बर गुदेनिया को अब नींद आ रही है, वह गोद में रखे अगन फूलों को सहलाता हुआ धीरे-धीरे, धीरे-धीरे नींद के आग़ोश में बढ़ रहा है।

क़ैद पानी

"इत्ती दूर तो तू वैसे ही जाती है, थोड़ी दूर और चली जाना, थोड़ा ज़्यादा चल लेने में छाले तो पड़ नहीं जाएँगे पाँव में," आँगन में बिछी खटिया पर अधलेटे होकर बीड़ी फूँकते हुए कहा रमेश ने। थोड़ी देर पहले ही गाय-भैंसों को लेकर खेत से लौटा है। सुबह जो मवेशियों को लेकर निकलता है, तो शाम ढले ही उसका घर लौटना होता है। आकर थोड़ा सुस्ताता है, गिलास भर चाय पीता है, दो-तीन बीड़ी फूँकता है और फिर दूध निकालने की तैयारी करने लगता है।

आँगन के किनारे पर ही बने चूल्हे पर उसकी पत्नी सुनीता उसके लिए चाय बना रही है। घूँघट को आँखों तक खींचकर रखा है उसने। बार-बार लकड़ियों को फूँक रही है।

"म्हारे से नी बने उत्ती दूर जाने की। इत्ता सारा कपड़ा और बर्तन सिर पर रख के जानो और आनो। म्हारे बस की तो नी है," सुनीता ने कुछ धीमी आवाज़ में उत्तर दिया। रमेश थोड़ा-बहुत पढ़-लिख गया है, इसलिए गाँव की भाषा नहीं बोलता है, जबकि सुनीता अभी भी ठेठ गाँव की ही भाषा में बात करती है। उसका पहनावा भी एकदम ग्रामीण है।

"तो तुझसे कौन कह रहा है कि तू अपने सिर पर रखकर ले जा। अनिल-सुनील को ले जाया कर साथ में। एक के सिर पर कपड़े रख दे और एक को बर्तन की टोकरी पकड़ा दिया कर," रमेश ने बिलकुल लापरवाही वाले अंदाज़ में बीड़ी फूँकते हुए उत्तर दिया। जैसे यह समस्या कोई बहुत बड़ी समस्या ही न हो।

"फिर स्कूल कौन जाएगा? बच्चा होन की पढ़बे-लिखबे की उमर है कि काम करबे की? और इत्ता-इत्ता सा बच्चा होन के सिर पर कपड़ा-बर्तन रखते म्हारे शरम नी आएगी? तमने तो बोल दी कि बच्चा होन को ले जाओ," इस

बार सुनीता ने रमेश पर निकाली जाने वाली झुँझलाहट को आग पर फूँक मार कर निकालते हुए कहा।

चाय को ठीक से उबला हुआ देखकर सुनीता ने कपड़े से पकड़कर चाय की तपेली को आग पर से उतार लिया। पास रखे पीतल के बड़े गिलास पर छन्नी रखकर वह चाय को छानने लगी। गिलास भर गया तो वह तपेली को रख कर उठी और चाय का गिलास ले जाकर रमेश को दे दिया। गिलास देकर वह वापस आकर चूल्हे के पास बैठ गई और पास रखे हुए चार गिलासों में चाय को छानने लगी। एक गिलास उसका, एक उसकी सास का और दो गिलास उसके बेटों अनिल और सुनील के। शाम की चाय के लिए सबको रमेश के खेत से लौट आने का इंतज़ार रहता है।

सुनीता की सास चूल्हे से लगे हुए कमरे के बाहर दालान में खटिया पर लेटी हैं। कुछ दिनों से उनकी तबीयत ठीक नहीं चल रही है, बुखार बना रहता है और उठने-बैठने में भी परेशानी होती है। दोनों बेटे अनिल और सुनील अपनी दादी की खटिया से पीठ टिकाकर ज़मीन पर बैठे हैं। चाय के इंतज़ार में। इधर दोनों पति-पत्नी के बीच जो बहस चल रही है, उसमें कोई भी हस्तक्षेप करना नहीं चाह रहा है। सुनीता के चाय छानते ही उसके बेटे उठे और तीन गिलास लेकर वापस दादी के पास पहुँच गए। एक-एक अपना और एक अपनी दादी का। सुनीता भी अपना गिलास लेकर चूल्हे से थोड़ा दूर हटकर बैठ गई और चाय पीने लगी। सास अभी सामने बैठी हैं, जिन्होंने सिखाया है कि चूल्हे पर खाना बनाने वाली जगह पर बैठकर कुछ भी खाना-पीना नहीं चाहिए, चूल्हा झूठा हो जाता है उससे।

"अरी, तो जब बच्चा होन स्कूल से आ जाएँ तब चली जाया कर, उसमें क्या है? तू तो छोटी-सी बात को इत्तो बड़ो तमाशो बना देती है। कोई भी परेशानी आए है, तो उसको हल भी तो निकालनो ही पड़े है, कि नी?" रमेश ने थोड़ा प्रेम घोलते हुए ग्रामीण भाषा का पुट डालते हुए कहा।

"स्कूल से बिचारा होन थक के आएँ और मैं उनके सिर पर सामान रख के उन्हें फिर आधा कोस चलाकर ले जाऊँ? तम तो जो तमारे दिमाग में आ रिया है, बोल रये हो, सोची-समझी के तो बोलो। और जो हम सब सूनो घर छोड़ के चले जाएँ, तो फिर घर की रखवाली कौन करेगो?" इस बार सुनीता रमेश के उत्तर पर कुछ चिढ़ गई और सीधे-सीधे ही उसने रमेश को झिड़की देने के अंदाज़ में उत्तर दिया।

"क्यों? अम्मा तो रहेंगी ना घर पर? सूना घर कहाँ से हो गया," इस बार रमेश ने भी चाय का घूँट भरते हुए कुछ तीखा उत्तर दिया।

"अम्मा जी को तो सारो काम म्हारे ही करनो पड़े है, उन बिचारी से तो बड़ी मुश्किल से खटिया से उठो जाय है। कोई भी घुस के कुछ भी उठा ले जाये। उनके भरोसे घर छोड़ो कि घर पे उनको किसी के भरोसे छोड़ो। अनिल-सुनील के आने के बाद ही म्हारो जानो होतो है। तमारो क्या है, तमने तो उठाई जुबान और लगा दी तालू से। देखनो तो म्हारे ही पड़े है सब," इस बार सुनीता ने कुछ और तीखे स्वर में उत्तर दिया।

"थारे से तो बात करनी ही भोत बड़ी परेशानी है। बहस में तो भगवान भी थारे से नी जीत सकतो। हर बात को जवाब थारे पास पहले से ही तैयार रखो है। कोई बात किसी ने कही नी कि तेरे पास झट से उसको जवाब रखो है। थारे से तो कोई बात ही करनी बेकार है, बारा माथा की लुगाई है तू," रमेश ने बात को विराम देने के उद्देश्य से चाय का गिलास मुँह से लगाते हुए हथियार डाल देने के अंदाज़ में कहा।

"अरे...तो गलत कौन-सी बात कह रयी है लाड़ी...तुम मरद होन को पता भी चले है कि औरत-मानुस को कित्ती परेसानी होए है। तूने तो कह दी कि आधा कोस चली जाओ। रस्ते में जिनावर से लेकर आदमी तक सबको खटको है, इकेली औरत, कैसे चले जाएगी आधा कोस?" इस बार रमेश की बात का उत्तर सुनीता ने नहीं देकर उसकी सास ने दिया। और उत्तर भी एकदम सीधा नहीं बल्कि फटकार लगाते हुए कहा अपने बेटे को।

असल में जिस बात पर दोनों पति-पत्नी के बीच में बहस चल रही है, उसका कारण यह है कि गाँव में निस्तार के पानी के लिए दो साधन हैं। निस्तार मतलब पीने के अलावा जो पानी घर के दैनिक कामों में लगता है वह पानी। एक तो गाँव से ही बिलकुल लगा हुआ छोटा-सा, कुएँ से बस थोड़े ही बड़े आकार का पोखर है। कहने को तो यह पोखर है, लेकिन है ये कुएँ जैसा ही। इसमें बरसात के समय पानी भर जाता है। उसके बाद ठंड के बीतने तक और कई बार गर्मी के लग जाने तक भी इसमें इतना पानी रहता है कि उससे गाँव के लोगों का निस्तार का काम चलता रहता है। कपड़े धोना, बर्तन धोना, नहाना जैसे काम सुबह मर्द और दोपहर में औरतें आकर इसी पोखर पर करती हैं। कुछ वहीं जाकर काम करती हैं, तो कुछ अपने गघरे-बाल्टियों में पानी भरकर घर ले

आती हैं और घर आकर उस पानी का उपयोग करती हैं। कुल मिलाकर यह कि गाँव साल के आठ महीने इसी पोखर के सहारे अपनी दिनचर्या चलाता है। इस पोखर के अलावा एक तालाब है, जो गाँव से आधा कोस या डेढ़ किलोमीटर की दूरी पर है। जब पोखर का पानी सूखने लगता है, तो मजबूरी में गाँव के लोगों को तालाब पर ही आश्रित होना पड़ता है। पीने के पानी के लिए गाँव में ही एक-दो कुएँ हैं जिनसे गाँव भर का काम चल जाता है।

इस पोखर को लेकर ही पिछले साल से एक नई परेशानी गाँववालों को आ रही है। इस पोखर से लगा हुआ ही गाँव के दबंग और आपराधिक प्रवृत्ति के कैलाश राठौर का घर है। कैलाश के खेत में पहले एक कुआँ था, जो साल भर पानी देता था, लेकिन पिछले एक-दो साल से पता नहीं क्या हुआ है कि जनवरी लगते न लगते कुएँ का पानी टूट जाता है। जनवरी के बाद भी फ़सल में कम-से-कम एक बार तो पानी फेरना ही पड़ता है। पहले साल जब उसके कुएँ का पानी टूटा, तो उसने पोखर में मोटर लगाकर खेत में पानी फेर लिया। यह क़ानूनन ठीक नहीं था। निस्तार का पानी गाँव के उपयोग के लिए होता है, खेत आदि में फेरने के लिए नहीं होता। अगर उसे ही खेत में फेर दिया जाएगा तो लोगों का क्या होगा? मगर इसके बाद भी गाँव के लोगों ने पोखर के पानी की भागीदारी के लिए अचानक सामने आ गए इस बाहुबली का कोई विरोध नहीं किया। तो हुआ यह कि पोखर का पानी दो हिस्सों में बँट गया, बड़ा हिस्सा कैलाश राठौर के खेत में चला गया और छोटा हिस्सा गाँववालों को मिला। मगर इतने के बाद भी किसी ग्रामीण ने कुछ नहीं कहा। कहने की हिम्मत भी नहीं थी किसी में और फिर यह भी था कि खेत में ही तो पानी फेर रहा है। अंदर-ही-अंदर कुछ सुगबुगाहट हुई तो, लेकिन ऊपर से किसी ने कुछ भी नहीं कहा। उस साल यह हुआ कि पोखर का जो पानी मार्च के बाद तक चलता था, वह जनवरी बीतने तक सूख गया। गाँववालों के लिए आधा कोस चलकर पानी लाने के लिए दो महीने का समय और बढ़ गया। गाँव की महिलाओं के लिए यह बड़ी आपदा थी।

उसके बाद वाले साल में हुआ यह कि बरसात ही कम हुई। बरसात कम हुई, तो पोखर का पानी भी कम ही था। इस साल एक नई बात हुई। और यह नई बात इस साल दिसम्बर के लगते ही हो गई। सितम्बर में समाप्त हुई बरसात का पानी नवंबर के अंत तक तो भरा रहता है, चलता है, मगर उसके बाद एकदम

घटने लगता है। दिसम्बर से जल-स्रोत सूखने शुरू होते हैं। तो दिसम्बर की एक रात अचानक कैलाश राठौर ने शहर से बनवाकर लाए गए लोहे के बड़े से एक गोल पिंजरे से पूरे पोखर को ढँक दिया। एक तरफ़ बस दरवाज़ा रखा, जिसमें मोटा-सा ताला लगा दिया। बात की बात में पानी क़ैद हो चुका था। यह सारा काम रात को किया गया। सुबह जब गाँववाले पोखर पर पहुँचे तो वहाँ कैलाश राठौर और उसके चार मुस्टंडे बेटे, अपने नौकरों के साथ पोखर में मोटर लगा रहे थे पानी फेरने के लिए। इक्का-दुक्का लोग पोखर पर पहुँचे और वहाँ का दृश्य देखकर बिना वहाँ रुके तालाब की तरफ़ बढ़ लिए। वहाँ रुकने का मतलब था कि जो कुछ किया जा रहा है, आप उसका विरोध कर रहे हैं। जैसे ही एक-दो गाँववाले वहाँ पहुँचते, वैसे ही कैलाश और उसके बेटे अपने नौकरों को ज़ोर-ज़ोर से गालियाँ बकने लगते। ज़मीन पर लाठियाँ पटकने लगते। किसी में कुछ कहने की हिम्मत होती भी, तो वह भी हवा हो जाती। पिंजरा लोहे का था और नट-बोल्ट से कसा हुआ था। ऊपर से खुला हुआ था, मगर इतना ऊँचा था कि उसमें चढ़कर अंदर कूदकर पानी लाना असंभव था। दोपहर होने तक यह हुआ कि पिंजरे के अस्तित्व को गाँववालों द्वारा स्वीकार कर लिया गया।

यह पिंजरा कैलाश राठौर ने इसलिए लगवाया था कि गाँववाले पोखर के पानी का बिलकुल ही उपयोग न कर पाएँ और उसकी खेती के लिए पानी कम नहीं पड़े। उसका मानना था कि महिलाएँ जो दोपहर में आ-आकर पोखर का पानी भर-भर कर अपने घर ले जाती हैं, उससे उसके खेतों के लिए पानी कम पड़ेगा। उसके खेत को तो पानी की बहुत ज़रूरत है। पूरा गाँव अगर पोखर को इस प्रकार उलीचेगा, तो उसका खेत तो सूख ही जाएगा। लोगों को अगर निस्तार का पानी नहीं मिलेगा, तो वो कौन सूख जाएँगे? हालाँकि यह पोखर सरकारी निस्तार की ज़मीन पर बना था, पर गाँव, शहर से इतनी दूर था कि न तो यहाँ सरकार आती थी, न सरकार की कोई चिड़िया यहाँ मँडराती थी। ऐसे में इस कहावत को सच होना ही था कि जिसकी लाठी उसकी ही भैंस। पिंजरा लगाने के बाद कैलाश राठौर ने उस साल पूरा पानी अपने खेत में खड़ी फ़सल में फेरा। उसकी फ़सल लहलहा उठी। आधी जनवरी बीतने तक पोखर का पूरा पानी उसने अपने खेत में फेर दिया। जब पोखर का पूरा पानी उसकी मोटरों ने चूस-चूस कर उसके खेत में फेंक दिया, तो उसने सूखे पोखर पर से पिंजरा हटवाकर उसे अपने खेत पर रखवा दिया। उसे पोखर को थोड़े ही क़ैद करना

था, उसे तो पानी को क़ैद करना था। पानी ख़त्म, तो खेल खत्म।

और यह अगला साल है, अगला मतलब पोखर के पानी में कैलाश राठौर के घुसने का तीसरा और पिंजरे का दूसरा साल। इस साल इधर बारिश ख़त्म हुई और अक्टूबर के लगते ही कैलाश राठौर ने पिंजरा लगा दिया है। वह पिंजरा जो पिछले साल पूरा पानी चूस लेने के बाद हटाया गया था। इस बार हालाँकि बरसात ठीक हुई है और पोखर के पानी का गाँववाले और कैलाश राठौर दोनों ही उपयोग कर सकते हैं। मगर बात वही है कि जब कहीं कोई विरोध ही नहीं कर रहा है, तो फिर अपनी मनमानी करने में क्या बुरा है। और पानी तो पानी है, फ़सल को तो लगना ही है। प्रतिरोध के समाप्त होने से ही लालच बढ़ता है। जब तक प्रतिरोध है, तब तक लालच का साँप अपना सिर नहीं उठाता है। यहाँ भी यही हुआ कि पहले साल कैलाश राठौर बिना पिंजरे के सार्वजनिक पोखर में पानी लेने घुसा, कोई विरोध नहीं हुआ, तो अगले साल उसने पिंजरा लगा दिया और इस तीसरे साल अच्छी बारिश के बाद भी, बारिश के समाप्त होते ही पिंजरा लगाया जा चुका है। गाँववालों के लिए अब अक्टूबर से ही पोखर की जगह तालाब का रुख़ करने के अलावा कोई चारा नहीं है।

ईस्ट इंडिया कंपनी भी इसी प्रकार आई होगी भारत में। पहले एक क़दम धीरे से रखा, ज़मीन को दबाकर देखा, जब लगा कि ज़मीन ठीक है, तो उस क़दम को पूरी ताक़त से रख दिया। उसके बाद जब वह क़दम जम गया, तो दूसरे क़दम को बढ़ाकर उससे आगे रख दिया। उस दूसरे क़दम को भी ठीक प्रकार जमा लिया। जब दोनों क़दम जम गए तो पहले क़दम को उठाकर तीसरे क़दम के रूप में पूरी ताक़त से ज़मीन पर पटकते हुए, अधिकार और आधिपत्य की आवाज़ करते हुए रख दिया। तीन क़दम यदि ठीक प्रकार से रखे जाएँ तो 'सबै भूमि गोपाल की' जो होती है वह 'सबै भूमि बलवान की' हो जाती है। याद करिए वामन अवतार में विष्णु ने भी राजा बलि से तीन ही क़दम भूमि की माँग की थी और उन तीन क़दमों में सब कुछ नाप लिया था। कैलाश राठौर ने भी वही किया, पहला क़दम, दूसरा क़दम और तीसरा क़दम। तीन सालों में तीन क़दम रखे और पोखर पर अपना आधिपत्य जमा लिया। इस तीसरे साल में गाँववालों को यह लग रहा था कि इस साल पिंजरा पोखर सूखने के बाद भी हटाया नहीं जाएगा, क्योंकि इस बार कैलाश राठौर ने आधे पर गेहूँ बोया था और आधे खेत में सब्ज़ी बो दी थीं। गेहूँ को तो दो या तीन बार पानी लगता है,

मगर सब्ज़ी को तो बार-बार लगता है, लगातार लगता है।

गाँव की औरतों के लिए अब अक्टूबर से ही तालाब जाने की परेशानी बढ़ गई। सिर पर गघरे और हाथ में बाल्टियाँ लिए, या कपड़ों का गट्ठर सिर पर लिए ये महिलाएँ पूरे तीन किलोमीटर का चक्कर लगाती थीं, डेढ़ किलोमीटर जाना और डेढ़ किलोमीटर आना। बात अक्टूबर या जनवरी की नहीं थी, बात यह थी कि ठंड के दिन वैसे ही छोटे होते हैं और दोपहर बाद घर का काम पूरा करके तालाब जाने वाली महिलाएँ जब लौटती थीं, तब तक शाम गहरी हो चुकी होती थी। तालाब से लौटती औरतों को रेंगने वाले साँप-बिच्छुओं का डर रहता था, चार पाँव के जंगली जानवरों का डर रहता था और सबसे ज़्यादा दो पाँव वाले जानवर का डर रहता था। साँप-बिच्छुओं के काटे की बात, जंगली जानवर द्वारा घायल कर देने की बात तो तुरंत सामने आ जाती थी, मगर दो पाँव वाले जानवर ने रास्ते में कब किस महिला को डंसा, यह बात कभी सामने नहीं आती थी। बदनामी और लोक-लाज के डर से इस प्रकार की घटनाओं की जानकारी उन दोनों के बीच ही रह जाती थी। डंसने वाले और डंसे जाने वाले के बीच में। और इसी डर से महिलाएँ तालाब जाने में डरती थीं। जाती भी थीं तो झुंड में ही जाती थीं और झुंड में ही वापस आती थीं। लेकिन कभी-न-कभी कोई-न-कोई महिला तो लौटते में अकेली हो ही जाती थी या आगे-पीछे हो जाती थी। कुल मिलाकर बात यह थी कि महिलाओं के लिए तालाब जाना और आना रोज़ के जीने और रोज़ के मरने जैसा ही था। अंदर और बाहर से ज़िन्दा घर लौट आती थीं, तो चैन की साँस लेती थीं। बातें आदमियों के सामने नहीं आती थीं, इसलिए उनके लिए महिलाओं का तालाब जाना और वहाँ से निस्तार का पानी लाना एक सामान्य-सी बात थी।

सुनीता और रमेश के बीच में जो बहस चल रही थी, वह इस बात को लेकर ही चल रही थी कि सुनीता का कहना था कि गाँव के सब मर्द लोग मिलकर कैलाश राठौर द्वारा पोखर के पानी पर पिंजरा लगाए जाने का विरोध करें। पंचायत में बात को उठाएँ और पंचायत से काम नहीं चले तो, पटवारी से बोलें, शहर जाकर सरकारी दफ़्तरों में इस बात की शिकायत करें। आख़िरकार पोखर तो सरकार का ही है, जब सरकार को पता चलेगा तो वह तो आएगी ही अपने पानी को क़ैद से आज़ाद करवाने। सरकारी पानी को क़ैद कर लिया गया है और सरकार सोई पड़ी है यह कैसे हो सकता है। यह सुगबुगाहट गाँव की औरतों

के द्वारा सारे घरों में फैली हुई थी, मगर हर घर के मर्द का रवैया लगभग वैसा ही था, जैसा रमेश का है। कोई विरोध नहीं करना चाह रहा था। अखर सबको रहा था, मगर 'बिल्ली के गले में घंटी कौन बाँधे?' जब पुरुष के सामने इस प्रकार की कोई स्थिति निर्मित होती है, तो वह अपने अंदर के पुरुष की नाक को बचाए रखने के लिए विकल्प सुझाने लगता है। वह सीधे-सीधे नहीं कहता है कि विरोध करने की ताक़त उसके अंदर नहीं है। ऐसा कहने में उसकी मर्दानगी पर आँच आती है। और जब सामने उसकी ही पत्नी खड़ी हो, तब तो मर्दानगी को बचाए रखना उसके लिए बहुत ज़्यादा ज़रूरी हो जाता है। विकल्प सुझाने का एक कारण यह भी था कि रमेश को पता था कि कहीं भी शिकायत कर लो, किसी को भी जाकर शहर में अर्ज़ी दे दो, ढाक के पत्ते तीन रहने हैं, तो तीन ही रहने हैं। सरकार के पास ऐसी अर्ज़ियों के पहाड़-के-पहाड़ खड़े हैं, जो हर साल और ऊँचे होते जाते हैं। अर्ज़ी देने से और हो ये जाएगा कि इन सबमें कैलाश राठौर से दुश्मनी अलग हो जाएगी। अभी कम-से-कम दुआ-सलाम तो है।

रमेश को जब एक ही विषय पर दूसरा विरोध अपने घर की दूसरी महिला, अपनी माँ की तरफ़ से आता दिखाई दिया, तो वह एकदम चुप हो गया। चुपचाप चाय पीता रहा। सास द्वारा अपना पक्ष लिए जाने के बाद सुनीता ने भी अपनी तरफ़ से कुछ नहीं कहा, वह भी चुपचाप चाय पीती रही। अनिल और सुनील भी दादी के पलंग के पास सुनीता द्वारा जलाकर रखे गए अलाव के पास बैठे आग तापते हुए चाय पीते रहे। चाय पीती हुई सुनीता के चेहरे पर कुछ दूर जल रहे चूल्हे की आग के उजाले और गहरा चुकी शाम के अँधेरे के कारण कई प्रकार की परछाइयाँ बन रही थीं और उन परछाइयों के बीच-बीच में उसके चेहरे पर कई प्रकार के भाव आ-जा रहे थे।

"बात हुई क्या थारी रमेश भाईसा से?" अगले दिन तालाब के किनारे के पत्थर पर कपड़ों को फटकते हुए मीना ने उससे पूछा।

"हो भी गई और नी भी हुई। आदमी होन को लगे है कि हम औरत होन को आधा कोस आने और आधा कोस जाने की परेसानी है," सुनीता ने हाथ में पकड़े हुए कपड़े को पूरी ताक़त से पत्थर पर फटकते हुए कहा।

"घर-घर में मिट्टी के चूल्हे हैं री बहना, सब आदमी एक से ही हैं। कोई सुनवाई नी होनी है हम औरतों की..." इस बार किनारे पर बर्तन माँज रही पार्वती ने उत्तर दिया।

सारी औरतें इकट्ठी होकर तालाब पर आई हुई हैं। सबकी चिंता यही है कि यह जो आना और जाना है, अब यह साल भर ही करना है। हो सकता है कि इस बार पिंजरा उस पोखर पर से हटाया ही नहीं जाए। पहले गर्मी लगते ही तालाब की राह देखनी होती थी। गर्मी के तीन-चार महीने जैसे-तैसे कट जाते थे। मगर अब तो ठंड, बरसात, गर्मी सारे मौसम तालाब के चक्कर काटते ही बीतेंगे।

सुनीता ने एक बार नज़र उठाकर पार्वती को देखा और सिर को हिला कर उसकी बात के साथ अपनी सहमति प्रदान की। सारी औरतें चुपचाप जल्दी-जल्दी अपने-अपने हाथ का काम ख़त्म करने में जुट गईं।

शाम को जब औरतें तालाब से लौट रही थीं, तो सामने गाँव की तरफ़ से एक मोटरसाइकिल आती दिखाई दी। मोटरसाइकिल को आता देखकर महिलाएँ सड़क पर एक तरफ़ हो गईं, जिससे मोटरसाइकिल निकल जाए। मगर मोटरसाइकिल निकलने के बजाय एकदम उनके पास आकर रुक गई। मोटरसाइकिल पर उस इलाक़े का पटवारी था। सारी महिलाएँ पहचानती थीं पटवारी को। आना-जाना तो सबके घरों में था ही उसका। पटवारी को रुकता देखकर सारी महिलाओं ने 'राम राम पटवारी साब' कहा। पटवारी गाँववालों के लिए भगवान होता है।

''राम-राम, राम-राम...सारी औरताँ होन तो इधर हैं, तभी तो गाँव एकदम भूत को डेरो जैसा लग रयो है,'' पटवारी ने कुछ हँसते हुए कहा। उसकी बात पर किसी ने कोई जवाब नहीं दिया। मगर चूँकि पटवारी की मोटरसाइकिल रुक गई थी, इसलिए आगे बढ़ने की हिम्मत भी किसी में नहीं थी।

''मैं तम लोगों से बात करने ही गाँव गयो थो, पर गाँव में कोई नहीं मिलो। बच्चा-बच्ची होन मिले बस घरों में। पतो चलो कि आदमी होन तो सब खेत गए हैं और औरताँ तलाब पे हैं। म्हारी अच्छी किस्मत कि तम सब रस्ते में ही मिल गईं,'' पटवारी ने कुछ घाघ टाइप हँसी हँसते हुए कहा। पटवारी की इस बात से सारी महिलाएँ कुछ उलझन में पड़ गईं। पटवारी को उन लोगों से क्या काम पड़ गया भला। महिलाओं के चेहरों पर सवालिया निशान आ गए। मगर इस बार भी कोई महिला कुछ भी नहीं बोली, सब उसी प्रकार चुपचाप खड़ी रहीं।

''कल कलेक्टर साहब गाँव आ रहे हैं। सबसे बड़े अफ़सर। सरकार ने साफ़-सफ़ाई को लेकर कोई योजना चलाई है। उसको लेकर बात करने आ रहे

हैं। योजना में बस गाँव की औरतों से ही बात करनी है। सरकार का कहना है कि अगर गाँव की महिलाएँ चाहेंगी, तभी हम गाँव को साफ़ रख पाएँगे और बच्चों को बीमारी से बचा पाएँगे,'' पटवारी ने महिलाओं को अकबकाकर अपनी तरफ़ देखता हुआ पाकर मुद्दा सामने रख दिया। महिलाओं ने पटवारी द्वारा कही गई बात को भी पूर्व की बातों की ही तरह निरपेक्ष और निरापद भाव से सुन लिया।

''कल दोपहर में दो बजे आएँगे कलेक्टर साहब। दूसरे गाँव का दौरा करते हुए वहाँ की महिलाओं को जानकारी देते आएँगे। कल आप सब दो बजे पंचायत भवन में इकट्ठा हो जाना। याद रखना कोई भी छूटे नहीं, जो यहाँ नहीं हैं उनको भी बता देना। आदमियों को नहीं आना है, बस औरतों को ही आना है। आदमी आना चाहें तो आ जाएँ उस पे रोक नहीं है, पर औरतों को तो आना ही है। ठीक है। बराबर दो बजे कलेक्टर साहब आ जाएँगे। टाइम के बहुत पक्के हैं वो। आपके भले की बात करने ही आ रहे हैं, इसलिए सबका आना बहुत ज़रूरी है कल।'' 'ज़रूरी' शब्द कहते समय पटवारी एकदम इन्सान से पटवारी हो गया। महिलाओं ने पूरी बात नहीं सुनी मगर एक ही शब्द सुना 'ज़रूरी'। सारी महिलाओं ने इस शब्द के उत्तर में अपने सिर हिलाकर स्वीकृति प्रदान कर दी।

''दूसरे लोग तो सुबह से ही आ जाएँगे, बस कलेक्टर साहब ही आएँगे दो बजे। सुबह कुछ डॉक्टर-डॉक्टरनियाँ भी आ जाएँगे। जिनको कोई हारी-बीमारी हो, वो सुबह से आ जाएँ पंचायत भवन। यहाँ पर डॉक्टर को दिखाने की कोई फ़ीस नहीं लगेगी और दवाएँ भी मुफ़्त में मिलेंगी। कोई बच्चा-बूढ़ा बीमार हो, तो उसे भी लाकर दिखा लेना। कलेक्टर साहब बस आधा घंटा रुकेंगे। टाइम से आ जाना सब,'' पटवारी ने एक बार फिर 'टाइम से आने' पर ज़ोर दिया। पटवारी की बात पर एक बार फिर सब महिलाओं ने अपने सिर हिलाकर स्वीकृति प्रदान की। जिस पटवारी के सामने उनके मर्दों की कुछ बोलने की हिम्मत नहीं होती, उसके सामने भला महिलाएँ क्या बोल सकती हैं। पटवारी ने महिलाओं को सिर हिलाते देखा, तो मुस्कुराकर मोटरसाइकिल को शहर की दिशा में बढ़ा दिया। पटवारी के जाते ही महिलाएँ भी गाँव की तरफ़ बढ़ गईं।

अगले दिन सुनीता सुबह से बेचैन थी। वह दो बजने का इंतज़ार कर रही थी। घर में घड़ी तो थी नहीं, और होती भी तो कौन उसे देखना आता था। उसे ये पता था कि अनिल और सुनील डेढ़ बजे स्कूल से घर आते हैं। स्कूल की

छुट्टी के घंटे भर बाद गाँव की महिलाएँ तालाब के लिए निकलती हैं। मगर आज तो तालाब जाना ही नहीं था किसी को। आज तो पटवारी का फ़रमान था कि सब महिलाएँ आज पंचायत भवन पर आएँगी। सुबह सबके आदमी भी आदेश जारी कर घर से निकले थे कि पटवारी साब ने कहा है, तो आज सब औरतों को पंचायत भवन पर जाना ही है। और आज तो डॉक्टर-डॉक्टरनी भी आए हैं गाँव में। बीमारी किस घर में नहीं है? सुबह से ही औरतों का पंचायत भवन पहुँचना शुरू हो गया था। सुनीता भी अपनी सास को जैसे-तैसे सहारा देकर ले गई थी और डॉक्टर को दिखाकर दवा ले आई थी। डॉक्टर ने मौसमी बुख़ार बताया था।

जैसे ही अनिल-सुनील स्कूल से घर लौटे, वैसे ही सुनीता ने उन्हें खाना परोस दिया। वो दोनों खाना खाने बैठे, तो सुनीता ने तुरंत कपड़ों का गट्ठर अपने सिर पर रखा, बेटों से दादी का ख़याल रखने और घर से कहीं नहीं जाने का कहकर झटपट दरवाज़े से बाहर हो गई।

घूँघट काढ़े जब वो पंचायत भवन के पास से निकली, तो वहाँ बहुत भीड़-भाड़ हो रही थी। एक लाउडस्पीकर भी लगा था, जिसमें बराबर कोई बोल रहा था कि बस हमारे माननीय कलेक्टर साहब कुछ ही देर में आने वाले हैं। पंचायत भवन का अहाता सरकारी गाड़ियों से भरा हुआ था। एक तरफ़ टेंट लगा था। सुनीता ने तिरछी नज़र से उधर देखा और तेज़ क़दमों से सड़क की तरफ़ बढ़ गई। उसके पैर काँप रहे थे, डर लग रहा था कि कोई उसे आवाज़ देकर उधर न बुला ले।

सड़क पर कुछ दूर चलने के बाद जहाँ कुछ सुनसान है, वहाँ सुनीता रुक गई। चारों तरफ़ सन्नाटा था। आज पूरा गाँव एक ही जगह इकट्ठा है। सुनीता सिर पर गठरी लिए ऊहापोह में खड़ी रही। बार-बार सड़क के दोनों तरफ़ देख रही थी वो। गला सूख रहा था उसका।

कुछ समय और बीता और शहर की तरफ़ से अचानक एक सफ़ेद गाड़ी प्रकट हुई। गाँव की दिशा में बढ़ती हुई। सुनीता ने उस गाड़ी को देखा, उसका कलेजा मुँह को आ गया। पैर और ज़ोर से काँपने लगे। गाड़ी धीरे-धीरे पास आ रही थी। सुनीता उसी तरफ़ देख रही थी। फिर अचानक वह सड़क पर आ गई और गाँव की ही दिशा में सड़क के बीचोंबीच चलने लगी। गाड़ी एकदम उसके पीछे आ गई और हॉर्न बजाने लगी। सुनीता के पैर थर्रा रहे थे। गाड़ी हॉर्न बजा रही थी। अचानक सुनीता ने सिर पर का गट्ठर नीचे फेंका और मुड़कर ज़मीन

पर बैठ गई। बीच सड़क पर गाड़ी खड़ी थी और सामने कपड़ों का गट्ठर पड़ा और एकदम बीच सड़क पर उकड़ूँ होकर सुनीता बैठी थी, सिर झुकाए। खटाक से कार का दरवाज़ा खुला और उसमें सवार कलेक्टर नीचे उतर पड़े।

तीस साल के तरुण विश्वकर्मा की कलेक्टर के रूप में इस ज़िले की पहली पोस्टिंग है। किसी छोटे गाँव से निकलकर उन्होंने देश की सबसे बड़ी परीक्षा पास की है। फ्रेश आईएएस अधिकारी हैं वे। कुछ अतिरिक्त संवेदनशील हैं और पहले ज़िले में लगभग सारे कलेक्टर अतिरिक्त ऊर्जा के साथ काम भी करते हैं। बाद में जब उन्हें लगता है कि वे सिस्टम को नहीं बदल सकते हैं, तो धीरे-धीरे उनकी ऊर्जा कम होने लगती है। इस ज़िले में कलेक्टर के रूप में दो माह पहले ही उनकी पहली नियुक्ति हुई है, फ़िलहाल वे पूरी ऊर्जा और सवेदनशीलता के साथ काम करने में जुटे हुए हैं।

कलेक्टर के कार से उतरते ही कार ड्राइवर, आगे बैठा गनमैन, पीए, सब अपने-अपने दरवाज़े खोलकर खटाखट नीचे उतर गए, कलेक्टर को घेरते हुए। तरुण विश्वकर्मा ने हाथ के इशारे से सबको पीछे ही रुकने को कहा और सुनीता की तरफ़ बढ़ गए। उन्हें पता है कि कलेक्टर का रास्ता रोकने के कारण ये लोग कभी भी सुनीता के साथ अभद्रता कर सकते हैं। कलेक्टर का इशारा पाकर बाक़ी लोग पीछे ही रुक गए।

उसके बाद वह गाड़ी वहीं पर रुकी रही। रुकी रही दस से पन्द्रह मिनट तक। सुनीता उसी प्रकार ज़मीन पर बैठी रही और तरुण विश्वकर्मा पास में खड़े रहे। सुनीता बोल रही थी और तरुण विश्वकर्मा सुन रहे थे। बीच-बीच में बस अपनी तरफ़ से कुछ छोटा-सा सवाल पूछते थे और उसके बाद फिर से सुनीता ही बोलने लगती थी। कुछ दूरी पर खड़ा तरुण विश्वकर्मा का पूरा स्टाफ़ हैरान था कि कलेक्टर साहब आख़िर कर क्या रहे हैं उस गाँव की औरत के पास खड़े होकर।

पन्द्रह मिनट बीते और तरुण विश्वकर्मा मुड़कर अपनी कार की तरफ़ बढ़ गए। सुनीता ने भी अपना कपड़ों का गट्ठर उठाया और चुपचाप एक तरफ़ हो गई सड़क से हटकर। कार चालू हुई और गाँव की दिशा में तेज़ी के साथ बढ़ गई। सुनीता कुछ देर तक कार को जाते हुए देखती रही, फिर वह भी कपड़ों के गट्ठर को अपने सिर पर रखकर पलटी और कार के पीछे-पीछे गाँव की ही दिशा में बढ़ गई।

कुछ देर बाद वह सारी भीड़, जो कुछ देर पहले ही गाँव के पंचायत भवन में जमा थी, पोखर के किनारे इकट्ठा थी। तरुण विश्वकर्मा सहित सारे सरकारी अधिकारी-कर्मचारी और गाँववाले वहाँ इकट्ठा थे। एक कोने में सुनीता भी गाँव की दूसरी महिलाओं के साथ खड़ी हुई थी। किसी को समझ में नहीं आ रहा था कि कलेक्टर साब अचानक पोखर के किनारे क्या करने आए हैं? तरुण विश्वकर्मा हाथ में पकड़े जाने वाले लाउडस्पीकर को लिए खड़े थे। पोखर से सटे हुए कैलाश राठौर के खेत पर वीरानी थी। रोज़ दिखाई देने वाली चहल-पहल वहाँ दिखाई नहीं दे रही थी। एक-दो बार कुछ अधिकारी उसके खेत पर जाकर भी आ चुके थे। कलेक्टर के सामने कैलाश को तलब करने के लिए। मगर वहाँ कोई नहीं था।

"देखिए, यह पोखर आप सब गाँववालों के लिए है, इसका पानी आपके उपयोग के लिए है। इस पर इस प्रकार से किसी के द्वारा कब्ज़ा किया जाना क़ानूनन अपराध है, बिलकुल ग़लत है। हम सम्बन्धित व्यक्ति के ख़िलाफ़ क़ानूनी कार्रवाई करेंगे। और विश्वास रखिये कि उस पर कड़ी-से-कड़ी कार्रवाई करेंगे, भले ही वह व्यक्ति कितना ही दबंग हो। हम किसी को नहीं छोड़ेंगे, इस बात का भरोसा मैं आपको दिलाता हूँ," तरुण विश्वकर्मा ने अपने हाथ में पकड़े लाउडस्पीकर पर गाँववालों की दिशा में संबोधित करते हुए कहा।

इतनी देर में एक जीप वहाँ आकर रुकी। उसमें से पटवारी सहित कुछ सरकारी कर्मचारी उतरे। उन्होंने उतरते ही जीप से कुदालें, बड़े हथौड़े और लोहे की रॉडें निकालनी शुरू कर दीं। सारा सामान लाकर उन्होंने पिंजरे के पास रख दिया। गाँववाले हैरत से उस सामान को देख रहे थे। पटवारी के सामान रखते ही तरुण विश्वकर्मा ने हाथ के इशारे से सारे अधिकारियों, कर्मचारियों को एक तरफ़ हट जाने को कहा। इशारा पाते ही सारे लोग कलेक्टर के पीछे की तरफ़ एकत्र हो गए। बस कलेक्टर का गनमैन और पीए ही उनके पास खड़े थे।

"हमारा सरकारी अमला चाहे तो अभी दो मिनट में इस पिंजरे को हटा सकता है। मगर आप लोगों को ख़ुद इसे आकर हटाना होगा। यह आपका अधिकार है, कोई भी इसे आपसे छीनता है, तो आपको उसे बचाने के लिए लड़ना आना चाहिए। आगे आइए और तोड़ दीजिए इस पिंजरे को। आज़ाद कर दीजिए अपने पानी को इस पिंजरे की क़ैद से," तरुण विश्वकर्मा ने गाँववालों से मुख़ातिब होते हुए कहा।

गाँववालों को यह सुनते ही साँप सूँघ गया। कलेक्टर साहब तो अभी खड़े हैं, चले जाएँगे, बाद में तो यहाँ कैलाश राठौर को ही रहना है। अभी ज़्यादा हिम्मत दिखाकर, जोश में आकर होश खो दिया, तो बाद में इस जोश का नतीजा तो भुगतना ही पड़ेगा। यही सोचकर सारे लोग सिर झुकाकर खड़े रहे।

''डरिए मत, आगे आइए। आप लोग ही सामने नहीं आएँगे, तो ऐसे लोगों के हौसले तो और बढ़ेंगे। बार-बार बढ़ेंगे। कब तक कलेक्टर और सरकार की तरफ़ देखेंगे। आज हम पिंजरा हटा जाएँगे, कल लगाने वाला फिर इसको लगा देगा। ये आपकी लड़ाई है। आपको ख़ुद ही लड़नी होगी। आगे आइए और उठाइये ये औज़ार। तोड़ डालिए इस पिंजरे को,'' तरुण विश्वकर्मा ने ललकारते हुए गाँववालों से कहा। मगर गाँववाले उसी प्रकार चुप खड़े रहे। कुछ लोग जो सामने खड़े थे, वे पीछे की ओर सरकने लगे, वहाँ से भागने के लिए।

तरुण विश्वकर्मा ने तीखी नज़रों से गाँववालों की तरफ़ देखा सब सिर झुकाए खड़े थे। तरुण विश्वकर्मा के चेहरे पर क्रोध के भाव आने लगे। फिर से कुछ बोलने के लिए लाउडस्पीकर को उठाया ही था कि भीड़ में से सुनीता आगे बढ़ी। सधे क़दमों से, पिंजरे की तरफ़ देखती हुई। तरुण विश्वकर्मा के चेहरे का क्रोध एकदम ग़ायब हो गया। वह ग़ौर से सुनीता को देखने लगे। सुनीता चलती हुई वहाँ पहुँची जहाँ तरुण विश्वकर्मा खड़े थे। दोनों की नज़रें मिलीं। तरुण विश्वकर्मा ने देखा कि कुछ देर पूर्व सड़क पर उनके सामने बैठी सुनीता और इस सुनीता में ज़मीन-आसमान का फ़र्क़ नज़र आ रहा था। सुनीता एक क्षण ठिठकी, आँखों-ही-आँखों में एक धन्यवाद उभरा, जो जहाँ पहुँचना था, वहाँ पहुँच गया। सुनीता वहाँ से उस तरफ़ को बढ़ गई, जहाँ पर औज़ार रखे थे। उसने वहाँ पहुँचकर उन औज़ारों में से एक हथौड़ा उठाया, उसे कुछ देर तक अपने हाथों में तौला। फिर उसने मुड़कर भीड़ के उस हिस्से की तरफ़ देखा जहाँ गाँव के सब पुरुष खड़े थे। कुछ देर तक उसी प्रकार वह उस दिशा में देखती रही, फिर एकदम पलटी और तेज़ क़दमों से पिंजरे की तरफ़ बढ़ गई।

हाथ में हथौड़ा लिए सुनीता वहाँ पहुँची जहाँ पिंजरे का दरवाज़ा था और उस पर ताला लटक रहा था। कुछ देर तक वह उस ताले को देखती रही और उसके अंदर क़ैद पानी को भी। फिर उसने हाथ में पकड़ा हथौड़ा हवा में ऊँचा उठाया। 'टन्न...' की तेज़ आवाज़ के साथ वह हथौड़ा ताले पर पूरी रफ़्तार से गिरा। एक ही वार में ताले ने अपना मुँह आधा खोल दिया। साथ में खनखना

कर सुनीता के हाथों की चूड़ियाँ भी वहीं टूटकर बिखर गईं।

ताला टूटते ही कुछ देर को पिंजरे के चारों तरफ़ सन्नाटा हो गया। कुछ देर वैसी ही ख़ामोशी रही। सुनीता ने दूसरी बार वार करने के लिए हवा में हाथ लहराया ही था कि किनारे खड़ी महिलाएँ उस तरफ़ दौड़ पड़ीं, जहाँ औज़ार रखे थे। बात-की-बात में सबने वहाँ से कुछ-न-कुछ उठा लिया और उन औज़ारों को लेकर पिंजरे को कसकर रखे हुए नट-बोल्टों पर टूट पड़ीं। 'खनाक', 'टन्न', 'झन्न' की आवाज़ें गूँज रही थीं। नट-बोल्ट टूट-टूट कर पानी में समाते जा रहे थे। उनके टूटने के साथ ही चरमराता जा रहा था वह लोहे का पिंजरा। कुछ हाथ एक लय में हवा में लहराते थे और ऊपर से पूरी ताक़त के साथ आकर पिंजरे पर गिरते थे। उनके गिरते ही कुछ लोहे के नट-बोल्ट और कुछ काँच की चूड़ियाँ अलग-अलग आवाज़ों के साथ टूट-टूट कर बिखर रही थीं। दोनों तरफ़ पिंजरे टूट रहे थे। एक पिंजरा वह था, जो लोहे का था और जिसके अंदर इच्छित जल क़ैद था, यह पिंजरा लोहे के नट-बोल्टों के टूटने से टूट रहा था। दूसरा पिंजरा हाड़-माँस का पिंजरा था। यह पिंजरा भी हथौड़े और कुदाल की हर चोट पर टूट रही काँच की, लाख की चूड़ियों के साथ टूटता जा रहा था, बिखरता जा रहा था। उसके अंदर क़ैद जल भी लहराने लगा था।

किनारे पर खड़े गाँव के पुरुष चोर नज़रों से और कुछ दूरी पर हाथ में लाउडस्पीकर लिए खड़े तरुण विश्वकर्मा हतप्रभ होकर इस दृश्य को देख रहे थे। अधिकारी और कर्मचारी तो जैसे पत्थर के हो चुके थे, उनको कुछ समझ नहीं आ रहा था कि वे क्या करें। तरुण विश्वकर्मा के अंदर कुछ उमड़ रहा था, जो ऊपर उठकर पलकों के किनारों से होकर बहना चाह रहा था। मगर वो कलेक्टर थे, इसलिए उन्होंने उस उमड़ने को पूरी ताक़त लगाकर अंदर ही रोका हुआ था। कलेक्टरों को यह बात ट्रेनिंग के दौरान सख़्ती से बताई जाती है कि उनको सार्वजनिक स्थान पर कभी भी अपनी भावनाएँ नहीं दिखानी हैं। और उसमें भी भावुकता वाली भावनाओं को तो एकदम ही रोककर रखना है, कतई सामने नहीं आने देना है। अपने अंदर के पानी को रोककर खड़े हुए तरुण विश्वकर्मा को याद आ रही थी कक्षा आठवीं में हिन्दी की किताब में पढ़ी हुई कविता—'वह तोड़ती पत्थर...'।

वास्को-डी-गामा और नील नदी

वह बिलकुल पास बैठी थी। एकदम पास। इतने पास कि उसके शरीर की हर ख़ुशबू उसे महसूस हो रही थी। बावजूद इसके कि वो खुले में बैठे थे। हवा भी चल रही थी। हवा, जो बहा ले जा रही थी उनके आस-पास का सब कुछ। हवा, जो घनीभूत नहीं होने दे रही थी कुछ भी। उसके बाद भी उसे ख़ुशबुएँ आ रही थीं। आ रही थीं, या उसे भ्रम हो रहा था। ये ख़ुशबुएँ अतीत से तो नहीं आ रहीं। इतने सालों में तो ख़ुशबुएँ बदल जाती हैं। हर उम्र में शरीर अलग-अलग तरह से महकता है। तो फिर ऐसा कैसे हो सकता है कि अभी भी सारी ख़ुशबुएँ वैसी-की-वैसी हैं, जबकि वह तो वैसी नहीं है। बिलकुल भी वैसी नहीं है।

वो दोनों शहर से बाहर एक सुनसान जगह पर बैठे थे। यह जगह उसने ही अपने लिए खोजी है। यहाँ अक्सर वो आकर अकेला बैठता है। बैठा रहता है, जब तक बैठना चाहता है। यह जो भीड़ का समय है, इसमें अब इस प्रकार की कुँआरी जगहें बहुत कम बची हैं। धीरे-धीरे इस पृथ्वी का सारा कुँआरापन समाप्त हो रहा है। आदम गंध से पृथ्वी की सारी कुँआरी जगहें इन दिनों गंधाती, बजबजाती हुई हैं। नकोर, अनछुई और स्पर्श से रहित जगह धरती पर अब तलाशनी पड़ती है। यह जो उसके हिस्से की पृथ्वी है, इस हिस्से का एक नाम भी है। एक शहर का नाम। इस हिस्से में शामिल है बहुत कुछ। केन्द्र की ओर एक भीड़, जो सारा दिन कंक्रीट के आकारों में क़ैद रहती है। केन्द्र से बाहर आने पर यह भीड़ छिटकने लगती है। भीड़ का दबाव केन्द्र के पास ही बने रहने का है। परिधि के पास भीड़ का घनत्व बहुत कम है; और यह जो जगह है, जहाँ वो बैठे हैं, यह परिधि के भी पार है। शहर जहाँ समाप्त हो जाता है। लेकिन यह जो समाप्त है, यह भी बहुत जल्द असमाप्त हो जाने वाला है। सारी पृथ्वी अब निशाने पर है। एक दिन सारी पृथ्वी को भूखंडों में बदल दिया जाएगा। सारे

भूखंड बेच दिए जाएँगे। यह जो समय है, यह बेचने को तथा बिकने को उत्सुक रहता है। क्या बेच दिया जाए? क्या ख़रीद लिया जाए? के अलावा इस पूरे समय में अब और कुछ भी शेष नहीं है। ये दो प्रश्न ही जैसे अब सब कुछ बन कर रह गए हैं। इनके अलावा और कुछ बाक़ी नहीं है।

उन क्षणों में वह अपने आपको वही पुराना वास्को-डी-गामा महसूस कर रहा था, लापता वास्को-डी-गामा। पता नहीं वास्को-डी-गामा ने खोजी हुई नई पृथ्वी को भोगा भी था या नहीं? हालाँकि यह प्रश्न अधिक महत्त्वपूर्ण है कि वास्तव में वास्को-डी-गामा ने नई पृथ्वी को खोजा था, या पृथ्वी ने नए वास्को-डी-गामा को? अगर पहले ही प्रश्न को सही समझा जाए, तो वास्को-डी-गामा यदि उस नई धरती या उस खोजी हुई नई ज़मीन को भोग नहीं पाया, तो उसने उसे खोजा ही क्यों था? उस ज़मीन पर यदि उसने सबसे ऊँची जगह पर जाकर अपनी प्रेमिका के नर्म होंठों का देर, बहुत देर तक चुंबन नहीं लिया; पूरी रात चाँद-सितारों को दिखा-दिखा कर शराब नहीं पी; पूरा दिन हरी घास पर उल्टा, पेट के बल लेटकर वो किताबें नहीं पढ़ीं, जिन्हें वो पढ़ना चाहता था, और पढ़ते समय कुछ भी अच्छा पढ़ा जाने पर, लेखक को इतना अच्छा लिखने के लिए दुनिया भर की गंदी-गंदी गालियाँ चिल्ला-चिल्ला कर नहीं दीं; उतरती हुई पूरी शाम को लेटी हुई प्रेमिका पर अंग्रेज़ी का टी अक्षर बनाकर उल्टी करवट लेटते हुए, उसकी नाभि पर अपना कान रख कर, उसके पैरों के अँगूठों के बीच से सूरज को आहिस्ता-आहिस्ता उतरते हुए नहीं देखा; तो फिर उसने उस नई ज़मीन को खोजा ही क्यों था? यह सब नहीं करना था, तो फिर क्या बुरी थी वह जगह, जहाँ वो अब तक रहता आया था। हम आख़िर को अपने अधूरेपन को ही तो लेकर तलाशते हैं, नई ज़मीन, नई प्रेमिकाएँ, नए प्रेमी। हर रिश्ता, हर जगह, हर शहर, हर देह अपनी-अपनी परिधियों के साथ होते हैं। खोज हमेशा परिधि के पार की ही होती है। विशेषकर जगहें और देह इनमें तो परिधि का अतिक्रमण किए बिना कुछ भी हासिल नहीं होता। यह जो अतिक्रमण है, यही तो अधूरापन नाम के मर्ज़ की दवा है। देह के मामले में तयशुदा फ़ार्मेट को तोड़कर अतिक्रमण कर बाहर निकल जाने की इच्छा अधूरापन बनकर पैरों में बस जाती है और फिर हमें देह-देह भटकाती फिरती है।

जैसे यही जो बैठी है उसके पास, इतने पास। वो चाहता था कि इसके इतना पास बैठे। मगर वह समय का दूसरा हिस्सा था, जिसमें वो ऐसा चाहता था। यह समय का दूसरा हिस्सा है। समय के उस हिस्से में वो वास्को-डी-गामा

था और चाहता था खोज करना बहुत-सी अनदेखी ज़मीनों की। अब तो बहुत दिन हुए, उस वास्को-डी-गामा से मुलाक़ात ही नहीं हुई। वह वास्को-डी-गामा, जो खोजना और भोगना दोनों चाहता था, वह खोजकर छोड़ देना नहीं चाहता था। वह अकारण एक नाव लेकर नहीं निकल पड़ता था कि चलो आज कुछ खोज कर आते हैं। यह जो नील नदी इस समय ठीक पास बैठी है, यह भी उस लापता वास्को-डी-गामा की आँखों में सपने के पहले अँखुए की तरह कभी फूटी थी।

"चुप क्यों हो... ?" नील नदी ने यहाँ आने के बाद पहली बार इन तीन शब्दों के रूप में एक छोटा-सा प्रश्नवाचक वाक्य कहा।

प्रश्नों को पता कहाँ होता है कि वे भले ही तीन या चार शब्दों से मिलकर बने हैं, एक छोटे से वाक्य के रूप में आ रहे हैं; किन्तु उत्तर देने में कभी-कभी पूरा जीवन भी बीत सकता है। जैसे यही प्रश्न, जो नील नदी ने लापता वास्को-डी-गामा से पूछा था, "चुप क्यों हो?" यह इतना सीधा और सरल प्रश्न है भला... ? इसका एक टालने वाला उत्तर तो बस दो शब्दों में दिया जा सकता है, "यूँ ही।" मगर यह उत्तर नहीं होगा, यह तो घुमा-फिरा कर यह कहना है, कि 'मैं इस प्रश्न का उत्तर नहीं देना चाहता।' चुप का कारण भला एक समय में स्थिर रहा है? वह तो इतिहास से लेकर अनंत भविष्य तक फैला रहता है। असीम होता है।

नील नदी ने प्रश्न पूछकर उसे मानो हवा में छोड़ दिया था। उसे भी शायद पता था कि इस प्रश्न का कोई उत्तर नहीं आएगा। या शायद वह भी इस प्रश्न का उत्तर सुनना नहीं चाहती थी।

"यह जगह मैंने खोजी है..." उसने प्रश्न के उत्तर की असुविधा की बजाय एक सुविधाजनक वाक्य बनाया। उसे लगा कि नील नदी इस बात पर मुस्कुराएगी, मगर नील नदी नहीं मुस्कुराई। बस आँखें उठाकर आस-पास उस जगह को देखा जहाँ वो दोनों बैठे थे। उस पूरी तरह से सुनसान जगह को।

"क्यों... ?" नील नदी ने इस बार प्रश्न को और छोटा तथा और जटिल कर दिया। प्रश्नों का छोटा होते चले जाना उनके उत्तरों को और कठिन करता जाता है। अंत में एक समय ऐसा भी आता है जब प्रश्न शब्दों से पूरी तरह मुक्त हो जाते हैं। तब ये प्रश्न केवल बॉडी लैंग्वेज से व्यक्त होते हैं। लेकिन व्यक्त होकर भी अव्यक्त ही रहते हैं, अगर आपको यह कूट भाषा नहीं आती है।

"कितने दिनों के लिए आई हो तुम... ?" उसे लगा कि नील नदी उसे

परेशान करने के लिए ही प्रश्न-दर-प्रश्न सामने आ रही है। इसलिए उसने भी सोच-समझकर एक प्रश्न गिने-चुने सात शब्दों से बनाकर प्रस्तुत कर दिया। हालाँकि यह प्रश्न केवल छह शब्दों का भी हो सकता था। अंत में यदि 'तुम' शब्द को नहीं भी लगाया जाता, तो केवल दो लोगों के बीच चल रहे संवाद में आसानी से काम चल सकता था। मगर उसने 'तुम' शब्द लगाया। बल्कि उसे ऐसा लगा कि उसने इस 'तुम' शब्द के लिए ही पूरा वाक्य बनाया है। वह उसे 'तुम' कहना चाहता था। फिर से। 'तुम' शब्द कनेक्ट करता है, 'तुम' की ध्वनि शुद्ध रूप से प्रेम के लिए बनी है। वह इस ध्वनि को फिर से महसूस करना चाहता था। 'तुम' शब्द नील नदी के स्थिर पानी में पत्थर की तरह गिरेगा, यह उसे मालूम था। नील नदी ने आँखें उठाकर देखा। उसने बरसों बाद उन आँखों में देखा। उन आँखों में, जिनमें समय के किसी विशेष हिस्से में नील नदी लहराती थी और इसी नील नदी को वह उस समय महसूसना चाहता था।

वास्को-डी-गामा बरसों पहले मालिंदी से नील नदी और नील नदी से होते हुए पिरामिडों तक पहुँचना चाहता था और वहाँ से आगे वहाँ तक भी, जहाँ नील नदी का डेल्टा है। वह नील नदी के डेल्टा वन में भटकना चाहता था। भटक कर खो जाना चाहता था। मेडिटेरेनियन सी में समाती हुई नील नदी, जहाँ दुनिया का सबसे बड़ा डेल्टा बनाती है, शायद वहीं पहुँचना चाहता था।

''मालिंदी से तुम्हें पश्चिम की तरफ़ बढ़ना था, डेल्टा उसी दिशा में था। मगर तुम पूर्व में बढ़ गए, कालीकट की तरफ़। क्यों?'' इस बार का प्रश्न दो हिस्सों में बँटा था। पहला हिस्सा शिकायत के साथ सूचनात्मक और दूसरा प्रश्न—नील नदी... ? यह प्रश्न तो नील नदी का है। नील नदी इस प्रकार का प्रश्न कैसे पूछ सकती है और इस प्रश्न का कोई उत्तर हो भी कैसे सकता है? दिशा निर्धारण एक तात्कालिक प्रक्रिया है, जिसके बारे में कोई भी उत्तर बहुत समय बीत जाने के बाद किस प्रकार दिया जा सकता है? जो तात्कालिक है वह उसी समय से संबद्ध होता है। कई बार यह प्रत्युत्पन्नमति का परिणाम होता है। लेकिन कुछ प्रश्न असल में दिखते तो प्रश्न ही हैं; लेकिन उनके अंत में प्रश्नवाचक चिह्न के स्थान पर विस्मयादिबोधक चिह्न लगा होता है।

''घर में कैसे हैं सब, तुम्हारे पति, तुम्हारे बच्चे। देखकर तो लग रहा है कि...।'' उसकी बात बीच में ही छूट गई, क्योंकि ठीक यहीं पर नील नदी ने आँखें उठाकर देखा। आँखें...जिनमें कही जा रही बात के प्रति विरोध दिखाई दे रहा था। वह चुप हो गया। इस बार नील नदी देखती ही रही। उसने भी नील

नदी को देखा। उस नील नदी को, जो एकदम थिर दिखाई दे रही थी। नदी के पानी को समेटकर बहती हुईं आँखें। कभी-कभी कुछ चीज़ें ऐसी ही होती हैं। ऐसी, कि देखो तो देखो और न देखना हो तो मत देखो। न देखना हो तो दिखतीं भी नहीं।

नील नदी ने अपना हैंडबैग खोलकर उसमें कुछ तलाशना शुरू कर दिया। चेहरे पर खोज के भाव आ-जा रहे थे। हैंडबैग इतना बड़ा भी नहीं था कि उसमें तलाश की जा रही किसी चीज़ को पाने में इतना समय लगे। कई बार हम जान-बूझकर तलाशी जा रही चीज़ का महत्त्व बढ़ाने के लिए तलाश का समय बढ़ा देते हैं। अन्यथा तो जब वस्तु रखी जा रही थी, तब ही दिमाग़ में बस जाती है कि वह यहाँ रखी गई है। नील नदी कुछ झुँझलाते हुए बैग में उस चीज़ को तलाश रही थी। उसे लगा कि तलाशने की इस प्रक्रिया में नील नदी चोर नज़रों से उसकी तरफ़ भी देखती जा रही है कि वह इस तलाशे जाने की पूरी प्रक्रिया को देख रहा है अथवा नहीं ? इस कारण उसके लिए ज़रूरी हो गया था कि वह नील नदी की तरफ़ देखता रहे।

कुछ देर की तलाश के बाद नील नदी की आँखों में चमक आई और उसने बैग से एक लाइटर और सिगरेट का पैकेट निकाला। दोनों चीज़ें एक लाल रेशमी डोरी से बँधी हुई थीं। उपहार की तरह। नील नदी ने वह पैकेट उसकी तरफ़ बढ़ाया। उसने पैकेट ले लिया।

"कुछ देर पहले सिगरेट फूँक चुके होंठों के चुंबन से ज़्यादा स्वादिष्ट पृथ्वी पर कोई दूसरी चीज़ नहीं है," उसने पैकेट हाथ में लेकर मानो अपने आप से ही बुदबुदाते हुए कहा। कॉलेज के दिनों में उसने एक दिन यह बात कॉलेज के नोटिस बोर्ड पर लिख दी थी और नीचे अपना नाम भी खोजकर्ता के रूप में लिख दिया था। बाद में इसको लेकर बहुत तूफ़ान उठा था। उसका नाम कॉलेज से कटते-कटते बचा था।

उसके द्वारा कही गई बात ने नील नदी को असहज कर दिया। वह दूसरी तरफ़ देखने लगी। होता है कई बार ऐसा कि अचानक आपके अंदर की इच्छा या सच आपके सामने आ जाए, तो वह आपको असहज कर देता है।

उसने कहना चाहा कि अब मैं सिगरेट नहीं पीता, बहुत पहले छोड़ चुका हूँ। मगर रुक गया कहते-कहते। नील नदी तो टाइम ट्रेवलर है, वह किसी दूसरे समय से आई है। उस समय से, जब वो धड़ल्ले से सिगरेट-पर-सिगरेट फूँकता था। यदि उसने नील नदी को सिगरेट छोड़ दिए जाने वाली सूचना दे दी, तो

कहीं नील नदी की यह समय यात्रा ही व्यर्थ न हो जाए। अंतराल कितनी सारी चीज़ों को, बातों को समाप्त कर देता है? अंतराल के उस तरफ़, जहाँ से नील नदी आई है, वहाँ से यहाँ तक सब कुछ बदल चुका है।

उसने सिगरेट का पैकेट खोला और उसमें से एक सिगरेट निकालकर होंठों से लगा ली। बहुत दिनों बाद होंठों ने उस छुअन को महसूस किया। लाइटर से सिगरेट जलाते हुए उसने नील नदी को देखा, जो अब तक दूसरी दिशा में देख रही थी। सिगरेट का धुआँ अंदर गया तो उसे हल्की-सी खाँसी आई। अभ्यास जो छूट गया है अब इसका। उसकी खाँसी पर नील नदी ने उसकी तरफ़ देखा। आँखों में अचरज भरा हुआ था।

''बाल इतने सफ़ेद कैसे हो गए? इतनी तो उम्र नहीं हुई अभी तुम्हारी?'' नील नदी ने एक साथ दो प्रश्न किये। ये प्रश्न शायद आज के नहीं हैं, ये प्रश्न लगभग बीस-पच्चीस साल पहले के किसी समय में रुके हुए प्रश्न हैं। चूँकि रुके हुए हैं, इसलिए नील नदी ने औपचारिकता पूरी करने के लिए इनको पूछ लिया है। यदि नील नदी बीस से पच्चीस साल पहले आती, तो यह प्रश्न बहुत सामयिक होते, लेकिन अब तो इन दोनों प्रश्नों के भी कोई उत्तर नहीं थे। यह बात पूछने वाले को भी पता थी कि इन दोनों प्रश्नों में से किसी का भी उत्तर नहीं आने वाला है।

वह चुपचाप सिगरेट फूँकता रहा। पुराना प्रेम होंठों से लगकर गुज़र रहा था। असल में हम जब भी किसी काम को बार-बार करते हैं, तो वास्तव में हम किसी पुराने के प्रेम में पड़े होते हैं। पुराना शब्द हमें दोहराव के फेर में डाल देता है। डालता रहता है। किसी बीत चुके समय के मोह में फँसे हम बार-बार दोहराते हैं उस सबको, जो हम उस समय में करते थे। भूल जाते हैं कि समय, स्थान और पात्र, इन तीनों से मिलकर ही कोई घटना बनती है। घटना जो स्मृति बन जाती है। बाद में हम जब भी उस घटना को दोहराने की कोशिश करते हैं, तो तीन में से कोई-न-कोई मिसिंग होता है।

उसके द्वारा खोजी गई वह निर्जन जगह, सिगरेट के धुएँ से भर रही थी। हवा भी थम गई थी, इसलिए सिगरेट का धुआँ उन दोनों के आस-पास ही सघन हो रहा था। उसने सिगरेट के पूरा होते ही उसके टोटे को सँभालकर नीचे ज़मीन पर रख दिया। उसकी पुरानी आदत, सिगरेट के टोटे को नहीं मसलने की। इसमें उसे हिंसा प्रतीत होती थी। वह जो आपका हिस्सा था, उसके बीत जाने के बाद उसे मसलना हिंसा ही तो है।

अचानक नील नदी पलटी और उसके सिगरेट की गर्मी से गर्म होंठों को अपने होंठों में ले लिया। यह नील नदी का सिगरेट पीने का अपना तरीका था। नील नदी की ज़ुबान कोने-कोने में धुएँ के अंश तलाश रही थी। उस खोजी गई जगह पर उस समय सब कुछ स्थिर हो गया था। नील नदी धुएँ के एक-एक कतरे को पी रही थी। वह पीछे दोनों हाथ टिकाए अपने सिर को थोड़ा ऊपर आसमान की तरफ़ किए स्थिर बैठा था। आँखें बंद किए। महसूस कर रहा था उस लापता वास्को-डी-गामा को जिसे कुछ देर पहले फूँकी गई सिगरेट ने उसके अंदर ही होने के संकेत दे दिये थे। और अब नील नदी द्वारा इस परोक्ष रूप में सिगरेट पीने के चलते वह वास्को-डी-गामा देह पा रहा था। असल में तो हमारी देह भी उन चीज़ों की तरह होती है, जिन्हें हम कहीं रखकर भूल चुके होते हैं। बाद में हम बस यह सोचकर अपने को तसल्ली देते रहते हैं कि वह चीज़ खो गई है, और अब ढूँढ़ने से मिलने वाली नहीं है। वास्तव में तो हमें पता होता है कि वह चीज़ कहाँ रखी है। हम ढूँढ़ने से नहीं डरते हैं, हम तो मिल जाने से डरते हैं। देह भी ऐसी ही चीज़ है जिसे हम एक समय के बाद तलाशना ही नहीं चाहते हैं। कोई भी चीज़ कभी खोती नहीं है, जो है, वो खो ही नहीं सकता, असल में तो 'खोना' एक असत्य शब्द है।

नील नदी जब सिगरेट के आख़िरी क़तरे को पीकर हटी तो वास्को-डी-गामा को पूरी तरह से ज़िन्दा करके हटी थी। लापता वास्को-डी-गामा असल में तो लापता था ही नहीं, वह तो वहीं था। जो नहीं होता, तो इतनी जल्दी कैसे आ जाता?

''केप ऑफ़ गुड होप...।'' नील नदी ने बुदबुदाते हुए कहा। 'केप ऑफ़ गुड होप' जिसे वास्को-डी-गामा ने चुना था अपने लिए। क्योंकि वह मेडिटेरेनियन सी और अरेबियन सी के ख़तरों से बचते हुए जाना चाहता था। अटलांटिक महासागर से होते हुए अफ्रीका महाद्वीप का पूरा चक्कर लगाते हुए 'केप ऑफ़ गुड होप' को छूते हुए, जो अफ्रीका महाद्वीप का दूरस्थ दक्षिणी हिस्सा है। अटलांटिक महासागर में अंदर तक घुसा हुआ। यह नाम पुर्तगाल के राजा किंग जॉन द्वितीय ने दिया था 'अच्छी आशा का अंतरीप'। क्योंकि यह वास्को-डी-गामा द्वारा की जाने वाली नई धरती की खोज की राह में सबसे बड़ी आशा थी।

''तुमने सिगरेट पीना क्यों छोड़ दिया... ?'' नील नदी ने एक बार फिर प्रश्न किया। यह भी बिना उत्तर वाला प्रश्न था। कुछ प्रश्न ऐसे ही होते हैं, जिन्हें

हम उत्तर के लिये नहीं पूछते, बल्कि उसे परेशान करने के लिए पूछते हैं, जिससे पूछा जा रहा है।

नील नदी सिगरेट के कतरों को पी जाने के बाद कुछ आत्मविश्वास से भरी हुई दिखाई दे रही थी। यह आत्मविश्वास उसकी बॉडी लैंग्वेज में दिखाई दे रहा था। अचानक उसे याद आया कि उसकी जेब में भी कुछ है। उसने बैठे हुए ही एक तरफ़ झुकते हुए पैंट की जेब में हाथ डाला और जेब में रखी फ़ाइव स्टार चॉकलेट निकाल ली। कभी यह नील नदी को बहुत पसंद हुआ करती थी। जिस प्रकार अभी नील नदी ने सिगरेट पी है, वह भी इसी प्रकार कभी फ़ाइव स्टार खाया करता था। उसने फ़ाइव स्टार निकाल कर नील नदी की तरफ़ बढ़ाई।

''अरे...! अब कहाँ...। इन चीज़ों का स्वाद तो समय के साथ ही चला जाता है। ये कोई सिगरेट या शराब थोड़े ही हैं कि उम्र भर एक-सा ही स्वाद देगी। पसंद और लत में फ़र्क़ होता है। पसंद समय के साथ छूट जाती है, बदल जाती है, मगर लत न बदलती है, न छूटती है, वह छूट-छूट कर फिर जुड़ती रहती है,'' नील नदी ने बहुत सारी बातें एक साथ कह दीं। मगर फ़ाइव स्टार ले ली और लेकर अपने बैग में डाल ली। वास्को-डी-गामा पूछना चाह रहा था कि वो उसके लिए क्या है, पसंद या लत? मगर पूछ नहीं पा रहा था। नील नदी समय के जिस अंतराल को पार करके आई थी, वह अंतराल अच्छा-ख़ासा था। बीच में जीवन बहुत-बहुत बीत गया था। वास्को-डी-गामा को समझ ही नहीं आ रहा था कि वह नील नदी से किस प्रकार बात करे। अभी के समय में खड़े होकर या फिर उस समय में खड़े होकर जब नील नदी फ़ाइव स्टार चॉकलेट खाती थी और उसे भी खिलाती थी।

''मेडिटेरेनियन सी में से होकर जाने का ख़तरा था। इसलिए मैंने वहाँ से जाने की बजाय अफ्रीका महाद्वीप का चक्कर लगाकर जाने का निर्णय लिया था,'' उसने चॉकलेट को बैग में जाते देखा, तो कुछ उदास स्वर में कहा।

उसके स्वर की उदासी को शायद नील नदी ने भी महसूस किया था। इसलिए नील नदी के शरीर में अचानक आया हुआ तनाव कुछ कम हो गया था। वह बताना चाहता था नील नदी को कि वह तो आना चाहता था; लेकिन जिब्राल्टर जल संधि से होकर, मेडिटेरेनियन सी से होते हुए आना बहुत ख़तरनाक था। उसके सामने 'अपने' और 'सपने' में से किसी एक को चुनने का विकल्प था और उसने 'सपने' के स्थान पर 'अपने' को चुन लिया था।

''ख़तरा न हो तो खोजने का अर्थ ही क्या है? जहाँ ख़तरा होगा वहीं

तो कुछ ऐसा मिलेगा, जो अनखोजा होगा। बिना ख़तरे वाले रास्ते पर जाने का विकल्प तुम्हारा अपना था। वह तुम्हारा निर्णय था, मेरा नहीं। नदी का कोई निर्णय नहीं होता, उसके पास विकल्प भी नहीं होते हैं। उसका एक सिरा पृथ्वी की कोख में घुसा होता है और दूसरा समुद्र में फैला हुआ होता है। बस यही कहानी होती है उसकी,'' नील नदी की आवाज़ काँप रही थी। शायद नील नदी भी उदास हो गई थी।

जहाँ वो दोनों बैठे थे वह जगह शाम के धुँधलके में घिर रही थी। सूरज कुछ देर पहले पृथ्वी के दूसरे सिरे पर जा चुका था। या यूँ कहें कि पृथ्वी का दूसरा हिस्सा घूमकर सूरज के सामने आ चुका था। यह हिस्सा धीरे-धीरे अँधेरे में डूब रहा था।

वास्को-डी-गामा को याद आया कि वह नील नदी के डेल्टा तक जाना चाहता था। चाहता था बरसों पहले। मगर हर बार बस रुक जाता था। रोक दिया जाता था हर बार। हर बार लौट आता था। लौटा दिया जाता था। नील नदी चाहती थी यात्री बनकर मत आओ, समुद्र बनकर आओ। नील नदी किसी पथिक की देह पर डेल्टा नहीं बनाएगी। वह समुद्र की देह पर ही डेल्टा बनाएगी। ऐसे समुद्र की देह पर जो नितांत उसका अपना होगा। उसी प्रकार, जिस प्रकार मेडिटेरेनियन सी उसका अपना है। चारों तरफ़ से ज़मीन से घिरा हुआ उसके हिस्से का एक छोटा-सा समुद्र। हर नदी अपने हिस्से का समुद्र चाहती है। लेकिन वास्को-डी-गामा केवल यात्री की तरह नील नदी के डेल्टा तक पहुँचना चाहता था। नदी ने मना कर दिया। वास्को-डी-गामा कालीकट पहुँच गया।

शहर से बाहर का वह निर्जन इस समय दो भटके हुए यात्रियों के इस एक बार फिर से मिलने को देख रहा था। वास्को-डी-गामा और नील नदी। शाम का धुँधलका, रात के अँधेरे में बदल रहा था। जहाँ वो दोनों बैठे थे, वह सतह से कुछ ऊपर एक टीला था। टीले का शिखर समतल था। नीचे कुछ दूरी पर वास्को-डी-गामा की काली एस.यू.वी. खड़ी थी, जिससे वे दोनों यहाँ तक आए थे। दूर शहर की झिलमिलाती लाइटें टीले को अर्धचंद्राकार घेरती हुई जागने लगी थीं। कुछ दूरी पर स्थित हाइवे से रोशनी की कतार के समान वाहन हैडलाइट जलाते हुए गुज़र रहे थे।

वास्को-डी-गामा को याद आ रहा था। बरसों पहले जब उसने सिगरेट का धुआँ पीती हुई नील नदी में उतरना चाहा था, तो रोक दिया था नील नदी ने। उसके लिए आश्चर्यजनक था यह रोकना। नील नदी, जो उसके धुएँ को अपने

होंठों से समेट रही थी, उसने रोक दिया था। वास्को-डी-गामा यात्री था। हर पुरुष अंततः एक यात्री ही होता है, जो गुज़र जाना चाहता था हर जगह से। वह हर जगह अपने निशान छोड़ना चाहता है।

''मुझे चखाओ ज़रा वह पृथ्वी की सबसे स्वादिष्ट डिश!'' एक दिन ऐसे ही उसके सामने आकर खड़ी हो गई थी नील नदी। बात उसके द्वारा कॉलेज में वह सिगरेट और चुंबन वाली बात लिखने के कुछ ही दिनों बाद की थी। वह कॉलेज के पीछे शीशम के उस बड़े से दरख़्त की आड़ में खड़ा सिगरेट फूँक रहा था। सिगरेट फूँकने की वह जगह भी उसने खोजी थी। वहाँ कोई आता-जाता नहीं था। बेफ़िक्री से सिगरेट फूँककर वह वापस कॉलेज में लौट आता था। नील नदी से उसका कोई परिचय नहीं था। बस यह था कि एक ही कॉलेज होने के कारण आते-जाते अक्सर एक-दूसरे का चेहरा दिख जाता था। कई सारे चेहरों में वो दोनों भी एक-दूसरे के लिए चेहरे थे, बिना नाम वाले चेहरे।

सिगरेट आधी फूँकी जा चुकी थी और नील नदी उसके ठीक सामने खड़ी थी, पी जा चुकी सिगरेट को पीने के लिए। वह शीशम के पेड़ से पीठ टिकाए खड़ा था। खड़ा ही रह गया और नील नदी के होंठों ने उसके होंठों को अपने अंदर समेट लिया था। गहरे और गहरे। आज की ही तरह उस दिन भी उसने पेड़ से हाथ टिकाकर अपने सिर को आसमान की तरफ़ उठा दिया था। पी जा चुकी सिगरेट का एक-एक क़तरा खींच कर नील नदी जितनी तेज़ी से आई थी, उतनी ही तेज़ी से चली भी गई थी।

''पुर्तगाल से इजिप्ट तो बस पास ही था, तीन-चार हज़ार किलोमीटर भी कोई दूरी होती है भला? मगर तुमको तो कालीकट जाना था। तुम जाना ही वहाँ चाहते थे। तुम कभी मुझ तक आना ही नहीं चाहते थे। तुम्हारे अपने लालच थे, जो तुमको कालीकट ले जा रहे थे। तुम्हें पश्चिम में जुड़ना था और तुम पूर्व की तरफ़ मुड़ गए,'' नील नदी ने अंततः वह बात कह दी, जो वो सुनना नहीं चाहता था। अब तो उस बात को भी बरसों बीत गए। इतने समय के बाद अब तो लगता है, जैसे वह किसी दूसरे युग की बात है।

एक झटका लेकर उसने अपनी नाव को उस दिशा में मोड़ दिया था, जो उसे नील नदी से दूर ले जाती थी। पीछे नील नदी प्रतीक्षा में बहती रही और वो मालिन्दी से हिन्द महासागर में मुड़ गया। हिन्द महासागर में, जहाँ से होकर उसे कालीकट पहुँचना था। वह व्यापारी हो गया था। इसमें उसका भी कोई दोष नहीं था। हर पुरुष अंततः व्यापारी हो ही जाता है। और व्यापार के अपने गणित

होते हैं। उसे कालीकट पहुँचना था और वह पहुँच गया। और आज बरसों बाद नील नदी चली आई है उसकी दुनिया में। पुराना प्रेम जब बरसों बाद लौटता है, तो पिछला सब कुछ भूलकर लौटता है। सारी कड़वाहट को अतीत बनाकर लौटता है। वह उस समय से केवल वह सब चुनकर लौटता है, जो अच्छा था। वह उस अच्छे को ही फिर से जीने के लिए लौटता है। सुख के कुछ लम्हों को फिर-फिर तलाशने के लिए यह सब बरसों से होता आ रहा है। हम लौटते हैं, तलाशते हैं, फिर चले जाते हैं। नील नदी के इस आने में उसे कोई कड़वाहट अभी तक दिखाई नहीं दी थी। हाँ शिकायत थी, जो होना बिलकुल वाज़िब थी। वास्को-डी-गामा इन शिकायतों के लिए तैयार था।

''नहीं ये ग़लत है...।'' ऐसे ही किसी दिन, शीशम के पेड़ के नीचे तो नहीं, लेकिन कहीं और सिगरेट का धुआँ समेटती नील नदी ने बहुत कठोरता के साथ कहा था।

''क्या ग़लत है...?'' वास्को-डी-गामा ने प्रश्न किया था। इस प्रश्न में 'क्या' शब्द दो अर्थ उत्पन्न करने वाला शब्द था। दोनों अर्थ पूरे वाक्य का अर्थ बदल रहे थे। नील नदी ने दोनों अर्थों में से किसी भी अर्थ में उत्तर नहीं दिया था उस दिन। नील नदी उसके लिए रहस्यमय होती जा रही थी उन दिनों। एक किनारे से देखता तो खुलकर बहती हुई नदी दिखाई देती थी, उन्मुक्त। दूसरे किनारे से देखता तो किनारों में सिमटती हुई दिखाई देती थी।

नील नदी ने अपने बैग को खोला और उसमें से फ़ाइव स्टार चॉकलेट निकाल ली। रैपर ख़ोलकर एक टुकड़ा अपने दाँतों से काटा और खाने लगी। वास्को-डी-गामा उसे कुछ देर तक देखता रहा। रात गहरा चुकी थी, इसलिए अब बस देखने के लिए बाक़ायदा प्रयत्न करना पड़ रहा था। नील नदी बेफ़िक्री से, लापरवाही से चॉकलेट खा रही थी।

अचानक नील नदी को देखता हुआ वास्को-डी-गामा उसकी ओर झुका और झुककर अपने हिस्से की चॉकलेट खाने लगा। नील नदी जो हाथ का सहारा लिए बैठी थी, वह नदी हो गई। नदी तो वह थी ही, वह बिछ गई। बिछ गई उस टीले पर जो अब अँधेरे में डूबा हुआ एक एकांत था। वास्को-डी-गामा नील नदी पर बिछ जाना चाह रहा था। बरसों पहले बिछ जाना चाहता था। उद्गम से लेकर डेल्टा तक के सफ़र पर जाना चाहता था। मगर वह बात तो बरसों पुरानी थी। इस बीच समय भी तो कितना बीत गया है। दोनों भले ही टाइम ट्रेवल करके इस समय में लौटे हैं, मगर बीच में जो समय बीत गया है, वह अपने

साथ बहुत कुछ ले गया है। नील नदी टीले पर लेटी सितारों को देख रही थी, जो पूरे आसमान पर भर गए थे। बिना चाँद का आसमान सितारों के कारण जगमग हो रहा था।

अपने हिस्से की चॉकेलेट खाने के बाद वास्को-डी-गामा ने सिगरेट के पैकेट में से एक और सिगरेट निकालकर सुलगा ली। इस बार उसे बिलकुल खाँसी नहीं आई। वह अधलेटा-सा सिगरेट फूँकने लगा। नील नदी उस अँधेरे में फैलते धुएँ को महसूस कर रही थी। धुआँ जो नील नदी के आस-पास सघन हो रहा था। गहरा और गहरा होता जा रहा था।

"नहीं ये ग़लत है... ।" इस बार नील नदी ने अपने हिस्से की सिगरेट पीते हुए धीमे से कहा। वास्को-डी-गामा को लगा कि यह उसी बरसों पुराने वाक्य की प्रतिध्वनि है, जो कहीं से टकराकर लौटी है। इस कहने में विरोध नहीं था। यह वाक्य भी टाइम ट्रेवल करके आया था। मगर टाइम ट्रेवल के कारण इस वाक्य में प्रतिरोध की जो तुर्शी थी वह ख़त्म हो चुकी थी। चूँकि यह प्रतिध्वनि है, इसलिए यह बहुत सॉफ़्ट हो गई है, इसमें गूँज है, किन्तु वह तीखापन नहीं है जो बरसों पहले की मूल ध्वनि में था।

"क्या ग़लत है... ?" वास्को डी गामा ने एक बार फिर वही प्रश्न पूछा। वास्को-डी-गामा का प्रश्न भी बहुत सॉफ़्ट था। वास्को-डी-गामा ने उत्तर आने की प्रतीक्षा नहीं की और नील नदी में उतर गया, बहने लगा उस दिशा में जहाँ नील नदी का डेल्टा था। जहाँ जाना बरसों से स्थगित था।

"नहीं ये ग़लत है..." नील नदी के दोनों हाथ वास्को-डी-गामा की पीठ पर कसे हुए थे। इस बार नील नदी ने कुछ फुसफुसाते हुए कहा।

"ग़लत कुछ नहीं होता, हमारा दिमाग ही उसे ग़लत या सही मानता है," इस बार वास्को-डी-गामा ने नदी के तटबंधों को तोड़ते हुए कहा। नील नदी अब बस नदी थी, केवल नदी, यहाँ से वहाँ तक केवल नदी।

"नहीं ये ग़लत है," इस बार नील नदी ने अपने आप से ही कहा। मगर वास्को-डी-गामा इतनी पास था कि उसने इस कहने को भी सुन लिया।

"ये तब भी ग़लत नहीं था...," वास्को-डी-गामा का स्वर निर्णायक ध्वनि लिए हुए था। नील नदी ने वास्को-डी-गामा के स्वर को महसूस किया। वास्को-डी-गामा के दिमाग में कई सारे नाम आ-जा रहे थे अटलांटिक सागर, केप ऑफ़ गुड होप्स, मेडागास्कर, मोगादिशु, मालिंदी, कालीकट। वह उन नामों को याद करता जा रहा था और गुज़रता जा रहा था। वह नील नदी में था,

लहराती हुई नील नदी में और बढ़ रहा था नील नदी के डेल्टा की तरफ़।

''नहीं ये ग़लत है...,'' नील नदी ने ख़ुमार में डूबी हुई आवाज़ में अंतिम बार कहा।

''कुछ भी ग़लत नहीं है,'' वास्को-डी-गामा ने कुछ तेज़ आवाज़ में कहा। कहा और नील नदी के डेल्टा में उतर गया। उस निर्जन जगह को अर्धचंद्राकर घेरे शहर की लाइटें तेज़ हो रही थीं। सितारे भी तेज़ी से चमक रहे थे। वास्को-डी-गामा टाइम ट्रेवल करके वहाँ पहुँच गया था, जहाँ वह कभी होना चाहता था। और नील नदी... ?

और अगले दिन सुबह शहर में एक सूचना, कुछ अफ़वाहों के पंखों पर सवार होकर दौड़ती रही। सब जानने को उत्सुक थे कि आख़िर हुआ क्या? जो हुआ उसके पीछे का सच क्या है। कौन?, कब?, कहाँ?, क्यों?, कैसे?, इन प्रधान पंच प्रश्नों का उत्तर जानने को सब उत्सुक थे। चेहरों पर पहले प्रश्नवाचक चिह्न बनते थे जो सूचनाओं की प्राप्ति के साथ-साथ पहले विस्मयादिबोधक चिह्नों में बदलते थे और फिर अंत में एक शैतानी मुस्कुराहट के साथ इस प्रकार के भाव आते थे कि 'हम तो सब जानते थे...।'

सूचनाएँ थीं जो एक-दूसरे में गड्डमड्ड होकर दौड़ रही थीं। एक मुँह से दूसरे कान तक जाने में इनमें कुछ अतिरिक्त का समावेश भी हो जाता था। शहर के पत्रकार भी घटना के पीछे का सच जानने की कोशिश में जुटे थे। जबकि पुलिस के अनुसार वास्तव में घटना बस यह थी कि शहर से बाहर लगभग सुनसान जगह पर, एक थोड़ा ऊँचे-से टीले पर एक स्त्री और एक पुरुष के शव पाए गए थे। दोनों की उम्र साठ-पैंसठ से ऊपर या आस-पास की थी। टीले पर दोनों के शव अंग्रेज़ी के टी अक्षर के आकार में पाए गए थे। महिला पीठ के बल लेटी हुई थी और पुरुष का सिर महिला के पेट पर था, पुरुष करवट लेकर इस प्रकार लेटा था कि उसका चेहरा महिला के पैरों की तरफ़ था।

पुलिस का कहना था कि प्रथम दृष्टया दोनों की मौत का कारण बीती रात को पड़ी अत्यधिक ठण्ड ही है, लेकिन घटनास्थल पर एक चॉकलेट का रैपर एक सिगरेट का पैकेट, लाइटर आदि भी मिले हैं। यह सामान फ़ॉरेंसिक जाँच के लिए भेज दिया गया है, जाँच की रिपोर्ट आने पर ही पता चलेगा कि कहीं यह आत्महत्या का मामला तो नहीं है। पुलिस के अनुसार पुरुष की पहचान तो हो गई है। वह शहर के ही प्रतिष्ठित व्यवसायी परिवार के मुखिया वासु कोहली का शव है, लेकिन महिला की पहचान नहीं हो पा रही है। कोहली परिवार के

सदस्य भी महिला को पहचानने से इनकार कर रहे थे।

''वो नीलोफ़र ही है...'' शहर की एक बहुमंज़िला इमारत के पाँचवें माले पर स्थित एक घर की बालकॉनी में बैठी एक साठ-पैंसठ साल की महिला ने पास बैठे अपने पति से कहा।

''पागल हो गई हो क्या... ? नीलोफ़र कैसे हो सकती है? वह तो चली गई थी विदेश। कॉलेज के बाद ही तो हो गई थी उसकी शादी,'' पति ने कुछ झिड़कते हुए कहा।

''हाँ...लेकिन वो कहती थी कि वास्को...। मतलब वासुदेव कोहली के पास लौटूँगी ज़रूर,'' महिला ने कुछ बुदबुदाते हुए कहा।

''जवानी की इमोशनल बातों और मैच्योर उम्र की समझदारी में बहुत फ़र्क़ होता है। वासु से तो आज तक मेरे संबंध रहे हैं। कॉलेज छूटने के इतने सालों बाद तक भी, मगर उसने तो आज तक ऐसा कुछ भी नहीं कहा। तुम अपने मन से कुछ भी कहानी गढ़ रही हो। मुझसे कह रही हो, और किसी से मत कहना, नहीं तो अभी शहर में हिन्दू-मुस्लिम...'' बात को बीच में छोड़ पति ने झुँझलाते हुए कहा।

''तुम जानते हो उसने जाते समय क्या कहा था? उसने कहा था, 'भले ही वास्को-डी-गामा नील नदी तक नहीं पहुँच पाया, भटक गया, मगर नील नदी एक दिन ज़रूर लौटेगी वास्को-डी-गामा के पास।' नील नदी लौट आई अपने वास्को-डी-गामा के पास। उसे लौटना ही था,'' महिला अब बुदबुदाते हुए मानो अपने आप से ही बात कर रही थी। पुरुष डूबते हुए सूरज की तिरछी किरणों का महिला के चेहरे पर चल रहा धूप-छाँव नृत्य देख रहा था।

अचानक जाने क्या हुआ, महिला दोनों हाथों में मुँह ढाँपकर फूट-फूट कर रो पड़ी। हैरत में पड़ा पुरुष उठा और महिला की पीठ सहलाने लगा। महिला के रोने का स्वर और तेज़ होता जा रहा था। सूरज डूबता जा रहा था। पुलिस वासुदेव कोहली के साथ मिली अज्ञात महिला के बारे में जानकारियाँ एकत्र करने के लिए हाथ-पाँव मार रही थी। महिला की पहचान अभी भी नहीं हो पाई थी, इसलिए इस पूरे मामले में नीलोफ़र और वासु कोहली के अपने-अपने धर्मों का इन्वॉल्वमेंट अभी तक नहीं हुआ था। शहर कहानियाँ बना रहा था। शहर के सरकारी अस्पताल की मॉर्चुरी में वास्को-डी-गामा और नील नदी एक-दूसरे के पास शांत भाव से गहरी निद्रा में सो रहे थे।

चर्च-ए-गुम

"जी कहिए, मैं क्या मदद कर सकता हूँ आपकी?" कलेक्टर मानव राय ने कुछ मुस्कुराते हुए पूछा। यह प्रश्न उन दोनों व्यक्तियों से था, जो टेबल के दूसरी तरफ़ रखी कुर्सियों पर बैठे थे। मानव राय फ्रेश आईएएस ऑफ़िसर हैं, अपेक्षाकृत युवा हैं। दो-तीन महीने पहले ही इस ज़िले में पदस्थ हुए हैं कलेक्टर के रूप में।

"सर! हम लोग मुम्बई से आए हैं। मेरा नाम फिलिप डिसूजा है और ये एन्थनी जोसेफ़ हैं, हम चर्च के लोग हैं। असल में हम लोग यहाँ अपने एक चर्च की तलाश में आए हैं। बरसों पहले हमारा एक चर्च यहाँ हुआ करता था। मेन मार्केट में। हमारे पास उसके सारे काग़ज़ हैं, ऑनरशिप के सारे पेपर्स हैं। लेकिन पिछले कई बरसों से हमारे उधर से किसी का यहाँ आना नहीं हुआ। हमारे चर्च ने इसीलिए हमको भेजा है कि जाकर यहाँ के चर्च के बारे में पता करें। लेकिन यहाँ तो हमें कहीं कोई चर्च मिला ही नहीं पूरे मेन मार्केट में," उन दोनों में से उस व्यक्ति ने जो कुछ अधिक उम्र का था, कुछ अदब के साथ, सधे हुए लहज़े में मानव राय द्वारा पूछे गए प्रश्न का उत्तर दिया।

"अच्छा! ऐसा कैसे हो सकता है? यदि चर्च था तो उसे तो अभी भी होना चाहिए। लेकिन मैंने भी मार्केट में कोई चर्च तो देखा नहीं, दो ही चर्च हैं यहाँ, एक तो मेरे बँगले के पीछे है और दूसरा अस्पताल के सामने है, तीसरे किसी चर्च के बारे में तो मैंने न सुना, न देखा। हालाँकि मुझे यहाँ पोस्टेड हुए दो ही महीने हुए हैं, ये भी हो सकता है कि मेरी जानकारी में नहीं हो," मानव राय ने कुछ सोचते हुए कहा।

"जी सर, ये दोनों ही चर्च कैथोलिक चर्च हैं, हम लोगों का तो एक ही चर्च था, वही जो मेन मार्केट में था," एन्थनी ने कुछ विनम्रता के साथ कहा।

"अच्छा! ओ...आप कैथोलिक नहीं हैं? वैसे मेरे बँगले के पीछे जो चर्च

है, वो तो बहुत पुराना है। बताते हैं कि अंग्रेज़ों ने बनवाया था ये चर्च,'' मानव राय ने कहा।

''जी सर, यह जो हमारा चर्च था, यह भी बहुत पुराना था। यह फ्रांसीसियों ने बनवाया था। अंग्रेज़ों वाले चर्च के समय का ही था यह चर्च,'' इस बार फिलिप ने कहा।

''अजीब बात है, फ्रांसीसी यहाँ मध्यप्रदेश के मालवा में क्या करने आए होंगे? स्ट्रेंज...!'' मानव राय ने कुछ आश्चर्य के साथ कहा।

''सर! आपके इस ज़िले के एक हिस्से पर अंग्रेज़ों का शासन न होकर फ्रांसीसियों का शासन था। ज़िले की रामनगर तहसील पर फ्रांसीसियों का ही शासन था उस समय। रामनगर में आपका जो तहसील कार्यालय है, वो जिस बिल्डिंग में लगता है, वो फ्रांसीसियों की ही बनाई हुई है। आप उसे ध्यान से देखेंगे, तो आपको उसमें फ्रांसीसी आर्किटेक्ट दिखाई देगा। हम लोग वहाँ भी होकर आए हैं कल,'' फिलिप ने कुछ अदब के साथ उत्तर दिया।

''वही...मैं कहूँ कि उस पुरानी बिल्डिंग का स्ट्रक्चर कुछ अलग-सा क्यों दिखाई देता है। मेरा बँगला अंग्रेज़ों का बनाया हुआ है, ये जो ऑफ़िस है, यह भी अंग्रेज़ों का बनाया हुआ है, रामनगर का तहसील कार्यालय इनके मुकाबले एकदम अलग क्यों दिखता है। ये बात है,'' मानव राय ने कुछ सोचते हुए कहा।

''जी सर, उसी समय का चर्च था वो। चर्च के साथ अच्छी-खासी ज़मीन भी थी चारों तरफ़। हमारे पास अंग्रेज़ों के समय के ये डॉक्यूमेंट्स भी हैं। अंग्रेज़ों ने ही फ्रांसीसियों को यहाँ चर्च बनाने के लिए यह जगह दी थी,'' कहते हुए एन्थनी ने उठकर अपने हाथ में पकड़ी हुई फ़ाइल को मानव राय के सामने रख दिया। मानव राय ने फ़ाइल को खोलकर उसमें लगे हुए काग़ज़ों को देखना शुरू कर दिया।

''यह सारी ज़ेरोक्स कॉपीज़ हैं सर, ओरिजनल भी हैं हमारे पास सबकी। ये अंग्रेज़ों के समय के डॉक्यूमेंट्स हैं, जिनमें ज़मीन को चर्च को देने की बात है। इसमें सराउण्डिंग्स भी दिए हैं, लेकिन इतने सालों बाद अब तो सब बदल चुके होंगे। इन फ़ैक्ट हममें से भी किसी को नहीं पता कि वो चर्च कहाँ पर था, या है। फ़ादर के पास भी चर्च के बारे में बस इतनी ही इन्फ्रॉर्मेशन थी कि यहाँ मेन रोड पर सिटी कोतवाली के पास ही कहीं पर वो चर्च था, या है,'' फिलिप ने मानव राय को काग़ज़ों में डूबा हुआ देखा तो जानकारी देने के लिए कहा।

''सिटी कोतवाली... ? हम्म्म...वो तो अंग्रेज़ों के ज़माने की ही है। उसके आस-पास कुछ और भी पुरानी बिल्डिंग्स हैं उस समय की अंग्रेज़ों द्वारा बनाई गईं, लेकिन चर्च...! वहाँ तो आस-पास कोई चर्च नहीं है,'' मानव राय ने दिमाग़ पर ज़ोर डालकर कुछ सोचते हुए कहा।

''जी सर...! वही तो हमें भी समझ में नहीं आ रहा है कि चर्च कहाँ ग़ायब हो गया! हमने पूरा मेन रोड छान लिया लेकिन वहाँ कोई भी चर्च नहीं है। मेन मार्केट की सड़क पर यहाँ से वहाँ तक बस कमर्शियल बिल्डिंग्स ही हैं। हमने सिटी कोतवाली के आस-पास अच्छी तरह से देखा, मगर वहाँ तो चर्च का नामो-निशान तक नहीं है,'' फिलिप ने कुछ अचरज के स्वर में कहा।

''आपने किसी से पूछताछ की उस जगह के आस-पास?'' मानव राय ने पूछा।

''नहीं सर, एक्चुअल में हमारी हिम्मत ही नहीं हुई। अजनबी शहर है और उस पर धर्म का मामला है, पता नहीं कौन किस तरह से ले ले बात को। बात का ग़लत मतलब निकाल लिया जाए। उससे बेहतर हमें यही लगा कि आपसे ही सम्पर्क किया जाए,'' फिलिप ने कुछ विनम्रता के साथ उत्तर दिया।

''गुड...! यह आपने बहुत अच्छा किया फिलिप जी, मामला सचमुच सेंसिटिव है। धर्म के मामले में लोगों की सोच एकदम बदल जाती है। आपने पूछताछ नहीं करके हमारी भी मदद ही की है। कुछ बतंगड़ हो जाता, या आप लोगों के साथ कुछ घटना-दुर्घटना हो जाती, तो हमारे लिए बड़ी मुश्किल खड़ी हो जाती। आप तो जानते हैं कि आजकल लॉ एंड ऑर्डर को बनाए रखना कितना मुश्किल होता जा रहा है हम लोगों के लिए, स्पेश्यली रिलिजियस मामलों में। इन मामलों में लोग एकदम बदला हुआ व्यवहार करने लगते हैं,'' मानव राय ने कुछ प्रशंसा के स्वर में कहा। फिलिप और एन्थनी ने कोई उत्तर नहीं दिया, बस स्वीकारोक्ति में सिर हिलाकर मुस्कुरा दिए।

''ओ...सॉरी...मैं तो पूछना ही भूल गया...बताइए क्या लेंगे आप, चाय या कॉफ़ी?'' मानव राय ने पूछा।

''नहीं सर...रहने दीजिए...। थैंक्स...'' फिलिप ने उत्तर दिया।

''अरे नहीं...कॉफ़ी तो चल जाएगी, मेरा भी टाइम हो गया है कॉफ़ी पीने का,'' मानव राय के प्रश्न पर फिलिप ने सिर हिलाकर स्वीकृति प्रदान की। मानव राय ने घंटी बजाकर अर्दली को बुलाया और उसे तीन कॉफ़ी लाने को

कहा। अर्दली चला गया।

''यह भी तो हो सकता है कि जगह को लेकर आपके पास प्रॉपर इन्फ़ॉर्मेशन नहीं हो। हो सकता है कि चर्च किसी दूसरे स्थान पर हो, यहाँ हो ही नहीं,'' मानव राय ने फ़ाइल को देखते हुए कहा।

''नो सर, आई डोण्ट थिंक सो, हमारे रिकॉर्ड्स में बिलकुल ठीक-ठीक लिखा है चर्च के बारे में,'' फिलिप ने उत्तर दिया।

इसी बीच अर्दली सुनहरी किनारी वाले सफ़ेद कप प्लेट्स में कॉफ़ी ले आया, साथ में एक बॉउल में शुगर क्यूब्स भी। अर्दली ने कॉफ़ी में शुगर क्यूब्स डालने के लिए चम्मच में लिए, तो फिलिप और एन्थनी दोनों ने हाथ के इशारे से मना कर दिया। मानव राय ने हाथ उठाकर इशारा किया तो अर्दली बॉउल को ट्रे में रखकर चला गया।

''प्लीज़...।'' मानव राय ने हाथ के इशारे से दोनों से कॉफ़ी लेने का इशारा किया। दोनों ने थैंक्स कहते हुए अपने-अपने कप उठा लिए।

''आपके...मेरा मतलब है प्रोटेस्टेंट समाज के कितने घर हैं यहाँ पर? आपने उन लोगों से सम्पर्क किया, पूछने की कोशिश की? वो लोग शायद कुछ बता सकें,'' मानव राय ने अपना कप उठाते हुए प्रश्न किया।

''नो सर...यहाँ हमारे समाज के घर हैं ही नहीं। मुझे तो लगता है कि क्रिश्चियन्स के ही बहुत कम घर हैं यहाँ। नहीं के बराबर,'' एन्थनी ने उत्तर दिया। मानव राय ने कोई प्रश्न नहीं किया।

''हमारे लोगों के पास बस ये जानकारी है कि चालीस-पैंतालीस साल पहले फ़ादर जॉन पीटर यहाँ हुआ करते थे, वो बहुत ज़्यादा बीमार होने पर मुम्बई गए और वहीं उनकी डेथ हो गई। उनके बाद यहाँ क्या हुआ, उसका किसी को कुछ भी पता नहीं,'' फिलिप ने कॉफ़ी का घूँट भरते हुए कहा।

''हम्म...आप ऐसा कीजिए कि आप सारी डीटेल्स और सारे डॉक्यूमेंट्स के साथ मुझे एक एप्लीकेशन दे दीजिए,'' मानव राय ने कहा।

''जी सर...एप्लीकेशन तो हम साथ ही लाए हैं, डॉक्यूमेंट्स के साथ ही लगी है,'' फिलिप ने सामने रखी फ़ाइल की तरफ़ इशारा किया।

''ठीक है...। आप बाहर ये फ़ाइल पीए के पास जमा करवा के रिसिप्ट ले लीजिएगा,'' मानव राय ने कहा।

''ठीक है सर, फिर हम लोग रुकें अभी यहाँ या मुम्बई लौट जाएँ?''

एंथनी ने खड़े होकर फ़ाइल उठाते हुए पूछा।

"अभी तो आप लोग लौट जाइए मुम्बई, आप तो जानते हैं कि सरकारी प्रक्रिया ज़रा अपनी स्पीड से ही चलती है। बट कीप इन टच विथ मी, लेट मी सी। कुछ होता है तो मैं आपको इन्फ़ॉर्म करूँगा," मानव राय ने उत्तर दिया।

मानव राय के कहते ही फिलिप ने भी उठकर अपना हाथ बढ़ाते हुए कहा, "सो काइंड ऑफ़ यू सर, बहुत अच्छा लगा आपसे मिलकर।"

मानव राय ने दोनों से गर्मजोशी से हाथ मिलाया। दोनों चैम्बर से बाहर निकल गए। मानव राय ने कुछ गहरी नज़र से उस दरवाज़े की तरफ़ देखा, जिससे होकर दोनों बाहर गए थे।

~

"दुबे जी आप तो इसी शहर के रहने वाले हैं ना?" कुछ देर बाद फ़ाइलों पर दस्तख़त करते हुए मानव राय ने कुछ लापरवाही के अंदाज़ में पूछा, अपने पीए रमेश दुबे से।

रमेश दुबे की उम्र लगभग साठ साल है। पूरी उम्र यहीं कलेक्ट्रेट कार्यालय में सर्विस करते हुए बीती है। यहीं पर एलडीसी के रूप में भर्ती हुए थे और एक-दो साल में यहीं से रिटायर भी हो जाएँगे। इन सालों में जाने कितने कलेक्टरों को आते और जाते देखा है। पिछले दस सालों से कलेक्टर के मुख्य सहायक के पद पर ही पदस्थ हैं।

"जी सर, मेरे पिताजी यहीं सरकारी स्कूल में मास्टर थे। उनसे पहले दादाजी की कपड़े की दुकान हुआ करती थी। मेरी पढ़ाई-लिखाई सब यहीं हुई और आप लोगों की मेहरबानी से पूरी सर्विस भी यहीं बीत गई है," रमेश दुबे ने कुछ विनम्रता और अदब के साथ उत्तर दिया।

"अरे! उसमें मेहरबानी की क्या बात है? आप काम ही इतना अच्छे-से करते हैं कि आपको तो कोई परेशानी होनी ही नहीं चाहिए। पहली बार किसी ज़िले में कलेक्टर ऑफ़िस का काम इतना व्यवस्थित और अप-टू-डेट देखा है मैंने," मानव राय ने बिना ऊपर देखे दस्तख़त करते-करते ही उत्तर दिया। रमेश दुबे ने कोई उत्तर नहीं दिया। पता है कि प्रशंसा पाकर कलेक्टर के सामने कभी फूला नहीं जाता, बस चुप रहा जाता है। प्रशंसा पाकर यदि आपने ख़ुद भी अपनी तारीफ़ में कुछ कहना शुरू कर दिया तो गए आप काम से। रमेश दुबे ने

भी वही किया और चुपचाप फ़ाइलें खोल-खोलकर मानव राय के सामने रखना जारी रखा, और मानव राय ने दस्तख़त करना।

"दुबे जी फिर तो आपको पता ही होगा, यहाँ मेन मार्केट में क्या कोई चर्च हुआ करता था, सिटी कोतवाली के पास?" मानव राय ने कुछ लापरवाही के साथ पूछा। अंदाज़ इस प्रकार का था मानो यह कोई ज़रूरी प्रश्न नहीं है, बस यूँ ही पूछ लिया गया है। कलेक्टरों के प्रश्न बस यूँ ही पूछे जाते हैं, पूछने के अंदाज़ से आप समझ ही नहीं सकते कि कौन-सा प्रश्न ज़रूरी है और कौन-सा ग़ैर ज़रूरी।

"जिसे आप मेन मार्केट कह रहे हैं सर, वहाँ चालीस-पैंतालीस साल पहले कुछ नहीं था। मैदान था। सिटी कोतवाली से लेकर यहाँ तक हमारे कलेक्ट्रेट ऑफ़िस तक बीच में दुकानें वग़ैरह कुछ नहीं था। हम लोग यहाँ खेला करते थे। पूरा बचपन इन्हीं मैदानों में खेलते हुए बीता है। सिटी कोतवाली के पास बस एक छोटा-सा चर्च ही था, जिसका आप पूछ रहे हैं। चर्च जैसी बिल्डिंग नहीं थी उसकी, मकान जैसा ही था वो। हम लोग कभी-कभी खेलते हुए चले जाया करते थे उसमें। एक बूढ़े पादरी रहते थे बस, बाक़ी कोई आता-जाता नहीं था," रमेश दुबे ने लम्बी बात कही। जान-बूझकर उस फ़ाइल का ज़िक्र नहीं किया, जो सुबह फिलिप और एन्थनी जमा करवा के गए थे। इतने बरसों में कलेक्ट्रेट में काम करते हुए सबसे बड़ी बात रमेश दुबे ने सीखी है कि अपनी तरफ़ से कुछ भी अतिरिक्त जानकारी मत दो, जो पूछा जाए, जितना पूछा जाए उसी का उत्तर दो। कलेक्टर से बात करते समय अपने ज्ञान का प्रदर्शन कतई नहीं करना है। ज्ञानी होने का अधिकार पहले अंग्रेज़ों ने और उसके बाद भारतीय संविधान ने केवल कलेक्टर को ही दिया है। वह सर्वज्ञाता है, सर्वज्ञ है, उसे सब कुछ पता होता है। इसीलिए वह प्रश्न भी जब पूछता है तो बहुत केज़ुअल तरीक़े से, बहुत ही लापरवाह अंदाज़ में पूछता है कि यह बात वो अपना ज्ञान बढ़ाने के लिए नहीं पूछ रहा है, बस यूँ ही पूछ रहा है। जिससे पूछी जा रही है उसके अंदाज़ में अगर यह बात आ गई कि क्या सर आपको इत्ती-सी बात नहीं पता, तो समझो वो तो गया। इसलिए कलेक्टरों के प्रश्नों का उत्तर भी इसी प्रकार देना चाहिए कि सर वैसे तो आपको सब कुछ पता ही है, फिर भी मैं आपको बता रहा हूँ। इसे कहीं से भी आपके ज्ञानवर्द्धन का प्रयास नहीं समझा जाए।

"अच्छा...! तो अब कहाँ गया वो चर्च? क्या बन गया है उसकी जगह पर?" मानव राय का अंदाज़ अभी भी उतना ही लापरवाही भरा है। उसी प्रकार निगाह फ़ाइल पर है।

"सर वो चर्च जहाँ हुआ करता था, उस जगह पर अब मथुरा स्वीट हाउस खुल गया है," रमेश दुबे ने बहुत ही संक्षिप्त-सा उत्तर दिया।

"मथुरा स्वीट हाउस... ?" मानव राय का चलता हुआ पैन रुक गया और नज़रें भी रमेश दुबे की तरफ़ उठ गईं, "वह तो शहर की सबसे फ़ेमस दुकान है मिठाई और फ़ास्ट फ़ूड की। और वह तो किसी हिन्दू की है शायद...मैं जा चुका हूँ वहाँ बच्चों के साथ एकाध बार।"

"जी सर...वो हिन्दू की ही दुकान है। राजेश चौबे की। राजेश के पिता मथुरा प्रसाद चौबे ने खोली थी दुकान। वो उसी जगह पर चाट का ठेला लगाया करते थे। चर्च के सामने। मतलब चर्च और सड़क के बीच के हिस्से पर। उससे पहले शहर में चाट वग़ैरह के बारे में लोग इतना नहीं जानते थे। शहर में बस पोहा, भजिया, समोसे और चाय के ठेले हुआ करते थे। मथुरा प्रसाद चौबे उत्तर प्रदेश से यहाँ काम की तलाश में आए थे, पहले कुछ दूसरा काम-वाम किया, मज़दूरी भी की, दुकानों पर भी काम किया। जब कुछ पैसा जमा हुआ तो फिर यह ठेला लगा लिया। शहर के लोगों के लिए एकदम नई चीज़ थी, तो बस काम चल पड़ा। वो बरसों-बरस वहाँ ठेला लगाते रहे। बाद में ये दुकान वहाँ पर खोल ली," रमेश दुबे ने कलेक्टर की उत्सुकता देखी तो अपनी ओर से कुछ जानकारी बढ़ा दी।

"और वो चर्च?" मानव राय ने पूछा।

"वह तो वैसे ही पुराना जर्जर मकान था, पता नहीं कब गिर-गिरा गया वह समय के साथ," रमेश दुबे ने उत्तर को संक्षिप्त कर दिया।

"हम्मम," मानव राय ने धीमे से कहा। रमेश दुबे को इसका भी अर्थ पता है, इसका मतलब होता है चैप्टर क्लोज़्ड, अब आप जा सकते हैं।

सारी फ़ाइलों पर दस्तख़त करवाकर वापस लौटते रमेश दुबे को दरवाज़े तक पहुँचने से पहले ही पीछे से मानव राय की आवाज़ सुनाई दी, "आपको सुबह जो फ़ाइल मिस्टर फिलिप देकर गए हैं, वो एसडीएम को भिजवा दीजिएगा और उनसे कहिएगा फ़ाइल की स्टडी करके मुझसे आकर मिलें।" रमेश दुबे ने

मुड़कर अदब के साथ झुकते हुए, ''जी सर,'' कहा और फिर से दरवाज़े की राह पकड़ ली।

~

मथुरा स्वीट हाउस, शहर के मेन बाज़ार की सबसे क्रीम लोकेशन पर स्थित है। तीन मंज़िला बिल्डिंग, ग्राउंड फ़्लोर पर मिठाई की भव्य दुकान, फ़र्स्ट फ़्लोर बेकरी प्रोडक्ट्स, सेंकेंड फ़्लोर पर फ़ास्ट फ़ूड ज़ोन। सड़क पर क़रीब तीस फ़ीट की लम्बाई में है यह स्वीट हाउस और अंदर गहराई में सत्तर फ़ीट के लगभग। आगे तीस गुणा चालीस फ़ीट में दुकान है और पीछे तीस गुणा तीस में किचन है। किचन के अंदर से ही सीढ़ियाँ हैं, ऊपर जाने की। जहाँ से वेटर ऑर्डर का सामान लेकर ऊपर की दुकानों में जाते हैं। आगे जो दुकान है उसमें भी घुसने से पहले ही सीधे हाथ पर सीढ़ियाँ हैं, ऊपर की दुकानों में जाने हेतु। जिसको ऊपर की दुकानों में जाना है, वो बिना नीचे की दुकान में प्रवेश किए बाहर से ही सीधे ऊपर की दुकानों में जा सकता है। उल्टे हाथ पर मिठाइयों की शो विण्डो और सेल काउण्टर है। इसके आख़िरी सिरे पर राजेश चौबे के बैठने का काउण्टर है, जो कैश काउण्टर भी है। यह काउण्टर चाट के हाथ ठेले की तरह दिखाई देता है। असल में पिताजी द्वारा इसी स्थान पर बरसों-बरस लगाए गए चाट के ठेले की याद को ताज़ा रखने के लिए इस काउण्टर को डिज़ाइनर से स्पेशली डिज़ाइन करवाया है राजेश चौबे ने। ऐसा लगता है जैसे भव्य दुकान के अंदर चाट का ठेला खड़ा हुआ है। इस ठेलेनुमा काउण्टर के पीछे के हिस्से में एक छोटा-सा मन्दिर है। मन्दिर में एक काले पत्थर का बना बड़ा-सा शिवलिंग स्थापित है और शिवलिंग के आस-पास कुछ उसी से संबंधित मूर्तियाँ रखी हुई हैं। मन्दिर बाक़ायदा संगमरमर का बना हुआ है। राजेश चौबे के पिता मथुरा प्रसाद चौबे शिव भक्त थे, तो काउण्टर की तरह ही यह मन्दिर भी उनकी ही स्मृति में बनाया गया है। मन्दिर सार्वजनिक नहीं है, व्यक्तिगत है। काउण्टर के पीछे छिपा रहता है, मन्दिर आने-जाने वाले ग्राहकों को भी दिखाई नहीं देता है। ऊपर जहाँ फ़ास्ट फ़ूड तथा बेकरी शॉप हैं। उन दुकानों को राजेश चौबे का बेटा सँभालता है। सँभालने का मतलब वहाँ की व्यवस्था का काम। कैश काउण्टर तो उन दोनों दुकानों का भी यही नीचे वाला है। बेटे को अभी व्यवस्थाएँ दी हैं, गल्ले की चाबियाँ नहीं दी हैं राजेश चौबे ने।

राजेश चौबे की उम्र साठ वर्ष के लगभग है। कुछ गहरा साँवला रंग। नाटा कद। बाल कुछ बढ़ाकर रखते हैं। हमेशा सफ़ेद सफ़ारी सूट में रहते हैं। माथे पर चंदन का बड़ा गोल टीका हमेशा लगा रहता है। सारा दिन ग्राहकों से पैसे लेने में बीतता है। शहर की सबसे प्रमुख दुकान होने के कारण दिन भर भीड़ बनी रहती है। राजेश चौबे के बारे में कहा जाता है कि वो काउण्टर पर बैठने के लिए ही पैदा हुए हैं। काउण्टर के अलावा उनको आप और कहीं नहीं देख सकते। शहर में होने वाले किसी भी सामाजिक, सांस्कृतिक, धार्मिक, राजनैतिक, साहित्यिक आयोजन में आप उनको कभी नहीं पाएँगे। सुबह साढ़े सात बजे दुकान आ जाते हैं। आते ही पहले शिवलिंग पर जल ढारते हैं, चंदन, फूल-पत्ती चढ़ाते हैं, उसी दौरान 'ऊँ नमः शिवाय' तथा 'नमामी शमीशान निर्वाण रूपं' का पाठ करते रहते हैं। उसके बाद किचन में जाते हैं, सारी व्यवस्था देखने। फिर ऊपर के दोनों सेक्शन्स का निरीक्षण करने जाते हैं। यह सारा काम आधे घंटे में हो जाता है। आठ बजे काउण्टर पर जो बैठते हैं, तो रात के दस बजे तक की लगातार सिटिंग देते हैं। बीच में उठते हैं, तो बस किचन का निरीक्षण करने या लघुशंका आदि के लिए। स्वभाव भी बहुत रिज़र्व है। पिताजी ने सीख दी थी कि बेटा हलवाई अगर अपना स्वभाव भी मीठा कर लेगा तो उसके घर में बच्चे भूखे मरेंगे। दूसरे लोग तो उधार वसूलने के लिए अपनी चीज़ वापस ला सकते हैं, पर हलवाई का दिया तो वापस भी नहीं लिया जा सकता। पिताजी ने सीख दी थी कि मीठा जितना भी करना हो वो मिठाई को ही करना, अपने आप को नहीं। पिताजी की सीख अभी भी मानते हैं। बहुत मुश्किल से ही किसी को देखकर मुस्कुराते हैं। अव्वल तो कोशिश करते हैं कि किसी के चेहरे की तरफ़ देखना ही नहीं पड़े। नीचे मुँह किए-किए ही पैसे काटते रहते हैं। बीच-बीच में उस स्क्रीन पर नज़र डालते रहते हैं, जिस पर पूरी बिल्डिंग में लगे कैमरों का डिस्प्ले होता है। कोई बहुत ज़्यादा ही परिचित आ जाए तो बस एक फीकी-सी मुस्कुराहट ही उसके हिस्से में आती है। फीकी मुस्कुराहट, जिसमें पिताजी की सीख के अनुसार शक्कर का एक दाना भी नहीं डला हुआ होता है।

उतरते जेठ तथा लगते आषाढ़ का कोई दिन था। राजेश चौबे अपने मथुरा स्वीट हाउस के अपने काउण्टर पर बैठे हुए थे। सुबह का समय था इसलिए अभी ग्राहकी शुरू नहीं हुई थी। उतरते जेठ महीने में पानी एकाध बार बरस जाता है, लेकिन इस साल अभी तक बरसा नहीं है। इस कारण जाती हुई गर्मी और

ज़्यादा परेशान कर रही है। अभी ग्राहकी शुरू नहीं हुई है, इसलिए दुकान में लगे एसी अभी चालू नहीं किए गए हैं। जब तक बिना एसी के काम चलता है, तब तक यहाँ एसी नहीं चालू किए जाते हैं। राजेश चौबे अभी दुकान का सुबह का अपना नित्यकर्म करके बैठे हैं। चेहरे पर चिंता के तो नहीं, हाँ चिंतन के भाव ज़रूर हैं। गहरे चिंतन के। सामने काउण्टर के अंदर एक काग़ज़ पंखे की हवा से फड़फड़ा रहा है। काग़ज़ पर सरकारी मोहर लगी है, अतिरिक्त कार्यपालक दंडाधिकारी की। तेज़ हवा लगते ही वह काग़ज़ तेज़ आवाज़ करता है, राजेश चौबे का चिंतन उस आवाज़ से टूटता है और उनकी नज़र काग़ज़ पर पड़ती है। नज़र पड़ने के बाद चिंतन के भाव और गहरे हो जाते हैं। यह सरकारी परवाना कल दोपहर में ही राजेश चौबे के पास पहुँचा है। एक सरकारी भृत्य कल ही यह देकर पावती रजिस्टर पर राजेश चौबे के दस्तख़त करवा के ले गया है। मिठाई की दुकान है इसलिए लेते समय यही सोचा था कि जो सरकारी काग़ज़ आते रहते हैं, फ़ूड विभाग से, म्युनिसिपल से, वैसा ही कोई काग़ज़ होगा। लेने के बाद जब पढ़ा तो चिंतन में डूब गए राजेश चौबे। और वह चिंतन अभी तक जारी है।

कुछ देर के चिंतन के बाद राजेश चौबे ने वह सरकारी काग़ज़ उठाया और उसे एक बार फिर से पढ़ने लगे। पढ़ते-पढ़ते ही गर्मी-सी लगी तो रिमोट उठाकर एसी को चालू कर दिया। काग़ज़ को पूरा पढ़कर एक बार फिर काउण्टर के अंदर रख दिया। काग़ज़ को पढ़ कर चिंतन चेहरे पर और गहरा हो गया। लेकिन अब उसमें चिंता भी थी। चिंता और चिंतन से मिली-जुली नज़रों से काउण्टर पर हाथ रखकर उस पर ठुड्डी टिकाए बाहर की तरफ़ देख रहे थे कि रमेश दुबे जाते हुए दिखे। मुस्कुराहट का आदान-प्रदान हुआ। राजेश चौबे की मुस्कुराहट पूर्व में तो सदा की तरह फीकी ही थी। लेकिन कुछ ही क्षणों में उसमें शक्कर घुल गई। मुस्कुराहट भी मीठी हो गई और चेहरा भी। वहीं बैठे-बैठे हाथ से दुकान के अंदर आने का एक इशारा भी हवा-ही-हवा में रमेश दुबे तक पहुँच गया।

रमेश दुबे ठेलेनुमा कैश काउण्टर के अंदर बैठने का सौभाग्य प्राप्त करते हुए उस कुल्हड़ से रबड़ी साफ़ कर रहे थे, जो उनके हाथ में था। उसके बाद रसमलाई का एक दोना भी उनकी प्रतीक्षा में था और नमक लगे, भुने हुए काजू और बादाम भी। इन सब चीज़ों के समाप्त होने तक दोनों के बीच बातचीत

चलती रही। बातचीत के दौरान वह सरकारी परवाना बारी-बारी से दोनों के हाथों में आया। और बातचीत का विषय उस काग़ज़ पर ही बना रहा। कुछ देर बाद जब अंतिम बादाम भी प्लेट से उठकर रमेश दुबे के पेट में चला गया और बस स्पेशल चाय ही बची थी, तब राजेश चौबे ने लिखने की तख़्ती की क्लिप पर एक नया काग़ज़ लगाया। रमेश दुबे ने बोलना शुरू किया और राजेश चौबे ने लिखना। पीवर दूध-ही-दूध की, निपनिया, गाढ़ी, मलाईदार, इलायची डली, चाय के घूँट पर घूँट भरते हुए रमेश दुबे बोलते गए और राजेश चौबे लिखते गए। जो लिखा गया वो कुछ यूँ था—

प्रिय धर्मप्रेमी बंधुओं,
नमस्कार

पवित्र श्रावण मास भगवान शिव की आराधना का पावन मास होता है। इस पवित्र मास में भगवान शिव की आराधना का बड़ा पुण्य फल पुराणों में बताया गया है। इस वर्ष भी पवित्र श्रावण मास बस लगने को ही है। इसी श्रावण मास में भगवान शिव की आराधना हेतु विविध धार्मिक आयोजन करने के उद्देश्य से तथा समितियों के गठन हेतु शहर के धर्मप्रेमियों की एक बैठक का आयोजन रखा गया है। आप शहर के प्रमुख धर्मप्रेमी बंधु हैं, शहर में होने वाले धार्मिक आयोजन आपकी सक्रियता से ही सफल होते हैं, अतः बैठक में आपकी उपस्थिति सादर प्रार्थनीय है। बैठक में पधार कर अपने बहुमूल्य सुझावों से आयोजन की सफलता को सुनिश्चित करें। यह भगवान शिव की आराधना का पुण्य कार्य है, इसलिए विश्वास है कि आप अपने व्यस्त कार्यक्रम में से कुछ समय निकालकर अवश्य ही पधारेंगे।

स्थान : मथुरा स्वीट हाउस (द्वितीय तल, फ़ास्ट फ़ूड ज़ोन)
दिनांक : 21 जून 2015, दिन : रविवार, समय : प्रातः दस बजे,
(नोट : बैठक के पश्चात् दोपहर भोजन की भी व्यवस्था की गई है।)
निवेदक : पंडित राजेश चौबे

लिखने के तुरंत बाद राजेश चौबे ने उस काग़ज़ को रमेश दुबे को पढ़ने हेतु दिया। रमेश दुबे ने सरसरी नज़र से देखकर सिर हिलाकर स्वीकृति देते हुए उसे वापस कर दिया। राजेश चौबे ने दुकान के एक कर्मचारी को बुला कर उसे इस निर्देश के साथ वह काग़ज़ दे दिया कि इसको किसी कम्प्यूटर वाले के यहाँ

टाइप करवाए, टाइप करवाने के बाद उसके प्रिंट आउट की सौ फ़ोटोकॉपियाँ करवा कर तुरंत ले आए।

चाय का कप रखकर रमेश दुबे भी उठ गए। राजेश चौबे उनको छोड़ने दुकान के बाहर तक आए। जब बाहर आए तो वहाँ एक कर्मचारी मथुरा स्वीट हाउस के केरी बैग्स लिए खड़ा था, जिनमें मिठाई के डिब्बे आदि रखे थे। कर्मचारी जब वो सब रमेश दुबे को देने लगा, तो उन्होंने प्रश्नवाचक निगाहों से राजेश चौबे की तरफ़ देखा। राजेश चौबे ने विनम्रता के साथ हाथ जोड़कर ले जाने का मूक अनुरोध कर दिया। अनुरोध सफल रहा और केरी बैग्स कर्मचारी के हाथ से रमेश दुबे के हाथ में आ गए। उसके बाद रमेश दुबे बिना राजेश चौबे से नज़र मिलाए तेज़ क़दमों से वहाँ से चले गए।

~

रविवार 21 जून 2015 की शाम 5 बजे शहर के सभी समाचार पत्रों के कार्यालय में एक प्रेस विज्ञप्ति सादर प्रकाशनार्थ के अनुरोध के साथ ईमेल द्वारा पहुँची। विज्ञप्ति के साथ कुछ फ़ोटो भी संलग्न थे। एक फ़ोटो में स्थानीय विधायक को तथा नगर पालिका परिषद् के अध्यक्ष को कुछ लोग फूल-माला पहना रहे थे, दूसरे में मालाएँ राजेश चौबे को पहनाई जा रही थीं, तीसरे में बैठक में उपस्थित लोगों को दिखाया गया था।

विज्ञप्ति का लब्बो-लुआब कुछ इस प्रकार था—

प्रेस विज्ञप्ति : सादर प्रकाशनार्थ

'श्रावण मास में तैयार होगा भगवान शिव का भव्य मन्दिर, धूम-धाम से निकाली जाएगी पालकी यात्रा'

रविवार/ 21 जून 2015

शहर के धर्मप्रेमी मिष्ठान्न व्यापारी पंडित राजेश चौबे ने आज अपने प्रतिष्ठान पर बुलाई गई एक बैठक में घोषणा की कि उनके तीन मंज़िला प्रतिष्ठान भवन की नीचे की मंज़िल के सामने के पूरे हिस्से में भगवान शिव का भव्य मन्दिर बनाया जाएगा। साथ ही पवित्र श्रावण मास में भगवान शिव की भव्य पालकी यात्रा भी निकाली जाएगी। इस विशेष बैठक में विभिन्न समितियों का गठन भी सर्वसम्मति से किया गया।

आज बुलाई गई एक बैठक में श्री चौबे ने बताया कि उनके पिताजी

स्वर्गीय मथुरा प्रसाद चौबे भगवान शिव के अनन्य भक्त थे। उनकी इच्छा थी कि दुकान के एक हिस्से में भगवान शिव का भव्य सार्वजनिक मन्दिर बनाया जाए और श्रावण मास के अंतिम सोमवार को भगवान शिव की भव्य पालकी यात्रा निकाली जाए। उन्हीं की इच्छा पूरी करने के लिए दुकान के नीचे के सामने के पूरे हिस्से को भगवान शिव के मन्दिर में परिवर्तित किया जा रहा है। दुकान के पीछे के हिस्से में प्रतिष्ठान का रसोईघर तथा ऊपर की दोनों मंज़िलों पर प्रतिष्ठान की दुकानें पूर्ववत् कार्य करेंगी। इन हिस्सों में आने-जाने की सीढ़ियाँ अलग से हैं इसलिए मन्दिर की पवित्रता पर कोई असर नहीं पड़ेगा। उन्होंने बताया कि दुकान में पूर्व से ही एक मन्दिर है, जहाँ भगवान शिव की स्थापना है। उनके पिताजी ने भी यह शिवलिंग स्थापित नहीं किया था बल्कि उन्हें भी यह शिवलिंग तथा मूर्तियाँ यहाँ एक चबूतरे पर स्थापित ही मिली थीं जब वो यहाँ ठेला लगाया करते थे। पिताजी को किसी साधु ने बताया था कि ये मूर्तियाँ बहुत प्राचीन हैं, कोई राजा इन मूर्तियों को लेकर अपने राज्य में स्थापित करने जा रहा था, रास्ते में यहाँ रात हो गई। रात को मूर्तियों को बैलगाड़ी से उतारकर ज़मीन पर रख दिया गया। सुबह जब मूर्तियों को वापस उठाकर बैलगाड़ी पर रखना चाहा तो मूर्तियाँ उठी ही नहीं। बहुत कोशिश करने पर भी जब मूर्तियाँ नहीं उठीं, तो राजा यहीं चबूतरा बनवाकर उन्हें स्थापित करके चला गया। श्री चौबे ने कहा कि मन्दिर निर्माण का कार्य तथा पालकी यात्रा शहर के प्रमुख समाजसेवियों, धर्मप्रेमियों, पत्रकारों तथा जन प्रतिनिधियों की एक समिति के निर्देशन में किया जाएगा। लेकिन इस पर आने वाला पूरा ख़र्च वे स्वयं वहन करेंगे, इसके लिए कोई चंदा आदि नहीं किया जाएगा। इस अवसर पर मन्दिर निर्माण समिति का भी गठन किया गया। सत्तारूढ़ दल के स्थानीय विधायक को इस समिति का अध्यक्ष बनाया गया। समिति ने निर्णय लिया कि मन्दिर का निर्माण कार्य द्रुत गति से किया जाएगा तथा दो माह में मन्दिर को तैयार कर लिया जाएगा। श्रावण मास के अंतिम सोमवार को पालकी यात्रा के साथ ही मन्दिर में प्राण प्रतिष्ठा सहित सभी धार्मिक विधियाँ सम्पन्न कर मन्दिर को श्रद्धालुओं के लिए खोल दिया जाएगा। नगर पालिका परिषद् के अध्यक्ष को पालकी यात्रा का अध्यक्ष बनाया गया है। यह पालकी यात्रा धूमधाम से शहर के प्रमुख मार्गों से होकर निकाली जाएगी। पालकी यात्रा में डीजे, झाँकियाँ, घुड़सवार, बैंड, शहनाई शामिल रहेंगे। इस अवसर पर उपस्थित धर्मप्रेमियों ने

मन्दिर समिति तथा पालकी यात्रा समिति के अध्यक्ष का फूलमालाओं से स्वागत किया। विधायक तथा नगरपालिका अध्यक्ष ने पंडित राजेश चौबे द्वारा उठाए गए इस कदम पर उनको दानवीर की उपाधि से विभूषित करते हुए फूलमालाओं से विभूषित किया। विधायक ने घोषणा की कि पालकी यात्रा के दौरान शहर के मुख्य चौराहे पर पंडित राजेश चौबे को शॉल, श्रीफल, सम्मान-पत्र भेंट कर उनका नागरिक अभिनंदन भी किया जाएगा। बैठक में बड़ी संख्या में शहर के गणमान्य नागरिक उपस्थित थे।

भवदीय

अध्यक्ष, मन्दिर निर्माण समिति

संलग्न : बैठक के फ़ोटो

कृपया अपने अत्यंत लोकप्रिय समाचार पत्र में यह समाचार फ़ोटो के साथ प्रकाशित करने का कष्ट करें।

(समाप्त, विज्ञप्ति भी और कहानी भी।)

इलोई! इलोई! लामा सबाख़्तानी?

“नानी, एक बात पूछूँ तुमसे? अगर तुम बुरा न मानो तो,” शुभांगी ने देखा कि नानी चुपचाप बैठी हैं तो पूछा।

“पूछ ना? ये बुरा मानने की बात कहाँ से आ गई?” नानी ने प्यार से कहा।

“नानी कल रात भर सोते में ख़ूब बड़बड़ाती रहीं तुम। पहले तो नहीं बड़बड़ाती थीं तुम सोते में इस तरह,” शुभांगी ने कुछ झिझकते हुए कहा।

“अच्छा..? क्या बड़बड़ा रही थी मैं?” नानी ने कुछ सोचते हुए पूछा।

“तुम ‘लोई-लोई’ बोल रही थीं रात में, फिर ‘खतानी-खतानी’ बोलने लगीं। ये कौन-सी भाषा है नानी? मुझे तो कुछ समझ ही नहीं आ रहा था कि तुम क्या बोल रही थीं,” शुभांगी ने नानी के उत्तर से हौसला पाकर अपना मूल प्रश्न किया। शुभांगी का प्रश्न सुनकर नानी का चेहरा एकदम फीका पड़ गया। नानी के चेहरे के बदलते हुए रंग को शुभांगी ने देखा।

“सच्ची...? ऐसा कुछ बड़बड़ा रही थी मैं?” नानी ने कुछ देर की चुप्पी के बाद कुछ धीमी आवाज़ में प्रश्न किया।

“और नहीं तो क्या, तभी तो पूछ रही हूँ। बचपन से ही जब मैं यहाँ आती हूँ, या तुम वहाँ आती हो तो मैं तुम्हारे साथ ही सोती हूँ, अभी तक तो ऐसा कभी नहीं हुआ कि तुम बड़बड़ाई हो रात को कभी। पर कल तो तुमने मुझे डरा ही दिया। उस पर जाने किस भाषा में बड़बड़ा रही थीं,” शुभांगी ने कुछ संतुलित स्वर में उत्तर दिया नानी को। नानी ने शुभांगी की बात का कोई उत्तर नहीं दिया, बस ख़ामोशी से शून्य में नज़रें टिकाए देखती रहीं।

नानी असल में शुभांगी की नानी नहीं हैं, वो शुभांगी के पिता की नानी हैं, मतलब उसकी दादी की माँ हैं। मगर वो अपने पिता की ही तरह उनको नानी कहती है और पिता के मामाओं को भी वो मामा ही कहकर बुलाती है। नानी

की उम्र नब्बे के पार हो चुकी है। साल भर पहले तक तो बिलकुल स्वस्थ थीं, लेकिन पिछले कुछ महीनों से बीमार चल रही हैं। शुभांगी अपनी दादी के साथ नानी को देखने कल ही अपने पिता के बड़े मामा के घर आई है। दो दिन बाद राखी है, हर बार बड़े मामा ही राखी बँधवाने दादी के पास आ जाते थे, लेकिन इस बार नानी के स्वास्थ्य के कारण दादी ही यहाँ आ गईं। दादी आईं, तो उनके साथ शुभांगी भी आ गई। नानी से बहुत लगाव है शुभांगी को। जब तक स्वास्थ्य ठीक रहा, तब तक नानी साल में दो-तीन बार एक-दो महीने के लिए अपने बेटी-दामाद के घर, अर्थात् शुभांगी के घर आकर रहती रहीं। तेज़ गर्मी पड़ रही हो, तेज़ ठंड हो रही हो, तो शुभांगी की दादी ही गाड़ी भेजकर उन्हें बुलवा लेती हैं कि जिया से गर्मी या सर्दी सहन नहीं होगी वहाँ, यहाँ कुछ आराम मिल जाएगा उनको। नानी के आने से घर में रौनक-सी लग जाती है। नानी इसी प्रकार कभी दूसरे बेटे के घर तो कभी बेटी के घर चली जाती रहीं। हाँ लेकिन यह भी है कि एक-दो महीने बीतते-न-बीतते ही उन्हें घर की, मोहल्ले की याद आने लगती है, वापसी के लिए बेचैन हो जाती हैं। आख़िर में उन्हें छोड़कर आना पड़ता है। यह बेचैनी शायद स्वाभिमान के चलते उपजती है कि लोग क्या कहेंगे। अब साल भर से बीमारी के कारण नानी कहीं आ-जा नहीं पा रही हैं। अपने पुश्तैनी घर में ही हैं, बड़े बेटे और उसके परिवार के साथ। कोई आने को कहता है, तो एक ही बात कहती हैं—यहीं आकर मिल जाओ, अब हमसे आना-जाना नहीं होता। इसी कारण शुभांगी भी अपनी दादी के साथ आई हुई है। वैसे भी नानी के शहर और उसके शहर के बीच बस घंटे भर का ही फ़ासला है और अगर कार थोड़ी तेज़ चलाओ तो पैंतालीस मिनट में ही मामा के घर पहुँच जाओ।

बड़े मामा का ये पुश्तैनी घर भी घर क्या है, अच्छी-ख़ासी हवेली है। शहर से ज़रा हटकर ये एक मोहल्ला है, जहाँ हवेली बनी हुई है। ये मोहल्ला जिसका नाम नज़रगंज है, शहर से हटकर भी है और अपने मिज़ाज में भी शहर से अलग है। अलग इस मायने में है कि यहाँ रहने वाले लोगों की बोली-बानी, खान-पान, रहन-सहन सब कुछ शहर से एकदम अलग है। यहाँ तक कि मोहल्लेवालों की प्रवृत्ति भी मूल शहर से एकदम अलग है। नज़रगंज के लोग मार-पीट, झगड़ा, दंगा-फ़साद पर हमेशा ही उतारू रहते हैं। जबकि मूल शहर ऐसा नहीं है। पुलिस और प्रशासन की फ़ाइलों में इस मोहल्ले का नाम सांप्रदायिक रूप से संवेदनशील मोहल्ले के रूप में लिखा हुआ है और मज़े की बात है कि इसमें

शहर का कोई क़सूर ही नहीं है। जब भी कभी दंगा या सांप्रदायिक तनाव होता है, तो वह नज़रगंज वाले इलाक़े में ही होता है। लेकिन, चूँकि नज़रगंज असल में शहर का ही एक मोहल्ला है, इसलिए फ़ाइलों में दंगे का दाग़ शहर के ही चेहरे पर लगाया जाता है। हालाँकि नज़रगंज में मुस्लिम घर बिलकुल नहीं के बराबर हैं, उधर नाला पार शहर में मुस्लिम बस्ती ज़्यादा है। उस तरफ़ शहर में दो या तीन मोहल्ले पूरी तरह मुस्लिम बस्ती के नाम से ही जाने जाते हैं। एक मोहल्ला नज़रगंज के ठीक पास है, नाले के उस तरफ़। यहाँ नज़रगंज में अधिकांश घर निम्न और निम्न मध्यमवर्गीय हैं। बीच-बीच में कुछ घर हवेली की तरह के हैं। लेकिन इस प्रकार के घर बस गिनती के ही हैं मोहल्ले में। शहर और इस मोहल्ले के बीच एक पुल है, गंदे नाले पर बना पुल। इसी पुल को पारकर लोग शहर से मोहल्ले की तरफ़ और मोहल्ले से शहर की तरफ़ जाते हैं। पुल पार करते ही जैसे सब कुछ बदल जाता है। ऐसा लगता है जैसे किसी दूसरे शहर में आ गए हैं। यह सचमुच आश्चर्य की बात है कि एक ही शहर का एक मोहल्ला बिलकुल अलग तरह का है। ऐसा लगता ही नहीं है कि यह इस शहर का ही हिस्सा है।

नानी के साथ शुभांगी के लगाव का एक बड़ा कारण यह भी है कि जब भी नानी उसके घर आती हैं, तो उनका डेरा शुभांगी के कमरे में ही रहता है। नानी का एक छोटा-सा बैग, जिसमें बस गिनती की दो या तीन साड़ियाँ, दवाइयाँ और कुछ किताबें होती हैं, वह शुभांगी के कमरे में ही रखा रहता है। रात को सोने से पहले नानी और शुभांगी देर रात तक बातें करती रहती हैं। दुनिया-जहान की बातें। यहाँ आकर भी शुभांगी ने अपना डेरा नानी के कमरे में डाल लिया है। नानी बहुत ज़्यादा बीमार तो नहीं हैं, लेकिन अशक्त बहुत हो गई हैं। यह भी उम्र का प्रभाव है। उम्र के साथ-साथ बीमारी से ज़्यादा तो असल में यह अशक्तता ही तोड़ देती है। नब्बे की उम्र होने के बाद भी नानी के दाँत अभी तक सलामत हैं, आँखें ख़ूब तेज़ हैं, चश्मा नहीं लगा है और याद्दाश्त भी अच्छी है। यहाँ आने के बाद शुभांगी और नानी की वही देर रात तक चलने वाली बातें एक बार फिर शुरू हो गई हैं। जब शुभांगी छोटी थी, तो रात को नानी की गोद में सिर रखकर लेट जाती थी और उनसे कहानियाँ सुनती थी। शुभांगी के सो जाने तक नानी को कहानियाँ सुनाते रहना पड़ता था। नब्बे साल की नानी ने आज़ादी के पहले का भी समय देखा है और बाद का समय भी। उनके पास जानकारियों का ख़ज़ाना

है। नानी की स्मृति में जैसे इतिहास के अध्याय-पर-अध्याय लिखे हुए हैं। वह इतिहास भी जो उनके जन्म से पूर्व का है और जिसके बारे में उन्होंने अपने माता-पिता, दादी-नानी से सुना। नानी से शुभांगी के लगाव का एक कारण और यह भी है कि नब्बे साल की नानी विचारों से एकदम प्रगतिशील हैं। बदलते समय के साथ अपने आपको बदलते हुए चलती हैं। नानी ने शुभांगी से कह रखा है कि शादी अपनी मर्ज़ी से और अपनी पसंद के लड़के से करना। अच्छे से देख-समझ कर अपने लिए लड़का पसंद करना, तू जो भी लड़का अपने लिए पसंद करेगी उसी से तेरी शादी होगी। कोई और साथ दे या न दे मैं तेरे साथ खड़ी रहूँगी। कुल मिलाकर बात यह कि नानी अपने आपको बदलते हुए समय और उसमें सामने आ रही नई पीढ़ी के साथ बहुत अच्छे से ढाल लेती हैं।

इस सबके पीछे नानी की अपनी एक कहानी है। कहानी जिसके कारण वो ऐसी हैं। नाना और नानी के बीच के सम्बन्ध कभी भी बहुत मधुर नहीं रहे। नाना के घर की आर्थिक स्थिति बहुत अच्छी नहीं थी। नाना मकान बनाने की ठेकेदारी का काम करते थे अपने पिता के साथ। नानी एक पढ़े-लिखे घर से आई थीं। जब शादी हुई, तब भी वो पढ़ ही रही थीं। ये आज़ादी के दस-बारह साल बाद का समय था। उस समय शादीशुदा महिला की पढ़ाई की बात सोची ही नहीं जा सकती थी। मगर नानी ने चुपचाप, अपनी ससुराल में किसी को बताए बिना प्राइवेट पढ़ाई करते हुए अपने अधूरे छूटे ग्रेजुएशन को पूरा कर लिया था। शादी के बाद दो लड़के और एक लड़की पैदा होने तक तो सब कुछ ठीक रहा। मगर सबसे छोटी लड़की के पैदा होने के चार-पाँच साल बाद नानी ने एक दिन अचानक अपने पति का घर छोड़ दिया और मायके लौट आईं। अपने बच्चों को भी वहीं छोड़ दिया। जब आईं थीं मायके तो कुछ मानसिक परेशानी की हालत में आई थीं, अजीब तरह के दौरे पड़ते थे उन्हें। एकदम से हिंसक हो जाती थीं। साल भर लगा ठीक होने में। मगर उसके बाद फिर वापस नहीं गईं। कुछ दिनों बाद सरकारी स्कूल में शिक्षक की पोस्ट के लिए एप्लाय किया और गवर्नमेंट गर्ल्स स्कूल में शिक्षक हो गईं। जब नौकरी लग गई, तो मायके का घर भी छोड़ दिया और पास ही एक मकान किराये पर लेकर वहाँ रहने लगीं। इधर नानी के पति ने ग़ुस्से में किसी और को पत्नी के रूप में घर में रख लिया। फिर उसके बाद का जीवन इसी प्रकार चला। बच्चे कभी उनके पास रहते, तो कभी पिता के पास रहते। कॉलेज की पढ़ाई बच्चों को अपने पास ही रखकर करवाई।

बच्चों की शादी, जीवन-मरण, सुख-दुख में मेहमान की तरह आती रहीं और लौटती रहीं। नानी ने नौकरी करते हुए इतिहास में पोस्ट ग्रेजुएशन किया और बाद में पीएच-डी. भी। उस दूसरी महिला से नानी के पति को कोई बच्चे नहीं हुए। बीस-पच्चीस साल बाद वो महिला भी टीबी के कारण चल बसी। उधर नानी उसी स्कूल से प्रिंसिपल बनकर रिटायर हुईं। मगर रिटायर होने के बाद भी वापस नहीं लौटीं। लौटीं तब, जब पति भी चल बसे। उसके बाद से अब तक यहीं हैं। यहीं हैं लेकिन किसी पर बोझ नहीं हैं, सरकारी पैंशन मिलती है, और इतनी मिलती है कि बाकी सबके भी ख़र्चे पूरे हो जाते हैं। अब तो नानी को रिटायर हुए भी तीस साल के लगभग हो चुके हैं। पैंशन से नाती-पोतों की फ़रमाइशें पूरी करती रहती हैं।

बड़े मामा की हवेली बहुत पुरानी है, जिसमें मेहराबें, कँगूरे, ऊँची छत, नक़्क़ाशीदार बड़े-बड़े दरवाज़े, झरोखे, फूल-पत्तियों वाली जालीदार मुँडेरें, दीवारों में मेहराबदार आले हैं। हवेली से सटा हुआ एक मकान भी है, उसकी बनावट हवेली जैसी नहीं है, वह एकदम साधारण मकान है। इसी मकान में नानी रहती हैं। जब पति की मौत के बाद नानी लौटीं, तो हवेली में नहीं रहीं, वो इसी मकान में आकर रहीं। उनके बेटे हवेली में ही रहते रहे, पर वो यहाँ इस मकान में ही रह रही हैं तब से। हवेली से मकान में जाने के लिए बस एक दरवाज़ा हवेली के सामने के बैठक वाले कमरे में है। उस दरवाज़े से होकर हवेली की तरफ़ से लोग इस तरफ़ आते हैं पर नानी कभी इस तरफ़ से उस तरफ़ नहीं जाती हैं। नानी का कमरा इसी मकान के सामने के हिस्से में है। खिड़की खोलो, तो सामने सड़क की पूरी हलचल दिखाई देती है। खिड़की सामने के बग़ीचे में खुलती है। खिड़की के छज्जे पर जास्मीन की बेल छाई हुई है, खिड़की खोलते ही भीनी-भीनी महक से पूरा कमरा भर जाता है। खिड़की से सटकर अमरूद का कुछ झुका हुआ-सा एक पेड़ है, जिसकी शाख़ें खिड़की के बिलकुल पास हैं। बचपन में शुभांगी खिड़की की सलाखों में से हाथ डालकर कमरे में से ही अमरूद तोड़ लेती थी। बगीचे की बाड़ मेहँदी की झाड़ियों से बनी हुई है, जब बाड़ में फूल आते हैं, तो उनकी गंध भी जास्मीन की गंध में मिल जाती है। सामने क्यारियों में गुलाब, रातरानी की झाड़ियाँ हैं और कुछ दूसरे पौधे हैं। शहर और मोहल्ले से होकर बहने वाला नाला हवेली के सामने की तरफ़ है कुछ दूरी पर। जब बरसात बहुत तेज़ होती है तो नाले

का पानी सामने बग़ीचे में भर जाता है। पीछे लगभग आधा किलोमीटर की दूरी पर रेल की पटरियाँ हैं। रात के सन्नाटे में जब भी कोई रेल वहाँ से गुज़रती है, तो पटरियों के साथ-साथ हवेली और मकान दोनों धड़धड़ाने लगते हैं। यहाँ से स्टेशन नज़दीक होने के कारण अक्सर यहाँ से गुज़रती हुईं रेलें सीटी बजाकर स्टेशन पर आने या वहाँ से जाने का संदेश भी देती हैं। धड़-धड़ गुज़रती रेल, उसकी सीटी, रात के समय अलग ही प्रभाव उत्पन्न हो जाता है इन सबसे। शुभांगी को यह सब बचपन से ही बहुत पसंद है। उसका अपना घर एक बहुमंज़िला इमारत के तीसरे माले पर है, जहाँ से बाहर देखने पर बस वाहनों का शोर और धुआँ ही हिस्से में आता है।

इस बार शुभांगी बहुत दिनों बाद इस मौसम में अपनी नानी के घर आई है। इस बार नानी से मिलने आई है। इस मौसम में मतलब राखी के समय, बरसात के मौसम में शुभांगी को यहाँ और भी अच्छा लगता है। टूटकर बरसती हुई बारिश, रात का सन्नाटा और सन्नाटे में हवेली के पीछे से गुज़रती हुई रेल, यह सब शुभांगी के लिए 'एलिस का वंडरलैंड' है। बचपन से ही वो दादी के साथ यहाँ आती रही है। उन दिनों की स्मृतियों ने ही उसका यह वंडरलैंड बसा रखा है। इस बार बहुत समय बाद वो अपने वंडरलैंड में आई है।

''बताओ ना नानी क्या बड़बड़ा रही थीं तुम रात को? 'लोई-लोई खतानी-खतानी', क्या मतलब है इसका?'' शुभांगी ने नानी को उदास होते देखा तो तुरंत प्रश्न किया।

''लोई-लोई नहीं इलोई-इलोई बोल रही होऊँगी,'' नानी ने उसी प्रकार शून्य में नज़रें टिकाए हुए मानो स्वयं से ही प्रश्न किया।

''हाँ-हाँ यही बोल रही थीं तुम...क्या मतलब है इसका? मैंने तो पहली बार सुना है ये,'' शुभांगी ने कुछ याद करते हुए कहा।

''इलोई! इलोई! लामा सबाख्तानी...,'' नानी ने बड़बड़ाते हुए कुछ अस्पष्ट स्वर में कहा।

''हाँ-हाँ! यही तो बड़बड़ा रही थीं तुम। बिलकुल यही,'' शुभांगी ने पूरा वाक्य सुना तो कुछ उत्साहित होते हुए बोली।

''इलोई! इलोई! लामा सबाख्तानी...,इलोई! इलोई! लामा सबाख्तानी... '' कुछ देर तक चुप रहने के बाद नानी ने एक बार फिर वही वाक्य दोहराया, इस बार दो बार।

''हाँ-हाँ यही-यही...मगर इसका मतलब तो बताओ। क्या है ये?'' शुभांगी ने पूछा।

''अभी नहीं...आज रात को जब सोने आएगी ना तू, तब बताऊँगी इसका मतलब,'' नानी ने शुभांगी की तरफ़ देखते हुए कहा।

''रात को क्यों, अभी क्यों नहीं? ज़रा-सी तो बात है,'' शुभांगी ने कुछ आश्चर्य से पूछा।

''हर बात जो ज़रा-सी दिखती है, वो असल में ज़रा-सी नहीं होती है। उसके पीछे लम्बी कहानी होती है। तुझे मतलब जानना है कि पूरी कहानी सुननी है इस बात की? मतलब ही जानना है, तो अभी बता देती हूँ, मगर फिर ये मत पूछना कि मैं क्यों बड़बड़ा रही थी यह रात को सोते में,'' इस बार नानी ने कुछ प्रेम से कहा।

''ठीक है, जैसा तुम चाहो, चलो रात को बता देना,'' कहते हुए शुभांगी उठ कर खड़ी हो गई।

~

रात को शुभांगी रोज़ के समय से कुछ देर पहले ही नानी के कमरे में पहुँच गई। कमरे में आकर शुभांगी ने खिड़की का पल्ला खोला, तो देखा कि बाहर भरपूर बरसात हो रही है। हवा और पानी के झोंके बाहर लगे पौधों को झुका-झुका दे रहे हैं। जास्मीन की बेल से होकर पानी की बूँदें खिड़की की चौखट पर गिर रही हैं। बाहर पानी के झज्झर से बरस रहे हैं। सावन के महीने में बरसात इसी प्रकार होती है। शुभांगी ने अपने दोनों हाथ खिड़की की सलाखों से बाहर निकाल दिए और बाहर बरसती हुईं पानी की बूँदों से खेलने लगी। कुछ देर तक उसी प्रकार पानी से खेलती रही, फिर खिड़की से हटकर नानी के पास आ गई।

''नानी रात हो गई, अब सुनाओ कहानी,'' कहते हुए शुभांगी नानी के पैताने पर तकिये का सहारा लेकर बैठ गई और अपने पैरों को नानी के कम्बल में डाल दिया। शुभांगी के इतना कहते ही बाहर बहुत ज़ोर से बिजली चमकी और बिजली चमकने के कुछ ही देर बाद लाइट चली गई।

''इसकी ही कसर रह गई थी बस,'' लाइट जाते ही शुभांगी ने कहा और पलंग से उठकर आले के पास आई और वहाँ रखी हुई मोमबत्ती को जलाने लगी।

मोमबत्ती जलाकर शुभांगी वापस अपनी जगह पर आकर बैठ गई। पूरे कमरे में मोमबत्ती का पीला, मद्धिम उजाला फैल गया। बाहर से रह-रह कर आती हवा के झोंके से मोमबत्ती की लौ काँपती है, तो कमरे में फैला उजाला भी काँपने लगता है। मोमबत्ती का काँपता हुआ उजाला नानी के चेहरे पर इस प्रकार पड़ रहा है कि नानी का चेहरा रहस्यमय दिखाई दे रहा है। आधे अँधेरे और आधे उजाले से भरा हुआ झुर्रियों वाला चेहरा।

"अब शुरू करो नानी," शुभांगी ने पास में रखे हुए तकिये पर अधलेटे हुए कहा।

"पहले तू ये कसम खा कि मेरे मरने तक किसी को भी नहीं सुनाएगी ये कहानी," नानी की आवाज़ किसी गहराई से आई।

"मरने की बात क्यों कर रही हो नानी? नहीं सुनाऊँगी किसी को... विश्वास करो मेरा," शुभांगी ने कम्बल में ही अपने हाथ से नानी के पैर के तलवों को थपथपाते हुए कुछ भीगी हुई आवाज़ में कहा। शुभांगी का उत्तर सुन कर नानी ने अपनी आँखें खिड़की के बाहर हो रही मूसलाधार बरसात पर जमा लीं। जैसे बाहर कहीं से कोई संकेत पकड़ रही हों कहानी कहने का।

"कहानी वैसे तो बहुत छोटी-सी है मगर कहानी को पूरा समझना है तो बहुत पीछे जाना पड़ेगा। बहुत पीछे। कोई भी कहानी बस उतनी ही नहीं होती, जितनी वो दिखती है। हर कहानी बहुत लम्बी होती है। बहुत पीछे तक फैली होती है। हर कहानी की जड़ बहुत गहरी होती है। ये कहानी भी वैसी ही है। इसका बीज बहुत पहले ही पड़ गया था। आज से दो सौ साल पहले। ये कहानी दो सौ साल पहले शुरू होती है। दो सौ साल पहले से इसलिए शुरू कर रही हूँ कि इसमें तेरी उस बात का भी जवाब मिल जाएगा, जो तू मुझसे हमेशा पूछती रहती है कि नानी नज़रगंज में और बाक़ी के शहर में इतना फ़र्क़ क्यों है," कहते हुए नानी चुप हो गईं। कमरे में एकदम ख़ामोशी छा गई। बाहर हो रही बरसात का स्वर ही बस इस ख़ामोशी को तोड़ता रहा।

"लोग कहते हैं कि मैंने अपनी ज़िद के कारण अपना घर-बार और अपने बच्चों को छोड़ दिया। ऐसी निर्मोहीन हो गई कि पैंतीस साल तक पीछे मुड़कर ही नहीं देखा। नौकरी करने की ज़िद में अपनी गृहस्थी में आग लगा दी और भी जाने क्या-क्या बोलते रहते हैं मेरे बारे में। मैंने भी आज तक किसी की किसी भी बात का खंडन नहीं किया। नहीं किया, तो उसका भी एक कारण था। मैं

चाहती थी कि घर की बात घर में ही बनी रहे। हालाँकि वो मेरी ग़लती थी... हमारी यही सोच सबसे बड़ी ग़लती होती है कि घर की बात घर में ही बनी रहे। बहुत से अपराधी केवल इसलिए ही बचते रहे हैं कि हम घर की बात घर में ही बनी रहने देना चाहते हैं। यह जो मोह है ना घर का, यही सब कुछ करवाता है। हम ये सोचते हैं कि कुछ हो गया, तो पूरा घर बिखर जाएगा, बच्चे अभी छोटे हैं। कच्ची गृहस्थी है। पुलिस, कचहरी, जेल, सज़ा...इन सबके चक्कर में घर बरबाद हो जाएगा, इसलिए सब चुप ही रहें। हमारी आज की एक चुप भविष्य के कई अपराधों को जन्म देती है। क्योंकि, जो अपराधी है, वह इससे सुधरता नहीं है, उसे तो और बढ़ावा मिल जाता है इसका। और वो फिर अपराध करता है, फिर अपराध करता है। मैंने भी वही ग़लती की, जिसकी सज़ा भी मैंने उम्र भर भुगती,'' कहकर नानी एक बार फिर चुप हो गईं।

''ये कहानी शुरू होती है दो सौ साल पहले। उस समय ये शहर, ये मोहल्ला कुछ नहीं था, बस एक छोटा-सा गाँव था। वो भी यहाँ नहीं था, उधर शहर के दूसरे सिरे पर था। वो जहाँ हम मन्दिर जाते हैं ना? वो पूरा इलाक़ा ही असल में सबसे पुराना है, वही गाँव था आज से दो सौ साल पहले। ये शहर भी बाद में बसा और ये मोहल्ला तो और भी बाद में बसा। दो सौ साल पहले यहाँ उस गाँव से लगा हुआ बस एक पठार ही था। उसी पठार पर पूरा शहर बसा और बाद में ये मोहल्ला भी। इस शहर के असली नागरिक तो वही हैं, जो उस मन्दिर के आस-पास की पुरानी बसाहट में रहते हैं। हम सब, मतलब हमारे बाप-दादा तो बाहर से आकर बसे हैं इस शहर में। हम सब परदेसी हैं,'' नानी की आवाज़ भूमिका बाँधते हुए और गहरी हो गई। बाहर बरसात का शोर और बढ़ गया है। रह-रह कर बिजली की कौंध और फिर बादलों का गर्जन भी बहुत जल्दी-जल्दी हो रहा है।

''मैंने तुझे कहा कि ये कहानी दो सौ साल पहले शुरू होती है, लेकिन असल में ये कहानी दो सौ नहीं बल्कि तीन सौ साल पहले शुरू होती है, 1707 में औरंगज़ेब की मौत के साथ। अब तू सोचेगी कि दिल्ली के तख़्त पर बैठे मुग़ल बादशाह का भला यहाँ आठ सौ-नौ सौ किलोमीटर दूर बसे हमारे इस शहर से क्या लेना-देना? मगर जब राजधानी में कुछ भी होता है, तो उसका प्रभाव पूरे देश पर पड़ता है। कोई उससे अछूता नहीं रह पाता है। राजधानियों को इसीलिए बहुत सचेत रहना चाहिए,'' नानी ने कुछ गंभीर स्वर में कहा। कह

कर कुछ देर के लिए फिर चुप हो गईं।

"औरंगज़ेब की मौत के बाद दिल्ली की मुग़ल सल्तनत बिखर गई। हालाँकि औरंगज़ेब के बाद भी डेढ़ सौ साल, 1857 तक मुग़ल सल्तनत के बादशाह आते रहे, लेकिन वो बात नहीं रही। वो जलवा जो औरंगज़ेब तक क़ायम रहा, वो उसके बाद ख़त्म हो गया। जब सब कुछ ख़त्म होने लगा, तो सबसे बड़ी परेशानी उन लोगों को हुई जो सल्तनत के लिए ही काम करते रहे थे अब तक। ऐसा ही एक अफ़गान सरदार था, जिसके पास अपने लड़ाकों की एक छोटी-सी टुकड़ी थी। वो अभी तक मुग़ल सेना के लिए लड़ाइयाँ लड़ता रहा था। मगर अब उसके लिए अपनी टुकड़ी को पालना ही मुश्किल हो रहा था। इस तरह के बहुत से लोग थे। ज़्यादातर इसी प्रकार के सरदार थे, जो अपने लड़ाकों के साथ मुग़ल सेना के लिए लड़ते रहते थे। मुग़ल सल्तनत के कमज़ोर होने के साथ ही इनके सामने संकट खड़ा हो गया। ये सब अपने-अपने लड़ाकों के साथ पूरे देश में बिखर गए। कोई कहीं, तो कोई कहीं जाकर किसी-न-किसी राजा की फ़ौज के लिए सेवाएँ देने लगा। जिस अफ़गान सरदार की ये कहानी है, वो यहाँ आ गया। इस रियासत में जिसमें ये शहर आता है। जब वो यहाँ आया तो यहाँ बहुत छोटी-छोटी रियासतें थीं। जगदीशपुर, मंगलगढ़, पारासोन, खीचीवाड़ा, उमटवाड़ा...और ऐसी ही छोटी-छोटी रियासतें। अपने लड़ाकों की टुकड़ी के साथ वो मंगलगढ़ रियासत को अपनी सेवाएँ देने लगा। वहाँ के महाराज की मृत्यु हो चुकी थी और विधवा महारानी ही राजा के रूप में काम-काज देख रही थी। कुछ ही दिनों में महारानी की भी मृत्यु हो गई और उसके बाद उस अफ़गान सरदार ने रियासत पर कब्ज़ा कर लिया और अपने आप को शासक घोषित कर दिया," नानी ने कहानी का एक लम्बा हिस्सा सुनाया और सुनाकर एक बार फिर कुछ देर के लिए चुप हो गईं। शुभांगी ने नानी के पैरों के तलुओं को हाथ के अँगूठों से धीरे-धीरे दबाना शुरू कर दिया।

"मंगलगढ़ से जो कहानी शुरू हुई, वो धीरे-धीरे बढ़ने लगी। उस अफ़गान सरदार ने एक-एक कर आस-पास की जगदीशपुर, पारासोन, खीचीवाड़ा, उमटवाड़ा, महलपुर, ग्यारसपुर, दोराहा, भोजपुर, साँची, गिन्नौरगढ़ जैसी सारी छोटी-छोटी रियासतों पर हमलाकर उन्हें पराजित कर अपनी मंगलगढ़ रियासत में मिला लिया। रियासत का आकार बढ़ता चला गया। इन सभी रियासतों पर राजपूत राजाओं का शासन था। इनमें से भी जगदीशपुर रियासत इस इलाक़े की

सबसे बड़ी रियासत थी। वहाँ का क़िला भी सबसे बड़ा और सबसे मज़बूत था। उस अफ़गान सरदार ने वहाँ के राजा और उसके सिपाहियों को काट-काट कर वहाँ से बहने वाली नदी में बहा दिया। इतना ख़ून बहा कि उस नदी का नाम ही हलाली नदी पड़ गया। अफ़गान सरदार ने जगदीशपुर को इस्लाम नगर घोषित कर दिया। तब से लेकर आज़ादी तक, बल्कि आज़ादी के भी दो साल बाद तक यहाँ नवाबों का ही शासन रहा। जगदीशपुर से सटा हुआ एक स्थान था, जहाँ एक निर्जन-सा क़िला, कुछ बड़े-बड़े तालाब और घना जंगल था। ये तालाब गोंड राजाओं ने बनाए थे, जो कभी यहाँ के शासक हुआ करते थे, मगर अब यह इलाक़ा वीरान-सा ही पड़ा हुआ था। उस अफ़गान सरदार का मन उस जगह की सुंदरता पर आ गया और उसने उस निर्जन क़िले के पास एक क़िला अपनी राजधानी के रूप में बनाया। क़िले का नाम अपनी पत्नी फ़तेह बीबी के नाम पर फ़तेहगढ़ रखा। क़िले के अंदर एक पूरी बस्ती बस गई उसकी राजधानी के रूप में। फ़तेहगढ़ आने के बाद उस अफ़गान सरदार ने अपने आप को नवाब घोषित कर दिया। उसके बाद लगभग ढाई सौ साल तक उस अफ़गान सरदार के वंशजों ने नवाब के रूप में शासन किया यहाँ पर,'' इतना कहकर नानी कुछ देर को फिर से चुप हो गईं।

''इतनी सब कहानी इसलिए सुना रही हूँ कि इसके बिना आगे की कहानी अधूरी ही रहेगी। कुछ कहानियाँ ऐसी होती हैं, जिनके सूत्र इतिहास में दबे रहते हैं। वहीं से चलते हुए आना पड़ता है। नहीं तो कुछ समझ नहीं आता है कि चल क्या रहा है। इस कहानी से तुझे आबादी की बुनावट समझ में आएगी,'' नानी ने कुछ रुककर कहा।

''तुम सुनाती जाओ नानी, मुझे अच्छा लग रहा है सब कुछ जानना। मेरे लिए बिलकुल नई जानकारी है,'' शुभांगी ने उत्तर दिया।

''ये पूरा इलाक़ा उस समय बस एक मैदान था। मैंने बताया ना कि नाले के उस पार बस एक छोटी-सी बस्ती थी। ये इलाक़ा भी उस नवाब की ही रियासत में आ गया था। उससे पहले यहाँ मराठों का राज था। वो जो मन्दिर बने हैं, इसीलिए वो सब पेशवा शैली के हैं। किसी भी जगह का इतिहास किताबों में नहीं, वहाँ की पुरानी इमारतों पर लिखा होता है,'' नानी इतना कहकर कुछ सोचने लगीं।

''और समय बीतता रहा। अंग्रेज़ भी आ चुके थे और वे भी अपना

साम्राज्य यहाँ स्थापित करना शुरू कर चुके थे। वो अफ़गान सरदार तो 1726 में मर गया, लेकिन उसके बाद उसके वंशज नवाब बनते रहे। समय बीत रहा था। तीन एँग्लो-मराठा युद्ध एक के बाद एक हो चुके थे। सब में नवाबों का झुकाव अंग्रेज़ों की ही तरफ़ बना रहा था। तीसरे युद्ध के बाद सन् 1818 में नवाब और अंग्रेज़ों के बीच संधि हुई कि मराठों को रोकने के लिए यहाँ इस रियासत में अंग्रेज़ों की एक छावनी बनेगी। छावनी के लिए यही जगह तय की गई। नाले के उस तरफ़ जहाँ शहर है, वहाँ अंग्रेज़ों की छावनी बनी और नाले के इस तरफ़ उस समय के नवाब के नाम पर नज़रगंज बसाया गया। नाला अंग्रेज़ों और नवाब के बीच की सरहद का काम करता था। हवेली भी उसी समय बनाई गई थी। यहाँ नवाब के प्रतिनिधि के रूप में नवाब के चचेरे दामाद को रखा गया, सारा काम-काज देखने के लिए। वो यहाँ नवाब की ही तरह काम करते थे। उसी रिश्तेदार की पुश्तें-दर-पुश्तें हवेली में रहती रहीं। धीरे-धीरे हवेली के आस-पास बस्ती बस गई, छावनी के सैनिकों, वहाँ काम करने वाले मज़दूरों, और दूसरे काम करने वालों की। इन सबको अंग्रेज़ों ने दूर-दूर से बुलाया था। हवेली में रहने वाले नवाबी काम भी देखते थे, अंग्रेज़ों की व्यवस्थाएँ भी देखते थे और साहूकारी का काम भी हवेली से होता था। आस-पास बसे हुए लोगों को ज़रूरत पड़ने पर क़र्ज़ चाहिए होता था, तो सब हवेली की तरफ़ ही जाते थे,'' कहकर नानी कुछ देर के लिए चुप हो गईं।

''पर नानी अभी तो हवेली में...'' शुभांगी कुछ कहते-कहते चुप हो गई।

''तेरे मामा का परिवार रहता है? आएगी आगे उसकी भी कहानी, सब्र तो कर। हाँ, तो छावनी बन जाने के बाद फिर चालीस साल तक सब कुछ ठीक चलता रहा। चालीस साल में छावनी भी अच्छे से बन गई और अंग्रेज़ों ने यहाँ अपना तोशाख़ाना, कोतवाली, कचहरी सब कुछ बना लिया। नाले के पार-पार नवाब का राज था और इस तरफ़ अंग्रेज़ों का। फिर 1857 के ग़दर का समय आया। ये भी छावनी थी, तो यहाँ भी सैनिकों का विद्रोह हुआ। सैनिकों ने मुट्ठीभर अंग्रेज़ों को मार भगाया और छावनी पर कब्ज़ा कर लिया। पर ये ज़्यादा दिन तक चला नहीं। कुल चार महीने तक बाग़ी सैनिकों का कब्ज़ा रहा छावनी पर, सितम्बर से दिसम्बर तक। 1858 की जनवरी के पहले ही सप्ताह में अंग्रेज़ पूरी ताक़त के साथ लौटे और सैनिकों के विद्रोह को बर्बरतापूर्ण तरीक़े से कुचल दिया। नवाब की सेना ने भी अंग्रेज़ों का साथ दिया बग़ावत

को कुचलने में। क़त्लेआम मचा दिया गया। सारे बाग़ी सैनिकों को मार डाला गया। छावनी पर एक बार फिर अंग्रेज़ों का कब्ज़ा हो गया। चाँदमारी के इलाक़े में सैनिकों की लाशों के ढेर-के-ढेर लग गए थे। ख़ून से लाल हो गई थी पूरी ज़मीन। कहते हैं कि साढ़े तीन सौ से भी ज़्यादा सैनिकों को मारा गया था,'' नानी का स्वर काँप गया।

''उफ़्फ़...!'' शुभांगी ने भीगे हुए स्वर में कहा।

''इधर हवेली के आस-पास की बस्ती भी पूरी सुनसान हो गई, क्योंकि सारे सैनिक मारे गए थे और उनके परिवार दहशत के कारण वापस वहीं भाग गए, जहाँ से वो लाए गए थे। अंग्रेज़ों के सामने अब बड़ा संकट सैनिकों का था। सारे सैनिक या तो मारे जा चुके थे या भाग गए थे। उनके परिवार भी जा चुके थे। यहाँ छावनी को फ़िलहाल नवाब की सेना के हवाले करके अंग्रेज़ आगे बढ़ गए, क्योंकि उनको और जगहों के विद्रोह को भी कुचलना था। उधर इसी तरह से झाँसी में कई दिनों तक युद्ध चलता रहा और वहाँ भी अंततः अंग्रेज़ों की जीत हो गई। जीत के बाद अंग्रेज़ों ने वहीं झाँसी के आस-पास बुंदेलखंड में चंबल नदी के किनारे के गाँवों से बड़ी संख्या में नौजवानों को सेना में भर्ती कर लिया। उनमें से ही कई को यहाँ भेजा गया, यहाँ की छावनी में उन्हें पदस्थ किया गया और रहने के लिए हवेली के चारों तरफ़ ख़ाली पड़े पुराने सैनिकों के घर दे दिए। ये जो हवेली के आस-पास की आबादी है ना, ये बाद में लाए गए उन्हीं सैनिकों के वंशज हैं। इनकी बोली-बानी, रहन-सहन सब में अभी भी बुंदेलखंड बसा हुआ है। जड़ें कभी नहीं छूटती हैं, भले ही पीढ़ियाँ गुज़र जाएँ, लेकिन जहाँ से आए हो वो देस कभी नहीं छूटता। कभी नहीं छूटता,'' नानी ने उदास आवाज़ में कहा।

''तभी...तभी मैं सोचती थी कि ये इस तरफ़ की बोली इतनी अलग क्यों है। आस-पास के सौ किलोमीटर के दायरे में यह बोली कहीं नहीं सुनी, बस इतने से मोहल्ले में ही यह बोली चलती है,'' शुभांगी ने नानी को चुप देखा तो कहा।

''यहाँ तक की कहानी बस तेरी जानकारी के लिए है, क्योंकि तुझे पता होना चाहिए कि जो कहानी तू सुनने वाली है, उसका इतिहास क्या है। किसी भी जगह की आबादी में दो प्रकार के लोग होते हैं, एक तो वो जो वहाँ के मूल नागरिक होते हैं, और दूसरे वो जो बाहर से आकर वहाँ बसते हैं। दोनों की

प्रवृत्ति एकदम भिन्न होती है उस जगह के प्रति। वैसे तो हम सब ही प्रवासी होते हैं मगर कहा ये जाता है कि चार पीढ़ियाँ अगर किसी स्थान पर एक के बाद एक रह लें, तो वह स्थान उनका मूल स्थान हो जाता है, फिर वे प्रवासी नहीं कहलाते हैं,'' नानी ने शुभांगी की आँखों में देखते हुए कहा।

''लेकिन मैंने तो सभ्यता के विकास की किसी किताब में ये भी पढ़ा है कि कहीं भी कोई भी आबादी पृथ्वी के किसी भी हिस्से की मूल नागरिक नहीं है, सब प्रवासी ही हैं,'' शुभांगी ने कहा। नानी ने कोई उत्तर नहीं दिया, वो चुपचाप बाहर देखती रहीं।

''फिर उसके बाद और नब्बे साल ऐसे ही बीत गए। फिर 1947 में भारत आज़ाद हो गया। आज़ादी के दो-तीन साल बाद ही मेरी शादी हुई और मैं यहाँ आई। यहाँ मतलब इस घर में जिसमें अभी मैं रहती हूँ, उस समय हम, मेरा मतलब मेरी ससुराल के लोग इस मकान में हवेली वालों के किराएदार के रूप में रहते थे। मेरे ससुर और मेरे पति ठेकेदारी करते थे मकान बनाने की। मेरे ससुर के दादा को भी भिंड के किसी गाँव से सेना में भर्ती करके अंग्रेज़ यहाँ लाए थे। ससुर और पति का काम ऐसा था कि कभी चलता था और कभी कई दिनों तक नहीं भी चलता था। हवेली में उस समय ताज मोहम्मद ख़ान रहते थे और उनका पूरा परिवार। हवेली का शजरा नवाबों से जाकर मिलता था, इसलिए उनका भी मिलता था। मगर नवाबी शासन समाप्त हो चुका था, इसलिए इनकी भी हालत पहले जैसी नहीं थी। नवाबी के कारण जो ताक़त थी, वो जा चुकी थी और अब बस साहूकारी का ही काम रह गया था। नज़रगंज का लगभग हर घर ताज मोहम्मद ख़ान का क़र्ज़दार था। लेकिन यह लेन-देन चलता रहता था। लोग चुका देते थे, फिर ले जाते थे, यूँ ही चल रहा था। मगर अब नज़रगंज में दो प्रकार के लोग थे, एक तो वो, जिनके पूर्वज डेढ़ सौ साल पहले आए थे और एक वो, जिनके पूर्वज नब्बे साल पहले आए थे यहाँ। पुराने वाले हवेली की इज़्ज़त करते थे, मगर बाद वाले हवेली से क़र्ज़ भी लेते थे और अपने आप को क़र्ज़दार भी नहीं समझते थे। यह विकास के क्रम का अंतर था प्रवृत्तियों में,'' नानी ने कहानी को आगे बढ़ाते हुए कहा।

''ताज मोहम्मद की तीन संतानें थीं, एक बेटा और दो बेटियाँ। तीसरी बेटी के जन्म के समय ही उनकी बीवी चल बसी थीं। दोनों ही घरों में एक जैसा ही हाल था, इधर मेरी सास भी मेरी शादी के दो साल पहले ही गुज़र

चुकी थीं। जब मैं शादी करके आई थी, उस समय ताज मोहम्मद का बेटा नूर मोहम्मद बारह साल का था। बड़ी बेटी आबिदा दस साल की थी और छोटी रज़िया आठ साल की। दोनों इतनी ख़ूबसूरत थीं कि देखते हुए आँखें नहीं थकती थीं। अफ़गान की ख़ूबसूरती का जीता-जागता नमूना थीं दोनों। इतना गोरा रंग कि छूने में डर लगे। हरी झाँई वाली बड़ी-बड़ी आँखें। भूरे-सुनहरे बाल। नाक-नक़्श ऐसा कि जैसे किसी ने मूर्ति तराशी हो। हवेली में औरतों के लिए एक अलग हिस्सा था, उसी में रहती थीं दोनों। उस हिस्से में आदमियों के आने की मनाही थी बिलकुल। हमारी उम्र में बहुत अंतर था फिर भी कुछ ही दिनों में मेरे साथ वो दोनों इतना घुल-मिल गईं, जैसे बचपन की सहेलियाँ हों। वो तो यहाँ आ नहीं सकती थीं, इसलिए मेरा ही बुलावा आता था वहाँ से। नौकर आकर कहता था—बहूरानी का बुलावा है। मेरी ससुराल हवेली की क़र्ज़दार भी थी और किराएदार भी, इसलिए मेरे आने-जाने पर किसी को कोई आपत्ति नहीं होती थी। बल्कि कई बार तो हाथ का काम छुड़वाकर मुझे हवेली भेज दिया जाता था। आबिदा और रज़िया पढ़ने की बहुत शौकीन थीं, मेरे पास किताबें होती थीं। मैं उन्हें किताबें पढ़ने को देती थी, किताबों में लिखी हुईं बातें बताती थी। जाने कितनी किताबें मैंने उन्हें दी थीं पढ़ने के लिए। वो हिन्दी बहुत अच्छे से नहीं पढ़ पाती थीं, पढ़ लेती थीं, तो समझ नहीं पाती थीं, इसलिए बहुत-सी किताबें मैंने ही पढ़-पढ़ कर भी सुनाई थीं। शादी के समय मैं ग्रेजुएशन के फ़र्स्ट ईयर में थी, और किताबें पढ़ने का मुझे भी बहुत शौक था। दोनों मेरे गले से चिपककर ख़ूब प्यार करती थीं। क़िस्मत की मारियों को अम्मी का प्यार नहीं मिला, इसलिए मुझ पर ही सारा प्यार उड़ेलती थीं दोनों। और फिर उनके साथ पान की गिलौरियाँ खाना, कपड़ों पर सलमा-सितारे टाँकना और ख़ूब बातें करना। हम तीनों जब मिलतीं, तो वक़्त का पता ही नहीं चलता था। मेरे सामने ही बड़ी हुईं वो दोनों। उन दोनों के साथ उस हवेली में बहुत वक़्त गुज़ारा है मैंने। बहुत अच्छा समय था वो...बहुत अच्छा...। बल्कि जीवन में जो कुछ अच्छा समय मिला वो बस वही समय था। उसके अलावा तो सब...'' बात को पूरा करते-करते नानी की आवाज़ एकदम भर्रा गई। उन्होंने बात को एकदम बीच में ही छोड़ दिया। नानी के चुप होते ही कुछ देर के लिए एक बार फिर कमरे में ख़ामोशी छा गई।

''इस बीच मैं माँ बनती रही। दो बेटे और एक बेटी की माँ। तेरी दादी

और दादी के दोनों भाइयों का जन्म हुआ। जब नूर मोहम्मद की शादी हुई थी उस समय तेरी दादी पाँच-छह साल की थी। नूर की बीवी सलमा भी बहुत दिलख़ुश औरत थी। हमेशा हँसती रहती थी। उस समय तक आबिदा और रज़िया भी बड़ी हो गई थीं। उनकी भी शादी की बात तय सी हो गई थी, पहले नूर की शादी हो जाने का ही इंतज़ार चल रहा था कि कम-से-कम घर में कोई तो हो खाना पकाने वाला। नूर की शादी इसलिए ही कुछ कम उमर में भी कर दी थी। आबिदा और रज़िया...उफ़्फ़...जवान होकर दोनों इतनी ख़ूबसूरत हो गई थीं कि मैंने तो अपनी आँखों से आज तक ऐसी ख़ूबसूरती फिर नहीं देखी। अप्सराएँ भी उनके आगे पानी भरें, ऐसी बला की ख़ूबसूरती थी दोनों में। हे ईश्वर...हे ईश्वर...,'' नानी ने एक सोग भरी ठंडी साँस छोड़ी, जाने किस बात पर और चुप हो गईं।

''नूर की शादी के बस साल भर बाद की ही बात है। नूर की बीवी पेट से थी और मायके गई हुई थी जचकी के लिए। हवेली में आबिदा और रज़िया की शादी की तैयारियाँ चल रही थीं। सलमा की जचकी के दो महीने बाद ही निकाह होना तय था दोनों का, एक साथ। दोनों की बारातें एक ही जगह से आ रही थीं, बल्कि एक ही परिवार से आ रही थीं दोनों बारातें...मगर...'' कहते-कहते नानी एक बार फिर चुप हो गईं। शुभांगी ने देखा कि नानी भावुक हो रही हैं, तो उसने कुछ नहीं कहा, बस नानी के पैरों को अपने हाथों से दबाने लगी।

''इधर नज़रगंज के लोग जो लगभग सब हवेली के क़र्ज़दार थे, उनके मन में कुछ और ही चल रहा था। क़र्ज़ वसूली का अपना ही तरीक़ा होता है। क़र्ज़ के बारे में कहा जाता है कि जो वसूलना जानता है, वही क़र्ज़ देने का काम करता है। ताज मोहम्मद भी क़र्ज़ देते थे, तो वसूलना भी जानते थे। मगर वो भूल गए थे कि नवाबी राज को बीते हुए अब दस-ग्यारह साल बीत चुके हैं। अब कोई नहीं है उन्हें बचाने वाला। आज़ादी के बाद दस-ग्यारह साल तक तो लोग यही समझते रहे कि कुछ नहीं बदलने वाला, वापस वही राजा-महाराजा और नवाब ही शासन करेंगे कुछ दिनों में। मगर उसके बाद सबको धीरे-धीरे यह बात समझ में आ गयी कि अब राजा-महाराजाओं की, नवाबों की, जागीरदारों की वापसी नहीं होने वाली, अब तो यही सरकार राज करेगी,'' कहकर नानी कुछ देर को फिर चुप हो गईं।

''वह भी ऐसी ही बरसात की रात थी, जो हवेली पर काल बनकर बरसी

थी। ताज मोहम्मद ने क़र्ज़ वसूली के लिए उधर पीछे के किसी घर में रहने वाले को ख़ूब पीटा था। उस समय तक हिन्दू-मुस्लिम जैसी बातें भी हवा में होने लगी थीं। आज़ादी के बाद दो साल तक जब तक नवाबी राज क़ायम रहा, तब तक तो ऐसा कुछ नहीं था, मगर सन् 1949 के बाद फुसफुसाहटों में बातें होने लगी थीं कि जब अपना पाकिस्तान बनवा लिया तो जाओ वहीं, यहाँ क्यों रह रहे हो, यह देश तो अब हमारा है। दस साल बीतते-बीतते ये फुसफुसाहटें तेज़ आवाज़ों में बदलने लगी थीं। 1949 से 1960 तक आते-आते लोगों के तेवर बदलने लगे थे। और सन् 1960 में जब आख़िरी नवाब का निधन हुआ, तो मानो हवेली की बची-खुची ताक़त भी जाती रही। नवाब की मौत के बाद ताज मोहम्मद अपना सब कुछ समेटने में लग गए थे, शायद वो पाकिस्तान चले जाना चाहते थे। अभी तक तो उनको भी लगता था कि ये जो सरकार बनी है, यह कुछ ही दिन की है, नवाब का राज फिर से क़ायम होगा-ही-होगा। मगर अब उम्मीद टूट गई थी, इसलिए यहाँ जो कुछ क़र्ज़ दिया हुआ था, उसकी ज़्यादा-से-ज़्यादा वसूली करने में लगे हुए थे वो। जितना वापस आ जाए उतना समेटकर यहाँ से चले जाया जाए और इसी वसूली करने के चक्कर में सख़्ती भी कर रहे थे। मगर अब पहले जैसी बात तो थी नहीं। मेरे ससुर को भी ताज मोहम्मद ने एक दिन किराया और क़र्ज़ दोनों चुकाने के लिए आख़िरी समय दे दिया था। चुकाओ नहीं तो मकान ख़ाली करो। शायद यह मकान वो बेचना चाह रहे थे। बस यही सब बातें थीं, जो पक रही थीं। और एक दिन लावा बनकर फूट पड़ीं हवेली पर,'' कहकर नानी चुप हो गईं।

''शायद नाले का पानी चढ़ने लगा है,'' कुछ देर बाद नानी ने खिड़की से बाहर देखते हुए कहा।

शुभांगी पलंग से उठकर खिड़की के पास आई और बाहर देखने लगी। जब अँधेरे के कारण कुछ भी दिखाई नहीं दिया, तो उसने पास ही टेबल पर रखी टॉर्च को उठाकर बाहर ज़मीन पर रोशनी डाली। वहाँ चारों तरफ़ पानी-ही-पानी था।

''नानी...! बाहर तो सब तरफ़ बहुत पानी भर गया है,'' शुभांगी ने जब बाहर की हालत देखी, तो कुछ घबराते हुए कहा।

''हाँ वो तो भरेगा ही। मगर ऊपर नहीं चढ़ेगा, मकान ऊँचा है ना,'' कह कर नानी कुछ क्षण को चुप रहीं फिर मानो अपने आप से ही बोलीं, ''मगर उस

रात तो नाले का पानी ऊँचा चढ़कर आ गया था अंदर। जब भी बहाव में गतिरोध पैदा होता है, तो फिर प्रवाह ऊँचा-नीचा नहीं देखता। सारे प्रतिरोध अक्सर गतिरोध से ही पैदा होते हैं। पूँजी और पानी के रास्ते में गतिरोध नहीं आना चाहिए, जब भी आता है तो विनाश ही होता है,'' नानी के कहते ही शुभांगी ने टॉर्च को बंदकर टेबल पर रख दिया और वापस आ गई।

''क्या हुआ था उस रात?'' शुभांगी ने अपनी जगह पर बैठते ही सवाल किया।

''उस रात...उस रात को मैं ज़िन्दगी भर भूलने की कोशिश करती रही हूँ। मगर वो रात भूलने वाली रात नहीं। ऐसी ही तूफ़ानी रात थी। नाला इसी प्रकार चढ़ गया था। रात के दस या ग्यारह बज रहे थे। अचानक बाहर से बहुत शोर-शराबे की, गाली-गलौज की, तोड़-फोड़ की, लड़ाई-झगड़े की आवाज़ें आने लगीं। मैंने अपने घर की खिड़की से झाँककर देखा, तो बाहर बहुत भीड़ थी। पीछे की बस्ती में रहने वाले लोगों की भीड़। वो लोग हवेली के दरवाज़े तोड़ने की कोशिश कर रहे थे। इतनी ही देर में मेरे ससुर और पति भी मकान का दरवाज़ा बाहर से लगाकर हवेली की तरफ़ चले गए। थोड़ी ही देर में चीख-पुकार मचने लगी। हवेली का दरवाज़ा शायद टूट गया था, क्योंकि आवाज़ें अब हवेली के अंदर से आ रही थीं। मेरा दिल डूबने लगा था। खिड़की से झाँकने पर भी कुछ नहीं दिख रहा था कि वहाँ हो क्या रहा है। थोड़ी-थोड़ी देर में कोई दौड़ता हुआ बाहर निकलता था। जो बाहर निकलता था उसके हाथ में कुछ-न-कुछ सामान होता था। कुछ ही देर में कुछ लोग बहुत सारे काग़ज़, बहीखाते और जाने क्या-क्या दस्तावेज़ लिए बाहर आए और उन्हें फाड़-फाड़ कर नाले के पानी में बहाने लगे। उन काग़ज़ों में सब क़र्ज़ का हिसाब-किताब था शायद, जो अब नाले में आई बाढ़ के पानी में बहता जा रहा था। अब उधर से जो चिल्लाने की आवाज़ें आ रही थीं, उनमें सबसे तेज़ आवाज़ मुझे अपने ससुर और पति की लग रही थी। कुछ देर बाद लगभग सारे लोग भागते हुए हवेली से बाहर आए, सबके हाथों में कुछ-न-कुछ सामान था, वो सब दौड़ते हुए पीछे के अँधेरे में गुम हो गए। एक ही रात में एक साथ सबकी क़र्ज़ माफ़ी हो गई थी, पूरा मोहल्ला एक ही रात में ऋणमुक्त हो गया था। सारा क़र्ज़ नाले के पानी में बह गया था उस रात,'' नानी की आवाज़ में कंपन महसूस किया शुभांगी ने।

''और कुछ देर हुई मगर वो दोनों अभी तक वापस नहीं आए थे।

दरवाज़ा भी बाहर से बंद था। मुझे और घबराहट हुई। मैंने तीनों बच्चों को कमरे में बंद किया और दौड़कर पीछे आँगन में आ गई। उस तरफ़ हवेली के आँगन से लड़कियों के चिल्लाने की आवाज़ें आ रही थीं। मैं सीढ़ियों से दौड़ती हुई छत पर पहुँची। उस तरफ़ झाँका तो वहाँ का दृश्य देखकर मुझे ग़श-सा आ गया। आँगन में खुलने वाले बरामदे में ताज मोहम्मद और नूर मोहम्मद की लाशें पड़ी थीं। आँगन में बरसते पानी में आबिदा और रज़िया बिना कपड़ों के ज़मीन पर बिछी हुई थीं। फूल-सी नाज़ुक लड़कियाँ, जिन्हें किसी बाहर के मर्द ने देखा भी नहीं था आज तक, जिन्हें हवा ने भी कभी छुआ नहीं था, मेरा राक्षस पति और ससुर उनके साथ...'' कहते-कहते नानी की आवाज़ एक बार फिर से भर्रा गई, उनका चेहरा दर्द से भर गया।

''रहने दो नानी, अब मत सुनाओ आगे...मैं तुमको दुखी नहीं करना चाहती। रात भी बहुत हो गई है, चलो सो जाते हैं,'' शुभांगी ने महसूस किया कि नानी इस कहानी के कारण अंदर से बेचैन और परेशान हो रही हैं, तो उसने तुरंत कहा।

''नहीं...इतने सालों से इस आग को अपने अंदर लेकर जी रही हूँ। आज की रात ही तुझे पूरी कहानी सुनाऊँगी, कल का कुछ भी भरोसा नहीं है। ये कहानी मैंने बस अपने माँ-बाप को बताई थी और अब तुझे बता रही हूँ। कहानियों को अनसुना कभी नहीं रहना चाहिए, अनसुनी रह गईं कहानियाँ मर जाती हैं। कहानियों के मरने से समय, समाज, सभ्यताएँ, संस्कृतियाँ सब मर जाती हैं। मैं डरती हूँ उस दिन से, जब सारी कहानियाँ मर जाएँगी। इसीलिए तो मैं ये कहानी तेरे हवाले कर रही हूँ, मेरी पहली कसम मेरे मरने तक की है। उसके बाद तू इस कहानी को फैला देना हवा में, मरने मत देना इसे। हवेली का ये काला अध्याय सबको सुनाना, हवेली वालों को भी और बाहर वालों को भी। उन सबको, जो आज इस हवेली का मालिक होने पर गर्व करते हैं। उन सबको भी, जो इस हवेली के आज के मालिकों का मान करते हैं, सम्मान करते हैं। तोड़ देना मान, गर्व और सम्मान के इस आईने को। ये मेरी दूसरी कसम है तुझे,'' नानी के चेहरे के भाव अचानक बदल गए और आवाज़ में दृढ़ता आ गई।

''हवेली के आँगन का दृश्य देखकर मैं पत्थर-सी हो गई थी। बरसात भी पूरे वेग से बरस रही थी और उस पर नाला उफ़न कर बस्ती में से होकर बह रहा था। उस शोर में किसी को कहाँ पता चलना था कि हवेली के आँगन

में क्या चल रहा है। मैंने चिल्लाने की कोशिश की मगर मेरी आवाज़ ही नहीं निकली। दोनों अपने मन की जब कर चुके, तो उन्होंने वहीं पड़ी हुईं तलवारें उठाईं और...। मैंने दौड़ने की कोशिश की मगर पैरों ने साथ नहीं दिया। जैसे-तैसे पत्थर हो चुके अपने पैरों को उठा-उठा कर सीढ़ी से उतरी, कमरे में आई और कमरे में आते ही एकदम बेहोश होकर पलंग पर गिर पड़ी,'' नानी की आवाज़ भर्रा गई है और उनके गालों पर आँसू ढुलक आए हैं।

''जब मुझे होश आया तो मैं अपने कमरे में थी। कमरे से बाहर झाँककर देखा तो देखा कि ससुर के कमरे में पलंग पर ख़ूब सारे रुपयों, सोने-चाँदी के ज़ेवरों का ढेर लगा हुआ था। मेरे ससुर और पति उन्हें बोरियों में भर-भर कर इधर-उधर छिपाने में लगे हुए थे। मैं जैसे पत्थर की हो गई थी। उन लोगों का विरोध करने या कुछ कहने की जैसे अंदर ताक़त ही नहीं बची थी। ऐसा लग रहा था कि मैं भी उन लड़कियों के साथ वहीं हवेली में मर चुकी हूँ, मेरी लाश भी वहीं आँगन में पड़ी है और मेरी आत्मा यहाँ भटक रही है। कुछ देर तक मैं उन्हें वो सब करते हुए देखती रही फिर आकर पलंग पर बैठ गई। मुझे कुछ समझ नहीं आ रहा था कि क्या करूँ? अचानक मुझे उन लड़कियों की याद आई और मैं फिर बेहोश होकर पलंग पर ही गिर गई,'' नानी ने जैसे अपने आप से ही बुदबुदाते हुए कहा।

''अगले दिन सुबह नाले पार की मुस्लिम बस्तियों को जब इस घटना का पता चला, तो बहुत भीड़ लग गई थी हवेली के बाहर, पुलिस तो आ ही चुकी थी। नूर की पत्नी सलमा, जो मायके गई हुई थी, वो दहशत के कारण ख़बर सुनकर भी नहीं आई, बिचारी आती भी कैसे माँ भी तो बनने वाली थी वो उस समय। उसके परिवारवाले ही आए थे और उन्होंने ही पुलिस की कार्यवाही के बाद लाशों के कफ़न-दफ़न की व्यवस्था की थी और उसके बाद वापस लौट गए थे। चारों को क़ब्रिस्तान में दफ़्न करने के तुरंत बाद पूरे शहर में दंगा भड़क गया था। भयानक दंगा था वो। नाले के उस पार सटी हुई मुस्लिम बस्ती और नज़रगंज के बीच भीषण दंगा हुआ था। कितने लोग मारे गए, कितनी दुकानें और मकान जला दिए गए थे। दंगा चार-पाँच दिनों तक चला था। दूसरे दिन तक पूरा शहर उस दंगे की चपेट में आ गया था। वो सबसे बड़ा दंगा था इस शहर के इतिहास में। लगभग पूरा शहर ही आग की चपेट में आ गया था। दस दिन तक पूरे शहर में कर्फ़्यू लगा रहा था। दस दिन में ही मेरे ससुर और पति ने

हवेली और मकान के बीच की दीवार को तोड़कर उसमें से एक दरवाज़ा बना लिया था। ठेकेदारी का काम था, तो इतने औज़ार, सीमेंट, रेत तो घर में पड़े ही रहते थे। इसी मकान का पीछे का एक दरवाज़ा निकालकर बीच में लगा दिया था। मेरी हालत वैसी-की-वैसी ही थी, मैं उस दृश्य को याद करती और बेहोश हो जाती थी। मेरा दिमाग़, मेरी आत्मा, मेरा शरीर...सब सुन्न हो चुके थे। मुझे कुछ समझ नहीं आता था कि मैं क्या करूँ। बच्चों को भी हाथ लगाने की इच्छा नहीं होती थी। किसी काम में मन नहीं लगता था। मेरे पति और ससुर सोचते थे कि उस रात को हवेली में जो कुछ हुआ उसकी दहशत बैठ गई है मेरे मन पर। उन्हें नहीं मालूम था कि मैं अपनी आँखों से देख चुकी हूँ उनके बर्बर और घिनौने चेहरे को। मैं पागल-सी होती जा रही थी, जी करता था कि अपने बाल नोंच लूँ, कपड़े फाड़ दूँ और दौड़ती हुई सड़क पर चली जाऊँ, चिल्ला-चिल्ला कर सब को बताऊँ कि सच्चाई क्या है। पति जब भी सामने आता था, तो दौरा-सा पड़ जाता था मुझको। ससुर को देखती थी, तो जी करता था कि घासलेट छिड़क कर अभी आग लगा दूँ इस राक्षस को,'' नानी की आवाज़ में घृणा भरी हुई थी।

''महीने भर बाद जब दंगे की आग बिलकुल शांत हो गई, तब सलमा के चाचा और भाई आए थे। आए थे यहाँ की सब सम्पत्ति को बेचने, सलमा की तरफ़ से मुख़्तारनामा लेकर। बाक़ी तो कुछ बचा नहीं था, बस हवेली और ये मकान ही था। मकान में हम रहते ही थे और हवेली पर ससुर ने लगभग कब्ज़ा कर ही रखा था। जैसे ही वो लोग आए मेरा ससुर एकदम भला बन गया था। एक पोटली में कुछ चाँदी के और एक-दो सोने के ज़ेवर उन लोगों के सामने लाकर रख दिए थे कि बाक़ी सब तो लोगों ने लूट लिया, बस इतना ही बचा पाया मैं। हवेली के अंदर से दरवाज़ा इसलिए फोड़ लिया है कि कम-से-कम चौकीदारी तो कर सकूँ हवेली की। उन लोगों ने ख़ूब शुक्रिया अदा किया था मेरे ससुर का। फिर हवेली से लूटे पैसों से ही ससुर ने औने-पौने दामों में हवेली और इस मकान का सौदा कर लिया था। ये भी कह सकते हैं कि मकान की क़ीमत में हवेली और मकान दोनों ले लिए। उन लोगों को भी लगा कि यहाँ कोई मुस्लिम तो आएगा नहीं हवेली को ख़रीदने, उस हादसे के बाद वो भी उस हवेली को अपने पास रखना नहीं चाहते थे। फिर ये भी सवाल था कि मौक़े का फ़ायदा उठाकर मेरे ससुर ने जो हवेली पर कब्ज़ा कर रखा है, उसे जाने छोड़े या न छोड़े? और ये कि ससुर ने ज़ेवर की पोटली देकर उन्हें एहसान के बोझ के

नीचे तो दबा ही दिया था। जो रकम मेरे ससुर ने दी, उसे लेकर वो लोग हवेली का सौदा करके चले गए। और हवेली भी आख़िर में उन राक्षसों के पास आ गई। फिर उसके बाद न सलमा लौटी और न उसके बच्चे...जाने कहाँ होंगे अब वो... ? जाने किस हाल में होंगे। बहुत इच्छा रही कि एक बार मिल लेती सलमा से और उसे गले लगाकर रो लेती दो घड़ी को। हाथ जोड़कर माफ़ी माँग लेती अपनी कायरता के लिए,'' नानी ने कुछ उदास से स्वर में कहा।

''फिर मैं मायके चली गई। और कुछ दिनों तक वहाँ भी पागलों की तरह हालत रही मेरी। पिताजी ने ख़ूब इलाज करवाया मेरा। मगर बीमारी तो मन को लगी थी। साल भर लग गया मुझे सदमे से बाहर आने में। इस बीच जब भी ससुर या पति में से कोई मुझे लेने आता, तो मेरी हालत फिर वैसी-की-वैसी हो जाती थी। फिर एक दिन मैंने अपनी माँ और पिताजी को सब कुछ बता दिया और कह दिया कि मैं अब वापस नहीं जाऊँगी। अगर गई तो एक दिन उन दोनों की हत्या कर डालूँगी। बच्चे अनाथ हो जाएँगे उसके बाद। मेरे माँ-पिताजी ने उसके बाद कभी वापस जाने की बात ही नहीं कही। बच्चों के लिए मन हीड़ता था, लेकिन बच्चों के भविष्य के ही लिए अपने कलेजे पर पत्थर रख लिया था मैंने। जानती थी कि बच्चों को नहीं भेजेंगे वो राक्षस और मैं किसी क़ीमत पर अब लौटना नहीं चाहती थी। पढ़ने की चाह पहले से ही थी। ग्रेजुएशन तो मैं शादी के तुरंत बाद ही चुपचाप अपनी ससुराल में किसी को बिना बताए कर ही चुकी थी। साल भर बाद जब कुछ ठीक हुई, तो मैंने नौकरी कर ली और उसके बाद अपनी पढ़ाई भी की। पीजी किया और पीएच-डी. की। सब कुछ किया मगर मैं यहाँ नहीं लौटी, तब तक, जब तक वो दोनों राक्षस मर नहीं गए। फिर उन दोनों के मरने के बाद बच्चों के लिए लौट आई। मगर मैंने क़सम खा रखी थी कि हवेली में पैर नहीं रखूँगी। रहना होगा तो यहीं रहूँगी, इसी मकान में। वापस आई तो यहीं रहने की ज़िद पर आई। बच्चे चाहते थे कि मैं उनके साथ हवेली में ही रहूँ। उनको क्या बताती कि मैं क्यों उस हवेली में पैर भी नहीं रखना चाहती हूँ। बस यही शर्त रखी कि मैं आऊँगी इसी शर्त पर कि मुझे हवेली में रहने के लिए बाध्य नहीं किया जाएगा। बच्चे मान गए और मैं लौट के आ गई। उसके बाद से यहीं हूँ। जब से यहाँ आई हूँ तब से एक फाँस-सी सीने में चुभती रहती है कि काश मैंने सब कुछ पुलिस को और दुनिया को बता दिया होता। उन राक्षसों की मौत से पहले उनका असली चेहरा उजागर कर दिया

होता। काश, मैं कुछ ऐसा करती कि उन दोनों फूल-सी नाज़ुक लड़कियों को मरने के बाद तो इंसाफ़ मिल पाता। मेरी चुप्पी अब मेरे कलेजे पर बोझ बनकर दिन-रात परेशान करती है मुझे। इसीलिए तुझे कसम दी है कि तुझे इस कहानी को मरने नहीं देना है। मेरे सीने में चुभी फाँस को मेरे मरने के बाद निकालना है तुझे,'' नानी की आवाज़ में उदासी घुल गई।

''उफ़्फ़...! कैसे सहन किया होगा तुमने वो सब कुछ। नहीं नानी, कोई बोझ मत रखो, तुमने जो कुछ किया, उसके लिए भी बहुत हिम्मत चाहिए थी उस समय। विश्वास रखो मेरा, मैं तुम्हारी दोनों कसमों को पूरा करूँगी, पूरा करूँगी, चाहे कुछ भी हो जाए,'' शुभांगी ने नानी के पैरों पर अपने हाथों से दबाव डालते हुए कहा। नानी ने कोई उत्तर नहीं दिया।

''मगर नानी...इस कहानी में कहीं वो बात तो आई ही नहीं, जो तुम रात को बड़बड़ा रही थीं। उस बात का इस कहानी से क्या रिश्ता है? तुमने तो कहा था कि कहानी के साथ ही इसका भी पता चल जाएगा,'' शुभांगी ने प्रश्न किया।

''अभी मैंने तुझे बताया था ना कि मैं उन्हें किताबें पढ़ने को देती थी, किताबों में लिखी हुईं बातें बताती थी। मैंने ही उन लड़कियों को ईसा मसीह की कहानी सुनाते समय बताया था कि जब ईसा को सलीब पर चढ़ाया गया था, तो मृत्यु से ठीक पहले वह चिल्लाकर बोले थे, 'इलोई! इलोई ! लामा सबाख्तानी... ?' इसका मतलब होता है, 'हे ईश्वर, हे ईश्वर, तूने मुझे क्यों छोड़ दिया?' ईसा के बारे में सुनकर दोनों की आँखों में पानी भर आया था। दोनों लड़कियों को ईसा की कहानी बहुत अच्छी लगी थी, उसके बाद भी कई-कई बार दोनों ने वो कहानी मुझसे सुनी थी। जब भी अंत में मैं, 'इलोई! इलोई! लामा सबाख्तानी... ?' कहती, तो दोनों रो पड़ती थीं, रोते हुए इस वाक्य को दोहराती रहती थीं,'' नानी ने भीगी हुई आवाज़ में कहा।

''जब मैं छत पर से झाँककर वह दृश्य देख रही थी, तब अचानक ज़ोर से बिजली चमकी थी और उस चमक में ज़मीन पर पड़ी लड़कियों ने मुझे देखा था। पति और ससुर की तो पीठ थी मेरी तरफ़। जैसे ही उन लड़कियों की नज़र मुझ पर पड़ी थी, उन दोनों में से किसी एक ने चिल्लाकर कहा था, 'इलोई! इलोई! लामा सबाख्तानी... ?' और उसके चिल्लाते ही मेरे पति और ससुर के हाथों में जो तलवारें थीं, उन तलवारों ने अपना काम कर दिया था,'' नानी की आवाज़ में अब कोई भाव नहीं है, एकदम भावशून्य होकर बोल रही

हैं वो। शुभांगी को अपने अंदर से कुछ उमड़ता हुआ महसूस हो रहा है। उसकी इच्छा हो रही है कि वो अभी नानी को गले से चिपका ले और हिलक-हिलक कर रो पड़े। मगर उसकी हालत ऐसी हो रही है कि वो न तो कुछ कह पा रही है, न कर पा रही है।

''उस लड़की ने किसी ईश्वर से नहीं मुझसे प्रश्न किया था, 'इलोई! इलोई! लामा सबाख्तानी... ?', 'इलोई! इलोई ! लामा सबाख्तानी... ?', 'इलोई! इलोई! लामा सबाख्तानी... ?'...'' नानी विक्षिप्त की तरह लगातार बुदबुदाए जा रही हैं, बुदबुदाए जा रही हैं। बाहर बरसात और नाले का वेग अपने चरम पर पहुँचता जा रहा है।

❑❑❑

आज जब बीसवीं सदी के अनुभव इक्कीसवीं सदी के यथार्थ से टकरा रहे हैं, तो समाज में बहुत से सवाल और संघर्ष खड़े हो रहे हैं। ऐसे ही कुछ सवाल *हमेशा देर कर देता हूँ मैं* में पंकज सुबीर पूछते हैं और उभरते संघर्षों को संवेदना के धागों में पिरो कर पाठक के सम्मुख रखते हैं। इन कहानियों में जहाँ एक तरफ़ वे रूढ़िवाद, कट्टरता, स्टीरियोटाइपिंग जैसी समाज विरोधी प्रवृत्तियों से टकराते हैं, वहीं दूसरी तरफ़ अपने भीतर के लेखक मन की विभिन्न परतों की भी निरंतर जाँच करते हैं। लेखक के रचनाकर्म पर यदि नज़र डालें तो यह बात साफ़ समझ में आती है कि उनकी कहानियों में हमारे समय का यथार्थ अंकित ही नहीं होता; बल्कि इसका व्यापक परिवेश अपने पूरे विस्तार में उपस्थित होता है।

हिन्दी साहित्य के क्षेत्र में पंकज सुबीर सुपरिचित नाम है। उनके अब तक तीन उपन्यास, सात कहानी-संग्रह, दो ग़ज़ल-संग्रह और एक यात्रा-वृत्तांत प्रकाशित हो चुके हैं। इसके अलावा उन्होंने कई महत्त्वपूर्ण पुस्तकों का संपादन भी किया है। साहित्य में योगदान के लिए उन्हें अनेक पुरस्कारों से सम्मानित किया जा चुका है, जिनमें विशेष हैं - 'वनमाली कथा सम्मान', 'कमलेश्वर सम्मान', 'ज्ञानपीठ नवलेखन पुरस्कार', 'अंतर्राष्ट्रीय इन्दु शर्मा कथा सम्मान', 'व्यंग्य यात्रा सम्मान', 'हंस कथा सम्मान'। इनका संपर्क है : ईमेल : subeerin@gmail.com, मोबाइल : 09977855399

rajpalandsons
rajpalandsons
राजपाल
ई-बुक स्टोर

राजपाल
स्थापित 1912
www.rajpalpublishing.com

कहानियाँ ₹295
9 788195 297535
Fiction / Short Stories
ई-बुक उपलब्ध

Rajpal_Sons
RajpalSons
राजपाल
ऑडियो बुक स्टोर

Cover Design
archanajain@archanacreatives.com